AF328261

BIBLIOTHÈQUE DES BONS ROMANS ILLUSTRÉS

LES

ILES DE GLACE

PAR G. DE LA LANDELLE

Troisième Série.

Prix : **60** Centimes.

PARIS

DEGORCE-CADOT, ÉDITEUR

70 *bis*, RUE BONAPARTE.

MAUREVERT L'AVENTURIER

LES

CRIMES DU BON VIEUX TEMPS

Par PAUL DUPLESSIS

I

LES DEUX CAVALIERS

Le dimanche de la Pentecôte de l'année 1581, le petit bourg de Saint-Pardoux, situé à environ cinq lieues N.-N.-E. de Riom, sur les confins de la Haute-Auvergne, présentait le spectacle bruyant et animé d'une fête champêtre.

La procession venait de finir, et les montagnards, quittes de leurs devoirs religieux, s'empressaient de consacrer au plaisir le reste de la journée.

A côté d'une partie de boules, dont quelques litres de vin blanc étaient l'enjeu, se démenaient avec plus d'énergie que de grâce, d'infatigables danseurs; un peu plus loin, des vieillards réunis en groupe frondaient, tout en l'observant d'un œil jaloux, la folle vivacité de la jeunesse; enfin, une vingtaine de buveurs, les notables de l'endroit, attablés à la porte d'un ca-

baret, caressaient amoureusement, tout en causant, de larges pots en grès, remplis d'un petit vin du crû.

— Jean, s'écria l'un d'eux en donnant sur l'épaule de son voisin une tape d'amitié qui eût suffi pour étourdir un bœuf, Jean, ma bourse est à sec, et mon gosier, altéré comme un champ de sable après une chaude journée d'été, demande ce que je ne puis lui donner, à boire... Voyons, toi qui es riche, n'auras-tu pas pitié de ma souffrance?

— Moi riche! répéta le montagnard interpellé, en levant les yeux vers le ciel : un quart d'écu compose toute ma fortune.

— Tu avoues un quart d'écu... mais c'est déjà un fort joli denier. Je parie trois pots de vin qu'il n'y a pas un des camarades qui se trouve à la tête d'un capital de dix livres!

— Tu parles à coup sûr, interrompit un troisième campagnard. Dix livres! sainte vierge Marie! c'est là, par le temps d'impôts et de redevances qui court, une fière somme! Trop heureux celui qui, de deux jours l'un, mange à son saoûl du pain de seigle et de la châtaigne! Patience! cet état de choses ne durera pas toujours... C'est moi qui vous le prédis...

Les buveurs se rapprochèrent, par un mouvement instinctif et spontané, du hardi discoureur, et l'interrogèrent du regard.

— Par saint Blaise, mon patron, continua celui-ci, nous sommes des chrétiens et non des chiens... J'ai appris la semaine dernière de curieuses histoires à Clermont. Oh ! ce n'est pas la peine d'ouvrir de grands yeux et de regarder partout si aucun étranger ne m'écoute ! Je ne crains pas que l'on m'entende, moi ! Je répéterais devant mon seigneur de Canilhac lui-même, s'il était ici, ce que je vous dis à vous autres, camarades, qu'opprimer le pauvre peuple c'est être coupable devant Dieu !...

— Blaise, tais-toi ! dit un des voisins du *politique*. Une seule des phrases que tu nous débites, si elle était répétée, te vaudrait une exposition de deux heures au pilori un jour de marché, et cent coups de fouet...

— Le fouet à moi ! Allons donc ! Je me réclamerais de nos bons seigneurs de Guise et l'on me laisserait en paix. Apprenez, camarades, qu'une *ligue d'équité* se forme en ce moment dans toutes les provinces... C'est la Bourgogne qui a donné l'exemple... et l'exemple sera suivi. Nos bons seigneurs de Guise, que Dieu protége, ne veulent plus que les mignons du Valois se gorgent du fruit de nos sueurs. Par saint Blaise, je le répète, encore un peu de patience, et sous peu...

Le montagnard se tut subitement, et écartant violemment les deux bras, dispersa le cercle d'auditeurs qui l'entourait.

Il venait d'apercevoir à l'entrée du village un cavalier monté sur un superbe cheval noir, et qui se dirigeait du côté du cabaret. A l'arrivée de l'inconnu les danses et les jeux cessèrent aussitôt : les habitants de Saint-Pardoux, le chapeau à la main, le col tendu, la bouche béante, contemplaient en silence l'étranger que le hasard leur envoyait, car ce bourg éloigné de toute route royale n'était jamais visité par aucun voyageur.

Celui-ci pouvait avoir de vingt-trois à vingt-six ans; les lignes fines et hautaines de son visage, adoucies par un air de mélancolie, presque de tristesse, présentaient une extrême délicatesse dans leur ensemble; ses grands yeux, d'un bleu sombre, recouverts par des sourcils qui se rejoignaient à la naissance du front, dénotaient une nature sérieuse et réfléchie; ses cheveux noirs, légèrement ondulés, s'échappaient touffus et serrés de dessous sa toque de velours. Sa lèvre supérieure, un peu charnue et parfaitement dessinée, était recouverte d'une fine moustache galamment relevée à ses extrémités; il avait le teint fort basané. Enfin, sa taille svelte et irréprochable dans ses proportions dépassait cinq pieds quatre pouces; elle annonçait, sinon une vigueur herculéenne, au moins une agilité rare.

L'accoutrement du jeune homme campé en selle avec un aplomb plein d'aisance et de grâce ne permettait guère d'émettre une opinion précise sur sa position sociale.

Une cotte ou, comme on disait à cette époque, une soubreveste d'armes, lui descendait jusqu'à la taille; ses bras étaient garantis par des manches en mailles de fer; un haut de chausses de couleur sombre, des bottes plissées à l'extérieur et garnies de larges éperons d'argent damasquinés complétaient son costume.

Il portait pour armes défensives deux longs pistolets d'arçon, une épée et une dague.

Une petite valise en cuir attachée derrière la selle reposait sur la croupe du cheval.

Ce fut justement devant le cabaret occupé par les *politiques* que l'inconnu s'arrêta.

— Si la branche de houx accrochée à cette muraille n'est pas une enseigne trompeuse, dit-il en mettant pied à terre, je dois trouver ici un lit et un souper... Où est l'hôtelier ?

— Me voici, monseigneur, répondit le maître du cabaret, évidemment flatté de cette appellation pompeuse, et en s'inclinant jusqu'à terre.

Le voyageur retira ses pistolets des fontes, décrocha sa valise, et jetant la bride de sa monture à son hôte :

— Promène un peu mon cheval avant de le conduire à l'abreuvoir, dit-il; la journée a été rude, et la pauvre bête a besoin de ménagements.

Le cavalier entra dans le cabaret : les politiques le saluèrent humblement à son passage.

L'intérieur du cabaret de Saint-Pardoux se composait d'une seule et vaste pièce située de plain-pied avec le sol; cette pièce, qui servait en même temps de salle aux buveurs, de chambre à coucher et de cuisine au propriétaire de l'établissement, donnait passage à un petit jardin décoré de trois ou quatre bosquets à l'usage des consommateurs : ce fut sous un de ces berceaux que le voyageur s'assit. Il dégrafa son ceinturon, accrocha au treillage son épée et sa dague, puis appuyant son coude sur la table vermoulue et sa tête sur la paume de sa main, il resta plongé dans une rêverie tellement profonde que l'hôte, de retour cinq minutes après, dut lui adresser deux fois la parole avant de parvenir à attirer son attention.

— Ah ! c'est toi, mon ami, que me veux-tu ? lui demanda-t-il de l'air distrait et vague d'un homme réveillé en sursaut.

— Je viens prendre vos ordres, monseigneur !

— Ah ! très-bien ! Sers-moi tout de suite à dîner !

L'hôtelier, avant de répondre, regarda autour de lui d'un air inquiet, et, se rapprochant du voyageur :

— J'ai deviné à votre costume et à votre accent que vous êtes étranger, mon gentilhomme, dit-il en baissant la voix; je puis donc me fier à vous. Si vous me commandez un repas à faire envie à un roi, je suis à même de vous obéir... Mais je ne dois pas vous cacher que cela vous coûtera cher : une livre quatorze sols (1), y compris le vin.

— Est-il besoin de tant de mystère pour héberger un voyageur ?

— Ah ! je vois bien, mon gentilhomme, que vous ne connaissez pas le pays, s'écria le cabaretier; sachez que nos seigneurs perçoivent dix deniers d'impôt par chaque volaille que nous élevons. Si le marquis, mon maître, apprenait que je possède une grasse poularde, j'en serais pour un mois de prison et dix livres d'amende...

— Toujours et partout des opprimés ! murmura le jeune homme en fronçant les sourcils; — que ne portez-vous vos plaintes aux pieds du trône !...

— Nous adresser au Valois ! s'écria le cabaretier; par saint Blaise ! il faut pour parler ainsi que vous soyez non-seulement étranger au pays, mais bien aussi au royaume !... le Valois !... mais c'est tout ce qu'il y a de plus...

— C'est le roi ! interrompit sévèrement l'inconnu, c'est votre seigneur et maître !... l'élu de Dieu !... Comme tel, vous lui devez obéissance et respect !

Le voyageur se tut un moment, puis, comme honteux de son emportement, il reprit d'une voix pleine de douceur et de bienveillance :

— Mon ami, je te remercie de ton offre et je l'accepte ! Tu seras payé ainsi que tu le désires.

Le cabaretier salua profondément et s'éloigna, sans mot dire, fort étonné d'avoir, pour la première fois de sa vie, entendu quelqu'un prendre la défense du roi Henri III.

Pendant que le jeune voyageur, resté seul, se livrait à ses pensées, les habitants de Saint-Pardoux, réunis en groupes, discouraient sur son compte.

Bientôt leur attention fut distraite par l'arrivée d'un nouveau cavalier que l'on aperçut déboucher à l'extrémité du bourg, opposée à celle par où l'inconnu à la soubreveste d'armes avait fait son entrée.

Cette apparition mit le comble à la curiosité des montagnards. Deux voyageurs de condition, ou qui du moins paraissaient l'être, en un seul jour : depuis bien longtemps, le bourg de Saint-Pardoux n'avait été témoin d'un événement aussi considérable !

Le contraste qui existait entre les deux cavaliers était frappant.

Le dernier venu pouvait avoir de quarante à quarante-cinq ans : sa figure, aux traits rudes et énergiquement accentués, respirait l'impudence et l'effronterie; sa taille roide et droite comme un chêne, ses larges épaules, son buste puissant, atte

(1) Environ 8 fr. 10 c. valeur actuelle.

taient, sans qu'un doute fût possible à cet égard, une force physique extraordinaire.

Le harnachement du puissant et vigoureux cheval à la robe gris de fer qu'il montait était de guerre.

Au milieu du chanfrein en lames d'acier qui couvrait la tête de l'animal, s'avançait une pointe de fer très-solide à sa base, fort aiguë à son extrémité, et dont le choc dans une mêlée devait être mortel.

Des flançois épais en cuir bouilli, à l'épreuve de la lance, défendaient ses flancs.

L'armement du cavalier était en parfaite harmonie avec le harnachement de la monture.

Il portait un solide cabasset ou casque sans visière, une épaisse cuirasse échancrée à l'épaule droite, — ce qui rendait plus facile l'emploi de l'arquebuse, — et un gantelet à coude pour la main de bride.

Ses armes offensives consistaient en une arquebuse de trois pieds et demi, enfermée dans un étui de cuir et attachée à l'arçon droit, une masse d'armes, fixée à l'arçon gauche, et un long pistolet. A ses côtés pendaient une épée et une dague.

Le gigantesque personnage s'arrêta devant la porte du cabaret.

— Par la messe ! dit-il en sautant lourdement à bas de son cheval, il s'exhale de l'intérieur de cette masure un parfum de rôti qui m'étonne et me surprend à l'extrême, moi qui m'étais déjà résigné à une bouillie de châtaignes ! Holà !.... cabaretier de l'enfer !... Ici donc !

Le Goliath, ne voyant apparaître personne, franchit le seuil de la porte, entra dans la chaumière, et de là passa dans le jardin.

— Tiens, dit-il, en apercevant le jeune voyageur, un bon repas et une bonne compagnie ! Décidément, je suis dans un jour de chance !

Les deux inconnus se saluèrent.

— M'est-il permis, seigneurie, reprit le géant, de vous demander si la délicieuse odeur qui, en ce moment, chatouille si agréablement mon odorat, ne provient pas de l'apprêt de votre dîner ?...

— J'ai, en effet, commandé une poularde.

— Il y a ici des poulardes ! répéta avec un air de joyeuse stupéfaction l'homme à la cuirasse : holà ! cabaretier, deux poulardes !

— Je doute fort que notre hôte puisse vous obéir, dit le jeune homme en souriant ; il a consacré à mon repas toutes ses ressources. Toutefois le mal n'est pas bien grand. Si vous voulez bien me faire l'honneur de partager mon dîner...

— Partager une poularde ? interrompit le géant, mieux vaudrait me proposer de commettre dix péchés mortels ! Je préfère la manger en entier ! A quoi bon des détours ?... Je suis un joyeux compagnon, et j'ai pour habitude d'aller droit à mon but. Peu de mots nous suffiront pour nous entendre. Voulez-vous, oui ou non, me céder la place ?.... Oui.... très-bien ! Je vous baise les mains et je vous tiens pour le plus galant homme que la terre ait porté ! Non..... je vous traite de cuistre, nous tirons l'épée, je vous tue, et la poularde me reste en entier. J'attends votre réponse !

A cette proposition, au moins bizarre, le jeune homme resta impassible. Cependant, à l'éclair qui pendant une seconde illumina son regard et dilata sa paupière, on devinait que, sous ce calme factice, bouillonnait la colère.

Ce fut néanmoins d'une voix calme, qu'après s'être recueilli, il adressa la parole à son adversaire :

— Je ne vous cacherai pas, monsieur, lui dit-il, que votre étrange façon de m'interpeller m'a de prime abord fortement surpris ! A présent je m'explique tout ; vous ne vous vantiez pas tout à l'heure en vous donnant pour un joyeux compagnon ; votre humeur est portée à la gaieté, et vous maniez très-agréablement la plaisanterie... Ma foi, vous avez obtenu près de moi un triomphe complet, j'ai été complètement la dupe de cette facétie...

— Mille légions de diables ! s'écria le géant en interrompant le jeune homme ; il me semble, bel ami, que vous raillez... Prenez garde ! Je suis peu patient ! Une fois que le capitaine Roland de Maurevert est irrité, nul ne sait où s'arrête sa colère ! Je veux bien vous pardonner votre étourderie, mais

n'y revenez plus... Oui ou non... consentez-vous à m'abandonner la poularde ?

— Ainsi, c'est sérieusement que vous parlez, capitaine ?

— On ne peut plus sérieusement.

— En ce cas, capitaine Roland de Maurevert, dit tranquillement le jeune homme, il nous va falloir nous escrimer.

— C'est votre dernier mot ?... vous avez bien réfléchi ?...

— Oui, capitaine. Mon Dieu ! ne piétinez donc pas ainsi, rien ne nous presse. Vous êtes sûr de votre courage, moi je ne mets pas en doute ma bonne volonté ; qui nous empêche, avant d'en venir aux mains, de faire plus ample connaissance ?... Il n'y a rien, selon moi, de plus odieux que de voir deux hommes s'entr'égorger sans mot dire. Cela les fait ressembler à des bêtes fauves !

— Au fait, si vous avez à me charger de quelque commission après votre mort, je ne vois pas pourquoi je me refuserais à vous écouter ! répondit le capitaine Roland, en prenant place sur le banc où se tenait assis son adversaire. Parlez.

— Recevez, capitaine, tous mes remerciments pour votre aimable complaisance. Hélas ! je suis si seul et si isolé sur la terre que personne ne s'inquiétera ni ne s'apercevra de ma mort, répondit avec mélancolie le jeune homme. Je n'ai sollicité de votre bonté ces quelques instants d'entretien que pour vous faire un aveu.

— Le mot confession me semblerait plus approprié à la circonstance.

— Va pour confession, si cela peut vous être agréable ! L'essentiel pour moi, c'est que vous m'écoutiez !... Capitaine, reprit le jeune homme après un léger silence, le duel, si en honneur en France, constitue à mes yeux l'acte le plus coupable, le crime le plus odieux qu'il soit donné à un chrétien d'accomplir. Le duelliste, proprement dit, n'a pas pour lui l'excuse de la passion : il tue uniquement pour tuer ! c'est la cruauté froide poussée à sa dernière expression ; quelque chose de vil, de sanguinaire et de honteux tout à la fois.

— Mais c'est une homélie digne du moine Poncet que vous me récitez là ! s'écria Roland en interrompant de nouveau son interlocuteur ; si tels sont vos sentiments, que ne me cédez-vous la poularde ?

— Capitaine, je n'ai pas achevé.

— Tant pis donc, tant pis.

— Je continue. J'ai pris pour règle de conduite d'éviter, autant que possible, les affaires d'honneur !... Il faut que je sois poussé à bout pour me décider à tirer l'épée hors du fourreau. N'y aurait-il pas moyen d'arranger notre différend ? N'est-il pas vraiment déplorable de voir deux hommes étrangers l'un à l'autre, se déchirer à coups de dague, comme deux chiens affamés, pour la possession d'un os ?... Je vous assure, capitaine, que si je n'étais pas à jeun depuis vingt-quatre heures, je n'hésiterais pas à vous sacrifier mon dîner !...

A ces paroles, le capitaine se leva, et haussant les épaules d'un air de pitié.

— Monsieur, dit-il d'un ton dédaigneux, votre aveu se résume en trois mots : Vous avez peur !

— Capitaine ! s'écria le jeune homme en se mordant les lèvres jusqu'au sang.

— Eh bien !... quoi ?... N'allez-vous pas vous fâcher ? Ce serait par trop plaisant...

— Capitaine, reprit le jeune homme d'une voix qu'il essayait de rendre calme, mais dont les notes vibrantes frémissaient de colère, capitaine, votre intelligence est-elle aussi épaisse que votre cuirasse ? Depuis cinq minutes nous sommes en présence ; vous m'avez considéré tout à votre aise, et vous croyez pouvoir m'accuser de lâcheté ! Mon visage porte-t-il donc l'empreinte de la dégradation, le sceau de l'infamie ! Mes yeux s'abaissent-ils tremblants devant votre regard ? Cet aveu, capitaine, qui excite votre pitié, je ne l'ai pas terminé. Il faut, je veux que vous m'écoutiez jusqu'au bout !...

Le jeune homme fit une pause de quelques secondes, puis les lèvres frémissantes et les sourcils contractés, il continua

— Capitaine, si devant la perspective d'un combat singulier j'hésite et je recule, c'est que malheureusement la nature m'a affligé d'instincts dont je redoute l'explosion ! Dès que le fer brille, mon cœur bat de joie, mon sang s'anime, le transport me monte au cerveau, je m'enivre à la pensée du carnage ! Ce n'est pas de la férocité, capitaine, c'est une maladie ! Qui sait ! peut-être bien cette déplorable fureur m'a-t-elle été transmise par mon père ! Parfois, je suis tenté de croire que j'appartiens à une race maudite ! Capitaine, ayez pitié de moi ! N'ajoutez pas un nouveau souvenir de sang à ceux qui déjà pèsent sur mon passé !

Pendant que le jeune homme parlait, le géant l'observait avec une attention profonde.

— Monsieur, lui dit-il, lorsqu'il garda le silence, recevez mes sincères excuses ; je reconnais que je m'étais trompé sur votre compte.

— Ainsi, capitaine, notre duel...

— Est devenu inévitable, monsieur ! Que vous ayez un genre de bravoure à vous, je trouve cela fort naturel. Permettez-moi, en revanche, de posséder aussi un genre d'honnêteté qui me soit particulier : franchise pour franchise, monsieur ! J'ai sur la conscience de nombreuses peccadilles, j'ai fait à peu près tout ce qu'un homme de guerre peut faire. Ceci équivaut à une terrible confession. A la religion près, je n'ai de respect que pour une chose : ma parole ! C'est là toute mon honnêteté ; seulement, je la pousse aussi loin que possible. C'est bien le moins, convenez-en, que quand on possède une seule qualité, on l'ait complète, entière. Je me suis engagé à vous tuer si vous vous refusiez à me céder votre diner. Peut-être ai-je eu tort ; n'importe, à présent il est trop tard pour revenir là-dessus... Je dois tenir à ma promesse, et j'y tiendrai.

— Capitaine... capitaine... c'est étrangement abuser de ma patience !

— Je n'ai que faire de votre patience, mon jeune ami, c'est votre obéissance qu'il me faut !

— Vrai Dieu ! c'est par trop d'impudence ! Que le sang versé retombe sur votre tête ! s'écria le jeune homme dont la respiration irrégulière et sifflante, les lèvres crispées, les yeux étincelants, dénotaient une fureur arrivée à son paroxysme.

— Rassurez-vous, vaillant compagnon, dit froidement Roland de Maurevert, je ferai en sorte que votre conscience n'ait pas à se reprocher un nouveau triomphe. Un mot encore. Comment vous nommez-vous ?

— Mon nom n'a rien à voir à notre différend.

— Je vous demande mille excuses ! Je tiens beaucoup à connaître la condition de ceux que j'envoie de vie à trépas. C'est comme qui dirait une espèce de bibliothèque de souvenirs que je me forme pour ma vieillesse.

— On m'appelle le chevalier Raoul Sforzi, et j'appartiens à S. A. monseigneur le duc de Savoie.

— Raoul Sforzi, — répéta toujours aussi tranquillement le capitaine, — voilà un accouplement de Français et d'Italien qui semblerait dénoter une certaine irrégularité dans votre naissance...

A cette réponse de Roland de Maurevert, son adversaire poussa un cri de rage assez semblable au rugissement d'un lion, et, se débarrassant vivement de sa soubreveste :

— A bas la cuirasse, capitaine ! s'écria-t-il d'une voix rauque et étranglée. Vous êtes un misérable indigne de pitié !

Il fallait que le capitaine se tînt pour bien assuré de la victoire, car cette insulte n'entama en rien son sang-froid.

— Votre prétention est trop juste, — quoiqu'à la rigueur elle soit discutable, — pour que je songe à la repousser, chevalier, répondit-il en se dépouillant de son armure. — Là, me voici prêt. Ne vous semble-t-il pas que nous serions mieux dehors qu'ici ? Ce jardin fort étroit nuirait au développement de nos volte-face et de nos évolutions. Nous nous massacrerions comme des vilains au lieu de nous couper la gorge en gentilshommes.

— A vos ordres, capitaine.

— Passez le premier, je vous prie.

— Après vous, capitaine.

— Vous m'obligerez infiniment en n'insistant pas.

Raoul Sforzi salua son adversaire, et franchit le seuil de la porte.

— Pardieu ! lui dit ce dernier en le suivant, vous êtes un brave compagnon, et je vous tiens en grande estime ! Me présenter ainsi le dos lorsque j'ai dague et épée en main, cela prouve de votre part une loyauté qui vous honore.

L'émotion des habitants de Saint-Pardoux ne saurait se décrire lorsqu'ils virent apparaître, au milieu de la fête, les deux gentilshommes nus jusqu'à la ceinture, et l'épée au poing.

— Holà ! manants, leur cria le capitaine, balayez avec vos chapeaux les cailloux qui encombrent le terrain, et faites-nous une place propre et nette ! Par les cornes du diable ! vous allez assister à un spectacle que bien des dames de la cour payeraient de la moitié de leurs joyaux !... Allons, chevalier, en garde !

Dire le changement qui s'était opéré dans le visage du jeune homme, n'est pas chose possible : il représentait l'image de la colère dans toute sa sublime horreur.

Les veines de son front surtout, gonflées d'une façon presque phénoménale, eussent suffi pour donner une expression terrible et singulière tout à la fois à sa physionomie naguère si douce et si rêveuse.

Il ne se fit pas répéter l'invitation de son adversaire. Le combat s'engagea sans plus tarder.

Il nous est difficile aujourd'hui, par suite de l'adoucissement que la civilisation a apporté dans nos mœurs, de nous figurer ce qu'était un duel au seizième siècle. Pour nous rendre compte de ces luttes acharnées et implacables, il nous faut relire les contemporains de cette triste époque.

Le combat singulier avait lieu à toute outrance : le vaincu n'arrivait à la mort qu'après une longue agonie ; et quand il tombait pour ne plus se relever, c'est qu'il était, littéralement parlant, criblé de blessures.

Les gardes démesurément grandes des épées, et surtout des dagues, en tempérant par des demi-parades la gravité des blessures, permettaient de les multiplier pour ainsi dire à l'infini, et faisaient précéder la mort d'une épouvantable torture.

Le calme plein de retenue et de prudence avec lequel le capitaine engagea l'action, indiquait de sa part une profonde habitude de ces sortes d'affaires.

Toutefois, dès la première passe, l'épée du chevalier Raoul l'atteignit à l'épaule. Le capitaine recula de deux pas.

— Par la mémoire de Belzébuth ! jeune homme, dit-il, voici une botte merveilleusement bien poussée, et dont je vous félicite de tout cœur... Ne chantez pas encore victoire, cher ami... Ce commencement de réussite est justement ce qui vous perdra... J'ai besoin d'être stimulé pour déployer tous mes moyens... Ce n'est généralement qu'après avoir été aiguillonné par une première piqûre que je commence à me montrer, moi. Tudieu ! une belle garde que la vôtre !... Voyons donc ce que signifie votre immobilité !

Le capitaine parlait encore lorsque Raoul de Sforzi, le prenant au pied levé, s'élança sur lui avec une impétuosité si soudaine, si irrésistible, que le géant surpris perdit l'équilibre et roula par terre.

Roland de Maurevert, tout étourdi de sa chute, n'avait pas encore eu le temps de reprendre connaissance, que déjà son adversaire lui tenait le genou sur la poitrine et la dague sur la gorge !

En ce moment suprême, le jeune homme hésita. Il était évident qu'une lutte avait lieu entre sa colère et sa générosité. Ce fut ce dernier sentiment qui l'emporta.

— Capitaine, dit-il d'une voix encore toute frémissante, des excuses et je vous fais grâce...

— Tudieu ! quel poignet... vous avez..... chevalier !... Des excuses... à quoi bon ?... Je ne vous ai pas offensé... Si vous consentez à me céder la poularde... j'accepte la vie... sinon égorgez-moi et que le diable m'emporte ! Je n'ai que ma parole, moi, je ne céderai pas...

A cette réponse, à la fois comique et héroïque, la colère du jeune homme se dissipa.

— Soit, gardez la poularde, capitaine, dit-il. Puis, laissant là sans plus s'en occuper, son ennemi, le chevalier Raoul Sforzi, l'air triste, la contenance accablée, s'éloigna lentement du lieu témoin de sa victoire.

Le capitaine courut après lui, et, le prenant à bras le corps au moment où il allait rentrer dans le cabaret :

— Chevalier, dit-il, permettez que je vous baise... Que l'enler me confonde si je comprends un seul mot à ce qui se passe en moi : j'ai presque envie de pleurer,... serais-je malade ! Tenez, chevalier, vous me convenez au-delà de toute expression..... puisque je n'ai pu vous tuer, voulez-vous me permettre de devenir votre ami ?... Je vous engage ma parole que je vous serai fidèle et dévoué.

Le jeune homme, pour toute réponse, rendit au géant son embrassade. C'était accepter.

II

LES APOTRES DU MARQUIS DE LA TREMBLAIS

Les deux adversaires étaient à peine rentrés dans le cabaret, lorsqu'un nouveau personnage apparut en scène.

C'était un homme d'environ quarante-cinq ans : son front bas, ses yeux profondément enfoncés dans leurs orbites, ses traits anguleux, ses lèvres minces, son regard oblique et inquiet prévenaient de prime-abord tristement en sa faveur. Son costume d'étoffe de serge de couleur sombre annonçait la domesticité ; en effet, c'était un des valets de chasse du marquis de la Tremblais, le seigneur de la paroisse de Saint-Pardoux.

Autant l'arrivée du capitaine Roland et celle du chevalier Raoul avaient éveillé la curiosité des montagnards, autant la présence de Benoist, le valet de chasse, parut leur causer une impression pénible.

A sa vue, les groupes se séparèrent, et quoique chacun affectât de lui sourire et s'empressât de le saluer humblement, il était facile de deviner à la contenance embarrassée, craintive même des montagnards, que ce salut et ce sourire leur étaient arrachés plutôt par le sentiment de la crainte que par celui de l'estime ou de l'amitié.

Le valet Benoist, soit qu'il fût habitué à de semblables réceptions, soit qu'il n'y prît garde, sembla ne pas remarquer la gêne occasionnée par son arrivée.

Il traversa dédaigneux et fier les rangs de la foule qui s'écartait sur son passage, et pénétra dans le cabaret.

Un sourire haineux et méchant se dessina sur son visage.

— Maître Nicolas ! s'écria-t-il d'une voix dure et impérieuse.

Le cabaretier accourut aussitôt : le pauvre homme était fort pâle, et roulait, d'un air contraint, les larges bords de son chapeau entre ses doigts.

Benoist le considéra un instant en silence ; on eût dit une vipère fascinant un roitelet.

— Maître Nicolas, dit-il après avoir joui pendant près d'une minute des angoisses de sa victime, quelles sont donc les fiançailles ou les accordées qui ont lieu aujourd'hui à Saint-Pardoux ?

— Des fiançailles à Saint-Pardoux, monsieur Benoist ! répéta le cabaretier en jouant un étonnement profond et en se tenant sur la défensive, je n'en connais point.

— Je me serai trompé... n'en parlons plus... C'est le savoureux fumet du rôti qui emplit votre chaumière qui m'a induit en erreur... J'ai cru flairer un repas de noces...

Maître Nicolas essaya de protester de son innocence, mais sa présence d'esprit lui fit défaut et il se contenta de rougir jusqu'aux oreilles.

De méchant qu'il était le sourire du valet de chasse devint hideux.

— L'exercice m'a donné de l'appétit, Nicolas, reprit-il après une légère pose. Ne pourriez-vous, en fouillant dans votre bahut, trouver une écuellée de jonchées ou un morceau de fromage de Craponne ? Une tranche de venaison ferait, certes, mieux mon affaire, mais vous êtes si pauvre ! Jamais quartier de viande, gibier ou volaille, n'a pris place aux crocs de votre cheminée, n'est-ce pas Nicolas ?

L'infortuné cabaretier ressemblait à Guatimosin étendu sur sa couche ardente.

— Monsieur Benoist, s'écria-t-il en se voyant poussé dans ses derniers retranchements, si vous vouliez bien m'assurer de votre protection et me promettre le secret, je crois que je serai assez heureux pour pouvoir vous traiter comme mérite de l'être le premier valet de chasse de monseigneur le marquis.

— Ah ! ah ! il s'agit d'une confidence... Parlez !

A cet ordre, que n'accompagnait aucune espèce de garantie, le malheureux Nicolas se repentit amèrement de s'être si fort avancé ; mais, comme reculer n'était pas chose possible, il se résigna.

— Oui ! monsieur Benoist, reprit-il en affectant un petit air dégagé et joyeux qui rendait plus visible encore son embarras ; oui, monsieur Benoist, j'ai mieux à vous offrir que des jonchées ou du Craponne !... j'ai... une poularde rôtie !...

— Vous voulez rire, maître Nicolas !

Nicolas ne riait pas du tout ; loin de là. Une seule chance de salut restait au pauvre diable, inventer un mensonge monstrueux ; dans sa détresse, il se résolut à ce dernier moyen.

— Voici le fait, monsieur Benoist, continua-t-il en baissant la voix : il y a environ une heure, deux cavaliers sont descendus chez moi et m'ont remis une poularde, avec ordre de la préparer... tous les jours des voyageurs emportent avec eux des provisions, n'est-ce pas monsieur ?... Or, qui m'empêche de dire à mes hôtes que le four trop fortement chauffé a consumé leur poularde...

— Rien, loyal et honnête Nicolas.

— Dame ! monsieur, vous comprenez que, entre des étrangers et vous, l'hésitation ne m'est pas permise ; à tout seigneur, tout honneur !

— Très-bien, Nicolas, très-bien... Je suis heureux, — pour toi, — de voir que je me suis trompé ?

— Comment cela, que vous vous êtes trompé ?

— Certes, j'ai cru un instant que tu voulais frauder les droits de monseigneur !

— Ah ! monsieur Benoist, s'écria l'infortuné cabaretier d'un ton de reproche et en affectant une indignation extrême, comment avez-vous pu avoir une pareille pensée ?

Pendant que le pauvre Nicolas mentait ainsi à sa conscience, le capitaine Roland et Raoul causaient dans le jardin en attendant qu'on leur apportât leur dîner si compromis.

— J'avais bien raison de prétendre, chevalier, disait le géant, qu'aujourd'hui est pour moi un jour de chance. Non-seulement j'ai eu l'honneur de me lier d'amitié avec vous, mais encore le coup d'épée que vous m'avez donné et qui eût dû me clouer pendant une semaine au lit, n'a fait que glisser entre la chair et l'épiderme. Demain, il n'y paraîtra plus, et je pourrai me remettre en route... Tenez, chevalier, il m'est impossible de vous exprimer à quel point votre caractère me séduit et me plaît. Voulez-vous que nous ne nous quittions plus ? Je ne sais : un pressentiment me dit qu'à nous deux nous arriverons à quelque chose. Nous nous compléterions si bien l'un par l'autre ! Vous, vous apporteriez dans notre association la jeunesse, la fougue, la beauté ; moi, — ce qui vaut tout autant, — je fournirais l'expérience. Car, à vous parler franc et net, cher chevalier Sforzi, j'ai une assez piètre opinion de votre intelligence au point de vue du négoce. Vous m'avez surabondamment prouvé tout à l'heure que vous ne vous entendiez nullement à tirer parti d'une position.

— Comment donc cela, capitaine ?

— Pourquoi, je vous prie, lorsque vous me teniez votre dague sur la gorge, ne m'avez-vous pas imposé une rançon ? A votre place je n'y aurais pas manqué ; j'ai eu des duels, moi, qui m'ont rapporté jusqu'à cinq cents écus ; sachez qu'une épée entre les mains d'un homme vaillant et ingénieux représente de véritables revenus.

— Se battre pour de l'argent, capitaine ?

Trouvez-vous par hasard qu'il soit préférable de se couper la gorge par amour-propre ou même par amour ?... Mon jeune ami ; je conviens que vous maniez admirablement bien le fer ; mais je soutiens aussi qu'à l'escrime près, il vous reste tout à apprendre ! Dans quelques jours, lorsque vous me connaîtrez mieux, je pousserai plus loin cette conversation. En attendant, mon estomac crie famine : dînons. Je vous offre une part de *ma poularde*.

Le capitaine appela alors le cabaretier : ce fut d'un air contrit et avec une contenance piteuse que Nicolas se présenta.

— Ah ! messeigneurs, s'écria-t-il en allant de lui-même au-devant de l'orage qu'il savait ne pouvoir éviter, quel malheur !... j'ai commis l'imprudence de négliger la cuisson de votre poularde... et il n'en reste plus rien...

A cette nouvelle désastreuse, le capitaine Roland frappa d'un vigoureux coup de poing la table et la brisa.

— Misérable ! s'écria-t-il ; mais s'interrompant tout aussitôt, il réfléchit, et changeant de ton :

— Mon ami, reprit-il tranquillement, ce n'est pas à un vieux renard comme moi que l'on conte de pareilles balivernes !... Jamais tu ne me feras accroire que tu as laissé s'en aller en fumée un repas de deux livres tournois... Tu dois avoir trouvé quelque acquéreur magnifique...

— Mon gentilhomme, je vous jure...

— Tais-toi ! si tu oses encore m'interrompre, je vais entrer en furie et malheur à toi, je te tordrai le col sans miséricorde. L'aveu de ton crime peut seul te sauver de ma juste indignation ! Voyons, explique-toi franchement, et n'oublie pas que si tu essaies de me tromper le châtiment sera terrible !

De tels exemples de cruauté étaient donnés journellement à cette époque par la noblesse féodale des provinces, la vie d'un vilain était comptée pour si peu de chose, que Nicolas se mit à trembler de tous ses membres.

— Monseigneur, balbutia-t-il d'une voix presque inintelligible, monseigneur, promettez-moi mon pardon, et je vous confesserai la vérité entière.

Le capitaine réfléchit de nouveau.

— J'y consens, dit-il ; toutefois, afin que ta faute ne reste pas impunie, et pour l'exemple, tu nous hébergeras gratis, mon ami le chevalier et moi.

— C'est trop d'honneur que vous me faites, monseigneur. Je vous remercie bien de votre bonté.

— A présent, parle.

Nicolas fut sincère ; il raconta l'arrivée de Benoist, la position critique dans laquelle la présence du valet de chasse du marquis de la Tremblais l'avait placé, et enfin le sacrifice qu'il avait été obligé de faire de la poularde destinée aux voyageurs, pour se sauver de la prison et de l'amende.

— Par les furies de l'enfer ! s'écria le capitaine Roland, lorsque le cabaretier eut terminé sa lamentable narration, tu vas me conduire, sans plus tarder, auprès de ce manant. Ah ! le goinfre n'a pas craint de s'attaquer à des gentilshommes ! Gibets et potences ! Nous allons rire !

Le géant en proie, cette fois, à une colère sérieuse, s'était levé, et déjà il se dirigeait vers la porte de sortie, lorsque le cabaretier Nicolas se jeta à ses genoux, et le retenant par la jambe :

— Monseigneur, au nom de tous les saints du paradis, au nom de votre salut, je vous en conjure, renoncez à votre projet ! vous ne connaissez pas Benoist ! malheur à celui qui l'offense ! Benoist ne pardonne jamais...

— La peur trouble-t-elle à ce point ta cervelle, sot animal, que tu oublies et à qui tu parles et devant qui tu te trouves ? répondit le géant en repoussant violemment le pauvre Nicolas. Oser me menacer, moi, le capitaine Roland de Maurevert, de la colère d'un vilain, c'est de la démence !

— Monseigneur, je vous en conjure... monseigneur, prenez garde...

Le cabaretier voyant que le capitaine ne prêtait aucune attention à ses prières, se releva vivement, et se plaçant devant la porte :

— Monseigneur, reprit-il pâle comme un mort et en baissant la voix, l'aveu que je vais vous faire peut me coûter la vie, mais je ne saurais de gaieté de cœur vous laisser courir ainsi à votre perte. Monseigneur, le valet de chasse Benoist est le chef des douze Apôtres du marquis de la Tremblais !

A ces paroles énigmatiques le capitaine s'arrêta.

— Qu'appelles-tu les douze Apôtres du marquis de la Tremblais, demanda-t-il à Nicolas.

— Quoi, mon gentilhomme, vous ne connaissez pas l'existence des Apôtres !

— Ma foi non !... Voyons, explique-toi.

Le cabaretier s'éloigna d'auprès de la porte dans la crainte, sans doute, que l'on n'entendît sa réponse du dehors ; puis, après avoir hésité :

— Ceux que l'on appelle dans la province les douze Apôtres de monseigneur de la Tremblais, dit-il, sont des assassins chargés d'exécuter ses vengeances. Jamais M. le marquis ne sort sans être escorté par eux, car monseigneur ne vit pas toujours en bonne intelligence avec la noblesse du voisinage. Les douze Apôtres sont des bandits sans foi ni loi qui, se sentant soutenus par le crédit et la puissance de leur maître, ne reculent devant rien lorsque la cupidité ou la méchanceté les anime... S'il me fallait vous répéter, capitaine, les choses terribles qu'ils ont accomplies, la journée ne me suffirait pas !... Croyez-moi, mon gentilhomme, n'attirez pas l'attention et n'éveillez pas la colère du chef des Apôtres !

— Ne trouvez-vous pas, cher ami, s'écria le capitaine Roland en s'adressant au chevalier, dont les yeux brillants et les sourcils froncés disaient assez clairement l'indignation que lui avait causée le récit du cabaretier ; ne trouvez-vous pas, cher ami, que le luxe se répand d'une façon inouïe en province ? Tudieu ! ce marquis de la Tremblais ne se refuse rien ! Douze assassins à sa solde ! mais c'est tout à fait royal ! c'est à se croire à Paris !...

Le capitaine Roland, après cette judicieuse réflexion, sortit du cabaret. Raoul s'empressa de le suivre.

La première chose que les deux nouveaux amis aperçurent en mettant le pied dans la rue fut le chef des Apôtres, installé devant une table, et se préparant à dépecer leur poularde. A ce spectacle, le capitaine poussa un cri de détresse, et s'élançant vers Benoist :

— Gibier de potence ! lui dit-il, ce plat m'appartient... Allons, debout donc ! et chapeau bas lorsque je te parle !

Le chef des Apôtres ne bougea pas ; seulement son œil de vipère se tourna avec une indéfinissable expression de méchanceté vers son interlocuteur, et sa main se porta sur le manche d'un grand coutelas qui pendait à son côté.

Le capitaine vit le geste et remarqua le regard !

— Par l'enfer ! cet homme est enragé, dit-il ; puis, sans ajouter une parole, et avec un sang-froid inouï, il leva le bras et laissa retomber son poing fermé sur la tête du valet de chasse, qui roula sur le sol, comme frappé par la foudre...

Cette exécution produisit sur les montagnards présents une émotion dont rien ne saurait donner l'idée. Quant au capitaine, il se contenta d'indiquer, par un geste, au cabaretier, la poularde restée heureusement intacte, puis prenant Raoul par le bras :

— Décidément, chevalier, lui dit-il, ces messieurs de province n'ont encore qu'un luxe de mauvais aloi... Leurs sacripants ne sont pas même capables, vous le voyez, de supporter une simple chiquenaude.

III

LA MAISON MISE EN INTERDIT

Une heure après son bel exploit, et lorsqu'il eut dévoré les trois quarts de la fameuse poularde qui avait donné lieu à tant d'événements, le capitaine Roland, le dos appuyé contre la muraille, les jambes croisées, l'air soucieux et réfléchi, adressa la parole à son nouvel ami.

— Chevalier, lui dit-il, il n'y a chose au monde qui rende l'homme docte et avisé comme un bon repas ; l'intelligence débarrassée des exigences de l'estomac devient ferme et nette : ces quelques bouchées de nourriture et ces deux flacons de Saint-Pourçain me permettent à présent d'apprécier sainement notre position ; je ne vous cacherai point qu'elle présente un côté vulnérable et dangereux, digne de toute notre attention.

— Vous croyez, capitaine ? répondit distraitement Raoul Sforzi.

Roland de Maurevert regarda d'un air de sincère pitié son jeune compagnon ; puis, haussant les épaules :

— Chevalier, reprit-il, à l'indifférence avec laquelle vous accueillez mes paroles, il est facile de deviner que votre esprit n'est pas à la conversation, et, partant de là, de conclure que vous êtes amoureux.

— Capitaine, je vous jure que vous vous trompez.

— J'en doute. Enfin, pour le moment peu importe. Il ne

s'agit maintenant ni du passé ni de l'avenir, mais simplement du présent! Puis-je compter, oui ou non, sur votre attention?

— Parlez, capitaine. Je suis tout oreilles.

— Peut-être ai-je eu tort, reprit Maurevert, de châtier l'insolence du chef des Apôtres. Je ne serais nullement étonné que ma juste vivacité ne nous valût de sérieux ennuis... Le marquis de la Tremblais compte parmi la plus haute et la plus puissante noblesse d'Auvergne! Il dispose dans sa seule prévôté de soixante cuirasses, quarante chevau-légers et cent cinquante piquiers!... Vous comprenez, cher ami, qu'avec un pareil adversaire, les précautions ne sauraient être taxées de lâcheté! En outre, la réputation dont jouit ce puissant seigneur est des moins aimables! On le dit traître, vindicatif et sanguinaire à l'excès. Or, s'il s'avise, ce qui n'est que trop présumable, de prendre pour son compte l'insulte infligée à son valet, je vous laisse à penser quelle sera sa furie!... Par les cornes du diable! il est capable de nous traiter en vilains... de nous faire malhonnêtement pendre haut et court! Croyez-moi, chevalier, dépistons le tigre-renard : remettons-nous sans plus tarder en route.

— Je suis à vos ordres, capitaine.

— Oh! continua Roland, si nous pouvions seulement atteindre, soit les environs du Mont-Dore, soit ceux de Clermont, tout danger cesserait pour nous! Une fois ma présence en Auvergne bien connue et bien constatée, le caractère dont je suis revêtu rend ma personne sacrée et inviolable. La seule chose que je redoute, c'est d'être enlevé sans que l'on me laisse le temps de jeter mon nom aux échos des montagnes.

Le capitaine fit une pause; puis, s'adressant de nouveau à Sforzi, mais cette fois avec un embarras visible :

— Chevalier, lui dit-il, j'ai souci que vous jugiez défavorablement ma prudence. Veuillez, je vous en conjure, me répondre à cœur ouvert. Pensez-vous que je sois homme à reculer devant un ennui majeur, comme par exemple d'être taillé en morceaux ou accroché à une potence, si ma retraite devait vous laisser exposé seul au péril ?...

— Non, capitaine, je ne le crois pas.

— Foi de gentilhomme?

— Foi de gentilhomme!

— En ce cas éloignons-nous sans plus tarder. Je suis ravi, cher chevalier, de la bonne opinion que vous voulez bien avoir de ma personne. Savez-vous ce que j'aurais fait si vous aviez éprouvé un simple doute à cet égard? J'aurais été assiéger à moi seul le château du marquis de la Tremblais!

— Les deux compagnons de fortune appelèrent le cabaretier : puis, après que Raoul Sforzi eut soldé la dépense, malgré l'opposition de Maurevert, ils montèrent à cheval.

— Maître Nicolas, dit le capitaine, quel est l'endroit habité le plus à proximité de Saint-Pardoux?

— Le domaine de Tauve, monseigneur.

— Un bourg ou un village?

— Une maison-forte, mon gentilhomme.

— Et quel est le propriétaire ou le seigneur de cette maison-forte?

— La dame Loïse d'Erlanges.

— Une dernière question : quelle distance y a-t-il de Saint-Pardoux à Tauve?

— Une lieue tout au plus. Mais pardon, mon gentilhomme, votre intention serait-elle de vous rendre à Tauve?

— Que t'importe? répondit le capitaine craignant que cette question ne cachât une arrière-pensée de trahison.

— A moi mon gentilhomme, rien. Seulement, si j'étais à votre place, je renoncerais à aller à Tauve, voilà tout.

Le ton de franchise avec lequel le montagnard prononça ces paroles donna à réfléchir au capitaine.

— Maître Nicolas, reprit-il avec une bienveillance qui contrastait avec sa rudesse habituelle, tu ne dis pas tout ce que tu sais. Laisser son semblable commettre une imprudence lorsqu'il suffirait d'un mot pour l'en empêcher, n'est pas le fait d'un chrétien. Explique-toi sans crainte. Sur mon honneur de franc soldat et de loyal gentilhomme, je te tiendrai un inviolable secret.

Le cabaretier hésita ; enfin faisant un effort et prenant son parti :

— Ma foi, capitaine, s'écria-t-il, je vous suis si reconnaissant de la gentille façon dont vous avez assommé le chef des Apôtres, que je ne puis vous laisser en peine; voici le fait en deux mots. Notre maître le marquis de la Tremblais, vilainement enamouré de la fille de la dame d'Erlanges, et voyant que la jeune personne n'éprouvait pour lui que de l'horreur, a résolu de réussir par la méchanceté, la force et la ruse. Il s'agissait d'isoler la pauvre damoiselle Diane, de la priver de tout aide, de tout secours ; notre maître, qui ne recule devant aucune extrémité, a fait publier dernièrement à son de trompe dans sa prévôté que toute personne qui s'approcherait de plus d'une lieue de la maison-forte de Tauve, serait considérée par lui comme ennemie et traitée en conséquence! Cette défense produisit d'abord un grand tapage dans les environs, et plusieurs gentilshommes, indignés de tant de perversité, n'hésitèrent pas à venir offrir leur appui à la damoiselle d'Erlanges. Cette brave noblesse avait compté sans les douze Apôtres. Maître Benoist se mit tout de suite en campagne. En moins de quinze jours, cinq gentilshommes pistoletés et dagués trépassèrent à la suite les uns des autres. Ce fut partout une grande indignation et une lamentable pitié. Mais que faire? Après le gouverneur pour le roi, monseigneur de Canilhac, notre maître, est le plus puissant personnage de la province!

Et encore quand je dis après, j'ai tort, car si la bataille avait lieu entre ces deux seigneurs, le vaincu serait certes le lieutenant du Valois!... Aujourd'hui, la sentence inique rendue par notre maître a donc son cours! Les plus osés et les plus hardis reculent même volontairement les limites imposées par le marquis de la Tremblais... Nul être humain n'approche de plus de deux lieues de la maison-forte de Tauve!... Croyez-moi, je vous le répète, mes gentilshommes, ne vous embarquez pas dans une entreprise qui n'aboutirait qu'à un irréparable dommage de vos corps!...

Pendant que le cabaretier parlait, la contenance de ses deux auditeurs offrait un frappant contraste : le visage de Roland exprimait l'hésitation, la réflexion; celui de Raoul, l'indignation la plus profonde. Ce fut le jeune homme qui le premier rompit le silence.

— Capitaine Roland, s'écria-t-il d'une voix émue et vibrante, je ne vous ferai pas l'injure de vous consulter sur la conduite que nous devons tenir, elle nous est si clairement indiquée par l'honneur que le doute ne nous est pas même possible!

— Je ne partage pas votre façon de voir, cher chevalier, répondit tranquillement le capitaine; je trouve, moi, au contraire, que cette question d'une délicatesse extrême demande à être traitée avec un soin infini.

— Discourir, capitaine, lorsqu'il n'y a qu'à agir, n'est-ce pas perdre un temps précieux!

Roland de Maurevert haussa imperceptiblement les épaules, et d'une voix railleuse :

— Voilà bien la jeunesse : folle, inconséquente et téméraire. Cornes de cerf! vous vous figurez sans doute, cher ami, que nous vivons au temps de l'empereur Charlemagne! Aujourd'hui on ne fend plus une montagne d'un coup d'épée, et une hache ne suffit pas pour abattre un château-fort.

Qu'avons-nous besoin de nous occuper des infortunes amoureuses de la damoiselle d'Erlanges? A quoi cela nous conduirait-il? A nous faire pistoleter et daguer comme l'ont été les cinq gentilshommes dont maître Nicolas nous a raconté le triste trépas. Si encore vous me disiez : en compromettant gravement notre peau, nous courons la chance de réaliser un beau bénéfice... oh! alors, on pourrait discuter... Mais non! Il ne s'agit ici que de servir d'enclume résignée à un marteau plus lourd que nos cuirasses ne sont épaisses. J'opine, moi, pour qu'il ne soit plus question de la damoiselle Diane d'Erlanges.

— Chacun est libre de ses opinions, capitaine, répondit Raoul Sforzi avec une hautaine froideur! Que mon exemple ne vous retienne pas! Piquez hardiment des deux! Fuyez à fond de train, et que Dieu bénisse et protège votre prudence! Moi, je cours à Tauve !...

Ce sarcasme laissa le capitaine impassible.

— Chevalier, dit-il tranquillement, j'ai omis tout à l'heure, en accusant la jeunesse d'inconséquence et de témérité, d'ajouter qu'elle est oublieuse! Tudieu! en y réfléchissant, cet âge fourmille de défauts!

— Je ne vous comprends pas, capitaine!

— Ne vous ai-je pas promis, tantôt, une amitié et un dévouement à toute épreuve; alors pourquoi essayer de stimuler mon amour-propre par d'oiseuses railleries? Il était cent fois plus simple de me dire : « Capitaine Roland, je vais m'engager dans une ridicule et pitoyable entreprise, venez, j'ai besoin de vous. » Cette façon de poser la question qui nous divise nous eût tout de suite mis d'accord. Je vous aurais répondu : — ce que je vous réponds en ce moment. — Chevalier vous manquez complètement de judiciaire, marchez, je vous suis.

Le capitaine, sans laisser à Raoul le temps de lui exprimer ses regrets ou de lui témoigner sa reconnaissance, éperonna son puissant cheval à la robe couleur gris de fer, et se mit en route dans la direction de Tauve.

Il était alors six heures.

Après avoir marché pendant longtemps en silence, de Maurevert entama de nouveau la conversation.

— Chevalier, dit-il, vous plairait-il que nous causions un peu politique? Il est indispensable, si, comme je n'en doute pas, notre pacte d'amitié se consolide, que je connaisse vos opinions.. Êtes-vous pour le roi ou pour messeigneurs de Guise?... Moi, je ne vous le dissimulerai pas, — et Dieu veuille que vous acceptiez ma manière de voir, — je suis pour tous les deux...

— Capitaine, je suis à peine arrivé depuis quelques jours en France, et je ne possède par conséquent qu'une notion très-imparfaite des affaires du royaume. Toutefois je n'hésite pas à vous déclarer que si j'étais appelé à prendre un parti, j'offrirais humblement mon épée au roi.

— Heu!... Vous auriez peut-être tort!... Messieurs d'Arques, de la Vallette, de Villequier, d'O et consorts, épuisent les ressources financières de Sa Majesté à un tel point, qu'ils lui ôtent les moyens de récompenser les services de ses fidèles serviteurs. Cependant, en ayant soin de se présenter juste au moment où l'on vient, soit de décréter une nouvelle taille, soit d'imposer un décime extraordinaire, on réussit encore à se rattraper de ses peines et de ses démarches.

— En offrant humblement mon épée au roi, je ne consulterais pas mon intérêt personnel, capitaine, j'obéirais à la voix de ma conscience et de mon honneur! Le roi, quelqu'entaché de défauts qu'il puisse être comme homme, n'en reste pas moins le représentant de Dieu sur la terre, et comme tel chacun lui doit obéissance et respect. Ces paroles vous font sourire, capitaine? Ah! vous me comprendriez bien mieux si, comme moi, vous aviez assisté au honteux et déchirant spectacle des excès de la féodalité!... Si vous aviez été témoin des crimes qu'une noblesse impunie commet dans les États d'Italie, vous reconnaîtriez que la toute-puissance d'une Majesté est seule capable de donner à un royaume la liberté et le bonheur!...

— Bon! interrompit Roland, voilà que vous prenez la politique par son mauvais côté, par son côté sentimental! Ah! mon pauvre chevalier, que votre éducation est donc incomplète, et qu'il vous reste encore de choses à apprendre!

En ce moment la conversation des deux cavaliers fut interrompue par le son d'une trompe qui retentit dans les airs.

Tous les deux, par un mouvement spontané, portèrent la main à leurs armes et arrêtèrent leurs montures.

— Que le diable m'étrangle, dit Roland, si nous ne sommes pas déjà signalés à l'attention de MM. les Apôtres!... S'il m'était au moins donné de pouvoir massacrer l'enragé musicien qui ameute ainsi dagues et pistolets contre nous, ce me serait une petite consolation... Mais je n'aperçois personne... et vous chevalier?

— Moi non plus, répondit Raoul qui s'était levé sur ses arçons. Allons, continuons notre chemin! Quand l'ennemi se résoudra à nous attaquer, il faudra bien qu'il se montre.

Le chemin que suivaient les deux cavaliers était une espèce de sentier découvert et rocailleux; de loin en loin, des poiriers et des cerisiers-nains en fleurs présentaient leurs panaches blancs au-dessus du seigle de la plaine. Au total, la configuration du terrain n'était que médiocrement propice à une embuscade.

Après une course aussi rapide que le permettait la lourde allure du cheval du capitaine, les deux amis atteignirent la maison-forte de la damoiselle d'Erlanges.

Cette maison-forte, située sur une éminence, et entourée par un fossé large et profond, offrait l'aspect d'un véritable château. Son mur d'enceinte extrêmement épais était presque à l'épreuve du canon.

— Pardieu! dit Raoul avec un joyeux sourire, la damoiselle Diane est bien gardée!

En arrivant devant la porte principale ou d'honneur, le capitaine saisit vivement la bride du cheval de Raoul et l'arrêta court. Il venait d'apercevoir, au-dessus des piliers soutenant le pont-levis, reluire le canon d'une arquebuse.

Bientôt une voix rude se fit entendre et cria : « Qui vive? »

— Deux voyageurs amis qui sollicitent l'hospitalité pour la nuit, répondit Roland.

— Êtes-vous huguenots ou catholiques?

Cette question parut embarrasser le capitaine.

— Nous sommes fatigués, répondit-il après une courte hésitation.

— Vos noms et qualités?

— Le chevalier Raoul Sforzi et le capitaine Roland de Maurevert!... Tudieu! que de discours!... Craigniez-vous que nous ne prenions à nous deux, mon ami et moi, votre maison-forte d'assaut?...

— Attendez un peu, reprit l'interlocuteur blotti derrière l'un des piliers du pont-levis; je dois, avant de vous recevoir, aller consulter ma maîtresse, la dame d'Erlanges!

Le capitaine formula en une douzaine de jurons variés et énergiquement accentués l'impatience que lui causaient toutes ces lenteurs.

— Vous êtes injuste, capitaine, lui dit doucement Raoul; la position faite à la dame d'Erlanges par la félonie du marquis de la Tremblais motive et au-delà les précautions dont elle s'entoure.

— C'est possible, cher ami; mais oubliez-vous que d'un instant à l'autre nous pouvons être assaillis par cette meute altérée de sang, qui a nom les douze Apôtres!... Et tenez, il me semble justement entendre dans le lointain le galop d'une troupe de cavaliers... Oui... je ne me trompe pas... c'est bien cela... les limiers n'ont pas perdu de temps pour se mettre en chasse!... Par les griffes de Lucifer! voici une pitoyable aventure!... Être obligés de nous escrimer, nous des gentils-hommes, contre des vilains, contre des manants à livrées... cela n'a pas le sens commun!... Enfin, il faut bien faire de nécessité vertu. Par l'enfer! je veux noyer ma mauvaise humeur dans des flots de sang, je veux tailler et hacher en pièces, comme chair à pâté, ce troupeau de loups enragés! Chevalier Raoul, une simple question. Êtes-vous bon écuyer?... Oui, dites-vous... Très-bien... Alors nous allons prendre gaillardement nos ébats. N'importe, cela me contrarie vivement, je le répète, d'avoir affaire à des livrées.

— Je ne partage pas votre susceptibilité, capitaine. Dans une escarmouche sérieuse ou dans une bataille rangée, les piquiers ne jouent-ils pas leur jeu?

— Vous imaginez-vous donc, chevalier, que je parle au point de vue de la gloire ou de la vanité? Nenni, cher ami... S'il m'est désagréable d'en venir aux prises avec des valets, ce n'est nullement parce que ces gens-là sont d'une condition inférieure à la mienne, mais bien parce que leurs poches sont ordinairement vides d'écus... Il est si doux, si victorieux, de recueillir le prix de sa valeur, de se payer soi-même le prix de son courage!... Aussi, quelle belle chose que les guerres de religion!... De l'or des deux côtés!... On hérite des dépouilles de ses alliés et de ses adversaires!...

Bon, voici nos limiers qui apparaissent là-bas, au haut de la colline!... Par la mort! ces bandits s'avancent dans un ordre qui dénote une certaine connaissance des règles de la guerre... Quatre sur chaque rang... les distances sont obser-

éves, es têtes des chevaux régulièrement alignées... Je regrette, chevalier, que vous soyez armés si à la légère... Ménagez bien au moins vos deux coups de pistolets et ne vous laissez pas emporter par votre fougue... Tudieu ! ces sacripants vont un train d'enfer... Avant un quart d'heure ils seront ici... Holà !... he ! de la maison-forte !... Ouvrez-donc !...

Les deux compagnons de fortune, stimulés par le danger, éperonnèrent leurs chevaux et s'avancèrent instinctivement jusqu'aux bords des fossés. A peine dix pas les séparaient-ils de la maison-forte.

La même voix qui les avait accueillis à l'arrivée par un qui-vive se fit alors entendre de nouveau.

— Messieurs, ma maîtresse, la dame d'Erlanges, regrette vivement d'être obligée de vous refuser l'hospitalité, et vous prie d'agréer toutes ses excuses !... La dame d'Erlanges ne doute nullement que vous ne soyez de très-honnêtes gentilshommes... Malheureusement sa position lui impose de grandes précautions !... La nuit n'est pas assez avancée pour que vous ne puissiez continuer votre chemin... Une heure vous suffira pour atteindre le bourg d'Avèze.

— Nous n'avons que faire de tes croassements, corbeau de malheur ! s'écria Roland exaspéré par ce refus... Tu nous conseilles de nous rendre au bourg d'Avèze, regarde donc devant toi, sot animal !... Ne vois-tu pas une troupe de cavaliers qui s'avance avec vitesse? Ce sont les Apôtres du marquis de la Tremblais !... les ennemis de ta maîtresse et les nôtres... Va avertir la dame d'Erlanges, que l'enfer engloutisse ! que si le divertissement d'un tournoi à armes affilées peut lui être agréable en lui rappelant les galanteries de ses jeunes années, elle ait à se rendre ici au plus vite. Avant dix minutes la mêlée sera dans son beau.

— Quoi ! mon gentilhomme ! vous êtes poursuivi par les Apôtres? Que ne le disiez-vous tout de suite... Je cours abaisser le pont-levis.

— Tu croassais naguere comme un vilain corbeau, et voilà qu'à présent tu chantes comme un gentil rossignol, répondit le capitaine. Allons, l'ami, dépêche-toi !... Quoiqu'il soit permis à deux hommes de fuir sans déshonneur devant douze assassins, je désirerais cependant que notre entrée dans la maison-forte de la dame d'Erlanges ne fût pas trop précipitée, et ne ressemblât pas à une retraite !... Voilà à présent que tu hésites !... Qui te retient de mettre à exécution ta promesse?

En effet, l'homme à l'arquebuse, sorti de sa retraite, restait immobile et indécis sur le pilier du pont-levis.

— Qui m'assure, mes gentilshommes, dit-il, que vous n'êtes pas vous-mêmes des émissaires du marquis ? que les Apôtres, au lieu de vous poursuivre, ne sont pas, au contraire, d'accord avec vous ?... Non, vraiment, il m'est impossible de prendre sur ma responsabilité d'abaisser le pont-levis. Encore un peu de patience, je cours consulter ma maîtresse, et je reviens.

Cette nouvelle déception exaspéra Roland de Maurevert.

— Par les entrailles du Grand-Turc ! s'écria-t-il en étendant son poing crispé dans la direction de la maison-forte, si le marquis de la Tremblais consentait à s'engager vis-à-vis de moi, par un serment solennel, à incendier cette bicoque, je n'hésiterais pas à aller lui offrir le secours de mon expérience et de mon bras !... Laisser dans un tel embarras de bons gentilshommes comme nous, c'est plus que de la cruauté, c'est de la lâcheté, de la félonie !... Eh bien ! quoi ! chevalier, vous ne soufflez mot, vous ne jurez pas, vous n'écumez pas ; tudieu ! je ne vous aurais jamais cru doué d'une telle patience !

— A quoi bon me mettre en colère, capitaine ? répondit Raoul d'une voix qu'il essaya de rendre calme, mais dont les notes mordantes et brèves manifestaient la fureur. Je redoute, au contraire, au-delà de toute expression la frénésie qui s'empare de moi, à la perspective d'une scène de carnage !...

Le chevalier Sforzi se tut pendant un moment, puis, les lèvres décolorées et agitées par un tremblement convulsif, les yeux brillants d'un sombre éclat, les veines du front gonflées comme lors de son duel avec Roland, c'est-à-dire d'une façon phénoménale, il reprit :

— Roland, des gentilshommes doivent-ils donc, pour engager la bataille, attendre le bon plaisir d'une troupe de coupe-gorge salariés ?... Qui nous retient de courir sus aux Apôtres ?... Capitaine, en avant !...

— Tudieu ! s'écria de Maurevert en contemplant Raoul avec une véritable admiration, je retrouve mon tigre de tantôt !... Je m'explique à présent ma défaite !... Cher ami, votre enthousiasme est contagieux ; je sens qu'il me gagne... Vous avez raison ; à nous l'honneur de l'initiative, en avant !...

Les deux amis labouraient déjà de l'éperon les flancs de leurs montures, lorsqu'aux sons doux et pénétrants d'une voix qui partait de la maison-forte, ils s'arrêtèrent au beau milieu de leur élan.

Une distance de cinq cents pas les séparait à peine en ce moment des bandits.

En retournant la tête, Raoul et Roland furent surpris par une apparition aussi inattendue que charmante ! Ils virent de l'autre côté des fossés se dessiner la taille, admirable de forme, et souple comme un jonc, d'une jeune fille vêtue de blanc ! cette jeune fille, autant que permettait de le distinguer la faible lueur du crépuscule, était d'une idéale beauté.

— Messieurs, disait-elle, si vous êtes réellement poursuivis, vous avez droit à l'appui de ma mère ; si, au contraire, vous comptez reconnaître par la trahison l'hospitalité de sa demeure, Dieu vous punira.

La jeune fille parlait encore, lorsque la herse du pont-levis s'abattit et donna passage aux deux cavaliers.

Le capitaine s'empressa de se mettre à l'abri, et le chevalier Sforzi, après avoir jeté un dernier regard de défi sur la troupe des assassins, suivit son exemple.

Depuis l'apparition de Diane d'Erlanges, l'expression de fureur qui naguère animait le visage de Raoul avait disparu comme par enchantement.

— Que cette jeune fille est belle, capitaine ! dit-il à demi-voix à son compagnon, tandis qu'ils traversaient tous deux une voûte étroite et sombre.

— La maison me semble opulente, répondit le capitaine, c'est bien le diable si, avec un peu d'adresse, nous ne parvenons pas à réaliser ici quelque honnête profit !...

IV

DIANE D'ERLANGES

Au sortir de la voûte, les deux compagnons de fortune descendirent de cheval, puis, précédés d'un valet qui leur servait de guide, ils gravirent un perron d'une dizaine de marches, et pénétrèrent dans les appartements du château.

Après avoir traversé une vaste chambre, ils arrivèrent devant une porte à deux battants.

— Qui dois-je annoncer à madame d'Erlanges ? leur demanda le valet.

— Monsieur Roland de Maurevert, capitaine au service de S. M. le roi de France, et le chevalier Raoul de Sforzi, répondit le géant avec emphase.

Le valet ouvrit la porte et cria d'une voix sonore les noms des nouveaux venus.

— Par les joies du paradis ! murmura de Maurevert, l'aspect de céans confirme pleinement mes prévisions ; cette maison me paraît montée sur un pied convenable. Excellente dame d'Erlanges ! je me sens tout disposé à me dévouer à sa cause.

Les pensées de Raoul étaient d'une nature tout opposée à celles du capitaine. La vue d'une jeune fille vêtue de blanc et qui se tenait debout auprès du vaste fauteuil de la maîtresse de la maison, lui avait causé un trouble profond.

A l'annonce des hôtes que le hasard lui envoyait, la dame d'Erlanges abandonna son fauteuil et s'avançant de deux pas à leur rencontre :

— Messieurs, leur dit-elle d'une voix grave, soyez les bienvenus !... Mes serviteurs m'ont appris que vous étiez poursuivis par les gens du marquis de la Tremblais !... j'espère, grâce à la bonté toute-puissante de Dieu, que vous êtes maintenant hors de danger !...

— Madame, répondit Raoul en s'inclinant respectueusement, vous m'avez sauvé d'une mort presque inévitable ! Permettez-moi de déposer à vos pieds l'expression de mon inviolable gratitude et l'offre de mon épée.

A ces paroles, prononcées non pas sur le ton de la galanterie, mais avec l'expression de la sincérité, le capitaine Roland mordit d'un air furieux sa moustache et interrompit Raoul.

— Prenez garde, chevalier, lui dit-il, en affectant d'attacher ainsi plus d'importance que vous n'en accordez au service qui nous a été rendu, vous pourriez faire douter de notre courage ! Que diable, une poignée de valets ridiculement équipés et armés ne présente pas pour deux gentilshommes un péril sérieux ! Si madame d'Erlanges désire utiliser plus tard notre concours, ce sera une affaire à discuter entre elle et nous, au point de vue de nos intérêts respectifs. Je vous en prie, ne parlez donc pas de reconnaissance ; j'ai l'exagération en horreur.

Raoul allait répondre, de Maurevert ne lui en laissa pas le temps.

— Madame, poursuivit-il, cette table servie et l'heure de la journée me donnent à supposer que vous alliez souper ! Nous serions désolés, mon ami le chevalier et moi, de vous déranger en rien de vos habitudes ! Nous préférons vous tenir compagnie.

La dame d'Erlanges fit un signe d'acquiescement et désigna au capitaine et à Raoul les deux couverts placés à sa droite et à sa gauche.

De Maurevert ne se fit pas répéter cette invitation : il s'empressa de s'asseoir à la droite de la châtelaine.

La salle dans laquelle se trouvaient les deux compagnons de fortune offrait une longueur de près de soixante pieds sur trente de large. Une immense table dressée au centre permettait à près de quarante serviteurs dont se composait la maison de la dame d'Erlanges, de prendre part au repas.

Trois grosses lampes, accrochées au plafond, servaient l'hiver à éclairer la vaste salle. Quatre fenêtres cintrées et ornées de vitraux peints donnaient passage pendant la journée à une lumière douce et colorée.

Un grand fauteuil en chêne sculpté, occupé par la dame d'Erlanges ; une espèce de tabouret affecté à sa fille, Diane, et plusieurs grands bahuts, également en chêne, complétaient l'ameublement de cette salle, appelée la salle d'honneur.

Les bancs en bois, adossés à la muraille, étaient destinés aux serviteurs.

— Madame, dit le capitaine après qu'il eut fait disparaître avec une célérité réellement merveilleuse une énorme tranche de venaison, plus je réfléchis à votre position, moins je m'explique l'inaction dans laquelle reste le marquis de la Tremblais. Des quarante serviteurs des deux sexes que j'aperçois ici, dix sont à peine capables de porter les armes.

Je me demande ce qui peut empêcher le marquis d'assiéger et de prendre votre château !... Une matinée lui suffirait pour accomplir cette facile prouesse !... Par contre, je ne comprends pas non plus comment il se fait que vous ne songiez pas à renforcer votre garnison, à augmenter vos moyens de défense !... Il est vrai que prendre d'assaut le château d'un voisin, constitue, aux yeux de certaines gens, une action répréhensible... Je ne sais même pas trop si les lois n'ont pas prévu ce cas... Mais, le pouvoir du marquis est si bien assis, la cour a tant d'intérêt à le ménager, l'Auvergne est si en dehors, par sa position, de l'influence royale, qu'il est incontestable que personne ne songerait à chanter pouille au seigneur de la Tremblais, s'il commettait cette légère peccadille !... Tenez, dame d'Erlanges, si vous vouliez mettre en moi votre confiance, rémunérer convenablement ma peine et mes dangers, je consentirais, je le crois, à me charger de votre sûreté !

La proposition du capitaine fit monter le rouge de la honte aux joues de Raoul.

— Madame, s'écria-t-il, n'attachez, je vous en conjure, aucune importance aux paroles de M. de Maurevert. Le capitaine manie assez volontiers la plaisanterie, et son offre est une pure facétie de sa joyeuse imagination ; votre force est tout entière dans la bonté de votre cause. A un appel de vous, madame, toute la noblesse de la province, j'en suis intimement convaincu, se lèverait en masse et accourrait en armes à votre secours.

Le chevalier s'arrêta, puis après une courte hésitation :

— Madame, continua-t-il d'une voix émue et respectueuse, il est encore un moyen bien simple de vous affranchir des odieuses persécutions du marquis. M. de la Tremblais se refuserait-il donc à mesurer son épée avec celle d'un gentilhomme ? Non, certes ! Pourquoi n'accorderiez-vous pas à un champion de votre choix l'honneur de vous défendre ! Chacun, madame, briguerait cette marque de confiance... Moi-même, malgré le peu de droits que je pourrais avoir à cette insigne faveur, j'oserais me mettre au nombre des solliciteurs !... Et tenez, madame, je ne sais, mais un pressentiment m'assure que je sortirais vainqueur de la lutte !

Quoique le jeune homme eût prononcé ces dernières paroles avec une extrême retenue, presque à voix basse, elles produisirent sur les serviteurs une impression extraordinaire; on sentait que ce que le chevalier disait, il le ferait.

La dame d'Erlanges elle-même, malgré la rigidité habituelle de sa contenance, laissa voir une vive émotion.

— Chevalier, répondit-elle d'une voix dont la douceur inusitée fit tressaillir d'étonnement sa fille Diane, je vous remercie du plus profond de mon cœur, de vos bonnes intentions. Ma force n'est pas seulement, ainsi que vous le prétendiez tout à l'heure, dans la bonté de ma cause, elle est surtout dans ma confiance en Dieu. L'Écriture maudit ceux qui se servent de l'épée; jamais, de mon plein gré, je ne ferai sortir un glaive du fourreau. N'insistez pas davantage, chevalier, je vous en prie. La perspective des plus grands malheurs ne pourrait me faire changer de résolution.

Raoul Sforzi ne répondit pas, mais au regard d'admiration enthousiaste qu'il laissa tomber sur la demoiselle Diane, assise de l'autre côté de la table, en face de lui, au froncement significatif de ses sourcils, au nuage empourpré qui passa sur son visage, il était facile de comprendre qu'il ne s'associait pas à la résignation de la dame d'Erlanges, et qu'il conservait une arrière-pensée.

La demoiselle Diane avait alors dix-huit ans ; rien de charmant, d'attrayant et de complet comme sa beauté.

Ses grands yeux bleus, quoique sa soyeuse et abondante chevelure fût d'un noir admirable, présentaient une irrésistible séduction, ils peignaient tout à la fois, par un merveilleux contraste, la fougue et la retenue, la détermination et la timidité. Ils disaient la tendresse craintive de la femme ; le courage viril de l'homme.

Le teint de son visage, un peu hâlé par le contact du grand air, présentait une savoureuse fraîcheur, quelque chose de velouté comme le duvet de la pêche ; des lèvres, plutôt épaisses que minces, merveilleusement tracées, de petites dents serrées, d'une blancheur inouïe, un nez irréprochable, complétaient, sans laisser prise à la critique la plus sévère, un admirable ensemble !

Quant à la dame d'Erlanges, sa pâleur maladive, sa taille au-dessus de la moyenne, ses vêtements noirs de coupe ancienne, la dignité un peu guindée de sa marche, l'expression sévère, douloureuse et résignée de son visage, la raideur quasi-solennelle de ses mouvements, offraient un contraste des plus tranchés avec la grâce rayonnante de sa fille. Un observateur eût été fort embarrassé pour trouver entre les deux femmes ce je ne sais quoi, que l'on appelle vulgairement un air de famille.

Soit que la présence de la dame d'Erlanges pesât sur la gaieté des convives, soit que les observations du capitaine eussent jeté dans l'esprit des personnes présentes des appréhensions pour l'avenir, le reste du souper s'écoula dans un morne silence. Roland de Maurevert surtout paraissait d'une terrible humeur; il mangeait de rage, c'était inouï et effrayant à voir

— Misérable chevalier !... inepte sorcière ! murmurait-il entre chaque bouchée. Lui, offrir gratuitement son épée !... Elle, mettre toute sa confiance en Dieu !... Est-ce que l'Écriture ne dit pas : « Aide-toi et le ciel t'aidera !... » Une affaire qui se présentait si bien !... Que l'enfer m'engloutisse ! où donc avais-je l'esprit, lorsque la pensée de m'associer avec ce paladin antique m'a traversé le cerveau ! Tiens !... mais on dirait que mademoiselle Diane d'Erlanges le regarde d'une singulière façon !... Déjà !... Au fait, pourquoi pas ?... Je n'ai jamais, moi, dépensé plus de deux heures pour séduire une femme... Il n'est pas plus mal qu'un autre, Raoul... Eh ! eh ! voici une découverte qui m'est souverainement agréable et qui change du tout au tout la face des choses. Quand deux étourneaux chantent ensemble le duo de messire Cupido, un homme de sang-froid, pour peu qu'il affecte de les accompagner sur la viole, les tient bientôt en sa puissance et les fait agir à sa volonté... Il me faudra m'occuper de cette affaire.

Après la sortie de table, la dame d'Erlanges salua Raoul d'une légère inclination de tête :

— Chevalier, lui dit-elle, il se fait tard, et vous devez avoir besoin de repos. Désirez-vous que l'on vous conduise à votre chambre ?

Le jeune homme, croyant voir dans cette prévenance un congé, répondit d'une façon affirmative.

Il s'inclina respectueusement devant la dame d'Erlanges, et suivit un valet qui l'attendait une torche de cire jaune à la main.

Le capitaine Roland, qui s'était assis, un peu avant la fin du souper, sur un des bancs adossés à la muraille, paraissait enseveli dans un bruyant sommeil.

Raoul, précédé du serviteur porteur de la torche, traversait un long et obscur corridor, lorsqu'il entendit derrière lui un léger frôlement. Il se retourna et vit la damoiselle Diane d'Erlanges.

— Silence, chevalier, lui dit-elle vivement; trouvez-vous demain à la pointe du jour dans le jardin du château, j'ai à vous parler !...

La rougeur de la jeune fille, le tremblement de sa voix, sa contenance embarrassée, prouvaient qu'elle comprenait la gravité de sa démarche.

Raoul, surpris et ému, allait répondre; mais Diane n'était déjà plus devant lui; elle avait disparu dans l'obscurité du corridor !

V

UNE DOUBLE MISSION

Le chevalier Raoul de Sforzi passa une nuit sans sommeil. Sa rencontre avec le capitaine de Maurevert, les odieuses persécutions du seigneur de la Tremblais, les dangers auxquels se trouvaient exposées les dames d'Erlanges, enfin et surtout la resplendissante beauté de Diane, occupèrent et agitèrent son esprit de pensées multiples et confuses.

Aux premières lueurs de l'aube le jeune homme s'élança hors de son lit et courut à la fenêtre, il lui fallait connaître les localités pour se rendre au mystérieux rendez-vous de Diane. Il découvrit à sa grande joie, que sa chambre donnait justement sur les jardins du château ; une forme vaporeuse et blanche qu'il crut voir glisser entre les massifs d'arbres, lui fit battre violemment le cœur ; il ouvrit doucement la porte et sortit.

Cinq minutes plus tard, Raoul s'inclinait respectueusement devant Diane qui, les yeux timidement baissés, et la poitrine oppressée, avait peine, tant son trouble était grand, à répondre par une révérence au salut du jeune homme.

Un silence de quelques secondes suivit ; ce fut mademoiselle d'Erlanges qui le rompit la première.

— Chevalier, murmura-t-elle, je ne me rends pas bien compte de ma hardiesse. Je ne puis comprendre dans quel sentiment j'ai puisé le courage de m'adresser à vous... Ne m'interrompez pas, monsieur, par des protestations de dévouement. Ma présence ici vous dit assez la confiance que m'inspire votre honnêteté... la foi que j'ai en votre courage!

Raoul s'inclina de nouveau, et Diane se remettant peu à peu de son émotion, reprit d'une voix plus ferme :

— Chevalier, la démarche osée, si en dehors de toutes les convenances, que je tente auprès de vous, m'est inspirée par l'horreur de ma position. Ne me jugez pas, ne me condamnez pas, je vous en conjure, avant de savoir à quelle extrémité je me trouve réduite ! Le malheureux naufragé qui, près d'être englouti, se crampone instinctivement à un de ses compagnons d'infortune, quitte à l'entraîner avec lui dans l'abîme, mérite plutôt la pitié que le blâme. Ma mère, chevalier Sforzi, me reproche souvent ce qu'elle appelle la hardiesse de mon esprit. Peut-être a-t-elle raison. Dans les circonstances les plus graves de la vie, je ne prends jamais, il est vrai, conseil que de mon cœur. Or je sens que si le ciel m'avait fait homme, et qu'une infortunée fût venue solliciter ma protection, j'aurais ressenti un grand orgueil.

— Oh ! mademoiselle, s'écria Raoul tout à la fois attendri et charmé, votre cœur ne vous a pas trompée. Hélas ! je ne suis qu'un pauvre et obscur gentilhomme... Je n'ai ni richesse ni puissance. Mes efforts n'aboutiront peut-être qu'à une stérile tentative. Mais ce dont je puis vous répondre, mademoiselle, c'est d'un respect sans limite, d'une obéissance aveugle, d'un dévouement à toute épreuve. Parlez... parlez...

— Je ne reviendrai pas, chevalier, sur les persécutions passées que ma mère a eu à endurer de la part du seigneur de la Tremblais... Je vais au plus pressé !... Hier même, le marquis m'a fait remettre, par un de ses espions, une lettre dans laquelle il me déclare que si je tarde de quarante-huit heures à me rendre à son château, il incendiera notre maison-forte de Tauve et passera nos serviteurs au fil de l'épée.

— Cette horrible insolence, mademoiselle...

— Hélas ! ce n'est pas une insolence, chevalier, interrompit Diane, c'est pis que cela : une menace ! Or, quand le marquis menace ! il est bien près d'agir... Dans votre arrivée imprévue, dans l'offre généreuse de votre épée, j'ai cru reconnaître le doigt de la Providence ; alors, semblable au naufragé dont je vous parlais tout à l'heure, je n'ai pas hésité à m'adresser à vous. A présent, par quels moyens pouvez-vous nous sauver, ma mère et moi ?... Comment parviendrez-vous à braver impunément la colère du seigneur de la Tremblais ? Je l'ignore...

— Mais par un moyen très-simple, mademoiselle ! Je provoquerai le marquis en combat singulier, et je le tuerai !

Un triste sourire passa sur les lèvres vermeilles de Diane.

— Le seigneur de la Tremblais répondrait par la trahison à votre appel, chevalier, dit-elle. Cet homme ne se bat pas : il assassine. Il a de la férocité, mais il manque de courage ! Tenez, chevalier, je m'aperçois à présent que ma démarche es folle, insensée... criminelle même ! Elle n'aboutirait qu'à votre perte. Oubliez cet entretien, éloignez-vous au plus vite du château, abandonnez à leur malheureux sort des infortunées que vous ne sauriez sauver !

— Vous abandonner ! s'écria Raoul avec un indicible élan d'indignation, quoi ! est-ce bien vous, une noble damoiselle, qui me conseillez cette lâcheté insigne ? Ne comptez-vous pour rien la bonté de votre cause, l'appui de Dieu ?... La perspective de tomber en la puissance du seigneur de la Tremblais effraie, je le vois, à ce point votre fierté, qu'elle ne vous laisse plus la force de réfléchir...

— Moi, en la puissance du marquis ! répéta la jeune fille d'une voix frémissante. Oh ! cela n'est pas à craindre, chevalier.

— Pourtant s'il s'empare du château de Tauve ?

— La mort m'offre un moyen assuré d'échapper à la honte ! Dieu, tenant compte de la cruelle nécessité à laquelle je me verrais réduite, me pardonnerait d'avoir disposé de mon existence.

Au ton simple et résolu de Diane, le chevalier ne douta pas de l'irrévocable détermination de la pauvre enfant ; des larmes lui vinrent aux yeux.

— Mademoiselle, s'écria-t-il, vous me supplieriez à deux genoux de renoncer à mon entreprise, que je vous refuserais ! A votre tour, ne m'interrompez pas !... Puisque le seigneur de la Tremblais, mentant au sang de gentilhomme, ne se bat pas, eh bien ! je l'assassinerai !... A présent, — et je n'aborde cet ordre d'idées que pour vaincre vos derniers scrupules et mettre votre conscience à l'aise, — à présent, supposez que la fortune trahisse mes efforts, que je succombe... eh bien, mademoiselle, ce serait là un bonheur pour moi !... Je suis si seul, si abandonné sur la terre !... mon passé est si triste, mon avenir si sombre, que bien souvent déjà j'ai supplié Dieu de me rappeler à lui !... Je n'ai pas grand mérite à vous offrir mon existence ; aucune responsabilité ne pèsera sur vous. Ce n'est pas un cadeau que je vous fais, mais bien un fardeau dont je me débarrasse.

Diane d'Erlanges leva ses grands beaux yeux sur le jeune homme, puis après un court silence :

— Chevalier, lui dit-elle avec une touchante simplicité, — vous êtes un noble cœur ! Voulez-vous être mon frère ?

La charmante enfant mit tant de grâce, de séduction et de noblesse dans cette question, que Raoul fut comme ébloui.

En ce moment une voix rude et moqueuse retentit à ses côtés et le tira de son extase.

— Parbleu ! je connais ces fraternités-là ! disait la voix.

Sforzi porta la main à la garde de son épée ; le capitaine de Maurevert sortit de derrière un massif de verdure.

L'apparition du géant causa à Raoul un mouvement de surprise mêlée de colère.

— Capitaine, lui dit-il avec hauteur, il me semble que ni mademoiselle d'Erlanges ni moi ne vous avons prié d'assister à cet entretien !... Entendre frauduleusement des confidences qui ne vous sont pas destinées n'est pas le fait d'un gentilhomme ! Capitaine, je ne vous retiens pas...

A ce congé formulé avec si peu de ménagement pour son amour-propre, de Maurevert ne sourcilla pas.

— Voilà bien la jeunesse !... murmura-t-il en hochant la tête d'un air de pitié, folle, batailleuse, inconsidérée ! Chevalier Sforzi, je regrette de ne pouvoir obéir à votre si courtoise injonction. Pour moi les affaires passent avant tout. Peut-être avez-vous eu tort de m'accepter pour compagnon de fortune, mais du moment que vous avez lié votre sort au mien, il vous faut, sous peine de vous parjurer, subir les conséquences de notre association.

Or, je vous le déclare, je m'oppose de toutes mes forces à l'accomplissement de votre beau projet d'assassiner le marquis de la Tremblais. Que diable ! il me semble qu'avant de se jeter dans les moyens extrêmes, on doit au moins réfléchir... Quant à vous, mademoiselle, si vous ressentez pour le chevalier la centième partie de l'intérêt qu'il vous porte, joignez-vous à moi pour le retenir sur la pente de l'abîme. Croyez-en l'expérience d'un vieux soldat, si Raoul persiste à s'attaquer à l'aventure, au seigneur de la Tremblais, il n'a plus vingt-quatre heures à vivre. Il est bien rare qu'un coup de dague donné inconsidérément, et sans être la conséquence d'un plan mûrement réfléchi, savamment combiné, aboutisse à un résultat satisfaisant. Ne seriez-vous pas grandement contrariée, mademoiselle, de voir le chevalier pendu haut et court comme un vilain ?

Diane pâlit et porta vivement la main à son cœur. L'émotion de la jeune fille n'échappa pas au sagace capitaine.

— Ainsi, voilà qui est convenu, mademoiselle, reprit-il, vous empêcherez Raoul de se perdre sans profit... Sforzi, ne m'interrompez pas, je vous prie ; ne voyez-vous pas que mademoiselle m'écoute avec un certain intérêt ?...

— Oui, oui, capitaine, parlez ! s'écria Diane.

De Maurevert redressa sa haute taille, se cambra sur la hanche, et s'adressant d'un air solennel à Raoul, qui, les sourcils froncés, supportait impatiemment cette conversation :

— Chevalier Sforzi, lui dit-il, vous voyez en ma personne le chargé d'affaires du roi de France, Henri III. Sa Majesté a daigné me concéder de pleins et entiers pouvoirs pour engager à son service, dans toute la province d'Auvergne, de loyaux serviteurs. Etes-vous libre de votre personne ? Aucun contrat ne pèse-t-il sur votre indépendance ? Pouvez-vous jurer obéissance et fidélité à Henri de Valois ? Alors, au nom du roi, mon maître, je vous délivre en due et bonne forme un brevet de cornette, — honoraire, — dans une compagnie de chevau-légers !

Le capitaine, sans rien perdre de son air grave et solennel

retira de son pourpoint et présenta à Raoul ébahi, un parchemin portant le scel et la signature du roi.

Le jeune homme se saisit du brevet et le lut avec autant d'étonnement que d'attention. Le capitaine avait dit vrai, ce brevet était, au nom près du titulaire, laissé en blanc, d'une indiscutable authenticité.

— Ce brevet honoraire, reprit de Maurevert, ne vous donne droit à aucune solde, à aucun gage, à aucun commandement réglé. Il vous autorise seulement, en cas d'une prise d'armes en Auvergne, à lever une troupe laissée à votre charge, et à combattre soit contre les religionnaires, soit contre les rebelles. Une fois la révolte comprimée, les huguenots battus, vous serez tenu de licencier votre compagnie. Inutile d'ajouter que Sa Majesté vous octroierait alors la permission de faire valoir auprès d'elle les services que vous lui auriez rendus. Ces priviléges, je l'avoue, laissent à désirer. Toutefois, je vous ferai observer que cette nomination, en vous attachant au roi, donne à votre personne un caractère et une inviolabilité qui, en ce moment, lui manquent complètement! Par exemple, il est incontestable, que le seigneur de la Tremblais, malgré sa puissance et sa hardiesse, n'oserait jamais faire pendre un officier du roi. A peine se permettrait-il, dans un moment de mauvaise humeur, de lui faire trancher la tête.

Raoul Sforzi réfléchit un moment, puis d'une voix non moins grave que l'était celle de Maurevert ;

— J'accepte, capitaine, dit-il. Est-ce entre vos mains que je dois prêter mon serment de fidélité au roi?

— Certes : mais cela ne presse pas. L'essentiel, pour l'instant, c'est de remplir par votre nom la place laissée en blanc dans ce brevet. Ma foi, mon cher Raoul, je regrette de tout cœur que les circonstances soient si impérieuses que vous ne puissiez rester jusqu'à demain sans prendre un parti.

— Pourquoi donc, capitaine?...

— C'est demain mardi, n'est-ce pas? Eh bien! demain, il m'aurait été permis, — ce qui eût été bien préférable, — de vous attacher à la maison de messieurs de Guise!...

— Je ne vous comprends pas. Expliquez-vous?

— Rien de plus facile. Je remplis en ce moment une double mission : je renforce le parti du roi et celui de messeigneurs de Guise. Le lundi, je m'occupe des intérêts de Sa Majesté; le mardi, de messeigneurs de Guise, et ainsi de suite, en alternant un jour l'autre. J'ai déjà eu, chevalier, l'honneur de vous déclarer à quel point je suis esclave de ma parole... Ne m'en veuillez point, si, malgré l'intérêt que je vous porte, je vous ai mis, aujourd'hui lundi, dans les royaux!... Je ne déteste certes pas réaliser, quand l'occasion s'en présente, un léger bénéfice; eh! bien pour deux cents, pour mille quadruples d'or, je ne vous aurais pas donné entrée un lundi parmi les Guisards.

A présent, chevalier, un dernier mot; votre bonne mine, votre courage et vos façons disent assez que vous êtes gentilhomme; néamoins, je dois, pour me conformer à mes instructions, exiger vos preuves de noblesse. D'où descend, je vous prie, la famille de Sforzi?

A cette question, le chevalier rougit et hésita. Il allait répondre, quand le son d'un cor de chasse vibra dans les airs ; Diane tressaillit.

— Mon Dieu! messieurs, s'écria-t-elle vivement, quel nouveau danger nous menace? Ce cor vient de donner le signal d'alarmes convenu entre nos serviteurs. Courons aux remparts.

La pauvre jeune fille s'élança émue et tremblante hors du jardin.

Le capitaine et Raoul la suivirent en silence.

— Ah! ma bonne damoiselle, dit le premier des serviteurs que Diane interrogea, que le Dieu tout-puissant nous protège!... Le seigneur de la Tremblais s'avance à la tête d'une troupe de cavaliers dans la direction du château.

VI

L'INSULTE

Lorsque le chevalier Raoul et le capitaine Roland arrivè-rent aux remparts, ils y trouvèrent les serviteurs de la dame d'Erlanges, qui dissiminés en petits groupes, considéraient d'un œil morne et désolé la marche de la troupe ennemie.

La contenance abattue des défenseurs du château disait assez clairement le peu d'espoir que la châtelaine devait fonder sur eux.

— Par les fourches de l'enfer! s'écria de Maurevert en s'adressant au chevalier, nous voici, cher ami, impliqués dans une méchante affaire... Il est incontestable que si le seigneur de la Tremblais pousse un peu vigoureusement sa pointe, la maison-forte de Tauve tombera avant la fin du jour en son pouvoir. Nous mettre à la tête de la garnison? c'est jouer gros jeu! Observer une complète neutralité? c'est nous exposer à être traités en vaincus sans avoir eu le divertissement de la bataille!

— Rester neutres! répéta Raoul avec une fougueuse indignation; ah! capitaine, est-il possible que vous osiez prononcer de semblables paroles! Ne comprenez-vous donc pas que notre neutralité nous rendrait les complices du marquis... La garnison du château n'est pas bien nombreuse, c'est vrai; mais je vous réponds, moi, que bien dirigée et bien commandée, elle est plus que suffisante pour repousser l'ennemi!... Allons, capitaine, ne perdons pas, en vaines discussions, un temps précieux : occupons-nous plutôt de combiner un plan de défense...

— Moins d'enthousiasme, je vous prie, cher ami, répondit de Maurevert avec un parfait sang-froid, la passion est une détestable conseillère. Je conviens, en effet, qu'en se donnant beaucoup de peine, on pourrait à la rigueur soutenir avantageusement un premier assaut. La position de la maison-forte de Tauve est excellente, et ses fortifications ne laissent que peu à désirer; soit. Admettons pour un moment que la victoire couronne nos efforts, quel bénéfice en retirerons-nous? Aucun, cher ami, aucun! La châtelaine huguenote se figurera bonnement qu'elle doit sa délivrance à Dieu, et elle nous paiera en versets de la Bible; c'est peu tentant.

— Et la satisfaction, capitaine, d'avoir rempli votre devoir!

— Heu!... une satisfaction bien improductive! Je n'ai pas d'amour-propre, cher ami.

— Ainsi, capitaine, vous m'abandonnez... vous manquez à votre parole...

— Vous êtes injuste, chevalier, dit de Maurevert en interrompant vivement Raoul. Moi, manquer à ma parole! moi, vous abandonner! Vous raillez, je pense. Vous ai-je jamais promis de partager vos erreurs, de m'associer à vos fautes? Nullement. Je vous ai proposé une alliance défensive, pas davantage. Il est certain que si votre amour pour mademoiselle Diane vous jette dans un embarras sérieux, je remuerai le ciel et l'enfer pour vous venir en aide, mais il ne s'ensuit pas de là que je doive m'associer à vos transports!... Ah! voici le seigneur de la Tremblais qui arrive! Vingt cuirasses! Dix arquebuses! Tudieu! c'est là une suite magnifique! J'en suis presque aux regrets de ma chiquenaude!... Bah! le marquis est trop gentilhomme pour me garder rancune de ce que j'ai dû châtier un valet insolent!... Une loyale explication nous rendra les meilleurs amis du monde!

Le capitaine parlait encore lorsque le marquis, faisant signe à son escorte de s'arrêter, poussa son cheval et arriva seul devant les fossés du château.

— Holà! manants, cria-t-il d'une voix brève, est-ce donc ainsi que l'on reçoit son maître et seigneur? Mé prenez-vous pour un croquant habitué à faire antichambre?... Que l'on abaisse au plus vite le pont-levis.

Le marquis pouvait avoir de vingt-six à vingt-sept ans; ses traits, d'une extrême finesse, d'une régularité irréprochable, eussent été beaux sans l'expression hautaine et moqueuse qui en dénaturait la pureté.

Sa taille, d'environ cinq pieds trois pouces, déjà voûtée, soit par l'abus des plaisirs, soit par des excès de fatigue, annonçait une force corporelle des plus médiocres.

Le seigneur de la Tremblais ne portait ni soubreveste, ni cotte de mailles, ni cuirasse; son habillement de drap de couleur sombre était brodé de soie; à son côté pendait une rapière et une dague; à l'arçon de sa selle on voyait deux longs pistolets richement damasquinés et d'un travail exquis.

— Eh bien! manants, reprit-il presque aussitôt, ne m'avez-vous pas entendu? Par la mort-Dieu!... prenez garde!...

— Monseigneur, répondit le plus vieux serviteur de la dame d'Erlanges, le château de Tauve n'est pas assez grand pour contenir votre nombreuse escorte.

— Ah! ah! des soupçons! Au fait, pourquoi m'en étonnerais-je? Ma vassale, la dame d'Erlanges, n'a-t-elle pas pour habitude de me calomnier, de me braver? Eh bien! comme je ne veux laisser aucun prétexte à sa mauvaise foi et à sa désobéissance, j'entrerai seul.

Le marquis se retourna vers sa suite, et d'un geste impérieux lui fit signe de s'éloigner.

— Prenez garde, monseigneur, que votre confiance ne vous soit fatale, s'écria un des arquebusiers en sortant des rangs. Les huguenots emploient volontiers la trahison...

Dans cet arquebusier, le chevalier Raoul Sforzi reconnut le valet de chasse Benoist, le chef des Apôtres.

— S'attaquer à ma personne! dit le marquis de la Tremblais avec un sourire de souverain mépris, on n'oserait!

Comme refuser l'entrée du château au seigneur de la Tremblais eût été lui fournir une espèce de motif pour commencer les hostilités, on s'empressa d'abaisser le pont-levis.

— Mille tonnerres! cher Raoul, dit vivement le capitaine à voix basse, cet homme n'est pas aussi fort que je l'aurais cru. Venir ainsi se jeter dans la gueule du loup, c'est bien imprudent. Ne pensez-vous pas qu'il nous serait facile de tirer parti de sa faute?

— Comment cela, capitaine?

— Dam! le sais-je, moi?... Je ne vous propose pas un plan... j'ouvre un avis. Il est certain que la fortune du marquis lui permettrait de payer une magnifique rançon...

— Mais on ne rançonne que les prisonniers, capitaine.

— Votre réflexion, cher ami, ne prouve qu'une chose: c'est que si nous arrêtions le marquis, nous aurions ensuite le droit de le rançonner.

— Quoi, abuser de sa confiance! violer toutes les lois de l'hospitalité!...

— Bon! je ne m'attendais pas à moins de votre part, chevalier; que ne vous mettez-vous dans les ordres? Je vous assure qu'en très-peu de temps vous deviendriez un excellent prédicateur... Et en quoi, s'il vous plait, violerions-nous les lois de l'hospitalité? Le château de Tauve nous appartient-il? Non. Avons-nous engagé notre parole au marquis?... Pas davantage. Notre liberté d'action nous reste donc tout entière. Or, je prétends, et rien ne serait capable de me faire changer d'opinion, que si le marquis me garde rancune de la chiquenaude donnée à son valet, s'il doit rester mon ennemi, je serais un fou, un insensé, un niais, de négliger l'admirable aubaine que le hasard m'envoie. Chevalier, suivez-moi. Allons voir ce qui se passe et tenons-nous prêts à agir selon les circonstances.

Les deux compagnons de fortune abandonnèrent les remparts et se dirigèrent vers la salle de réception.

Lorsqu'ils arrivèrent, la dame d'Erlanges, le visage pâle, l'air digne et sévère, la contenance ferme et assurée, se tenait debout devant le redouté marquis, qui, assis dans un fauteuil, lui parlait d'un ton dur et hautain.

— Madame, disait-il, je vous rappelle, pour la dernière fois, que votre maison-forte est dans ma juridiction: qu'elle relève directement de ma seigneurie; que vous me devez soumission et respect. Je suis déterminé à punir sévèrement votre première désobéissance... Ordonnez à vos serviteurs que l'on ait à faire entrer au plus vite et à héberger les gens de mon escorte, qu'une insultante méfiance m'a contraint à laisser en dehors du château.

— Monsieur le marquis, répondit avec calme la dame d'Erlanges, au nom de la vérité et de la justice, je repousse vos prétentions! Je ne suis pas votre vassale et ne dois obéissance qu'à mon seigneur et maître Henri III, roi de France!

Vos desseins sont visibles, vos intentions connues; vous cherchez un prétexte pour vous emparer par la force de ma fortune et de mes biens!... Marquis de la Tremblais, votre conduite est indigne d'un gentilhomme!... elle ternit à jamais votre blason!...

— Madame! s'écria le marquis blême de fureur, ce dernier acte de rébellion, cette inqualifiable insolence, recevront bientôt leur châtiment.

La dame d'Erlanges se redressa de toute la hauteur de sa taille, et d'un geste hautain montrant la porte au marquis:

— Monsieur, lui dit-elle, je ne vous retiens plus!

Un sinistre sourire entr'ouvrit les lèvres minces du seigneur de la Tremblais.

— Madame, s'écria-t-il, avant ce soir, je reviendrai!... Je ne regrette qu'une chose, la mort du comte d'Erlanges!... Votre qualité de femme, en me condamnant à l'inaction, me force à laisser sans vengeance l'outrage que vous n'avez pas craint de m'adresser! Ah! je donnerais dix mille écus pour que vous eussiez un époux ou un fils.

— Vous en avez menti, marquis! s'écria Raoul en repoussant de Maurevert, qui essayait de le retenir. S'il était donné à madame d'Erlanges de s'appuyer sur le bras d'un époux ou d'un fils, vous ne seriez pas ici, marquis, car vous êtes un lâche.

Le seigneur de la Tremblais s'attendait si peu à voir surgir un défenseur en faveur de la dame d'Erlanges: la pensée qu'un téméraire oserait le provoquer était surtout chose si si éloignée de son esprit, que l'impétuosité du chevalier de Sforzi le surprit et le troubla au-delà de toute expression.

Le visage livide et les yeux injectés de sang, il demeura pendant quelques secondes plongé dans une immobilité complète. Si ce n'eût été la respiration sifflante qui s'échappait de sa poitrine oppressée, on l'aurait cru frappé d'une attaque d'apoplexie foudroyante.

Peu à peu il se remit de ce rude choc moral; la pâleur de ses joues fit place à une rougeur vineuse; et sa main, crispée par un tremblement convulsif, chercha la poignée de sa dague; il comprenait, enfin, en reprenant ses sens, toute la portée de l'insulte que le chevalier Sforzi achevait de lui infliger.

Raoul vit ce mouvement menaçant, mais au lieu de se mettre sur la défensive, il s'avança au contraire d'un pas; son visage touchait presque celui du marquis; de ses paupières, extraordinairement dilatées, tombait un regard d'une fixité et d'un éclat étranges; le seigneur de la Tremblais recula!

La voix calme et nettement accentuée du capitaine de Maurevert rompit enfin le lourd et pénible silence qui régnait dans la vaste salle de réception du château de Tauve.

— Monsieur le marquis de la Tremblais, et vous, chevalier de Sforzi, dit-il froidement, ne vous formalisez, je vous prie, ni de mon intervention dans une discussion qui ne me concerne pas, ni de l'observation que je vais avoir l'honneur de vous adresser. Il me semble que vous choisissez fort mal tous les deux votre temps pour vous accabler de prévenances et de douceurs.

Devant des femmes et des manants, des gentilshommes peuvent se battre, mais ils ne doivent pas s'injurier. Si vous voulez bien m'accorder votre confiance, nous descendrons dans le jardin: je m'engage sur l'honneur à observer une stricte neutralité. Je me contenterai de régler loyalement votre rencontre et je vous laisserai vous battre tout à votre aise. Ma proposition vous comble de joie, n'est-ce pas? En ce cas, partons.

— Qui êtes-vous, monsieur, pour oser me tenir un pareil langage? demanda le marquis avec une hauteur méprisante. Un de la Tremblais mesurer son épée avec celle d'un aventurier inconnu!... Il faut que vous soyez fou pour me conseiller sérieusement une pareille énormité, un tel oubli de ma qualité et de mon rang.

— Prenez garde, marquis! répondit le géant, toujours avec le même flegme, voici que, sans y songer, vous allez me mettre la bile en mouvement, me faire sortir de la douceur de mon caractère! Qui je suis? dites-vous! Parbleu! un gentilhomme comme vous, votre égal en toutes choses! le capitaine Roland de Maurevert, le familier de Sa Majesté Henri III, l'intime ami de messeigneurs de Guise!

Un sourire moqueur passa sur les lèvres du marquis.

— Que m'importent la maison de Valois et celle de Lorraine, dit-il, je suis haut et bas justicier, je ne relève de personne !

A ces paroles arrogantes prononcées d'un ton superbe, de Maurevert leva les yeux au ciel et parut éprouver un étonnement profond, une indignation sans pareille.

— Mes sens ne m'abusent-ils pas ? ai-je bien entendu ? s'écria-t-il en joignant les mains. O vous tous ici présents, je vous prends à témoin de ce propos abominable et séditieux, de ce crime de lèse-majesté... Marquis de la Tremblais, au nom du respect, de l'obéissance et de la fidélité que je dois, en ma qualité de sujet, à Sa Majesté le roi Henri III, mon maître, vous êtes mon prisonnier...

L'audace du capitaine porta la fureur du marquis à son comble.

— Par la mort ! s'écria-t-il, la corde, le feu et le fer joueront bientôt leur jeu. Ne vous réjouissez pas encore de la réussite du guet-apens que vous m'avez tendu. Il ne suffit pas de faire tomber le lion dans un piège, il faut encore que les mailles du filet soient assez fortes pour résister à ses griffes. Arrière, traîtres et manants ! Vous subirez avant peu, je le jure sur ma foi de gentilhomme, la peine due à votre insolence !... Arrière, dis-je ; malheur à celui qui tentera d'arrêter le lion dans son élan !

Le marquis de la Tremblais dégaina sa dague et se dirigea vers la porte de sortie. De Maurevert l'épée à la main, se plaça sur son passage.

— A présent que le lion a rugi, dit-il froidement, il va sans doute nous montrer sa force et son courage ! Marquis de la Tremblais, si vous faites un seul pas en avant, je vous cloue bel et net au plancher. Ah ! ah ! ceci vous donne à réfléchir ! La perspective de l'immobilité horizontale que je vous promets, tempère vos transports !... Définitivement, vous n'êtes pas un homme d'action, marquis !... Je crois que la négociation est plus de votre goût que la bataille !... Vous plairait-il que nous entrions en pourparlers ? Vous vous êtes rendu coupable d'un horrible crime de lèse-majesté, c'est vrai, mais, enfin, à tout péché miséricorde !... Je suis clément, moi !... Je vous laisse donc le droit de fixer le prix de votre rançon... N'oubliez pas toutefois que plus le taux en sera élevé, et plus cela prouvera en faveur de votre repentir. Or, on ne saurait trop se repentir d'avoir osé braver son roi !... J'attends !...

Pendant que le capitaine parlait, un singulier et bizarre changement s'était opéré dans la personne du marquis. Un air benin, presque placide, avait succédé à l'expression de fureur qui naguère contractait son visage : son attitude menaçante avait fait place à une contenance, sinon humble, au moins paisible et résignée.

— Capitaine, répondit-il d'une voix doucereuse, j'ai toujours tenu en sérieuse considération et en grande estime les gens de jugement ! Votre façon d'apprécier les choses me plait fort !... Je reconnais que j'ai manqué de judiciaire en ne vous accordant pas de prime-abord une attention digne de vos mérites.

— Ah ! seigneur de la Tremblais, vous me comblez !

— Nullement, je vous rends la justice qui vous est due... pas autre chose ! Je serais bien étonné, cher capitaine, si nous ne finissions par devenir d'excellents amis.

— L'honneur serait tout pour moi, marquis. Mais revenons, je vous prie, à votre rançon.

— Volontiers, vous me voyez disposé aux plus grands sacrifices.

— Tant mieux, donc, marquis, tant mieux. Je suis, de mon côté, animé d'un esprit de conciliation extrême. Parlez.

Le seigneur de la Tremblais, après un court moment de réflexion, allait répondre, lorsque la dame d'Erlanges s'avança vers lui d'un pas majestueux, puis d'une voix grave :

— Monsieur le marquis, lui dit-elle, il est temps de mettre un terme à cette vaine discussion. A quoi bon feindre d'ajouter créance aux propos du capitaine de Maurevert ? vous savez très-bien que, moi présente, aucune violence ne sera tentée contre vous. C'est de votre propre volonté que vous êtes entré dans mon château ; vous êtes libre de vous retirer quand bon vous semblera. Si l'insulte que vous avez reçue était

venue de l'un de mes serviteurs, je vous en aurais demandé humblement excuse ; mais il ne convient ni à ma dignité, ni à mon rang, de me mêler à une querelle de gentilshommes. Marquis, je vous salue.

— Par les cornes de Pluton ! s'écria de Maurevert, voilà vraiment une chose plaisante ! Quoi ! je n'aurais pas le droit de discuter avec mon prisonnier le prix de sa rançon...

— Vous êtes mon hôte, capitaine, interrompit froidement la dame d'Erlanges, et cette qualité vous assure d'une grande condescendance de ma part ; ne me contraignez pas, je vous le demande en grâce, à vous rappeler que moi seule suis maîtresse céans. Marquis, je vous le répète, je ne vous retiens plus.

— Le fait est, mon pauvre capitaine, dit le seigneur de la Tremblais d'un air narquois, qu'il n'y a rien à répondre à cela. Vous me voyez au désespoir de votre mésaventure... Mais ne vous désolez pas trop... Peut-être bien le hasard vous offrira-t-il, sous peu, une compensation à ce déboire... Capitaine, ne serait-ce pas trop abuser de votre complaisance de vous prier de vouloir bien m'accompagner jusqu'aux portes du château ?...

— Je suis à vos ordres, monsieur !

Le seigneur de la Tremblais, qui depuis son arrivée avait conservé sa toque sur la tête, s'éloigna alors, sans saluer la dame d'Erlanges.

— Quant à vous, dit-il à Raoul en passant près de lui, nous nous reverrons.

— Dieu veuille que ce soit bientôt et sur un terrain neutre, répondit le jeune homme.

Au moment de franchir le seuil de la porte, le marquis parut se raviser, et revenant sur ses pas, il se dirigea vers Diane qui se tenait immobile et émue dans l'angle le plus obscur de la salle.

Le seigneur de la Tremblais la considéra un instant en silence ; puis, d'une voix tout à la fois moqueuse et passionnée :

— Il vous faudra, pour me faire oublier cette matinée-ci et pour obtenir le pardon de votre mère, lui dit-il, montrer une bien grande soumission à mes volontés.

Un éclair d'indignation brilla dans les yeux de la charmante enfant ; le marquis s'inclina devant elle et prenant le bras du capitaine de Maurevert, il sortit de la salle de réception.

Une fois qu'il fut dans la cour du château, le marquis s'arrêta ; puis, après s'être assuré que personne ne se trouvait à portée de l'entendre :

— Capitaine, dit-il, ne perdons pas de temps en propos inutiles. N'essayez pas de ruser avec moi. Quoique je vous aie vu aujourd'hui pour la première fois, je vous connais comme si nous avions vécu dix ans ensemble dans l'intimité. Votre conscience est des plus accommodantes ; vous n'avez pas de scrupules, vous ne croyez pas aux remords, et vous aimez l'argent.

— Marquis de la Tremblais !...

— Ne vous ai-je pas prévenu qu'il était inutile de ruser. Vous êtes doué de trop de bon sens pour que j'emploie avec vous des détours. Je préfère me servir du mot propre, et aller droit au but. Je répète donc que vous aimez l'argent...

— Beaucoup, marquis. Après ?

— Voulez-vous entrer dans ma querelle, et m'aider à me venger ?... Il y a cinq cents écus au soleil (1) à gagner.

— La somme n'est pas énorme, répondit de Maurevert, mais avant d'en discuter le chiffre apprenez-moi d'abord sur qui doit porter votre vengeance ! Est-ce sur les dames d'Erlanges ? Alors j'accepte. Je ne connais pas ces dames, moi.

— Très-bien ! mais il ne s'agit pas seulement de cette vieille sorcière huguenote...

— De qui donc encore ?

— De ce misérable aventurier qui n'a pas craint de m'adresser le plus sanglante de toutes les injures, de me donner un démenti... il s'agit du chevalier Raoul Sforzi... Je veux que

(1) En 1581, l'écu au soleil, — monnaie d'or, — était de 23 carats de 74 1/2 au marc, et variait de 60 à 65 sols (18 à 20 fr. de nos jours).

Si dans quatre jours je ne suis pas de retour. (Page 20.)

ma vengeance égale l'outrage, qu'elle épouvante l'Auvergne, le monde entier !... Cinq cents écus ne vous semblent-ils pas suffisants ?.. qu'à cela ne tienne, je doublerai la somme.

— Vous la centupleriez que je n'en repousserais pas moins votre offre avec horreur ! s'écria de Maurevert d'une voix vibrante, qui fit tressaillir de surprise son interlocuteur. — Marquis de la Tremblais, vous m'avez bien jugé... Oui, ma conscience est des plus accommodantes... Oui, oui, je me ris des scrupules; oui, j'aime l'argent; oui, je ne crois pas aux remords... En un mot, si je n'étais gentilhomme, on aurait le droit de me traiter de sacripant insigne... Voilà de la franchise, j'espère. Bah ! nous sommes seuls, et vous valez encore moins que moi. A quoi bon me poser en saint ermite ? Seulement, marquis, je possède parmi tout cet amas de vices, une toute petite vertu : le respect de ma parole. Pour tous les trésors de la terre, je ne manquerais pas à un serment !

Je ne prétends pas que j'aie raison d'être ainsi. Cela est, voilà tout. A mon âge on ne se change plus. Or, vous saurez, marquis, que Raoul Sforzi et moi nous nous sommes juré, hier même, une amitié à toute épreuve. Nous avons contracté une alliance défensive. J'en suis aux regrets de ne pas vous avoir rencontré quarante-huit heures plus tôt. A présent le mal est fait. Il faut bien l'accepter avec résignation. Tenez, marquis, voulez-vous me permettre de vous donner, je n'ose dire un conseil, mais du moins un avis ? Ne vous attaquez pas à ce petit chevalier ; c'est un tigre que ce Raoul ! Notre connaissance a commencé le fer à la main... Je joue fort agréablement de l'épée ; je possède un rare sang-froid et je ne craindrais pas de me mesurer avec messire Hercule. Eh ! bien ! le croiriez-vous ? ce Raoul, en moins de temps que je n'en mets à vous le dire, m'a enlevé de terre, planté son genou sur la poitrine, et placé sa dague sur la gorge... J'en suis encore à comprendre comment cela a eu lieu... Vous me répondrez, marquis, que votre intention n'est pas d'attaquer le chevalier Sforzi vous-même, que vous confieriez ce soin à

vos serviteurs, soit ! Savez-vous ce qui en résultera ? Que l'épée de Raoul dépareillera votre belle collection d'apôtres, ce qui serait vraiment dommage... Croyez-en mon expérience, marquis, le plus sage pour vous, c'est de ne pas donner suite à cette sotte affaire.

— Je vous remercie de vos renseignements, et je verrai à mettre vos conseils à profit, cher capitaine, répondit froidement le seigneur de la Tremblais. Nous voici rendus à la poterne, ne vous dérangez pas davantage, monsieur de Maurevert, je suis bien votre serviteur ! Au plaisir de vous revoir !

Une fois qu'il fut hors du château, le seigneur de la Tremblais se dédommagea par une ronflante série de jurons, de la contrainte qu'il avait dû observer jusqu'alors.

— Benoist, dit-il au chef des Apôtres, la maison-forte de Tauve renferme un misérable qui se nomme Sforzi ! Il faut qu'avant huit jours cet homme soit en ma puissance. Cent écus d'or pour toi si tu réussis, la potence si tu échoues !... J'accepte à l'avance la responsabilité de tous les moyens que tu emploieras pour exécuter mes ordres.

— Monseigneur sera obéi.

— Comment feras-tu pour voir ce Raoul, car il faut bien que tu le connaisses ?

— Je l'ai déjà vu, monseigneur.

— Quand cela, Benoist ?

— Hier même, monsieur le marquis. Il était en compagnie de ce géant qui m'a si lâchement assommé.

— A merveille ! ce géant, le capitaine de Maurevert, est le seul appui que possède Sforzi... Tu comprends... Je te donne carte blanche.

— Oh ! soyez sans inquiétude, monseigneur, répondit le chef des Apôtres d'une voix sourde, et tandis qu'un sinistre sourire glissait sur son hideux, visage, votre souhait sera accompli.

— Un dernier mot, Benoist !... Il me faut le chevalier vi-

Je suis tenté de croire que la fatalité... (Page 22.)

vant, vivant, entends-tu !... Car un simple coup de poignard ne suffirait pas à ma vengeance...

— Vous l'aurez vivant, monseigneur !... Quant au capitaine de Maurevert...

— Je te répète que cela ne me regarde pas... Je te le livre...

— Merci bien, monseigneur.

VII

LES RELIGIONNAIRES DE TOURNOIL

Après avoir pris congé du seigneur de la Tremblais, le capitaine de Maurevert retourna dans la grande salle de réception. Il était pensif et soucieux.

— Mon cher ami, dit-il à Raoul, en le prenant à part, voici une journée qui débute mal. Que le diable confonde cette vieille huguenote ! elle avait bien besoin de se mêler de nos affaires ! Moi qui excelle à traiter les questions de rançon ! Enfin, puisque le mal est irréparable, n'en parlons plus : songeons plutôt aux ennuis que l'avenir nous promet, et arrangeons-nous de sorte à les éviter.

— Quel a été le résultat de votre conférence avec le marquis ? demanda Raoul.

— Nul et insignifiant, cher ami.

— Il paraissait cependant désirer vivement vous entretenir en particulier !... C'est bien étonnant qu'il ne vous ait rien proposé.

— Oui, c'est bien étonnant, se contenta de répéter le capitaine sans songer à tirer vanité de son sublime refus des cinq cents écus.

Décidément, de Maurevert ne manquait pas d'une certaine délicatesse.

— Approchez-vous donc, mademoiselle, continua-t-il en s'adressant à Diane, qui, assise à une faible distance des deux gentilshommes, prêtait instinctivement l'oreille à leur conversation.

La demoiselle d'Erlanges rougit, hésita et finit par avancer son tabouret.

— Le sujet que nous traitons vous concerne pour le moins tout autant que nous, continua de Maurevert ; il s'agit de deviner, et, par suite, de contrecarrer les desseins du seigneur de la Tremblais. Parlons logiquement : deux moyens s'offrent à nous de prime-abord : la force et la ruse. Si nous avions du temps, nous pourrions, en exploitant la misère du menu peuple, indignement dépouillé par la rapacité du marquis de la Tremblais, former contre lui une espèce de ligue ! La petite noblesse, qu'il s'est rendue hostile par son arrogance, nous prêterait également son appui. Malheureusement, nous sommes à court de temps, car notre ennemi n'est pas homme à s'endormir sur une injure. Nous devons donc nous hâter de prendre les devants. Si nous manquons d'initiative, nous sommes perdus ! Reste la ruse... N'avez-vous pas, chevalier Raoul, un plan à nous proposer ?

— Hélas ! non, capitaine.

— Quoi ? aucune petite trahison ? Nul stratagème ? Vraiment, cher ami, quand on est dénué à ce point d'imagination, on devrait y regarder à deux fois avant de se faire un ennemi puissant. Mais à quoi bon des remontrances ! Il n'y a plus à revenir sur le passé, la faute est faite !... Eh bien ! moi, j'ai une idée !...

— Voyons cette idée, capitaine !...

Je commence par vous déclarer, amour-propre à part, qu'elle me semble éminemment ingénieuse. L'exécution en est des plus faciles, la réussite assurée...

— Parlez, parlez, capitaine !

— Avant tout, reprit de Maurevert, il nous faut remonter à la cause première du mal. La source de tous ces ennuis est le refus, — que je ne veux pas discuter, — opposé par mademoiselle Diane à l'amour du seigneur de la Tremblais. Supposons maintenant que mademoiselle se ravise, qu'elle ressente tout à coup une violente passion pour le marquis...

— Capitaine! s'écria Raoul presque d'un ton de menace et en interrompant de Maurevert.

— Bon! des emportements!... A quoi cela vous avancera-t-il? à rien qui vaille. Si une innocente hypothèse ne m'est pas même permise, je renonce à vous expliquer mon projet, et vous laisse vous tirer d'affaire comme bon vous l'entendrez!...

— Poursuivez, capitaine, dit Diane d'une voix douce et suppliante. Chevalier Raoul, écoutez, je vous en conjure, la proposition de M. de Maurevert!... Son expérience peut seule nous sauver!...

— Je suppose donc pour un instant, continua tranquillement de Maurevert, que mademoiselle change de sentiments et devienne affolée de la Tremblais! Elle lui assigne un rendez-vous dans les environs du château : Raoul, ne vous démenez donc pas ainsi; le marquis, ravi, se hâte d'accourir! Alors, nous sortons l'épée à la main, d'une embuscade où nous nous sommes tenus cachés, nous chargeons vivement le marquis et nous le laissons mort sur la place.

Une seule chose serait à craindre : que le seigneur de la Tremblais se fit grandement escorter. A cela, je répondrai qu'il n'est guère d'usage que l'on se rende à une invitation galante à la tête d'une compagnie d'hommes d'armes et d'arquebusiers! Toutefois, en admettant que notre ennemi soit accompagné de quelques-uns de ses Apôtres, comme nous aussi nous aurons amené, pour nous aider, tous les serviteurs valides du château, nous n'en viendrions pas moins à bout de notre besogne. Que pensez-vous, chevalier, de mon idée?

— Qu'elle est inexécutable, capitaine.

— Pourquoi cela, je vous prie?

— Parce que son accomplissement serait tout bonnement un crime et nous déshonorerait à jamais.

— Ah! c'est comme cela que vous comprenez la question, dit de Maurevert avec un sourire de pitié. Alors, chevalier de Sforzi, je n'ai plus qu'à me taire. Prenez vos mesures et arrangez-vous comme bon vous semblera. Moi, de mon côté, j'emploierai les moyens qui me sembleront les meilleurs.

L'espèce de conseil tenu par de Maurevert, Sforzi et Diane fut interrompu par l'arrivée de la dame d'Erlanges.

— Monsieur Sforzi, dit-elle, je vous dois et je vous prie d'agréer mes remercîments pour l'appui que vous m'avez prêté tout à l'heure... Je ne vous cacherai pas, néanmoins, que je déplore la violence dont vous avez fait preuve! La colère est un vilain péché, chevalier!

— Par les cornes du diable! voilà qui est trop fort, s'écria de Maurevert. Exposez-vous donc à être dagué, pistoleté, arquebusé, pour recevoir ensuite de tels compliments. Savez-vous bien une chose, dame d'Erlanges, c'est que la générosité, ou, pour mieux dire, la sottise du chevalier Raoul, lui vaudra, selon toute probabilité, un malencontreux et pitoyable trépas... Si, au lieu de prendre fait et cause pour vous, qu'il connaît à peine, il avait voulu s'arranger avec le marquis, non-seulement M. de Sforzi ne courrait à présent aucun danger, mais il se trouverait, en outre, à la tête de deux cents écus d'or! Par les cornes du diable! je le répète, si vous ne voulez pas vous montrer d'une noire ingratitude, cessez vos sermons.

La dame d'Erlanges accueillit cette violente apostrophe par un majestueux silence, et de Maurevert, s'échauffant de plus en plus, poursuivit :

— Que messire Satanas me plonge au fin fond de ses chaudières, si j'entrevois le moyen de sauver ce pauvre chevalier!... Je ne puis cependant, de gaieté de cœur, laisser hacher menu mon ami, mon compagnon!... Voyons, Raoul, expliquez-vous!... Que comptez-vous faire?...

— Mon parti est arrêté, répondit gravement le jeune homme, je porterai mes plaintes aux pieds du trône!... J'irai demander justice et protection au roi!...

De Maurevert éclata de rire.

— Allons, de mieux en mieux! s'écria-t-il, quel singulier jeune homme vous êtes, Sforzi! Vous croyez donc au pouvoir du roi, vous? Vous vous imaginez que Henri de Valois compte quelque chose dans son royaume; que l'action de sa puissance, déjà entravée et contestée à Paris, peut s'étendre jusqu'à la province d'Auvergne? Vous faites réellement un bien piteux politique! Henri III, sachez-le, n'existe que par la noblesse qu'il caresse et qu'il déteste; du jour où messeigneurs de Guise lui retireront leur appui, il tombera dans la cellule d'un cloître! Vous adresser à Henri! sur ma parole, cela est bouffon au possible.

— Capitaine, répondit gravement Raoul, nous avons, vous et moi, une idée bien différente de la royauté. Vous, vous la raillez; moi, je la vénère comme une institution divine. Le jour où le roi daignera manifester sérieusement sa volonté, personne, je n'en excepte pas les plus grands, n'osera lui résister. Pour pouvoir, il ne lui faudra que vouloir. Capitaine, je porte dans mon cœur la haine et le mépris de la féodalité. J'ai été témoin de tant d'excès, de tant d'abus, de tant d'indignités, commis par la noblesse des États d'Italie; j'ai vu la tyrannie des grands sévir avec une telle cruauté sur le pauvre peuple, que je mets toute mon espérance dans la royauté!... La royauté qui nivelle les positions, écrase les superbes, défend les faibles, c'est la liberté!... Depuis longtemps déjà je suis tourmenté par l'ardent désir de combattre la tyrannie des seigneurs de province!... Qui sait si Dieu ne m'a pas conduit au château de Tauve pour me fournir l'occasion d'accomplir mon projet!... Peut-être, sans l'infamie du marquis de la Tremblais, sans les dangers qui menacent les dames d'Erlanges, ne me serais-je pas rendu auprès de Sa Majesté Henri III. Aujourd'hui ma résolution est inébranlable, aucun événement ne sera capable d'en empêcher l'exécution... Je verrai le roi!...

Le chevalier Raoul Sforzi s'était exprimé avec une telle animation, son regard brillait d'un tel enthousiasme, que Diane d'Erlanges se sentit électrisée.

— Dieu bénira vos efforts et votre courage, monsieur! s'écria-t-elle avec un élan parti du cœur.

— Dieu ne bénit jamais les maladroits, mademoiselle, dit ironiquement le capitaine de Maurevert. Le chevalier Sforzi, en admettant qu'il parvienne, grâce à sa docte éloquence, à changer le caractère de Henri de Valois, doit d'abord se rendre à Paris. Or, je vous le demande, ce voyage vous parait-il chose aisée et facile? Raoul n'aura pas fait dix lieues, que les Apôtres du marquis tomberont sur lui comme une volée de corbeaux affamés qui s'abattent sur une proie. Sforzi est brave; c'est bien le moins qu'il ait une qualité, il se défendra vaillamment! il en tuera un, deux, trois, la moitié, si vous le voulez, soit! mais ils sont douze, messieurs les Apôtres! il faudra bien que Raoul finisse par succomber... Croyez-en ma vieille expérience, chevalier, n'entrez pas en campagne! Restez tranquillement ici!... Sous aucun prétexte ne mettez les pieds hors du château!... Moi, pendant que vous serez bloqué, j'agirai!... Puisque le guet-apens si gentil que je vous ai proposé ne vous plait pas, j'aurai recours à un autre moyen!... Veuillez, je vous prie, madame, ordonner que l'on m'amène mon cheval; je vais me mettre en route...

— Seul, capitaine! demanda Raoul, je ne le souffrirai pas!

Par les cent mille péchés de monsieur mon père! cela dépasse toutes les bornes de l'extravagance, s'écria de Maurevert. Chevalier, j'ai respecté vos scrupules, veuillez, en revanche, me laisser ma liberté d'action.

— Mais si vous êtes attaqué, capitaine?

— Bah! on ne m'attaquera pas!... Je suis un homme de quelque importance, moi! On sait que mon cousin de Maurevert, le plus abominable bandit, soit dit entre nous, que la terre ait jamais porté, est au mieux avec messeigneurs de Guise et les princes!... Son crédit rejaillit sur moi!

— Et où allez-vous, capitaine?

— Où je vais?... Vous êtes bien curieux. Au fait, cela m'est aussi égal que vous le sachiez, que cela vous apprendra peu que je vous le dise... Je me rends à cinq lieues d'ici, au château de Tournoil...

— Au château de Tournoil! répétèrent avec étonnement et effroi la dame d'Erlanges et sa fille Diane. Vous vous rendez à Tournoil, capitaine?

— Certes, mesdames, et je suis surpris que ma résolution

vous interloque si fort... Le château de Tournoil n'est-il pas habité par vos frères, par d'excellents huguenots ?

— Vous appelez ces gens nos coréligionnaires, capitaine ! s'écria la dame d'Erlanges avec indignation.

— Mais certes ! Sans la protection de la garnison de Tournoil, il y a longtemps que votre maison-forte de Tauve ne vous appartiendrait plus ; le marquis s'en serait emparé. Ce sont de rudes jouteurs, au reste, que ces MM. de Tournoil, n'est-ce pas, madame ! Les plus fines lames de votre parti ! Tudieu, personne ne s'entend comme eux à pendre un catholique, à exécuter un coup de main, à tendre une embuscade. Malheureusement, comme le mérite excite toujours l'envie, il se trouve par-ci par-là des mauvaises langues qui les calomnient !... On prétend, — horrible mensonge, — que non-seulement MM. de Tournoil ne sont pas huguenots, mais qu'ils n'appartiennent même à aucune religion !... que la Réforme leur sert à masquer leur véritable industrie... Enfin, on dit beaucoup de choses... Cela n'empêche pas qu'au dernier prêche auquel j'ai assisté, — car je vais partout, moi, — je n'aie entendu un de vos ministres proposer une collecte en faveur de messieurs du château de Tournoil ! La collecte a même produit près de trois cents écus... Que diable ! vos ministres, s'ils n'étaient pas convaincus de la vertu et de l'utilité des messieurs de Tournoil, ne s'amuseraient pas, je le pense, à les gorger d'argent...

La dame d'Erlanges baissa la tête d'un air accablé et garda le silence.

— Madame, reprit de Maurevert, veuillez me permettre de vous adresser, avant de m'éloigner, une dernière question : quelle somme puis-je offrir, de votre part, à vos frères de Tournoil ? Ces messieurs ont de grands besoins, et, par suite, se trouvent souvent sans un denier.

Je crois que pour quatre à cinq mille écus on pourrait s'assurer leur concours. Vous me direz que cinq mille écus constituent un joli denier. Certes ; mais réfléchissez aussi à la difficulté de l'entreprise. S'attaquer au plus puissant seigneur de la province, au terrible marquis de la Tremblais ! cela mérite un bon salaire.

— Capitaine, répondit la dame d'Erlanges, plutôt que d'employer de tels alliés, je préférerais voir mon château incendié, mes troupeaux égorgés, ma fortune perdue !... Je ne vous autorise donc nullement, monsieur, à traiter en mon nom !... Quand on a mis toute sa confiance en Dieu, ce serait commettre un sacrilège que d'accepter l'appui de bandits et d'assassins !...

— C'est comme cela que vous traitez vos frères en religion, dame d'Erlanges ! répondit de Maurevert en ricanant. Ah ! voilà ce qui s'appelle manquer de charité chrétienne ! Il est malheureux que vous compreniez si mal vos intérêts. N'importe, puisqu'il faut que je tire de danger ce pauvre Raoul, je vous sauverai malgré vous. Chevalier, venez, je vous prie, m'aider à endosser ma cuirasse ! Mesdames, j'aurai l'honneur, avant de me mettre en route, de vous présenter mes respects.

Le chevalier prit le bras du capitaine et le suivit, fort désireux d'obtenir l'explication de la conversation énigmatique qu'il venait d'entendre.

VIII

LE PACTE

Dès qu'ils furent sortis de la salle de réception, Raoul s'empressa d'interroger de Maurevert.

— Quels sont donc ces religionnaires de Tournoil que la dame d'Erlanges paraît avoir en si mince considération ? lui demanda-t-il.

— A vous parler franc et net, répondit le capitaine, ce sont de satanés bandits, d'abominables coquins ! Les religionnaires de Tournoil formaient, il y a quatre ou cinq ans, une compagnie franche et tenaient pour le roi. Mal payés, à peine vêtus, mis au ban de l'opinion, ils menaient une fort pitoyable existence. Un jour, poussés à bout par la misère et exaspérés par l'ingratitude qu'on leur montrait, ils résolurent de travailler pour leur propre compte. Ils avaient pour cornette un homme avisé,

ambitieux et hardi ; ils lui firent part de leurs projets et lui offrirent de l'élire capitaine. Le cornette accepta.

Peu après, la compagnie franche, conduite par son nouveau chef, s'empara traîtreusement du château-fort de Tournoil, en massacra la garnison, et, n'ayant plus ni grâce, ni merci à attendre de la part des catholiques, prit parti pour la Réforme.

Cette alliance n'avait rien de bien flatteur pour les huguenots, mais comme après tout elle leur était d'un énorme secours, ils ne crurent pas devoir la refuser.

Depuis lors, messieurs de Tournoil, — ainsi qu'on les appelle par dérision, — ont joyeusement vécu et grandement prospéré ! Ils rançonnent les voyageurs, pillent les fermes, surprennent les maisons-fortes et frappent les villages d'impositions extraordinaires !... Au total, ils sont l'effroi du pays !...

— Et jamais l'on a songé à détruire ce nid de brigands ?

— Cent fois ! Seulement, M. le lieutenant général, gouverneur pour le roi en la province d'Auvergne, le marquis de Canillhac, n'a pu encore se décider à entamer cette rude besogne. Tous bons soldats, tous gens de sac et de corde, tous déterminés à ne reculer devant rien, messieurs de Tournoil sont au nombre de trois cents ; leur château-fort est à peu près imprenable ; ils possèdent des provisions considérables de poudre et six canons ; cela donne à réfléchir.

— Et croyez-vous, capitaine, s'écria Raoul avec indignation, que de pareils abus se produiraient impunément au grand jour, si la nation, au lieu d'être divisée en vingt partis différents, ne reconnaissait que l'autorité royale ? Votre cœur n'est-il pas déchiré au spectacle des calamités sans nombre dont le pauvre peuple est accablé ?

— Nullement, cher ami... tout au contraire ! S'il n'y avait qu'un parti en France, à quoi, je vous prie, emploierait-on son temps ? Un seul maître à servir, partant de là une seule solde à toucher, par la mort ! ce serait bien triste !

— Je ne discuterai point avec vous, capitaine, cela ne nous conduirait à rien ; laissons la politique de côté et occupons-nous de choses qui nous touchent directement. Quelles sont vos intentions en allant trouver ces messieurs de Tournoil ? qu'attendez-vous de leur concours en supposant qu'ils vous l'accordent ?

— Me créer un appui contre le marquis de la Tremblais ; vous soustraire à son ressentiment. Plus je réfléchis, cher ami, à votre conduite, et plus je suis effrayé des conséquences qu'elle peut avoir pour nous deux. Vous comprenez que s'il me faut gaspiller mon temps à estocader du soir au matin, je risque fort de négliger mes affaires, et de ne tirer aucun profit de la double mission dont je suis chargé. Il est urgent, indispensable que j'assure, n'importe à quel prix, ma tranquillité future... Un traité d'alliance défensive avec le capitaine des religionnaires de Tournoil me vaudra ce résultat. Ah ! ah ! voici mon cheval qui hennit de joie à ma vue. Il raffole des aventures, ce cheval. Attends-moi, excellente bête ; je reviens à l'instant. Chevalier, montons dans mon appartement. J'ai laissé sur ma table un flacon de Saint-Pourçain : c'est bien le moins qu'avant de nous séparer, peut-être à tout jamais, nous trinquions ensemble.

Cinq minutes plus tard, le capitaine de Maurevert et le chevalier Sforzi, assis en face l'un de l'autre, reprenaient, le verre en main, leur conversation.

— Mon cher Raoul, dit Maurevert, notre amitié est de date si récente, nous avons si peu parlé d'affaires, que cet entretien nous était indispensable. Il nous servira à bien établir nos positions respectives. Voulez-vous que j'entre en matière ?

— Volontiers, capitaine !

— Je débute par un pénible aveu ! Je ne vous cacherai pas, cher ami, que je possède une bien ridicule faiblesse, je tiens à aimer et à être aimé ! Cela vous étonne ? moi aussi. Que voulez-vous ! Je ne discute pas, je raconte. Ne vous imaginez-pas, au moins, que je fasse allusion ici aux fadaises de messire Cupido : vous tomberiez dans une étrange méprise. J'admire les jolies femmes, je les courtise vivement quand l'occasion s'en présente, mais je toujours sans y attacher la moindre importance. Jamais dame noble, bourgeoise ou vilaine n'a troublé une seconde mon repos !... Je tiens à être aimé d'un bon hardi et loyal compagnon... J'ai besoin de penser qu'il y a de par le monde un homme qui s'intéresse aux faits et gestes de ce sacripant que l'on nomme le capitaine de Maurevert... un homme qui ne lui jettera point la pierre s'il commet quelque légèreté, et qui, l'heure du danger venue, lui prêtera gentiment son épée.

L'alliance que je vous propose n'engage nullement votre liberté : nous restons tous les deux maîtres d'employer, chacun de notre côté, comme bon nous l'entendrons, notre activité et notre intelligence. Nous ne partagerons pas les profits. Vous ne sauriez, cher ami, vous imaginer la force que donne une semblable association !

A deux on vaut bien dix hommes !... Si ma proposition vous agrée, il ne nous reste qu'à fixer un terme à notre pacte, et tout sera dit !... Moi, mon habitude est de m'engager pour un an... Toutefois, si ce bail vous semble trop long ou trop court, je m'empresserai, pour vous être agréable, de le modifier...

—Capitaine de Maurevert, répondit Raoul en comprimant avec peine un sourire, il y aurait de ma part une insigne ingratitude à refuser votre offre... N'est-ce pas à cause de moi que vous vous êtes attiré la redoutable inimitié du marquis de la Tremblais...

— Ah ! permettez, Raoul, interrompit de Maurevert, il ne s'agit pas ici de reconnaissance, mais seulement de sympathie... Que le souvenir du passé n'influe en rien sur votre détermination... Mon caractère vous convient-il ? oui ou non ? Toute la question est là !...

— Je doute, capitaine, que nous ayons, vous et moi, les mêmes opinions. Toutefois vos manières décèlent une franchise que j'estime fort. J'accepte donc de tout mon cœur l'offre de votre amitié.

— Ainsi, nous contractons une alliance ? Très-bien ! Quel terme fixons-nous ? un an ?

— Soit, capitaine, un an.

De Maurevert se leva, et étendant la main :

— Je jure sur ma part de Paradis, sur mon honneur de gentilhomme, sur ma dague et mon épée, dit-il d'une voix grave, de vous prêter pendant une année entière, chevalier Sforzi, en tout lieu, en toute circonstance qu'il vous plaira de m'appeler, un appui désintéressé, énergique et loyal, pourvu cependant qu'il ne s'agisse ni de commettre un sacrilège, ni de me rendre complice d'un assassinat.

Raoul se leva à son tour et répéta ce serment.

— A présent, capitaine, poursuivit-il, une dernière question : par quel hasard se fait-il que je vous aie trouvé libre de tout engagement ?

— Hélas ! cher Raoul, j'avais justement tué avant-hier mon associé.

— Tué votre associé ! capitaine.

— Et cela, à mon extrême satisfaction, cher ami... Il y avait dix mois que je comptais les semaines, les jours, les minutes qui me séparaient encore de l'heure où je devais rentrer dans ma liberté ! Pendant une année je n'ai pas donné un signe d'impatience... Je ne suis pas sorti une seule fois de l'urbanité et des convenances que m'imposait notre association... Lui, — je parle de mon compagnon, — se conduisait comme un manant; le sot prenait mon honnêteté et ma douceur pour de la faiblesse. Tudieu ! je lui ai prouvé la semaine dernière combien grande était son erreur : je l'ai jeté sur le carreau, percé de plus de vingt coups de dague ! Un duel magnifique, chevalier, et qui vous eût fait plaisir à voir ! A présent, buvons un dernier verre de saint-pourçain à la prospérité de notre association !

Le capitaine vida d'un seul trait l'immense coupe dont il s'était armé; puis, se levant de dessus son fauteuil, il se mit à boucler sa cuirasse.

— Cher compagnon, dit-il à Raoul, tout en procédant à sa toilette guerrière, quel est, je vous prie, votre caractère ? Une franche confession de votre part m'évitera la peine de vous étudier.

— Votre question est singulière, capitaine, elle ne laisse pas que de m'embarrasser. L'homme ne se connaît jamais lui-même ; il prend volontiers ses défauts pour des qualités et des vertus ! n'importe ! je vais faire en sorte de répondre de mon mieux à votre confiance. Je crois que je suis bon, car le spectacle d'une action loyale et honnête me va droit au cœur, de même que le récit d'un trait magnanime m'émeut jusqu'aux larmes et me ravit d'admiration !... Cependant, il y a des heures où mon sang se révolte contre mes sentiments... des heures terribles, où, en proie à une fureur indicible, à des transports insensés, je cesse d'être maître de moi !... Malheur à l'audacieux qui ose me braver... C'est un homme mort !... A la suite de ces crises, j'éprouve un profond découragement de toute chose, un immense dégoût de la vie, je pense à me retirer du monde, je rêve au calme du couvent, au repos de la tombe. Il y a aussi en moi, capitaine, une sève de jeunesse qui m'effraie. Je ressens parfois un besoin de luxe et de richesse, une soif de plaisirs, une fièvre d'activité réellement intolérable. Il me faut déployer alors une force de volonté presque surhumaine pour résister au tourbillon qui m'entraîne ! Une seconde de faiblesse et je serais perdu. Mes passions déchaînées prendraient le dessus !... Cette conscience de mes défauts me rend méfiant et inquiet. Je crains ma fougue; je m'observe sans cesse. Ce qui, jusqu'à ce jour, m'a sauvé de bien des écueils, c'est mon opiniâtreté. Quand je me suis proposé un but, indiqué une difficulté, rien ne peut me faire dévier de ma voie jusqu'à ce que j'aie atteint le but, surmonté la difficulté. Est-ce là une qualité ou un défaut ? je l'ignore. Au demeurant, capitaine, je crois être bon de cœur, mauvais de tête.

De Maurevert avait écouté Raoul avec beaucoup d'attention.

— Cher ami, lui dit-il après un assez court silence, le portrait que vous venez de tracer de vous-même me paraît assez ressemblant. Vos défauts sont de nature à vous conduire à de grands malheurs ou à une superbe fortune. Je préfère cent fois l'homme ardent, haut la main, audacieux et emporté, au sage modeste et paisible. Le premier prend, jeune encore, place sur un trône ou sur un échafaud; tandis que le second reste dans une déplorable obscurité et meurt après une idiote vieillesse. La vie, c'est le mouvement, la lutte, l'aventure ! Tudieu ! il me semble que notre compagnonnage ne sera pas improductif, qu'il donnera lieu à quelque peu de bruit, et qu'il en sortira quelque chose d'inattendu et d'éclatant ! Nous sommes en droit de tout attendre de votre fougue réglée par mon expérience... Vous me voyez ravi d'avoir su deviner vos mérites et conclu un pacte avec vous... Là, me voici cuirassé, éperonné, armé, prêt à entrer en campagne. Descendons !...

— Cher Raoul, dit de Maurevert au moment de mettre le pied à l'étrier, promettez-moi que, pendant mon absence, vous ne sortirez pas du château; plus encore, que vous ne vous promènerez pas même sur les remparts. Une balle d'arquebuse arrive si vite ! Or, je tiens pour chose certaine que messieurs les Apôtres du marquis, déjà embusqués dans les alentours de Tauve, vous guettent au passage !

— Mais, capitaine, si votre absence se prolonge, je ne puis rester indéfiniment prisonnier ?

De Maurevert, avant de répondre, garda un instant le silence.

— Franchement, chevalier, dit-il, la demoiselle Diane est bien la plus avenante et la plus délicieuse créature que j'aie jamais vue. Vous craignez, prétendez-vous, que mon absence soit de trop longue durée ! Si, dans quatre jours, je ne suis pas de retour, je vous permets de vous remettre en route.

— C'est bon, capitaine, j'attendrai quatre jours.

Les deux compagnons de fortune se donnèrent l'accolade; les serviteurs de garde à la poterne abaissèrent le pont-levis, et de Maurevert, fièrement campé en selle, la main placée sur la crosse de son arquebuse, l'oreille aux aguets, l'œil scrutateur, s'éloigna au trot pesant de sa puissante monture.

Raoul, après l'avoir suivi pendant quelques instants du regard, se dirigea vers le jardin du château où Diane, — ne soupçonnant pas sans doute que le jeune homme dût venir, — se trouvait déjà depuis près d'une demi-heure.

IX

LE RÉCIT

Les trois jours qui suivirent le départ du capitaine de Maurevert passèrent pour Raoul comme un songe ; enivré par l'esprit, la beauté et les grâces de Diane, qu'il ne quittait presque pas d'un instant, le jeune homme ne songeait pour ainsi dire plus aux dangers dont il était menacé. Parfois même il se sentait presque reconnaissant envers le marquis de la Tremblais de sa haine, qui lui valait de si doux entretiens avec la demoiselle d'Erlanges.

Cependant lorsque le quatrième jour, — ce jour qui lui rendait sa liberté, — s'écoula sans apporter aucune nouvelle de Maurevert, Raoul commença à se préoccuper sérieusement de l'absence de son compagnon d'armes, et à regretter de ne pas l'avoir accompagné dans sa périlleuse entreprise, malgré ses refus.

— Mademoiselle, dit-il à Diane, j'ai bien peur que ce pauvre capitaine n'ait été victime de sa témérité. L'honneur me commande de sortir de mon inaction. Soyez assez bonne, je vous prie, pour me donner un de vos serviteurs de confiance qui connaisse le pays et puisse me conduire au château de Tournoil.

— Quoi ! chevalier, s'écria Diane en pâlissant et d'une voix émue, vous songez à quitter Tauve ; mais ce serait courir à la mort. Des espions veillent aux abords de notre maison-forte. Vous n'auriez pas franchi le pont-levis, qu'une balle vous atteindrait au cœur. Il faut rester, chevalier, je le veux ! c'est-à-dire je vous en prie.

— Mademoiselle, répondit Raoul avec une émotion au moins égale à celle de Diane, le généreux intérêt que vous daignez me témoigner ne fait que me confirmer davantage encore dans ma résolution. Abandonner le capitaine de Maurevert lorsqu'il invoque peut-être l'appui de mon bras, ce serait me déshonorer à tout jamais ! Or, j'entends, mademoiselle, rester toujours digne de votre estime.

Diane réfléchit, puis après une légère pause :

— Chevalier, vous avez raison, répondit-elle. Un gentilhomme ne doit pas manquer à la belle devise : « Fais ce que dois, advienne que pourra. » Oui, si j'étais homme, je n'hésiterais pas à courir au secours du capitaine.

— Oh ! merci, mademoiselle, merci !

— Toutefois, poursuivit Diane, le courage n'exclut pas la prudence ; vous aventurer en plein jour hors du château, ce serait le comble de la folie ; attendez au moins, pour commencer votre voyage, que la nuit soit venue. Quant à la personne qui vous servira de guide, je ne crois pouvoir mieux faire que de vous donner Lehardy : c'est un homme loyal, dévoué, incapable d'une bassesse ! Plutôt que de vous trahir, il endurerait le dernier des supplices !

Cette conversation avait lieu dans le jardin du château. Diane envoya une de ses femmes chercher Lehardy, qui se présenta bientôt devant sa jeune maîtresse.

— Mon ami, lui dit Diane avec une bienveillance toute particulière, j'ai à te charger d'une mission dangereuse et délicate. Il s'agit de conduire M. le chevalier Sforzi au château de Tournoil. Puis-je compter sur ta bonne volonté ?

Lehardy était un homme de cinquante ans : l'expression rechignée de son visage et la brusquerie de ses mouvements ne prévenaient pas de prime-abord en sa faveur : il paraissait grondeur, dur, revêche : cependant, en l'examinant davantage, on ne tardait pas, tant son œil respirait la droiture et la franchise, à changer entièrement d'opinion sur son compte.

Depuis près d'un siècle, — fait aussi commun à cette époque qu'il est devenu rare de nos jours, — la famille des Lehardy fournissait des serviteurs à la maison d'Erlanges. A la question de sa jeune maîtresse, Lehardy fit une assez laide grimace, et, d'une voix qui disait fort clairement sa mauvaise humeur :

— Il est incontestable, mademoiselle, répondit-il, que si vous m'ordonnez d'accompagner M. le chevalier, il faudra bien, quelque désagréable que me soit cette corvée, que je

vous obéisse. Aller au château de Tournoil... Pourquoi ne pas plutôt nous mettre en route pour l'enfer ?

— Mon ami, reprit doucement Diane, tu sais aussi bien que moi les obligations que nous avons à M. Sforzi. N'est-ce pas pour avoir pris notre défense qu'il se trouve aujourd'hui dans l'embarras ? Ce serait mal reconnaître sa bonté que de répondre par un refus au premier service qu'il veut bien nous prier de lui rendre. Cependant, si accompagner le chevalier te semble chose si pénible, n'en parlons plus, je déléguerai ce soin à un autre de mes serviteurs.

— Donner à un autre serviteur une commission qui m'était d'abord destinée, notre demoiselle ! s'écria Lehardy d'une voix tremblante d'émotion. Je suis donc, à vos yeux, un traître et un misérable ! Vous n'avez donc pas de confiance dans mon dévouement, dans mon honnêteté ! Tenez, notre demoiselle, je vous le dis net, c'est mal à vous, bien mal, de me traiter ainsi. Jamais je ne me serais attendu à la douleur que vous me causez en ce moment ! C'est bien mal !...

Des larmes, que Lehardy s'efforçait de renfoncer à coups de poing, tremblaient dans ses cils. Diane attendrie prit sa main dans les siennes :

— Lehardy, dit-elle, tu t'es mépris au sens de mes paroles... Pour rien au monde je ne voudrais blesser dans ses sentiments de juste fierté le serviteur qui m'a vue naître, et dont l'attachement ne m'a jamais fait défaut. Tu as accueilli ma demande avec une telle répugnance, que j'ai cru devoir, pour t'éviter un ennui, ne pas insister.

— Vous ! me causer un ennui, demoiselle ? s'écria le vieux serviteur profondément attendri ; est-ce que c'est possible ? Vous êtes la bonté en personne. J'ai eu tort, notre demoiselle. Pardonnez-moi. Chacun a ses petits défauts ; moi, j'ai besoin d'être toujours de mauvaise humeur ! de me rebiffer sans cesse... C'est-à-dire que vous me voyez au contraire ravi, enchanté d'avoir été choisi pour accompagner M. le chevalier. Je cours seller les chevaux.

— Reste, Lehardy, dit Diane, M. le chevalier ne compte se mettre en route qu'à la nuit tombante.

— Ah ! voilà qui est bien imaginé, s'écria le serviteur avec un soupir de satisfaction. Je pensais aussi, à part moi, que franchir en plein soleil le pont-levis du château n'était pas faire acte de prudence.

Le serviteur se tut pendant un moment, puis après avoir hésité :

— Monsieur le chevalier, reprit-il, depuis votre arrivée à Tauve, je suis poursuivi par le désir de vous adresser une question ; vous plairait-il de m'en octroyer la permission ?

— Voyons cette question, mon ami, dit Raoul.

— Eh bien, monsieur le chevalier je voudrais savoir si vous êtes du pays, si votre famille appartient à l'Auvergne ?

— Que t'importe l'origine de ma famille ?

— Mon Dieu, monsieur le chevalier, c'est pure curiosité, voilà tout. Il me semble que votre figure ne m'est pas inconnue ; vos traits me rappellent comme un souvenir confus, et que je ne puis parvenir à fixer... Peut-être bien ai-je eu l'honneur de voir monsieur votre père !

Ces paroles produisirent sur Sforzi une impression extraordinaire. Il pâlit, sa tête s'inclina sur sa poitrine, et un nuage de profonde tristesse obscurcit son visage.

Peu à peu, se remettant de son trouble, il releva la tête, un éclair de fierté jaillit de son œil bleu, et s'adressant à Diane d'une voix douloureuse, mais fermement accentuée :

— Mademoiselle, lui dit-il, mon passage au château de Tauve ne laissera probablement aucune trace dans votre existence, aucun souvenir dans votre pensée. Peut-être allez-vous me trouver bien outrecuidant et bien indiscret de vous entretenir de choses qui vous sont complètement indifférentes. N'importe ! je vous supplierai de m'accorder un moment d'attention. Je vous le répète, je tiens singulièrement à votre estime, et je ne voudrais pas, même au prix de ma vie, qu'une calomnie que ma mort ou mon absence m'empêcherait de repousser, pût un jour me nuire dans votre esprit.

— Parlez, chevalier, répondit Diane avec plus d'empressement qu'elle n'eût dû, peut-être, au strict point de vue des convenances, en mettre dans sa réponse. Après le dévouement que vous avez montré à madame ma mère, rien de ce qui vous concerne ne doit m'être indifférent.

Diane fit alors signe de s'éloigner à deux de ses femmes qui, assises à côté d'elle sur un banc de gazon, s'occupaient à broder une tapisserie de meuble; puis se retournant vers le chevalier :

— Chevalier Sforzi, lui dit-elle, je pense que vous voudrez bien permettre à Lehardy de rester?

— Vous prévenez mon désir, mademoiselle, répondit Raoul, j'allais vous adresser la même prière. Qui sait si la mémoire de votre serviteur, rafraîchie par mon récit, ne va pas me rendre un grand service en dissipant les ténèbres profondes qui m'enveloppent de toutes parts.

Le chevalier s'assit auprès de Diane, puis après s'être recueilli pendant un instant :

— J'ai gardé un souvenir tellement confus de mes premières années, reprit-il, que j'en suis encore à me demander aujourd'hui si la réalité ne se mêle pas dans mon esprit à la fiction. Je crois me souvenir d'un magnifique château, de nombreux serviteurs, de fêtes splendides, d'hommes d'armes revêtus de brillantes armures.

Une triste, douce et angélique figure de femme domine les impressions de mes premières années. Cette femme devait être bonne et m'aimer d'une affection profonde, car j'ai conservé un culte fervent, une véritable adoration pour sa mémoire. Or, l'enfance est douée d'un instinct qui la trompe rarement.

Mon existence commence par un crime odieux, par un horrible mystère. A l'âge de trois ou quatre ans, — à ce que je suppose, — une compagnie de reitres, qui traversait l'Auvergne pour se rendre en Savoie, me trouva dans une forêt frappé d'un coup de poignard et ne donnant plus signe de vie. Soit curiosité, soit pitié, la maîtresse de l'un des reitres pansa ma blessure et m'emporta avec elle.

Une année plus tard, les mercenaires qui m'avaient adopté furent taillés en pièces à la suite d'un combat terrible, et je me vis abandonné de nouveau à tous les hasards du sort.

Cette fois, ce fut un noble italien, le chevalier Sforzi, que le ciel envoya à mon secours.

Le seigneur Sforzi me recueillit au milieu d'un monceau de cadavres, et avant de mourir, la femme qui m'avait sauvé en Auvergne eut encore la force de lui apprendre tout ce qu'elle savait de mon histoire.

Le seigneur Sforzi, mon bienfaiteur, était doué d'une vaste science, d'une bonté sans bornes; il eut pour moi tous les soins de la plus tendre des mères, et je lui dus de passer une jeunesse heureuse et sans nuage.

Lorsque j'eus atteint mes vingt ans, le chevalier de Sforzi me rappela de l'université de Florence, où il m'avait envoyé pour compléter mes études.

— Mon enfant, me dit-il, te voici arrivé à l'âge viril; il te faut à présent songer à embrasser une carrière. Ma fortune est des plus modestes. Je vis fort retiré du monde, et je ne possède aucune influence à la cour. Tu n'as donc guère à compter sur mon appui. La seule chose que je puisse t'offrir, c'est mon nom, un nom pur et sans tache, c'est vrai, mais qui ne te vaudra ni honneurs, ni dignités, ni richesses. J'aurais aimé te voir t'adonner à la science : toutefois, après un mûr et attentif examen de ton caractère, j'ai acquis la conviction que ton tempérament fougueux ne se plierait jamais aux devoirs et aux exigences de la vie calme et studieuse du légiste ou du prêtre. Ton impétuosité a besoin des ardeurs de la lutte, des fatigues de la bataille.

— Oui, mon père, m'écriai-je, suivre la carrière des armes est la pensée fixe de mes jours, le rêve de mes nuits...

— Soit, Raoul, obéis à ta vocation, me dit-il; la carrière des armes présente un côté généreux et chevaleresque qui ennoblit jusqu'à un certain point la violence. Seulement n'oublie jamais que l'épée placée entre tes mains deviendrait un poignard d'assassin le jour où, emporté par l'ambition, aveuglé par l'intérêt, tu la mettrais au service d'un seigneur révolté contre son souverain légitime.

La puissance royale, mon enfant, est un boulevard élevé entre la tyrannie des grands et le bien-être du peuple; qui

sert le roi, défend la liberté. Or, la liberté, Raoul, est la plus sainte de toutes les choses humaines ! Encore un mot, mon fils :

J'ai attendu que tu fusses devenu homme pour aborder une question qui t'intéresse au plus haut degré. Raoul, à force de démarches, de dépenses et de soins, je suis parvenu à connaître le secret de ta naissance... Modère tes transports, enfant, continua d'un ton triste le chevalier Sforzi, mon adoption te pèse-t-elle à ce point que tu aies hâte de la répudier?

Raoul, tu sais que je ne mens jamais. Eh bien ! sur mon honneur, c'est dans ton seul intérêt que je te cache le nom de ton père, car c'est ton père, pauvre enfant, — horrible chose à dire, — qui jadis a ordonné ton assassinat. Plus tard, lorsque Dieu aura fait comparaître devant lui le coupable, lorsque je n'aurai plus à craindre pour tes jours, je te rendrai ton véritable nom! Raoul, tu appartiens à une noble et illustre famille !

Le lendemain de notre conversation, je pris congé de l'excellent chevalier Sforzi, et j'entrai au service des Pays-Bas. Mon début fut lamentable; j'assistai à la surprise et au sac de la ville d'Anvers par les Espagnols !... Après la mort du comte d'Egmont, j'abandonnai les Pays-Bas et je me réfugiai en Savoie. Le duc Philibert-Emmanuel m'accueillit avec une distinction et une bonté sans égales et me donna une compagnie. Je vivais heureux et considéré, lorsqu'il y a environ quinze mois un épouvantable malheur vint changer toute mon existence.

J'appris que le chevalier Sforzi avait été assassiné. On imputait ce crime à un seigneur haut placé, mais vil et cruel, que mon père adoptif n'avait pas craint d'attaquer dans un libelle. Je me mis tout de suite en route pour l'Italie où, à peine arrivé, je fus arrêté et jeté en prison : l'assassin redoutait ma vengeance.

Il fallut l'intervention du duc de Savoie pour me retirer de cette mauvaise position. Encore, — car l'influence dont jouissait le meurtrier du chevalier de Sforzi était extrême, — ne me rendit-on la liberté qu'à la condition que je quitterais l'Italie.

On me fit savoir que les papiers de mon malheureux père adoptif avaient été saisis, que je n'avais rien à réclamer de son héritage. Un heureux et singulier hasard me fit alors rencontrer un noble Vénitien qui avait relevé le chevalier blessé à mort, et assisté à sa courte agonie. La dernière pensée du généreux et infortuné chevalier Sforzi avait été pour mon avenir.

— Promettez-moi que vous irez trouver mon fils adoptif, actuellement au service de la Savoie, avait-il murmuré à l'oreille du noble Vénitien. Vous lui direz qu'il est originaire de l'Auvergne... et qu'il se nomme...

Au moment de prononcer le nom de ma famille, mon père adoptif fut pris de spasmes nerveux qui ne le quittèrent plus pendant les quelques moments qu'il vécut encore.

En cet endroit de son récit, le jeune homme s'arrêta; l'émotion ne lui permettait pas de poursuivre.

Diane d'Erlanges, non moins émue que Raoul, avait peine à retenir ses larmes.

Après un assez long silence, le chevalier prit la parole :

— Je suis tenté de croire, mademoiselle, dit-il, que la fatalité s'acharne après moi ! A peine étais-je de retour en Savoie au mois d'août de l'année dernière, que le duc Philibert-Emmanuel succomba aux attaques d'une fièvre lente qui le minait.

Je restai encore quelque temps en Savoie, puis mes affaires réglées, libre de tout engagement, je me mis en route pour la France, avec la ferme résolution de fouiller l'Auvergne jusqu'à ce que j'aie retrouvé ma famille et reconquis mon rang.

Le Ciel protégera-t-il mes efforts, me secondera-t-il dans mes recherches! Je n'ose l'espérer. Mon début ici est d'un mauvais augure... Ah ! je suis injuste, mademoiselle. Sans l'infamie du marquis de la Tremblais, je n'aurais jamais eu le bonheur de vous voir, de vous connaître... et je ne sais... mais un pressentiment me dit que votre rencontre me portera bonheur.

Pendant le récit du jeune homme, Lehardy n'avait cessé de l'observer avec une vive attention. A plusieurs reprises, le serviteur avait paru vouloir prendre la parole; mais, après une courte hésitation, il avait continué à garder le silence.

— Oui, murmurait-il; il serait aujourd'hui à peu près de cet âge! Je me rappelle le passage de la compagnie des reîtres. J'avais alors dix-huit ans... Après tout, l'assassinat n'a jamais été affirmé par personne. On a bâti de sinistres suppositions sur la disparition de l'enfant, certes... mais rien de plus! Et pourtant cette ressemblance est extraordinaire. Bah! c'est peut-être une idée que je me fais!... Je me garderai bien, — mon opinion ne s'appuyant sur rien de sérieux, — de lui faire part de mes soupçons; il les prendrait pour une insulte, et au fait, il n'aurait pas tort!

Quatre heures plus tard, une nuit sombre enveloppait de ses ombres épaisses la maison-forte de Tauve; deux cavaliers sortaient sans bruit par une porte dérobée.

C'étaient Raoul Sforzi et Lehardy, qui commençaient leur périlleux voyage.

Diane, agenouillée dans sa chambre, priait!

X

COMME QUOI UN BIENFAIT N'EST JAMAIS PERDU

Le capitaine de Maurevert, dont l'absence prolongée causait de si vives inquiétudes à Raoul, avait, depuis son départ de Tauve, passé par bien des aventures.

Le capitaine, — c'est une justice à lui rendre, — n'ignorait pas, en se mettant seul en route, à quels dangers sérieux il s'exposait : il s'attendait à voir surgir de quelque embuscade la meute affamée et sanguinaire du marquis, et la perspective de ce combat inégal lui souriait très-médiocrement, malgré sa bravoure réelle et incontestable.

— Je sais bien, se disait-il tout en éperonnant sa monture, que je commets une imprudence impardonnable à mon âge... Si j'avais écouté la voix de la raison, je serais à l'heure qu'il est l'intime ami et le confident du seigneur de la Tremblais. Bah! c'est bien le moins que de temps à autre on se permette une bonne action. Cela ne m'arrive pas si souvent pour que, le cas échéant, je me fâche contre moi-même. Ce chevalier Raoul me plaît singulièrement, et je serais fort contrarié qu'il lui arrivât dommage. Après tout, en supposant, ce qui ne m'est pas encore prouvé, que ma témérité me vaille d'être dagué ou arquebusé, je n'aurais fait que payer une dette. Raoul ne m'a-t-il pas octroyé la vie?

Tout en discourant ainsi avec lui-même, le capitaine avait franchi sans encombre une distance de quatre lieues; la confiance commença à lui revenir.

— Bon, se dit-il, il n'est guère supposable maintenant que les Apôtres me guettent au passage. Les drôles n'oseraient s'aventurer si près du château de Tournoil... quels horribles chemins!... Allons, mon pauvre cheval, du courage : dans une heure nous serons arrivés.

Le capitaine murmurait ces lambeaux de phrases, lorsqu'un : Qui vive! sonore, prononcé à une trentaine de pas de lui, l'arracha à ses rêveries.

De Maurevert saisit vivement son arquebuse, arrêta court son cheval, et élevant la voix :

— Je suis capitaine au service de Sa Majesté, et l'ami de messeigneurs de Guise, dit-il.

De derrière un énorme rocher qui coupait en deux la route, ou pour être plus exact, le sentier suivi par de Maurevert, sortirent une dizaine d'hommes armés d'arbalètes, d'arquebuses et de piques.

Un coup d'œil suffit à l'aventurier pour juger ses adversaires.

— Je vous trouve bien hardis et bien imprudents, dit-il avec hauteur, d'oser arrêter un gentilhomme!... De par les griffes du diable! si je n'étais aujourd'hui d'une joyeuse humeur, je vous hacherais tous du premier jusqu'au dernier!... Allons, arrière! et livrez-moi passage...

Ce fier langage ne produisit qu'une médiocre impression sur les hommes armés. L'un d'eux, — leur chef sans doute, — s'avança vers de Maurevert et le saluant avec ironie :

— Monseigneur, lui dit-il, du moment que vous êtes au service de Sa Majesté et l'ami des Guises, vous pouvez vous considérer comme un homme perdu! Nous appartenons, nous, à la religion réformée, et nous avons pour habitude de n'accorder ni grâce ni merci aux suppôts du pape, que le ciel nous envoie. Ne vous mettez pas en colère, mon gentilhomme, cela ne vous servirait de rien; toute résistance est inutile. Allons! pied à terre!

— Mort et furies! s'écria de Maurevert, je flaire du carnage dans l'air... Arrière, manant, ou la balle de mon arquebuse va te jeter mort sur le carreau.

A cette menace, le chef des hommes armés resta impassible.

— Mon gentilhomme, dit-il tranquillement, ne nous faites pas sortir de la douceur de notre caractère. Au lieu de vous pendre, comme c'est actuellement notre intention, l'idée pourrait bien nous venir, soit de vous rouer, soit de vous brûler à petit feu.

De Maurevert hésita : tout à coup frappant de l'éperon les flancs de son vigoureux cheval, il s'élança sur son interlocuteur, le saisit par le haut de sa cuirasse, et l'élevant de terre avec la même facilité que si c'eût été un enfant, il le plaça en travers sur la selle, la tête pendante d'un côté, les jambes de l'autre.

S'adressant ensuite à ses adversaires, que cet acte d'audace et de force avait frappés d'une espèce de terreur superstitieuse :

— A tout seigneur, tout honneur, goujats, leur cria-t-il; formez vos rangs et servez-moi d'escorte! Je me rends justement à votre bicoque de Tournoil.,.

Les bandits obéirent passivement, et de Maurevert reprenant la parole :

— Mon ami, dit-il à son prisonnier, je t'avertis que si tu essaies de piquer mon cheval, je te plante bel et net ma dague dans le dos. Tu voudrais bien que je te permette de descendre, n'est-ce pas? Nenni! il n'en sera rien! Je reconnais que ta position n'est ni gracieuse, ni commode; mais je tiens à montrer à ton maître le peu de cas qu'il doit faire d'un serviteur tel que toi!

Après une heure de marche, de Maurevert, précédé par la troupe des bandits, mettait pied à terre dans la cour du château de Tournoil.

Inutile d'ajouter que l'entrée du capitaine, toujours chargé de son prisonnier, produisit un singulier étonnement sur ceux qui en furent témoins.

— Holà! dit de Maurevert en élevant la voix, que l'on aille me quérir le seigneur de Tournoil.

A ces mots, un homme petit, trapu, à la chevelure rousse et épaisse, à la bouche démesurément fendue, aux yeux vifs et intelligents, à la démarche brusque et saccadée, se détacha d'un groupe de soldats, et s'avançant vers le capitaine :

— Que souhaitez-vous du seigneur de Tournoil? lui demanda-t-il.

— La punition du couard compagnon qui pend à l'arçon de ma selle, ainsi qu'un sac de farine que porte un meunier au marché, dit de Maurevert. J'ai en trop haute estime le caractère du seigneur de Tournoil, et je m'intéresse trop à sa gloire pour ne pas lui signaler la lâcheté de l'un de ses serviteurs... car les lâches sont ordinairement des traîtres.

— Expliquez-vous, dit l'homme à la chevelure rousse, je ne vous comprends pas.

Quelques mots suffirent au capitaine pour raconter ce qui s'était passé.

— Le seigneur de Tournoil vous remercie et de la bonne opinion que vous avez de sa personne et du service que vous lui rendez, reprit l'homme aux cheveux roux : justice sera faite du lâche!...

— Vous vous exprimez, l'ami, avec une singulière assurance pour un simple soldat, dit de Maurevert en considérant attentivement son interlocuteur. Ne seriez-vous point, par hasard, le seigneur de Tournoil lui-même?

— C'est possible. Et vous, qui êtes-vous ; quel motif vous conduit ici ; que voulez-vous ?

De Maurevert, au lieu de répondre, fit entendre un formidable éclat de rire.

— Par la coiffure du boiteux Vulcain, voici chose trop plaisante et trop bouffonne, s'écria-t-il ; quelle charmante et agréable rencontre !... Quoi, seigneur de Tournoil, vous ne me remettez pas ! Par la mort ! c'est manquer tout à la fois de mémoire et de reconnaissance !... N'avez-vous plus souvenance de la prise et du sac de la ville catholique d'Issoire en 1575 par le capitaine Merle, le brave huguenot ?

— Oui... Eh bien ! après ?

— Eh bien ! je servais à cette époque en second sous les ordres du capitaine Merle. Mes soldats étaient en train de vous passer une corde de chanvre autour du cou, lorsque j'arrivai juste à temps pour vous sauver.

— En ce cas, vous êtes le huguenot de Maurevert ?

— Je suis de Maurevert, mais j'ai cessé d'appartenir à la religion prétendue réformée. Que voulez-vous, cher ami, la grâce m'a touché... j'ai reconnu mes erreurs... je me confesse, je vais à la messe... On me cite même parmi les catholiques les plus fervents. Mais vous, seigneur de Tournoil, il y a six ans, lors du sac d'Issoire, vous étiez tout ce qu'il y a de plus catholique et de plus romain...

— N'est-il pas toujours temps de se repentir, de revenir au bien ?

— Ma conversion en est une preuve.

— Mon abjuration aussi.

Les deux aventuriers se regardèrent en souriant ; ils s'appréciaient à leur juste valeur et se rendaient réciproquement justice.

Capitaine de Maurevert, reprit après un court silence le chef des bandits de Tournoil, et je dis capitaine parce que je pense que vous possédez trop d'esprit pour (ayant changé de religion) n'avoir pas au moins avancé d'un grade ; capitaine de Maurevert, veuillez prendre la peine de me suivre. Nous causerons plus à notre aise assis à table, devant une bouteille de vin et entre quatre murs, que dans cette cour ouverte à tous venants. Si je ne me trompe, votre présence à Tournoil indique que vous avez à m'entretenir de quelque grave affaire.

— Vous ne vous trompez pas !

Peu après, le chef des religionnaires de Tournoil et de Maurevert se trouvaient installés devant une table couverte de bouteilles, dans l'un des appartements du château.

Ce fut le bandit qui le premier entama la conversation.

— Cher capitaine, dit-il, vous m'avez adressé tout à l'heure un reproche immérité, et qui, je ne vous le cacherai pas, m'a été droit au cœur. Vous m'avez accusé d'ingratitude... Je n'ai rien n'oublié, cher capitaine : ni le service que vous m'avez rendu, ni le prix qu'il m'a fallu payer ce service. Vous m'avez imposé une rançon de deux cents écus ! Or, comme j'ai l'ingratitude en horreur, je dois vous déclarer, avant d'entrer avec vous en affaire, que vous ne sortirez du château de Tournoil qu'après m'avoir compté quatre cents écus !

— Le double de votre rançon ?...

— Permettez !... quand vous m'avez taxé, je n'étais, moi, que simple cornette... Vous, vous êtes capitaine... Et puis vous oubliez les intérêts... La prise et le sac d'Issoire datent de six ans. Or, six ans, par le temps de troubles et de peu de sécurité qui court, représentent en intérêts au moins le double de la somme primitive ; on prête fort cher maintenant. Capitaine de Maurevert, il est inutile que vous marchandiez. Si, comme cela est probable, vous avez entendu parler de moi, vous devez savoir que je ne reviens jamais sur une décision prise. A présent, causons de l'affaire qui vous amène ici, et me vaut l'honneur et le plaisir de votre visite.

A la façon de s'exprimer du bandit, de Maurevert comprit qu'il serait inutile d'essayer de lui faire changer de résolution.

— Pauvre chevalier Sforzi ! pensa-t-il, pendant que tu te réjouis à l'idée de mon appui, me voici prisonnier et réduit à l'impuissance ! Je sais bien que je finirai par me procurer les quatre cents écus ; oui, mais trop tard peut-être pour pouvoir encore courir à ton secours !

XI

UNE POSITION EMBARRASSANTE

De Maurevert possédait, grâce à sa vie aventureuse, un grand fond de philosophie ; personne ne savait mieux que lui se soumettre à la nécessité, aussi accepta-t-il franchement, et sans songer à la discuter, la désagréable position qui lui était faite.

— Capitaine de Croixmore, dit-il, car tel est, si ma mémoire ne m'abuse, votre véritable nom, je vous dois, en y réfléchissant bien, de sincères remerciments pour le haut prix auquel vous me taxez. Il prouve que vous me tenez en une singulière estime.

— Si je vous avais imposé selon vos mérites, capitaine, votre rançon équivaudrait à la fortune d'un roi !...

— Ah ! seigneur de Tournoil, vous me comblez ! Les grandeurs, je le vois, ne vous ont pas changé, vous êtes resté d'une aménité parfaite, d'une galanterie raffinée. Soyez persuadé que si jamais les hasards de la guerre vous font tomber entre mes mains, je saurai vous rendre avec usure les bons procédés dont vous m'accablez en ce moment.

— Oh ! de cela, je ne doute point, capitaine !... Vous plairait-il, maintenant, de m'expliquer le motif qui vous a conduit au château de Tournoil ?

— Avant d'entrer au cœur de la question, permettez-moi, seigneur, de vous soumettre certaines considérations fort graves et dignes de tout votre intérêt.

— Rien ne nous presse, capitaine. Expliquez-vous aussi longuement que vous le désirerez !... Je sais bien que vous êtes méthodique en affaires, et je vous prête toute mon attention. Parlez.

De Maurevert but un énorme verre de vin ; puis, après s'être recueilli pendant quelques secondes :

— Cher Croixmore, reprit-il, vous avez depuis deux ans mené votre barque avec une si incontestable habileté, le succès a si constamment couronné vos efforts, que vous devez vous croire à l'abri de tout danger. Eh bien ! selon moi, il n'est chose plus fragile et moins assurée que votre position. Un caillou sur votre chemin suffirait pour vous faire rudement trébucher et tomber dans l'abîme... Ma franchise ne vous déplaît pas, je l'espère ?

— Ah ! capitaine... ce doute...

— Est injuste, je le reconnais !... Oui, vous avez l'âme trop haut placée pour redouter la vérité. Je continue : votre force, il ne faut pas vous le dissimuler, repose tout entière sur l'appui que vous prête le parti huguenot. Que demain les religionnaires s'éloignent de vous, et votre puissance disparaît. Les envieux de votre gloire, — et ils sont nombreux dans les camps, — crieraient alors à l'infamie, au brigandage. Ils vous accuseraient sans honte d'intercepter les routes, de piller les voyageurs, d'imposer les communes, que sais-je, moi ? d'une foule de méfaits considérables. Ce serait contre vous une clameur furieuse, une ligue générale. Vous seriez débordé par le torrent, emporté par l'avalanche. Or, la supposition que vos frères en religion méconnaîtront les services que vous leur avez rendus, n'est pas aussi gratuite et aussi imaginaire que vous pourriez le supposer. Je viens de parcourir la province d'Auvergne, et je ne dois pas vous dissimuler que de tous les côtés, dans les châteaux comme dans les chaumières, on parle de vous avec une irritation et une aigreur de bien mauvais augure.

— Que voulez-vous que je fasse à cela, capitaine ? Fort de la pureté de mes intentions, je plains et je méprise tout à la fois les insensés qui paient par une si noire ingratitude mon généreux dévouement. A présent, s'ils poussent la perversité jusqu'à venir me relancer dans mon humble retraite, je les recevrai, Dieu aidant, de telle sorte, qu'ils ne renouvelleront pas de longtemps leur coupable tentative.

— Sire de Croixmore, interrompit sévèrement de Maurevert, j'ai, soit dit sans me vanter, plus de péchés sur la conscience que de cheveux sur la tête ! J'ai passablement guerroyé, mené une existence assez irrégulière et commis certai-

Braves compagnons, je vous servirai de chef, moi ! (Page 29.)

nes fautes de rémission difficile. Je ne saurais donc me montrer bien sévère pour les écarts d'autrui... Toutefois, il est un crime qui me trouvera toujours inexorable et sans pitié, c'est le sacrilége. Vous m'obligerez infiniment en ne mêlant pas le nom de Dieu à notre entretien. Dieu peut nous pardonner nos méfaits, mais il ne nous aide jamais dans nos violences ! Ceci posé une fois pour toutes, seigneur de Tournoil, je reprends mon discours. Oui, je reconnais que vous disposez d'une bonne garnison, d'un château convenablement fortifié, et que vous ne manquez pas de talents militaires ; seulement vous oubliez que si la ligue dont vous êtes menacé se forme, il vous faudra tenir tête à toute la noblesse de la province, y compris le marquis de Canilhac, gouverneur pour Sa Majesté dans le pays d'Auvergne. Or, je vous le demande, vous sera-t-il possible de résister à une telle attaque? Non, centfois non, mille fois non... votre château de Tournoil sera pris d'assaut en un tour de main, et vous, — car on conteste votre noblesse, — vous serez pendu haut et court à une méchante potence... Eh bien ! seigneur de Tournoil, c'est de cet avenir peu gai que je veux vous sauver.

Le chef des bandits de Tournoil garda un instant le silence ; il était évident que les paroles de Maurevert lui donnaient à réfléchir.

— Capitaine, dit-il enfin, il me semble que vous exagérez grandement les dangers qui me menacent. Pour vous être agréable, je consens à les admettre tels que vous les dépeignez ! Que vous importe que je sois oui ou non pendu ? D'où vient ce grand et subit intérêt que vous me témoignez ?... Je ne me serais certes jamais douté que vous fussiez si fort de mes amis !

L'ironie du chef de messieurs de Tournoil n'échappa pas à de Maurevert.

— Mon très-cher Croixmore, répondit-il, ce m'est en effet chose complètement indifférente que vous soyez dagué, pendu, roué, écartelé, brûlé vif ou enterré vivant ! Croyez que je

prendrais en médiocre souci votre intérêt s'il ne se trouvait mêlé au mien !

— Ceci change du tout au tout la question, capitaine. Du moment que vous me servez avec une arrière-pensée de profit, j'ai foi en vous. Continuez, je vous prie.

— Je disais donc que vous êtes sérieusement menacé de la hart ; toutefois, il vous reste encore un moyen de détourner l'orage, une dernière chance de salut !

— Voyons cette chance de salut, capitaine.

— C'est d'opposer à la ligue qui se forme contre vous, une ligue que vous créerez vous-même. Écoutez-moi avec attention ; mon projet est ingénieux et hardi. Vous n'ignorez pas, Croixmore, à quel degré d'asservissement et de misère le bas peuple se trouve réduit. Montagnards ou habitants de la plaine, écrasés sous le poids de taxes inouïes, meurent de faim, littéralement parlant ! Ces infortunés ne possèdent pas même en propre le sang de leur sang, leurs enfants ne leur appartiennent plus. Le ciel leur donne-t-il une jolie fille, un robuste garçon, ils se les voient arracher l'un et l'autre ; la fille passe dans la chambre, le fils est incorporé dans les piqueurs de monseigneur. Le menu peuple n'est pas aussi brute que se le figure la noblesse ; il réfléchit, il pense, il agit ! Or, je sais de source certaine qu'en ce moment une ligue, qui a pris le nom de *Ligue d'équité*, s'organise dans plusieurs provinces du royaume, et notamment en Auvergne.

— Vous ne m'apprenez là rien de nouveau, capitaine !

— Tant mieux ! cela m'évitera la peine d'entrer dans de longues explications ! A présent, voici ce qu'il vous reste à faire !... Il vous faut réunir les mécontents, et leur déclarer que, touché de leurs ennuis, sensible à leurs malheurs, vous prenez sous votre protection leurs biens et leurs personnes!

— Continuez, capitaine.

— Que catholiques ou religionnaires seront égaux à vos yeux, trouveront un même appui auprès de vous...

— De mieux en mieux, capitaine. Après ?

— Après ? Que, voulant leur donner une entière confiance dans la loyauté de votre bonne foi, vous allez le conduire à l'assaut du château de la Tremblais, et les aider à détruire ce repaire du seigneur le plus redouté et le plus abhorré de la province... Une fois à la tête d'un parti formidable, cher sire de Croixmore, il faudra bien que la noblesse compte avec vous. S. M. Henri III, ravie de vous voir châtier ses superbes vassaux d'Auvergne, ne se contentera pas d'approuver votre conduite ; elle vous en récompensera... Je suis au mieux dans l'esprit du roi, presque de son intimité ; je me charge de conduire cette négociation... Je ne serais aucunement surpris que Henri III érigeât votre château de Tournoil en comté ou en marquisat. Ah ! cher Croixmore, quelle belle perspective vous offre l'avenir si vous savez profiter des circonstances présentes !... comme cela ressemble peu à la potence qui, en ce moment, borne votre horizon !

De Maurevert se tut et attendit la réponse du bandit. Depuis un instant, la physionomie naguère impassible du chef des messieurs de Tournoil avait subi un notable changement. Un éclair de férocité avait brillé dans son œil d'un bleu gris, aux reflets verts, tandis qu'un sourire méchant, cruel, entr'ouvrait ses lèvres épaisses, et démasquait une double rangée de dents semblables aux crocs d'un dogue.

Le bandit, afin de ne pas laisser deviner, au tremblement de sa voix, l'orage qui grondait en lui, dut, avant de répondre, observer un assez long silence : de Maurevert, occupé à vider un second verre de vin, ne remarqua nullement l'agitation de son interlocuteur.

— Capitaine, dit enfin ce dernier, pour un homme qui a vécu, vous manquez étrangement d'astuce et d'adresse... Peut-être bien encore, dois-je attribuer à la mauvaise opinion que vous avez de mon esprit le peu de précautions dont vous usez envers moi... Capitaine, quand on méprise trop son ennemi, on s'expose souvent à encourir une défaite : c'est ce qui vient de vous arriver.

— Quelle antienne me chantez-vous là, cher Croixmore ? s'écria de Maurevert avec étonnement. Que le diable m'emporte de mon vivant, si je comprends un mot à votre chanson !

Le bandit haussa les épaules d'un air de pitié ; puis, incapable de conserver plus longtemps son sang-froid et de résister à sa colère, il asséna un si vigoureux coup de poing sur la table épaisse et massive placée devant lui, que la moitié des bouteilles qu'elle supportait tombèrent en s'entrechoquant.

— Tudieu ! s'écria de Maurevert en se levant, il me semble, monsieur l'ex-catholique, que vous abordez la violence !... Tout doux, je vous prie, ne nous fâchons point ! Par la mort ! nous sommes seuls, et avant que vous ayez le temps d'appeler vos sacripants à votre secours, rien ne m'empêche, si l'envie m'en prend, de vous briser les reins ou de vous tordre le col. Du calme, donc, et surtout de la politesse ! Je hais les mauvaises façons, moi ! monsieur Croixmore !...

La contenance de Maurevert annonçait une telle détermination, sa force surhumaine garantissait si bien l'accomplissement de sa promesse, que le bandit, après une courte hésitation, se rassit sans oser entamer la lutte.

— Là ! reprit tranquillement le capitaine, voilà que l'accès se passe... un verre de vin, cher ami et il n'y paraîtra plus ! C'est cela ! à présent, reprenons honnêtement notre conversation... En quoi, je vous prie, ai-je donc voulu vous tromper ! Par le billot et la hache ! votre conduite présente un mystère qui dépasse ma perspicacité ?

Le bandit, dompté par le sang-froid de son adversaire, accepta la discussion.

— Capitaine, lui dit-il d'une voix que la fureur agitait encore, la cause de mon indignation est des plus naturelles ! La vue d'un espion me met en fureur.

— Touchante conformité de sentiments ! Je suis absolument comme vous. Mais, où est-il donc, l'espion ?

— L'espion ? Il est ici, capitaine !

— Ici ? répéta de Maurevert, en regardant de tous côtés, mais je ne vois ici que vous et moi !

— Certes, capitaine ! Aussi l'espion c'est vous. A votre tour, restez sur votre banc et écoutez-moi. Capitaine de Maurevert,

vous êtes dépêché vers moi par le marquis de la Tremblais !... Ne m'interrompez pas. Je m'engage, si vous persistez dans votre rôle, à écouter tout à l'heure la justification que vous tenterez. Laissez-moi poursuivre. Capitaine, vous saviez fort bien, en vous rendant à Tournoil, que je me trouvais déjà à la tête de la Ligue d'équité, et que mon intention est justement d'attaquer le château de la Tremblais. Vous avez feint, pour m'inspirer plus de confiance, de me conseiller le projet que je suis à la veille d'exécuter. Je vous le répète donc, de Maurevert, le piège est trop grossier ! Il eût été bien plus adroit de me dire simplement : « Sire de Croixmore, je suis à court d'argent, libre d'engagement et désireux d'occuper mes loisirs ; faites de moi ce que bon vous semblera. » Peut-être, dans ce cas, aurais-je ajouté foi à vos paroles, et été dupe de votre artifice. Mais non ! Vous avez voulu aller trop loin, et vous avez dépassé le but ! A présent, comment se fait-il que le seigneur de la Tremblais ait été instruit de mes desseins ? Je l'ignore ! néanmoins je ne suis pas sans avoir, à ce sujet, certains soupçons que je vérifierai bientôt. Capitaine, votre position est détestable, le gibet vous réclame. Allons, un peu de franchise, la franchise peut seule vous sauver ! Quel est le traître qui m'a vendu auprès du marquis ? quelles sont les intentions de ce dernier ?

La stupéfaction de Maurevert était telle qu'il resta pendant quelques secondes incapable de prononcer un mot : le bandit Croixmore vit dans cette indécision une nouvelle preuve de la culpabilité de son prisonnier. Enfin l'infortuné capitaine, faisant un effort sur lui-même, commença sa justification.

— Par la mort ! dit-il, tout ceci est d'un plaisant lugubre. Vouloir me pendre comme espion du marquis de la Tremblais ! C'est à en perdre la raison. Moi, l'espion du marquis, mon mortel ennemi !... C'est d'un grotesque achevé. Le moindre bon sens devrait vous faire comprendre, Croixmore, que si j'avais accepté une telle mission, j'aurais su jouer convenablement mon personnage ! Je suis tellement innocent du crime dont vous m'accusez, que je ne sais vraiment comment m'en défendre !... Ah ! si j'étais coupable, que je trouverais de bonnes raisons !... Je comprends que mon conseil de vous mettre à la tête de la Ligue d'équité et d'assiéger le manoir de la Tremblais, coïncidant, par un prodigieux hasard, avec ce même plan déjà combiné par vous, vous ait, au premier abord, surpris et donné à réfléchir !... Que l'enfer m'engloutisse, si je vois jour à sortir de tout ceci !... Quoi qu'il advienne, de Croixmore, n'oubliez point que je suis officier du roi, l'ami de messeigneurs de Guise, et que tout dommage apporté à mon corps serait sévèrement puni.

Le chef des bandits de Tournoil eut un mauvais sourire.

— Oh ! la puissance du roi ne m'inquiète guère. Quant à vous, capitaine de Maurevert, prenant en considération le service que vous m'avez rendu et les quatre cents écus que vous me devez... je veux bien consentir à... mais, parbleu ! une idée ; ce soir, doit avoir lieu dans la montagne une assemblée des ligueurs de l'équité, vous m'accompagnerez. Peut-être bien parmi tous ces gens s'en trouvera-t-il un à même de me donner des renseignements sur votre liaison avec le marquis. Au revoir, capitaine ; quand il sera temps de partir, je vous enverrai quérir.

Le chef des messieurs de Tournoil salua son prisonnier et s'éloigna sans attendre de réponse.

De Maurevert l'entendit fermer, derrière lui, à clef et aux verroux, la porte en chêne massif de l'appartement.

— Par la mort ! se dit-il, il faut convenir que mon association avec Raoul m'a causé jusqu'à présent plus de déboires qu'elle ne m'a rapporté de profits ! Bah ! ce n'est pas sa faute à ce pauvre compagnon ! Me pendre, moi ! Quelle sotte plaisanterie ! Avant que l'on ne se rende maître de ma personne, je massacrerai bien les deux tiers de la garnison. Horrible pensée ! Si on allait me laisser mourir de faim !

Pendant deux heures qu'il resta seul, le capitaine forma les projets les plus gigantesques et les plus extravagants ; mais il ne s'arrêta à aucune résolution définitive.

Il était nuit profonde quand il entendit des pas lourds et pesants, accompagnés d'un cliquetis de fer, retentir dans l'intérieur du château. Peu après, la porte de la pièce qui lui servait de prison s'ouvrit, et le bandit Croixmore, accompagné d'une dizaine d'hommes d'armes, se présenta à sa vue.

— Allons, capitaine, lui dit-il, voici l'heure du rendez-vous qui approche ! En route !

De Maurevert se disposait à franchir le seuil de la porte, lorsque Croixmore l'arrêta d'un geste.

— Permettez, capitaine, il vous faut, avant de nous suivre, ôter votre cuirasse...

— Pourquoi donc cela ?

— Parce que votre cuirasse vous garantirait, capitaine, du poignard des deux hommes que j'ai chargés du soin de votre garde, en leur donnant l'ordre de vous tuer sur place, si vous essayiez de fuir...

De Maurevert poussa un soupir assez semblable au bruit que produit un soufflet de forge, mais il obéit.

XII

LA LIGUE D'ÉQUITÉ

Une nuit profonde enveloppait la campagne lorsque de Maurevert, toujours gardé à vue, sortit en compagnie du bandit Croixmore pour se rendre à la réunion des membres de la Ligue d'équité.

Le lieu désigné était un défilé étroit et profond qui coupait en deux une montagne haute et escarpée. Une centaine de paysans, disséminés dans les anfractuosités des rochers, causaient entre eux en attendant l'arrivée du chef des messieurs de Tournoil.

— Mes chers compagnons, disait un robuste montagnard, — celui-là même que l'on a vu au début de cette histoire pérorer dans le cabaret de Saint-Pardoux, — mes chers compagnons, il est certain que le bon droit se trouve de notre côté, voilà pourquoi je m'oppose à ce que nous remettions nos intérêts entre les mains du seigneur de Tournoil ! Prendre le diable pour avocat, quand votre cause est juste, c'est vous exposer à perdre votre procès.

— Tu oublies, Blaise, répondit un autre montagnard, que nous autres vilains, nous ne connaissons rien à la science de la guerre ; que deviendrions-nous sans un chef expérimenté ? Nous nous ferions tailler en pièces.

— Que nenni ! s'écria Blaise, n'a-t-on pas vu déjà, à différentes époques, de simples vilains devenir tout à coup d'excellents capitaines ! Et puis, au pis-aller, ne nous reste-t-il pas encore la ressource de choisir pour chef un noble seigneur, honnête de cœur et franc du collier ?...

— Où dénicher cette merveille, Blaise ?

Le montagnard réfléchit, puis hochant la tête :

— Le fait est, dit-il, que cela serait difficile. N'importe, je maintiens que confier nos intérêts au sire de Croixmore, c'est rendre notre cause mal famée et nous exposer à de tristes déboires.

Maître Blaise parlait encore, quand un sifflement aigu et prolongé retentit au milieu du silence de la nuit : c'était le signal convenu pour annoncer l'approche du bandit de Tournoil et de ses gens.

Aussitôt un bourdonnement confus de voix humaines qui semblaient tomber du ciel sortit des flancs et des hauteurs de la montagne ; des feux s'allumèrent de tous les côtés, et un grand nombre de conjurés, invisibles jusqu'alors, entrèrent en scène.

— Vive le seigneur de Tournoil ! — hurla Blaise, qui, craignant que ses propos répétés au bandit ne lui valussent plus tard de sérieux ennuis, tenait à se faire remarquer par son enthousiasme.

Pas un des assistants ne répéta ce cri. Peu après, l'aventurier Croixmore apparut à la tête de son escorte.

Après avoir salué la réunion par un majestueux geste de bras, le bandit mit pied à terre et se dirigea vers une espèce d'autel ou de tribune, construit à la hâte avec des quartiers de roches, au milieu du défilé. Huit montagnards, armés de torches enflammées, se placèrent aux quatre angles et Croixmore, dominant la foule de ses auditeurs, commença son discours :

— « Chers et aimés compagnons, dit-il, vous vous êtes réclamés de moi dans votre détresse, j'ai pris en pitié vos peines et je me rends à vos vœux. Me voici prêt à vous aider dans votre résistance à la tyrannie de vos seigneurs, et à vous conduire à la victoire. Cependant il est nécessaire qu'avant de nous unir dans une étroite alliance nous sachions bien, vous et moi, à quoi nous nous engageons. Voici les conditions auxquelles mon appui vous est acquis. D'abord, j'entends exercer sur tous les associés de la Ligue d'équité une autorité pleine et entière ; celui qui, conseillé par un mauvais esprit, ne craindrait pas de me désobéir, serait arquebusé ou pendu, — à mon choix et sur l'heure, — sans autre forme de jugement.

« Ensuite j'exige, en cas de prise d'un château, que les deux tiers du butin reviennent à mes hommes d'armes ! J'estimerai, sans que personne ait le droit d'élever la voix, la valeur des dépouilles conquises ; enfin je désire que, pour mon entrée en campagne, il me soit compté en espèces monnayées, de bon aloi et ayant cours, la somme de quatre mille écus.

« Si, comme je n'en doute pas, ces conditions si raisonnables et si modérées vous agréent, je me fais fort de commencer les hostilités avant la fin de la semaine.

« Chers et aimés compagnons, j'ai dit !... A présent, je vous accorde une demi-heure de réflexion pour accepter ou refuser mes conditions !... Délibérez !... »

Les conjurés accueillirent la belle harangue de Croixmore par un morne silence.

Le chef des messieurs de Tournoil, en mettant tout d'abord trop à nu sa cupidité, donnait à réfléchir aux montagnards : les infortunés se demandaient si, au lieu d'acquérir un allié, ils n'allaient pas plutôt se créer un nouveau tyran !

Disséminés en groupes nombreux, ils discutaient vivement entre eux, à voix basse, lorsqu'un second coup de sifflet se fit entendre ; les torches s'éteignirent, chacun se tut.

Bientôt un montagnard, après avoir répondu au mot d'ordre des sentinelles placées aux alentours, pénétra dans le défilé et demanda à être introduit auprès de Croixmore.

— Seigneur, lui dit-il, j'ai laissé sous bonne garde, à cent pas d'ici, un homme qui veut absolument vous parler. En vain je lui ai affirmé que vous n'étiez pas ici, il n'a ajouté aucune foi à mes propos, et m'a menacé, si je me refusais à lui obéir, de me donner de sa dague à travers le corps.

— Connais-tu cet homme ? demanda Croixmore.

— Si je le connais, seigneur ? répéta le montagnard en se signant avec effroi, ah ! certes.

— Comment se nomme-t-il ? qui est-il ?

— Il se nomme Benoist... c'est le chef des Apôtres du marquis de la Tremblais !

Croixmore ne sut se défendre d'un mouvement d'inquiétude et d'étonnement, mais prenant à l'instant son parti :

— Holà ! compagnons, s'écria-t-il en élevant la voix, qu'on rallume les torches et qu'on entonne un cantique. Il faut que le visiteur qui va venir se croie devant une réunion de religionnaires en prières. Quant à toi, l'ami, continua le bandit en s'adressant au montagnard qui lui avait annoncé l'arrivée du chef des Apôtres, amène-moi au plus vite l'exécuteur des hautes-œuvres du marquis !

A l'ordre de Croixmore les torches brillèrent de nouveau, et un formidable concert ébranla les échos du défilé.

— Cher ami, dit-il en se retournant vers de Maurevert, convenez que l'apparition de l'apôtre Benoist dans ce lieu, et à cette heure-ci, confirme et justifie pleinement les soupçons que votre conduite suspecte m'a déjà inspirés !... Nous allons voir comment vous vous tirerez de cette confrontation ! Je doute que ce soit à votre honneur !

— Croixmore, répondit tranquillement le capitaine, je trouve plaisant que vous osiez douter si longtemps de ma parole !... Je me réserve, une fois que j'aurai payé ma rançon et reconquis ma liberté, de vous mener de la rude sorte pour vous punir de votre grossièreté ! Non-seulement l'apôtre Benoist n'est pas mon complice, mais il est le plus déclaré de mes ennemis.

De Maurevert achevait à peine de faire cette réponse lorsque le chef des Apôtres se présenta devant le chef des messieurs de Tournoil.

A la vue du géant, un sourire de joie féroce contracta les traits de Benoist.

— Messire, dit-il en s'adressant à Croixmore, je désirerais avoir avec vous un entretien particulier et secret, vous plairait-il d'éloigner pour un instant vos hommes d'armes ?

— Volontiers, Benoist ! A présent que nous voici seuls, expliquez-vous ! Mais, auparavant, une question. Est-ce votre maître, le seigneur de la Tremblais, qui vous dépêche vers moi, ou bien vous trouvez-vous ici de votre propre volonté ?

— Je viens au nom de mon seigneur et maître, répondit Benoist, après avoir hésité.

— Ainsi, c'est en son nom que vous parlez ?

— C'est en son nom que je parle.

— Messire de Croixmore, reprit l'Apôtre après une légère pause, monseigneur de la Tremblais vous prie de l'aider à faire justice d'un misérable qui n'a pas craint de l'outrager ! Mon seigneur et maître m'a chargé, en outre, de vous offrir deux cents écus pour prix du service qu'il attend de vous.

— A quel misérable faites-vous allusion, maître Benoist ?

— Au capitaine de Maurevert, ici présent !

— Ah ! il s'agit de Maurevert ! dit Croixmore d'un air méfiant et ironique ! Etes-vous bien assuré de ne point vous tromper de nom ?...

— On ne peut plus assuré !...

— Et, en supposant que je consente à me mêler de la querelle de votre maître et du capitaine, et que je prenne parti pour le premier ; que devrais-je faire de ce dernier ! Le livrer entre vos mains, sans doute ?

— Nullement, messire ; le pendre haut et court. Pis que cela même, si vous le désirez...

— Pendre haut et court le capitaine de Maurevert ! répéta le bandit avec un étonnement véritable ; et quand cela, maître Benoist ?

— Le plus tôt sera le mieux ! Si l'exécution se faisait tout de suite, en ma présence, il me serait possible de narrer la chose à mon maître, qui, j'en suis assuré, tirerait une sensible réjouissance de ce récit.

Au ton de sincérité avec lequel Benoist prononça ces derniers mots, le seigneur de Tournoil sentit ses soupçons s'évanouir. Toutefois, craignant encore que la démarche du chef des Apôtres ne cachât un piège :

— Maître Benoist, lui dit-il, comment avez-vous appris que ce soir devait avoir lieu un prêché en plein vent, et que je devais, moi, m'y rendre ?

— D'une façon bien simple ! Des espions, que j'avais échelonnés dans la campagne pour surveiller les faits et gestes dudit de Maurevert, sont accourus m'avertir que le capitaine achevait de se mettre en route. Je me suis élancé à sa poursuite, et tout en suivant ses traces, je suis arrivé à votre château. Vos gens m'ont fourni un guide pour me conduire auprès de vous, et me voici.

L'explication donnée par l'Apôtre était si plausible, si naturelle, que Croixmore ne conserva plus le moindre doute et sur l'innocence de son prisonnier et sur l'ignorance de Benoist au sujet de   réunion des membres de la Ligue d'équité.

Se reto nant alors vers de Maurevert qui, toujours accompagné des deux hommes commis à sa garde, se tenait à l'écart, le seigneur de Tournoil lui fit signe de venir le rejoindre. Le capitaine, quoique scandalisé intérieurement du sans-façon avec lequel le traitait le bandit, ne s'empressa pas moins de se rendre à son appel ; il avait hâte de connaître le résultat de sa conférence avec Benoist.

— Capitaine, lui dit Croixmore, en désignant par un geste de tête le chef des Apôtres, voici un honnête et loyal serviteur du marquis de la Tremblais qui m'offre, au nom de son maître, deux cents écus si je veux bien prendre la peine de vous faire accrocher à un gibet...

— Mort et furies ! Tout le monde s'est donc donné aujourd'hui le mot pour me faire pendre ! s'écria de Maurevert pourpre de colère ! Sang et carnage ! a-t-on donc appris que madame ma mère se soit rendue coupable d'une faiblesse, que l'on me traite ainsi en manant ! Je vous préviens, sire de Croix-

more, — et remarquez en passant que je vous donne le titre de sire par pure courtoisie, car vous n'y avez aucunement droit, — je vous préviens qu'avant de me laisser accrocher à un gibet, — comme vous dites, — je compte livrer une belle et rude bataille !

Je déclare, en outre, sire de Croixmore, que vous êtes bien l'âne le plus bête, le plus niais, le plus brut qui ait jamais brouté l'herbe d'un pré !... Vouloir me faire pendre pour gagner deux cents écus, lorsque ma rançon vous en rapporterait quatre cents !... Cet acte de prodigalité mal entendue atteint jusqu'à la démence !... Quant à toi, manant, poursuivit de Maurevert en fixant d'un œil ardent l'apôtre Benoist, je jure, foi de gentilhomme, sur ma dague et sur mon épée, que si le ciel me prête vie, je tirerai une vengeance terrible de ton insolence et que tu ne trépasseras que de ma main !... Voyons, sire de Croixmore, tenez-vous à votre idée de potence ? me faut-il commencer la bataille ? Vous avez commis la double maladresse de me laisser ma dague et mon épée, et de ne pas me faire fouiller !... Or, sous mon pourpoint de buffle, je porte une excellentissime cotte de maille !... Parlez ! je me sens gaillard et disposé à l'extrême !... l'escarmouche ne manquera pas d'intérêt !...

— Capitaine, répondit le seigneur de Tournoil, on ne doit jamais s'offenser des propos d'un prisonnier. Voilà pourquoi je vous ai laissé me provoquer et m'injurier sans vous interrompre. Je tiens toujours à ma parole. Je vous ai imposé à quatre cents écus. Dès que vous m'aurez payé cette somme, je vous rendrai la liberté... Alors, je verrai si je juge à propos de me rappeler ou d'oublier vos insolences passées !...

— On ne verra rien du tout, sieur Croixmore, s'écria de Maurevert, que la pensée d'avoir servi de sujet d'amusement au bandit exaspéra bien autrement que si ce dernier avait eu l'intention sérieuse de le faire pendre. On ne verra rien autre chose, qu'un exemple mémorable de votre couardise.

L'apôtre Benoist, que la mauvaise issue de sa négociation avait fait pâlir de fureur, s'adressa de nouveau au chef des bandits de Tournoil :

— Messire, lui dit-il, vous plairait-il que nous terminions notre entretien ? Je n'ai encore traité que le moins intéressant des deux sujets qui m'amènent près de vous.

— Parlez, répondit Croixmore, dont toute la méfiance se réveilla.

— Je vais droit au but ! Monseigneur le marquis de la Tremblais a le plus grand intérêt à se rendre maître de la maison-forte de Tauve ! Rien ne lui serait certes plus facile que d'accomplir avec ses propres forces ce projet, mais, par suite de certains scrupules, de certaines délicatesses, qu'il est superflu de vous expliquer, il préfère ne pas prendre part à cette besogne. Consentez-vous, oui ou non, à vous emparer de la maison-forte de Tauve, comme agissant pour votre propre compte ?

— Diable ! maître Benoist ! ceci présente un cas considérable tout à fait majeur et qui exige de graves réflexions, un mûr examen.

— Je suis aux regrets de ne pouvoir vous laisser le temps de la réflexion, messire ; mais monseigneur exige une réponse immédiate. Si vous acceptez ses propositions, le marquis s'engage à vous compter la somme énorme de dix mille écus !... dix mille écus, entendez-vous bien ? contre la remise que vous lui ferez de la maison-forte de Tauve, y compris les terres et redevances à icelle attachées. Quant aux gros et menus objets provenant du pillage de ladite maison-forte, ils ne vous seront pas réclamés. Je doute, messire de Croixmore, que l'on vous ait jamais encore proposé une aussi brillante affaire !

Croixmore, ébloui par ces offres magnifiques, allait accepter, quand de Maurevert en revenant vers lui arrêta sa réponse sur ses lèvres.

— Qui vous appelle, capitaine ? lui demanda-t-il avec la sauvage brusquerie que montre le dogue occupé à ronger un os, lorsqu'on le dérange.

— Par la mort ! un gentilhomme comme moi est toujours le bienvenu quand il daigne se produire, répondit de Maurevert sans s'émouvoir. J'ai réfléchi, sieur Croixmore, que le rôle que je joue en ce moment est au-dessus de mes forces. Si vous voulez me contraindre à y rester, il va incontestablement s'ensuivre un massacre. Croyez-moi, rendez-moi ma liberté. Je m'engage sur l'honneur à vous faire parvenir avant trois jours les quatre cents écus de ma rançon ! Par les cornes du diable ! vous ne mettrez pas en doute ma parole, je l'espère !

— Sur quelles ressources comptez-vous pour vous libérer, capitaine ?

— Mille légions du diable ! voilà une question et une méfiance qui sentent à dix lieues le vilain ! Sur quelles ressources je compte ? mais sur dix, sur vingt, sur cent, sur mille ! La dame d'Erlanges, entre autres personnes qui seraient fières et heureuses de m'obliger, s'empressera de me fournir le prix de ma rançon.

— Capitaine, répondit après un court silence le chef des bandits de Tournoil, vous jouez aujourd'hui de malheur. Avant deux jours, la dame d'Erlanges sera complètement ruinée.

— Que dites-vous ? vous rêvez ?

— Nullement, je suis fort éveillé, au contraire, et je vous dis et répète qu'avant deux jours d'ici la dame d'Erlanges, si toutefois elle appartient encore à ce monde, sera réduite à demander l'aumône ; et cela, parce que dans deux jours j'aurai pris, pillé et saccagé sa maison-forte de Tauve.

Les paroles du bandit causèrent un tel étonnement à de Maurevert, qu'il resta un instant sans savoir que répondre. En ce moment de sourds murmures, qui, presque aussitôt, se changèrent en cris menaçants, partirent des divers groupes des conjurés.

Les membres de la Ligue d'équité, déjà mal disposés par les prétentions exorbitantes du chef des bandits de Tournoil, n'avaient pu voir sans une indignation et une appréhension bien légitimes la longue conférence du bandit avec l'exécuteur des hautes-œuvres du marquis de la Tremblais.

Le mot de trahison avait commencé à circuler de bouche en bouche, puis peu à peu l'exaspération des montagnards s'accroissant, l'injure d'abord murmurée avait fini par éclater, ainsi qu'un coup de tonnerre, en cris de menaces, de fureur et de mort.

— Par les doux yeux de madame Proserpine et par la barbe de son joli seigneur Pluton ! je serais un énorme bélître si je laissais échapper cette belle occasion que le hasard m'envoie si à propos ! murmura Maurevert.

Le capitaine écarta alors ses bras avec une telle violence qu'il renversa les deux gardiens attachés à sa personne, puis tirant son épée et s'élançant au milieu des paysans :

— Braves compagnons ! s'écria-t-il d'une voix qui retentit jusqu'au plus profond du défilé, ne craignez rien ; je vous servirai de chef, moi... moi, l'illustre capitaine de Maurevert ! Allons ! sus aux traîtres !... Mort aux espions ! Croixmore à la potence !...

Une épouvantable confusion suivit l'action du capitaine, et la mêlée commença.

XII

UNE GÉNÉREUSE IMPRUDENCE

Lorsque Raoul Sforzi et le serviteur Lehardy sortirent de la maison-forte de Tauve, une nuit sombre, sans lune et sans étoiles, favorisait leur téméraire entreprise.

Le jeune homme et le serviteur mirent leurs chevaux au pas et avancèrent d'abord avec une extrême circonspection. Ils savaient l'un et l'autre combien les dames d'Erlanges avaient besoin de leur dévouement, et cette pensée les faisait encore redoubler de prudence. La poterne par laquelle ils étaient entrés dans la campagne donnant du côté opposé à la route de Tournoil, ils durent parcourir un assez long détour pour se remettre dans leur chemin.

Au reste, la sécurité que présentait cette manœuvre exécutée pour tromper la surveillance des espions qui rôdaient sans doute aux abords du château de Tauve, compensait, et au-delà, pour les deux voyageurs, la perte de temps qu'elle leur occasionnait.

— Monsieur, dit à voix basse Lehardy en s'adressant au chevalier, serrez la bride à votre cheval et tenez-vous en arrière. Ce sentier n'est pas assez large pour donner passage à deux cavaliers marchant de front.

— Monsieur le chevalier, reprit le serviteur cinq minutes plus tard et sur le même ton, ne venez-vous point d'être atteint par une branche au visage ?

— Non, répondit Raoul.

— C'est singulier ! reprit Lehardy, j'ai pourtant parfaitement entendu le bruit d'un branchage violemment agité... Peut-être bien est-ce votre cheval qui aura frappé de sa croupe un arbuste ?

— Nullement ; mon cheval marche sur les pas du tien, et suit le beau milieu du sentier. Quant à ce bruit dont tu parles, je l'ai, moi aussi, parfaitement distingué ; j'ai pensé qu'il provenait d'un faux pas de ta monture.

— Pas le moins du monde ! Bah ! c'est peut-être un chevreuil que nous avons arraché à son sommeil et que notre approche aura mis en fuite. Silence. Écoutez... Non, cette fois, je ne me trompe plus... nous sommes espionnés... il y a des êtres vivants dans les environs... on dirait des gens qui rampent dans les buissons !... Un chevreuil effrayé se serait élancé droit devant lui, de toute sa vitesse... un chevreuil serait déjà loin... nous n'entendrions plus son sabot frappant le sol !... Arrêtons-nous, monsieur Sforzi...

Le jeune homme et le serviteur firent halte, et restèrent pendant près de cinq minutes immobiles comme des statues.

Ce fut Lehardy qui le premier reprit la parole.

— Monsieur le chevalier, dit-il, il est probable que mes sens m'auront abusé. Tout est calme et silencieux autour de nous... remettons-nous en route.

Après avoir marché pendant environ vingt minutes, le chevalier et son guide débouchèrent du sentier dans la plaine.

— Voici beaucoup de temps de dépensé pour peu de chemin, dit le serviteur, n'importe. L'essentiel, c'était de sortir du château sans être aperçus. Je crois, grâce à Dieu, que nous avons réussi...

Lehardy n'avait pas achevé de prononcer ces mots, quand de derrière un pli de terrain qui traversait la route et bornait l'horizon, s'élancèrent une dizaine de cavaliers armés.

Pour surcroît d'infortune, — il est rare qu'un malheur arrive seul, — la lune, jusqu'alors voilée par d'épais nuages, se dégagea de l'humide manteau de vapeurs qui l'enveloppait, et inonda l'atmosphère de ses rayons pâles et blafards.

— Nous sommes perdus ! s'écria Lehardy. Mon Dieu ! faites que ma mort soit profitable à mes maîtresses, les dames d'Erlanges.

— Perdus ! répéta le chevalier d'une voix dont le timbre métallique résonna comme la note du clairon qui perce le bruit de la bataille, perdus ! pas encore !... Courage, Lehardy ! saisis ton arquebuse... ne tire qu'à coup sûr, et sois assuré que mon aide ne te fera pas défaut.

— Monsieur le chevalier, je ne suis ni un homme de noblesse ni de guerre ; mais je suis honnête... vous aussi pouvez compter sur moi.

Pendant que les deux braves défenseurs des dames d'Erlanges se disposaient au combat, Diane était en proie à une mortelle inquiétude.

Restée sur le rempart qui dominait la poterne par laquelle le chevalier Raoul et Lehardy étaient sortis de Tauve, la jeune fille essayait de percer du regard l'obscurité de la nuit.

Au plus léger bruit qui arrivait jusqu'à elle, au moindre son confus qui flottait dans les airs et frappait son oreille, son sang se glaçait dans ses veines, et son cœur douloureusement agité battait à se rompre dans sa poitrine.

Une fois ce tribut de faiblesse, si naturelle à son sexe, payé à la nature, Diane se sentait prise d'une ardeur fébrile, d'une folle et généreuse envie de partager les dangers de ses défenseurs ; des larmes de regrets, presque de désespoir et de rage, coulaient alors le long de ses joues !

De temps en temps la pauvre enfant appelait une de ses servantes, puis, après lui avoir adressé une courte et même question, elle la congédiait avec une brusquerie et une impatience qui contrastaient d'une singulière façon avec la douceur habituelle de son caractère.

Bientôt un des serviteurs de la dame d'Erlanges accourut tout effaré vers Diane, et prenant à peine le temps de la saluer :

— Notre demoiselle, lui dit-il vivement, le petit pâtre Charlot vient d'entrer au château ; il demande à vous parler tout de suite.

Diane tressaillit et d'une voix émue :

— Enfin ! murmura-t-elle.

Puis légère et gracieuse comme une biche, la jeune fille courut au-devant du petit pâtre.

Le pâtre Charlot pouvait avoir de quinze à seize ans. Son air sauvage, étonné, craintif, ne prévenait guère en sa faveur. Toutefois, ses petits yeux noirs, brillants, inquiets, sans cesse en mouvement, dénotaient une intelligence peu commune.

Diane le trouva appuyé contre un des piliers de la cour d'entrée, le front ruisselant de sueur et sifflotant un air de chasse.

— Eh bien, Charlot ? lui demanda-t-elle.

— Eh bien ! notre demoiselle, répondit-il d'un air timide, j'ai gagné les deux écus : je vous apporte des nouvelles.

— Parle, Charlot... mais parle donc ; je double la récompense promise.

— Notre demoiselle, reprit le petit pâtre, en ayant peine à ne pas laisser éclater la joie que lui causait la générosité de la jeune fille, j'ai accompli de point en point votre ordre. Je suis resté pendant deux jours entiers et deux nuits au fond de ma cachette.

— Après, Charlot, après ?

— Pendant ces deux jours je n'ai rien aperçu, si ce n'est de temps à autre l'un des apôtres qui paraissait surveiller de loin le château.

— Au fait, Charlot ! au fait ! Ce soir, n'as-tu rien vu ?

— Je vous demande mille excuses, notre demoiselle. Ce soir, à la tombée de la nuit, il y a eu du nouveau. Monseigneur le marquis m'est apparu sur son beau cheval de bataille... Il était accompagné de huit hommes d'armes. Moi, j'ai pensé que vous ne seriez pas fâchée de savoir ce que disait monseigneur ; alors je suis sorti de ma cachette, et je me suis glissé à sa suite.

— Bien, très-bien, Charlot ; tu auras dix écus. Continue. As-tu entendu la conversation du marquis ?

— Pas toute, notre demoiselle... le bruit des pas des chevaux me dérangeait... et puis, si je m'étais trop approché de monseigneur, il se serait aperçu de ma présence et il m'aurait battu... Enfin, en réunissant une parole par-ci, une autre par-là, je suis parvenu à comprendre à peu près le sujet de la conversation... Monseigneur accusait ses hommes d'armes de ne pas savoir le service, de manquer de malice, et prétendait que s'il voulait, lui, prendre tant seulement la peine de faire en personne, pendant deux ou trois nuits, des battues dans les environs de Tauve, il saurait bien mettre la main sur le chevalier... Il paraît, notre demoiselle, que monseigneur est en grande ire et fureur contre ce chevalier qu'il cherche, car chaque fois qu'il parlait de lui, il se mettait à jurer et blasphémer de telle façon que je tremblais de tout mon corps, craignant de voir apparaître le diable...

— Mais le marquis, Charlot, le marquis, où est-il maintenant ?

— Derrière votre château, notre demoiselle... du côté de la Roche-Blanche. Il doit, je vous le répète, faire une battue toute cette nuit-ci.

Diane laissa échapper un cri d'angoisse ! C'était justement à l'endroit connu sous le nom de la Roche-Blanche que Raoul et Lehardy devaient, suivant ses calculs, se trouver en ce moment.

Après une courte hésitation, la jeune fille prit son parti :

— Charlot, dit-elle, cours avertir tous les serviteurs de garde cette nuit qu'ils aient à se préparer à monter à cheval. Moi, de mon côté, je m'en vais faire réveiller ceux qui reposent... Dépêche-toi, enfant, il s'agit de sauver deux bons chrétiens en danger de mort...

Le petit pâtre ne se fit pas répéter cet ordre, il s'élança avec la vitesse d'un daim relancé par des chasseurs.

Un quart d'heure plus tard, la cour d'honneur de la maison-forte de Tauve présentait le spectacle d'une agitation extrême.

Une quinzaine de serviteurs, les uns occupés à s'armer, les autres en train de seller les chevaux, se pressaient, se coudoyaient, s'interrogeaient et faisaient grand tapage.

Diane, ses admirables cheveux noirs épars sur ses épaules, le teint animé, la poitrine oppressée, remerciait les plus diligents par une douce parole, encourageait les retardataires ou les timorés par un regard, et essayait de mettre un peu d'ordre dans cette scène de confusion.

Grâce au respect, ou, pour être plus exact, à l'adoration que les serviteurs portaient à la jeune fille, l'ordre finit peu à peu par s'établir ; la petite troupe se rangea en bataille. Tout à coup Diane, qui jusqu'alors, absorbée par les apprêts du départ, n'avait pas eu un instant pour réfléchir, Diane poussa une exclamation à moitié contenue, et, s'adressant à l'un des palfreniers du château :

— Réné, dit-elle vivement, et mon cheval, où est-il ?... Vite, vite, qu'on me l'amène, sellé et bridé !...

A cet ordre, un étonnement profond, mêlé d'une sérieuse inquiétude, parcourut les rangs de la petite troupe.

La jeune fille se retourna vers ses serviteurs, et d'une voix pénétrante dont rien ne saurait rendre le charme :

— Quoi, mes amis, leur dit-elle, pensez-vous donc que je vous abandonnerais à l'heure du danger ! Dieu, prenant en pitié mon isolement sur la terre et les persécutions qui devaient peser sur ma jeunesse, a bien voulu mettre en mon cœur un reflet du courage qui animait de son vivant mon honoré père, le noble comte d'Erlanges. Si, comme lui, je ne puis vous couvrir de mon épée, je saurai au moins vous montrer le mépris de la mort ! Ces paroles, prononcées avec un enthousiasme tempéré par une séduisante modestie et une grâce irrésistible, firent tressaillir d'admiration la troupe des serviteurs et enflammèrent son courage.

— Oui, venez, notre demoiselle, s'écria l'un d'eux, au milieu de nous vous n'avez rien à craindre ! Chacune de nos poitrines vous servira de bouclier. Pour vous sauver, nous passerions à travers un cercle de feu et de fer.

En ce moment une apparition, à laquelle personne ne songeait, vint couper court à cet élan d'enthousiame.

La dame d'Erlanges se montra au milieu de la cour d'honneur.

La châtelaine, vêtue tout en noir, avait l'air plus grave, plus solennel encore que de coutume ; une expression de froide sévérité assombrissait son visage.

Elle s'avança d'un pas majestueux un peu guindé vers Diane, et d'une voix dont le calme était dû évidemment à la force de sa volonté :

— D'où vient, je vous prie, mademoiselle ma fille, lui dit-elle, tout ce bruit, toute cette confusion ? Qui donc a donné à mes serviteurs l'ordre de prendre les armes ? Quel est le but et le motif de cette expédition ? Il me semble que nulle autre personne que moi n'a le droit de disposer de mes serviteurs ? Expliquez-vous, mademoiselle, je vous écoute !

Diane, un instant interdite, revint bientôt de son trouble.

— Madame, lui dit-elle, vos serviteurs se sont armés pour courir au secours de M. le chevalier Sforzi et de Lehardy, en danger de mort. J'ai cru, pressée par le temps, pouvoir agir sans vous consulter. Ne retenez pas vos serviteurs, madame, laissez-les partir... Une minute de perdue peut amener la fin tragique de ce pauvre Lehardy, que vous aimez tant.., du chevalier Sforzi, qui a si noblement pris votre défense.

Le marquis de la Tremblais rôde, à la tête d'une troupe d'assassins, dans les environs du château. Je vous le répète, madame, et je vous supplie à mains jointes, de prendre en considération mes prières... les moments sont précieux.., laissez partir vos serviteurs.

La dame d'Erlanges avait, pendant les explications de Diane, conservé toute son impassibilité.

— Mademoiselle, dit-elle sévèrement, je m'attendais à ce que vous vous justifieriez. Mon attente a été trompée !... L'ardeur que vous apportez dans tout ceci ne convient ni à votre sexe ni à votre âge !... Que vois-je ? votre cheval que l'on amène ! Auriez-vous donc, poussant l'oubli des convenances jusqu'à la folie, songé à chevaucher à la tête de nos hommes d'armes ?...

— Eh bien! oui, ma mère, s'écria Diane, oh! je regrette amèrement que ma conduite me vaille votre improbation. Vous savez, ma mère, que j'obéis toujours au premier mouvement de mon cœur; or, mon cœur me dit que ce serait lâche à moi de ne pas partager les dangers de M. le chevalier Raoul et de notre serviteur Lehardy... Ma mère, de grâce, au nom de votre amour pour la justice, au nom de votre repos futur, ne me retenez plus!... Laissez-moi suivre mon inspiration première.

— Assez, mademoiselle, s'écria la châtelaine en élevant la voix. Je vous ordonne le silence.

Diane baissa la tête et se tut.

La dame d'Erlanges s'adressant alors à ses serviteurs :

— Que l'un de vous, dit-elle, essaie de rejoindre M. le chevalier Raoul de Sforzi et son compagnon Lehardy, et les avertisse du piège qui leur est tendu... cela suffira.

Un des serviteurs sortit des rangs et se présenta pour remplir cette mission.

Le pont-levis était baissé et déjà le cavalier s'apprêtait à partir, quand tout à coup cinq à six détonations d'arquebuse retentirent dans le lointain.

— Ah! mon Dieu! s'écria Diane avec désespoir, il n'est plus temps!

Alors, par un mouvement plus prompt que la pensée, la jeune fille s'élança sur son cheval, le frappa d'une houssine qu'elle tenait à la main, et franchissant d'un bond le pont-levis ;

— Qui m'aime me suive! s'écria-t-elle d'une voix pleine de sanglots.

Avant que la dame d'Erlanges, atterrée et exaspérée de la désobéissance et de l'action de Diane, eût eu le temps de revenir de sa surprise, la troupe des serviteurs s'était élancée à la suite de la jeune fille et avait disparu. Seulement, comme le cheval de Diane était plus ardent et plus fin que ceux des hommes d'armes, comme le fardeau léger qu'il portait n'entravait pas sa vitesse, l'avance prise par la jeune fille sur ses serviteurs ne fit que s'accroître, et bientôt Diane se trouva séparée d'eux par une assez grande distance.

<h3 style="text-align:center">XIV</h3>

L'EMBUSCADE

Les renseignements apportés à Diane par le petit pâtre Charlot étaient d'une grande exactitude : l'embuscade tendue par le marquis de la Tremblais se composait, ainsi qu'il l'avait dit, de huit hommes d'armes.

Il suffit d'un simple coup d'œil à Sforzi pour compter ses ennemis, car phénomène beaucoup moins rare qu'on ne se l'imagine, l'heure du danger venu, le jeune homme alliait à une extrême impétuosité un rare sang-froid.

Il calcula que, grâce aux trois coups de feu dont Lehardy et lui disposaient, ils pouvaient sinon égaliser la lutte au moins la rendre possible.

Aussi renouvela-t-il au serviteur la recommandation qu'il lui avait déjà faites de ne tirer qu'à coup sûr.

Les hommes d'armes du marquis ne s'attendaient certes pas à rencontrer de résistance; leur étonnement, lorsqu'il virent Sforzi, au lieu de prendre la fuite, s'élancer sur eux l'épée à la main, se traduisit par une certaine indécision dont le jeune homme profita avec autant d'adresse que de présence d'esprit.

Tout en faisant cabrer son cheval sur les jambes de derrière, afin de se bien couvrir, il appuya son pistolet sur le front de l'un des assassins, et tira. Le misérable tomba foudroyé.

Au même instant, une autre détonation retentissait et un second ennemi roulait par terre. Lehardy, observant fidèlement la recommandation du chevalier, avait su employer la balle de son arquebuse!

— Bien, Lehardy, lui cria Sforzi, la victoire est à nous! L'épée hors du fourreau, mon ami, et d'estoc et de taille!

Cet épisode de carnage s'était passé avec une prodigieuse rapidité; il intervertit un instant les rôles des combattants. Les assassins épouvantés se mirent sur la défensive.

— En avant, lâches! s'écria le marquis d'une voix stridente. Quoi! vous êtes six contre deux, et vous hésitez!...

De la Tremblais, qui jusqu'alors s'était tenu prudemment à l'écart, éperonna son cheval, et, le pistolet au poing, courut sur Raoul.

— Ah! dit le jeune homme, voici donc enfin un adversaire digne de ma colère!

Alors imitant l'exemple que lui donnait de la Tremblais, Sforzi frappa violemment de ses deux éperons à la fois les flancs de sa monture, et se précipita sur le marquis.

Cette audace sauva peut-être le jeune homme, car son adversaire surpris lâcha presque au hasard son coup de pistolet : la balle passa à un pied de la tête de Raoul.

— Que vas-tu faire, misérable, maintenant qu'il ne te reste plus que ton épée? lui cria Sforzi, tout en le chargeant.

Hélas! le chevalier avait compté sans le second pistolet de son agresseur. De la Tremblais fit précipitamment feu à bout portant sur lui.

Raoul poussa un cri de rage, un cri semblable au rugissement du lion acculé dans son antre. Son épée, atteinte par la balle du marquis, venait d'être brisée en deux.

— Malédiction! dit-il. Puis fou de fureur, ivre de désespoir, il lança son cheval avec une irrésistible impétuosité contre celui de son adversaire.

Le choc fut terrible : chevaux et cavaliers roulèrent sur le sol.

Pendant que Raoul, tout étourdi de cette chute violente, mais soutenu encore par l'ardeur du combat, reprenait ses sens, Lehardy, de son côté, tenait dignement sa promesse, et faisait de son mieux; enveloppé par les assassins du marquis, il frappait sans trêve ni merci. Sans l'excellente cuirasse qui garantissait sa poitrine, depuis longtemps déjà le vaillant serviteur aurait succombé.

Quoique ses efforts suprêmes ne dussent aboutir, selon toutes les probabilités, qu'à prolonger son agonie et rendre sa mort plus glorieuse, ils avaient du moins pour résultat immédiat d'opérer une salutaire diversion en faveur de Raoul.

Le valeureux jeune homme, d'abord étourdi, avons-nous dit, par la violence de sa chute, n'avait pas tardé à reprendre connaissance : alors, s'emparant du cheval et de l'épée de l'homme d'armes qu'il avait tué, il s'était précipité au secours de Lehardy.

Un nouveau déboire attendait Sforzi; à peine était-il rentré dans la mêlée qu'un coup d'arquebuse, déchargé contre lui, presque à bout portant, fracassait la tête de son cheval, et de nouveau le jetait par terre.

Ce fut alors de la part des assassins un féroce hurlement de triomphe. Ils croyaient leur terrible adversaire mortellement atteint.

— Mon Dieu! ayez pitié de moi! murmura Lehardy, dont le bras fatigué, non par la durée, mais par la vivacité de la lutte, ne supportait plus qu'avec peine le poids de son épée. Mon Dieu! prenez mon âme en merci! je suis perdu!

Voulant essayer au moins d'utiliser sa mort, le brave serviteur plaça son cheval en travers devant le chevalier qui se relevait, et lui donnant son épée :

— Messire, lui dit-il, je suis à bout de forces. Tenez, voici mon épée... bon courage... et adieu!

En ce moment, une voix retentit dans le lointain :

— Courage! on vient à votre secours.

Puis on entendit le galop effréné d'un cheval dévorant l'espace.

A cette intervention si inattendue, si providentielle, Sforzi et Lehardy tressaillirent de surprise et de joie.

— Sang et carnage! s'écria le jeune homme avec un fol enthousiasme, le ciel se déclare en notre faveur. Sus aux assassins et aux traîtres!

Le chevalier saisit l'épée que lui tendit Lehardy, et, le regard brillant d'audace, il s'élança d'un bond de tigre sur les gens du marquis. Les assassins, en voyant la lutte, qu'ils considéraient comme terminée, recommencer plus ardente que jamais, perdirent toute confiance : la chute de l'un d'eux, dont le cheval atteint au flanc par le fer de Raoul s'abattit

Chevalier, vous aviez risqué votre existence pour défendre ma mère. (Page 32.)

lourdement, compléta leur panique; le chevalier fendit la tête au bandit démonté.

Sans songer à combattre davantage, les misérables tournèrent bride à la hâte et se débandèrent de tous côtés dans la campagne.

L'étonnement de Raoul et de Lehardy, en se voyant maîtres du champ de bataille, ne saurait se décrire; cet étonnement s'accrut encore lorsqu'ils aperçurent Diane, qui, les cheveux épars, et semblable à une apparition surnaturelle, arrêtait devant eux son coursier haletant et couvert de sueur.

— Diane! s'écria Sforzi avec un cri parti de l'âme. Oh! mais je rêve! j'ai le délire!... c'est impossible!

La jeune fille était tellement émue, soit par la rapidité de la course, soit par la joie de retrouver Raoul vivant, qu'elle resta un instant incapable de prononcer une parole.

— Chevalier, murmura-t-elle enfin, tout en appuyant sa main sur sa poitrine que soulevaient les battements de son cœur; — chevalier, vous aviez risqué votre existence pour défendre ma mère, n'était-il pas de mon devoir de tenter de vous sauver?... Et toi aussi, mon bon serviteur Lehardy, je te devais cette marque d'intérêt, cette preuve de reconnaissance...

Diane aurait pu parler longtemps sans que Raoul eût songé à l'interrompre. A l'expression passionnée que reflétait le visage du jeune homme, a l'admiration profonde qui se lisait dans ses yeux baignés de larmes, il était facile de comprendre que son âme, en proie à une délicieuse extase, n'appartenait plus en ce moment à la terre, et qu'elle nageait dans les pures et ineffables jouissances d'un monde idéal.

— Chevalier, reprit Diane, le visage empourpré d'une charmante rougeur, — car elle comprenait sans doute l'éloquence de ce silence; — chevalier, ne craignez-vous point que nos ennemis ne reviennent? Ne serait-il pas prudent de nous éloigner d'ici au plus vite? Quant à moi, je crois...

En ce moment, un cri d'effroi et de détresse poussé par Lehardi interrompit la jeune fille au milieu de sa phrase.

— Notre demoiselle... prenez garde... derrière vous! disait le serviteur.

Alors, avant que Diane eût pu deviner le danger dont elle était menacée, Raoul bondit vers elle et lui fit un rempart de son corps.

Au même instant un coup de feu ébranla les échos de la nuit : le marquis de la Tremblais, revenu de son évanouissement et remonté à cheval, s'était armé d'une courte et légère arquebuse pendue à l'arçon de sa selle, et aveuglé par la jalousie et la fureur, il avait fait feu sur Diane!...

— Lâche et assassin! lui cria Raoul pendant qu'il fuyait, je saurai bien te retrouver et te punir!

Quand le bruit du galop du cheval du marquis se fut perdu dans le lointain, Raoul, resté jusqu'alors droit et superbe, le front tourné dans la direction de son ennemi, s'affaissa doucement sur lui-même.

— Chevalier, qu'avez-vous? lui demanda Diane d'une voix tremblante; est-ce la fatigue?... une blessure?...

— C'est sans doute la joie d'avoir pu vous être utile à quelque chose, mademoiselle, balbutia Raoul, car, à vrai dire, je ne ressens aucune douleur de la balle que le marquis vous destinait et que j'ai été assez heureux pour recevoir en plein corps...

— Oh! mon Dieu! s'écria Diane en levant des yeux désespérés vers le ciel, laisserez-vous mourir un si noble jeune homme?...

Puis d'une voix si basse qu'elle ressembla à un murmure :

— Mon Dieu, ajouta la pauvre enfant, si Raoul succombe, que ferai-je sur la terre?

Les serviteurs de la dame d'Erlanges, que Diane avait devancés, arrivèrent en ce moment sur le théâtre du combat. A la vue de Raoul évanoui, des trois cadavres des gens du marquis, qui jonchaient le sol, leur admiration égala au moins leur surprise et leur douleur.

Huguenote entêtée! grommela Benoist. — Et il fit feu. (Page 37.)

Lehardy, complimenté, embrassé de toutes parts, remit à plus tard le récit des prouesses de la nuit et s'occupa de faire construire une espèce de brancard pour transporter Raoul au château.

Huit serviteurs mirent pied à terre, et ayant placé le jeune homme sur quatre arquebuses recouvertes d'un manteau, ils reprirent à pas lents le chemin de la maison-forte de Tauve.

Lorsque le funèbre cortège atteignit les murs du château, la dame d'Erlanges, le regard sévère et le front chargé de nuages, attendait à l'entrée du pont-levis le retour de Diane.

La vue du chevalier, baigné dans son sang et privé de connaissance, n'adoucit en rien l'expression courroucée que reflétait le regard de la châtelaine.

— Mademoiselle ma fille, dit-elle froidement, il me semble que vous avez assez chevauché cette nuit; vous plairait-il de vous retirer maintenant dans votre chambre?

— Madame ma mère, répondit Diane d'une voix douce, soumise et en désignant par un triste signe de tête le brancard sur lequel était étendu Raoul, le coup de feu qui a atteint M. Sforzi m'était destiné! C'est au dévouement, — si fatal pour lui, — de M. le chevalier que je dois le bonheur de vous revoir!... Ne serait-ce pas montrer une odieuse ingratitude que de l'abandonner ainsi!... Permettez au moins que je m'assure par moi-même que tous les soins exigés par sa position lui seront rendus!...

— Mademoiselle ma fille, reprit la châtelaine d'une voix glaciale, je n'aurais jamais cru qu'une enfant fût assez osée pour discuter les ordres de sa mère! Votre façon d'agir m'apprend que j'avais en trop haute estime la génération actuelle! Il paraît qu'aujourd'hui le respect des parents est un fardeau dont la jeunesse se débarrasse avec joie. Mademoiselle ma fille, vous me voyez aux regrets, mais fermement résolue à exercer sur vous mon autorité dans toute sa rigueur! Je vous priais tout à l'heure, et maintenant je vous ordonne de vous retirer dans vos appartements.

Le dur langage de la dame d'Erlanges amena des larmes aux yeux de Diane: toutefois, la pauvre enfant ne se rendit pas encore.

— Madame ma mère, répondit-elle d'une voix humble et suppliante, permettez-moi d'insister. N'est-il pas au moins convenable que je m'informe avant de me retirer si M. Sforzi est mort ou vivant?

— Mademoiselle ma fille, votre conduite scandaleuse vous déshonore et me couvre de confusion. Ne comprenez-vous donc point que montrer tant d'intérêt au chevalier Sforzi, c'est donner prise au soupçon et faire suspecter la pureté de vos sentiments?... Silence, vous dis-je, et suivez-moi!

A cette accusation précise, Diane releva fièrement la tête, et d'une voix harmonieusement accentuée:

— Madame ma mère, dit-elle, mon cœur ne craint point le regard de Dieu, pourquoi prendrais-je donc souci des propos du monde? Oui, madame, je ressens pour M. le chevalier une tendresse de sœur, une amitié profonde!

— Silence, mademoiselle!... Cette impudence...

— Oh! merci, Diane, dit en ce moment une voix qui fit tressaillir de joie la jeune fille et pâlir de fureur la châtelaine, merci; Diane, votre aveu me sauvera... car à présent... à présent... je veux vivre pour vous aimer toujours...

C'était Raoul qui, revenu à lui, avait entendu la conversation de la dame d'Erlanges et de Diane.

XV

LA CATASTROPHE

L'état de Raoul, pendant la première semaine qui suivit, présenta un sérieux danger; ce fut seulement le neuvième jour qu'il reprit connaissance; jusqu'alors il avait été en proie à un délire continuel.

L'inique et odieuse interdiction prononcée par le marquis de la Tremblais contre la maison-forte de Tauve n'avait pas permis de faire venir un médecin ; Raoul ne dut donc son salut qu'à sa bonne constitution et aux soins que lui prodigua Lehardy.

Quant à Diane, empêchée par sa mère de veiller le pauvre malade, elle n'avait pu que prier Dieu pour sa guérison.

Les premières paroles que prononça Raoul en retrouvant la raison furent pour la jeune fille : Lehardy lui répondit qu'elle compatissait de tout son cœur à ses souffrances, et cette assurance fit grand bien au blessé.

Le dixième jour au matin, Sforzi fut réveillé par Lehardy qui entrait dans sa chambre. Le brave serviteur paraissait très-agité.

— Ma foi, monsieur, lui dit-il, je ne vous cacherai pas, qu'en dehors de l'affection que je vous prie de vouloir bien me permettre de vous porter, je souhaiterais vivement vous voir en ce moment-ci debout, vigoureux et à même de vous servir d'une épée.

— Que se passe-t-il donc, Lehardy ? Un nouveau danger menacerait-il la maison-forte de Tauve ?...

— J'en ai peur, monsieur le chevalier.

— Quel est ce danger, Lehardy ? Parle !

— Je ne sais rien de positif encore. Tout ce que je puis vous dire, c'est que le guetteur vient de signaler une nombreuse troupe de gens qui se dirige du côté du château.

— Tu m'épouvantes, Lehardy ! Cours aux remparts et reviens m'apprendre au plus tôt ce qui se passe... Mais non... aide-moi plutôt à me lever ; j'irai moi-même.

— Vous lever, s'écria Lehardy, y songez-vous ? autant vaudrait vous bailler un coup d'épée à travers le corps. J'ai eu tort de vous parler de cela. Voyons, monsieur le chevalier, un peu de raison et de patience. Attendez-moi un instant, je ne tarderai pas à être de retour.

Lehardy s'éloigna précipitamment, laissant le jeune homme dans une grande agitation.

Lorsque, peu de minutes après, Lehardy rentra dans la chambre de Raoul, le visage du loyal serviteur ne disait plus la crainte, mais bien un profond étonnement.

— Eh bien ? lui demanda Sforzi avec anxiété.

— Eh bien, monsieur le chevalier, c'est à douter du témoignage de ses yeux. La troupe signalée est composée de près de trois cents paysans ou vilains armés de toute sorte, et à leur tête marche le capitaine de Maurevert.

— Le capitaine de Maurevert ?

— En personne. Il est monté sur un magnifique cheval noir, richement caparaçonné... et, ma foi, il a fort bon air. Entendez-vous ce cor qui résonne ? C'est le capitaine qui entre dans la cour du château et que l'on salue à son passage.

Lehardy disait vrai. Le partisan de messeigneurs de Guise et le familier du roi, le capitaine de Maurevert, en un mot, venait de pénétrer, en compagnie du bandit Croixmore, dans le château de Tauve.

Autant de Maurevert avait la contenance superbe, autant celle du chef des religionnaires de Tournoil était triste et piteuse ; sans épée, la tête nue, la cuirasse faussée en plusieurs endroits, il baissait honteusement les yeux et paraissait écrasé sous le poids d'une humiliation sans bornes.

— Annoncez à la dame châtelaine de céans le commandant en chef de la sainte et royale Ligue d'équité ! dit de Maurevert à l'un des serviteurs.

Peu après, le compagnon d'armes de Raoul entrait dans la salle de réception du château, où l'attendait déjà la dame d'Erlanges.

De Maurevert s'avança d'un pas majestueux jusqu'au grand fauteuil où se tenait assise la châtelaine, — qui se leva à son approche, — et la saluant avec une gravité toute solennelle :

— Madame, lui dit-il, depuis que j'ai eu l'honneur de vous voir, bien des événements que je dois vous faire connaître, car ils vous intéressent jusqu'à un certain point, se sont accomplis. Veuillez me prêter votre attention.

La dame d'Erlanges s'inclina légèrement en signe d'acquiescement, et de Maurevert continua :

— Madame, il doit vous souvenir que lorsque je quittai votre maison-forte, — il y a de cela aujourd'hui près de deux semaines, — c'était pour aller solliciter en votre faveur

l'appui des religionnaires de Tournoil. Il est inutile que vous m'interrompiez ; je sais parfaitement ce que vous allez me répondre : que vous m'aviez dissuadé de tenter cette démarche ; oui, j'en conviens ; mais il est des circonstances impérieuses où l'on doit obliger les gens malgré eux. Bref, j'allai donc trouver vos coreligionnaires de Tournoil. La façon dont leur chef, ici présent, le sieur Croixmore, que j'ai l'honneur de vous présenter, accueillit ma supplique, fut assez peu encourageante. Il me déclara que j'étais son prisonnier et m'imposa une rançon de quatre cents écus. Il eut même un instant la velléité de me faire pendre ! Ce détail importe peu ; je poursuis. Le soir même du jour de mon arrestation, le sieur Croixmore commit l'imprudence, — ce serait exagérer de dire la galanterie, — de me fournir l'occasion de prendre ma revanche ; je fis de mon mieux, et l'ancien chef de messieurs de Tournoil, tombé en mon pouvoir, se trouve être à cette heure-ci mon prisonnier de guerre !

— En quoi, je vous prie, ces explications me touchent-elles, capitaine de Maurevert ? demanda la dame d'Erlanges avec un commencement d'impatience.

— Ces explications, madame, ont pour but de vous empêcher de commettre à votre insu une grave injustice. Je suis toujours resté le débiteur du sieur Croixmore, madame !... Or, comme il est prouvé jusqu'à la dernière évidence que si j'ai été imposé à rançon, la cause n'en peut être imputée qu'au désir que j'ai eu de vous servir, il est de toute justice que vous m'indemnisiez des pertes que mon zèle à votre endroit m'a fait éprouver.

— En d'autres termes, capitaine de Maurevert, dit la châtelaine d'un air de froideur et de mépris marqué, c'est quatre cents écus que vous me réclamez.

— Oui, madame, seulement quatre cents écus. Je serais en droit, il est vrai, de vous compter les dangers que j'ai courus, la perte de temps que j'ai subie pour vous ; mais je suis trop galant homme pour aborder de tels détails. Je ne réclame que mon débours brut. Je vous abandonne les intérêts.

— Très-bien, capitaine ! On va vous compter votre argent, répondit la dame d'Erlanges, désireuse de se débarrasser au plus vite de la présence de son ancien hôte.

Le capitaine se mit à caresser sa barbe, et regardant la châtelaine du coin de l'œil :

— Par Vénus ! murmura-t-il, cette femme a du bon ! Vraiment, elle n'est pas trop mal pour son âge : un peu raide, un peu revêche, fort déplaisante... oui... parce que personne ne songe à lui parler le doux langage d'amour. Par les cornes du diable ! il y a là une affaire : j'y réfléchirai... Devenir seigneur de Tauve !... Eh ! eh !... ceci clorait dignement ma carrière. On va souvent chercher bien loin la fortune quand, pour l'atteindre, il ne s'agit que d'allonger le bras... Allons voir Raoul.

A peine sorti de la salle de réception, de Maurevert se retourna vers le bandit Croixmore, et lui adressant un gracieux sourire :

— Cher ami, lui dit-il, vous plairait-il que nous réglions nos comptes ?

Le bandit ne répondit que par une espèce de grognement.

— Bon ! continua de Maurevert, voilà que vous allez vous montrer ingrat ! C'est une laide chose que l'ingratitude, Croixmore ; elle dénote généralement un esprit mesquin. En quoi, je vous prie, avez-vous donc à vous plaindre de moi ? Ma conduite n'est-elle pas de la dernière délicatesse ?... Qui m'empêcherait, si je n'étais un honnête homme, de vous frustrer, à présent que je vous tiens en ma puissance, du prix de ma rançon ? Rien !... Vous m'avez imposé, vu ma qualité de capitaine, — égard dont je vous ai remercié sur l'heure, — à quatre cents écus ; moi, ne voulant pas être en reste de galanterie et de générosité, je vous ai mieux traité encore : je vous ai, comme seigneur suzerain de Tournoil, taxé au double, à huit cents écus ! Les quatre cents écus que va vous remettre la dame d'Erlanges, joints à la même somme que je vous dois, vous acquitteront envers moi, et vous vaudront votre liberté. Que diable ! vous n'aurez pas même à délier les cordons de votre bourse... c'est vous racheter à peu de frais. Cependant, si vous préférez garder les quatre cents écus de ma rançon, je ne m'y oppose pas... le divertissement de votre pendaison me dédommagera de cette perte... J'adore voir pendre les gens, moi !...

— Tenez, capitaine, s'écria Croixmore, j'ai beau vouloir vous garder rancune et vous faire mauvais visage... je ne le puis... vos façons d'agir sont si gracieuses, elles portent en elles un tel parfum de gentilhommerie, qu'il m'est impossible de ne pas reconnaître votre supériorité... Prenez garde de ne pas retomber entre mes mains, car je vous estime si fort que cette fois je vous imposerais à cent mille doublons d'or...

Une fois cette affaire de rançon terminée, de Maurevert s'empressa de se rendre auprès du chevalier Sforzi.

L'entrevue des deux compagnons d'armes fut des plus touchantes.

Raoul, heureux de trouver quelqu'un à qui il pût parler de Diane, reçut le capitaine avec un sensible plaisir. Quant à ce dernier, l'affection qu'il éprouvait pour le jeune homme était sincère, réelle, et il l'embrassa de tout cœur. De Maurevert raconta son voyage à Tournoil, la scène de l'assemblée des membres de la Ligue d'équité, la façon dont il s'y était pris pour recouvrer sa liberté, et enfin, — détail ignoré du lecteur, — la position nouvelle qu'il devait à sa victoire, c'est-à-dire d'être devenu le chef des paysans révoltés.

— A présent, cher compagnon, dit-il en terminant, il faudra bien que le marquis de la Tremblais compte avec nous... Je dispose de près de trois mille hommes, — et quoiqu'à parler sans détour, ces trois mille hommes soient si mal armés et disciplinés, qu'une compagnie de carabins, voire même d'argoulets, suffirait pour les mettre en fuite, — je n'en ai pas moins l'air de m'appuyer sur une armée. Au reste, je veux, avant un mois d'ici, dresser si bien mes montagnards au maniement de l'arquebuse et de la pique, qu'on les prendra pour de vieilles bandes... Guérissez-vous vite, cher compagnon, et soyez assuré qu'une fois valide, la besogne ne vous manquera pas. Je me fais fort de vous tenir en haleine. A présent, chevalier, apprenez-moi à votre tour qui vous a accommodé d'une si pitoyable façon. Tonnerre et furies ! si vous n'êtes pas dans votre tort, je vous vengerai si bien que messire Satanas lui-même en sera épouvanté.

— Ah ! misérable et déloyal marquis ! s'écria de Maurevert lorsque le jeune homme l'eut mis au courant de ce qui s'était passé, il faudra bien que nous ayons raison de sa félonie ! Ce que vous m'apprenez de la demoiselle Diane me cause un véritable plaisir, Raoul. Il faut aimer cette jeune fille ; elle serait la digne compagne d'un homme de guerre ! Vous rougissez ! Allons, un peu de confiance !... Vous n'avez pas attendu mon conseil pour vous enflammer. Je m'en doutais !... Dès notre arrivée au château, je m'étais aperçu que la demoiselle vous regardait avec une certaine complaisance !... Dites-moi, Raoul, que pensez-vous de sa mère, la dame d'Erlanges ?... Ne trouvez-vous pas que son visage, s'il était dépouillé de l'air revêche et déplaisant qui le dépare, serait d'une laideur supportable ?...

— Pourquoi cette question, capitaine ?

— Au fait, vous avez raison ; « pourquoi cette question ? » il s'agit d'un projet qui n'est encore qu'à l'état de chaos dans mon cerveau. Quand je l'aurai débrouillé, arrangé, combiné, rendu logique et exécutable, je vous en reparlerai. Causons plutôt de vous.

Le reste de la journée passa pour les deux amis avec rapidité.

A la tombée de la nuit, de Maurevert prit congé de Raoul, en l'assurant qu'une semaine ne se passerait pas sans qu'il entendît parler de lui ; puis il sortit de la maison-forte de Tauve, et s'en alla retrouver son armée de paysans.

Pendant les quinze jours qui suivirent cette entrevue des deux compagnons d'armes, le chevalier Sforzi avança à si grands pas dans sa convalescence, qu'il put bientôt, non-seulement quitter le lit, mais encore prendre, chaque matin, plusieurs heures d'exercice dans le jardin du château. Diane qu'il rencontrait, — par hasard, — presque tous les jours, lui tenait compagnie tant que durait sa promenade.

Quoique ni Raoul ni la jeune fille ne sortissent des bornes de la plus stricte réserve, ils savaient, — grâce à mille ingénieux détours, — se dire tout l'amour qu'ils éprouvaient l'un pour l'autre.

Ces chastes et enfantines confidences les plongeaient tous les deux dans de si douces rêveries, qu'ils ne songeaient plus aux nuages qui assombrissaient leur horizon.

Du marquis de la Tremblais, il n'en était jamais question. Hélas ! cette existence était trop heureuse pour être durable !...

Un jour, après le dîner, la dame d'Erlanges pria le chevalier de demeurer avec elle ; puis, lorsque les serviteurs se furent éloignés et qu'ils se trouvèrent seuls :

— Chevalier Sforzi, lui dit-elle d'un air sévère, l'hospitalité est une chose sacrée, qui engage autant celui qui la reçoit que celui qui la donne. Hier, j'ai appris par une de mes femmes, que mademoiselle ma fille, oubliant toute décence, passe chaque jour, en votre compagnie, plusieurs heures à se promener dans le jardin. Je ne vous reprocherai ni l'indignité ni le peu de délicatesse de votre conduite. Ce n'est point le fait d'un gentilhomme d'abuser ainsi de l'ignorance d'une jeune damoiselle élevée dans la solitude. Je vous serai obligée, monsieur le chevalier, de n'entrer dans aucune explication à ce sujet. Je tenais seulement à justifier la dure nécessité à laquelle je me vois contrainte, de ne pas vous accorder plus longtemps l'hospitalité dans ma maison. Je désire que demain, au plus tard, vous quittiez Tauve.

Le langage injuste et hautain de la châtelaine fit monter à plusieurs reprises le rouge de la colère au visage de Raoul ; toutefois, retenu par le respect qu'il devait à la mère de Diane, il s'inclina profondément devant la dame d'Erlanges et s'éloigna sans prononcer un mot.

Une fois seul, le pauvre jeune homme s'abandonna à tout son désespoir.

Etre séparé à tout jamais de Diane lui paraissait un sacrifice au-dessus de ses forces, une chose impossible.

— Hélas ! se disait-il tout en parcourant à grands pas sa chambre et tandis que des larmes brûlantes obscurcissaient ses yeux, n'ai-je pas raison de prétendre que je suis né sous une mauvaise étoile... Chaque fois que le bonheur paraît me sourire, la fatalité s'acharne aussitôt après moi... Ah ! que ne suis-je mort cette nuit où, blessé par le marquis, j'ai entendu Diane avouer à sa mère qu'elle m'aimait !... Ma mort eût été trop belle !... Non, ma destinée est de vivre pour souffrir !...

Le pauvre jeune homme passa le reste de la journée enfermé dans sa chambre. La nuit venue, il se jeta tout habillé sur son lit ; enfin, brisé par la vivacité de ses émotions, il finit par tomber dans un sommeil lourd et agité.

Il pouvait être environ deux heures du matin lorsque Sforzi fut réveillé en sursaut par des cris affreux.

Il se crut d'abord sous l'empire d'un mauvais rêve, mais bientôt des clameurs furieuses, mêlées à de nouveaux cris de détresse, retentirent de tous les côtés, et ne lui laissèrent plus de doutes ; il était évident qu'une terrible catastrophe avait lieu près de lui.

Raoul s'élança hors de son lit et saisit son épée. Au même instant un coup violent ébranla la porte de sa chambre, et une voix haletante, qu'il reconnut pour être celle de Lchardy, lui cria :

— Au secours ! monsieur le chevalier... au secours ! Le marquis de la Tremblais vient de surprendre le château.

XVI

A la terrible nouvelle de la prise du château, le chevalier Raoul sentit passer comme un nuage devant sa vue ; une horrible douleur l'étreignit au cœur, et pour ne pas tomber il dut s'appuyer contre le mur.

Cette poignante émotion dura peu : la pensée [des dangers que courait Diane lui rendit bientôt avec toute son énergie ses forces affaiblies par la maladie ; son sang bouillonna dans ses veines comme la lave enflammée qui mugit et écume dans le cratère d'un volcan, et beau de désespoir, sublime de fureur, il ouvrit violemment la porte de sa chambre et s'élança au secours de Diane d'Erlanges.

La chambre occupée par Diane était située dans une aile

opposée au corps de logis qu'habitait Sforzi : Raoul devait, avant de parvenir jusqu'à la jeune fille, traverser le château presque en entier. Arriverait-il assez à temps pour la sauver ou du moins pour mourir à ses côtés en lui faisant un rempart de son corps ? Cette incertitude le torturait : il ne savait que craindre, qu'espérer ; il était fou !...

Raoul venait d'atteindre en deux bonds l'extrémité d'un corridor que terminait un étroit escalier conduisant à l'étage inférieur, lorsqu'une dizaine de soldats du marquis apparurent sur les premières marches.

A la vue de Sforzi les misérables poussèrent des hurlements d'une joie féroce

— A mort le huguenot ! sus au rebelle !

— Le succès est dans l'audace, se dit le jeune homme. En avant !

Alors, prenant son élan, il se précipita, tête baissée et l'épée à la main, sur ses adversaires.

Les gens du marquis s'attendaient si peu à cette témérité, qu'ils n'opposèrent d'abord aucune résistance ; trois d'entre eux, rudement atteints par le jeune homme dans son furieux élan, roulèrent par terre en poussant des cris de détresse. Le chevalier continua son chemin.

Malheureusement les assassins se remirent promptement de leur surprise ; exaspérés de cet humiliant échec, ils se ruèrent avec une nouvelle rage à la poursuite de Sforzi.

L'étage inférieur où Raoul avait pu, grâce à son impétuosité, pénétrer impunément était également entouré par un étroit corridor ; cette disposition des lieux donnait au jeune homme la possibilité de se défendre, car il n'avait de la sorte qu'un ennemi à combattre de front.

Se retournant tout à coup ainsi qu'un sanglier blessé, Raoul poussa un cri rauque, se mit vivement en garde, et prit l'initiative de l'attaque. Son épée brilla comme un éclair, un corps pesant roula lourdement sur les dalles humides et un cri de douleur retentit. C'était un des soldats qui, atteint au milieu de la gorge, se débattait dans les dernières convulsions de l'agonie.

Alors, Raoul oublia et Diane qu'il voulait sauver, et la position désespérée dans laquelle il se trouvait lui-même, et l'impossibilité de soutenir une lutte si inégale : tous ses instincts de violence se réveillèrent avec une force irrésistible et firent explosion !

Les narines gonflées et frémissantes, les paupières dilatées, le front sillonné par un réseau de grosses veines, il donna à tête perdue au milieu des soldats de la Tremblais.

Pendant près d'une minute on n'entendit que des respirations oppressées et sifflantes, des râles de mourants, des cliquetis de fer. Deux torches portées par les assaillants éclairaient confusément de leurs rouges rayons cette scène de carnage, qui présentait à la fois un spectacle odieux et magnifique.

Au reste, les transports de Raoul l'avaient mieux servi que n'aurait pu faire sa prudence. Au milieu de ce chaos d'êtres humains qui s'agitaient, se frappaient au hasard, il était resté sain et sauf, sans une seule blessure.

Le premier paroxysme de fureur passé, — cette fureur que Sforzi considérait et déplorait non sans raison, comme une maladie, — le jeune homme réfléchit ; et avec cette merveilleuse lucidité que le danger donne aux esprits forts, il sentit qu'il y avait un parti à tirer de la confusion produite par son irrésistible attaque ; une seconde lui suffit pour concevoir un plan, une minute pour l'exécuter.

A trois ou quatre pas derrière lui, il avait remarqué une large fenêtre. Il rassembla ses forces, imprima à son épée une vertigineuse rapidité, jeta dans un cri suprême toutes les colères de son cœur, puis profitant du mouvement rétrograde que ce redoublement d'hostilités fit faire à ses ennemis, il recula prestement, sauta par la fenêtre et tomba, d'une hauteur d'environ quinze pieds, dans le jardin.

Une fois momentanément à l'abri de toute poursuite, Raoul prit un instant de repos : son gosier était desséché, ses jambes tremblaient à ne pouvoir plus soutenir le poids de son corps ; des myriades d'étincelles qui voltigeaient devant ses yeux, un bourdonnement confus qui bruissait dans ses oreilles, le privaient du sentiment de la vue et de l'ouïe.

Il retira sa cotte de mailles et se mit à se rouler sur l'herbe humide ; de ses lèvres brûlantes il pompait avidement la rosée dont elle était recouverte.

Un peu calmé et rafraîchi, il respira à pleins poumons l'air imprégné des parfums de la nuit, puis revêtant sa cotte d'armes et essuyant son épée teinte de sang, il s'élança à travers les charmilles dans la direction de la chambre occupée par Diane.

Pendant que le chevalier Sforzi courait au secours de la demoiselle d'Erlanges, l'intérieur de la maison-forte de Tauve présentait l'épouvantable aspect d'une place de guerre prise d'assaut.

Un carnage sans trêve, sans pitié, sévissait à la fois en vingt endroits différents.

Les défenseurs du château, surpris au milieu de leur sommeil, étaient massacrés au fur et à mesure qu'on les découvrait. Rien ne saurait donner une idée de l'impitoyable férocité déployée par les hommes du marquis : enivrés de vin et de sang, ils se pâmaient d'aise dans le meurtre et dans l'assassinat !

La scène la plus remarquable de cette nuit fatale se passait dans la chambre à coucher de la dame d'Erlanges ; là, la victime et le bourreau se trouvaient en présence.

La châtelaine assise dans un grand fauteuil, espèce de chaire placée sur une estrade et ornée de ses armoiries, gardait une attitude superbe. Rien en elle n'annonçait l'horreur ou l'effroi.

Le marquis se tenait debout, l'épée au fourreau et la tête couverte de sa toque, à quelques pas de la dame d'Erlanges.

Quoiqu'il affectât un calme égal à celui de la châtelaine, il était facile de deviner, à la contraction des muscles de sa figure, à la sinistre lueur qui brillait dans ses yeux, que toutes ses mauvaises passions étaient déchaînées.

— Marquis de la Tremblais ! lui dit la dame d'Erlanges, ces nouveaux cris m'annoncent que l'œuvre d'iniquité n'est pas entièrement accomplie, et qu'il est temps encore, si vous le voulez, de sauver quelques-uns de ces infortunés serviteurs ! Au nom de votre salut dans l'autre monde, marquis de la Tremblais, allez interposer votre autorité entre les assassins et les victimes !

En effet, des cris de détresse venaient de pénétrer jusque dans la chambre de la châtelaine.

— Madame, répondit le marquis sans bouger de place, la guerre présente de fatales, de tristes exigences. J'ai promis à mes gens de leur abandonner la garnison de Tauve. Un gentilhomme n'a que sa parole.

— Un gentilhomme ! répéta la dame d'Erlanges avec l'accent d'un souverain mépris ; ah ! marquis... si vous vous riez, dans votre impiété, de la justice divine, ne froissez pas au moins les préjugés du monde !... N'appelez point gentilhomme un assassin et un voleur.

— Madame ! s'écria de la Tremblais que cet outrage fit pâlir, n'abusez pas plus longtemps de ma patience. N'oubliez point que, comme ma vassale, vous me devez obéissance et respect !

— Obéissance à un voleur ! respect à un coupe-jarrets !... monsieur de la Tremblais, il faut que vous ayez une bien piètre opinion de mon jugement pour oser avancer de pareilles prétentions !

— Madame... madame... je vous le répète, prenez garde !... Que ce qui se passe autour de vous vous serve donc de leçon !... N'entendez-vous pas l'agonie de vos complices, des gens qui ont osé vous soutenir dans votre rébellion ?... J'ai bien voulu jusqu'ici vous épargner le châtiment qui vous est dû. Ne me faites pas regretter ma clémence !... Par l'Enfer ! vous vous en repentiriez...

— Marquis, dit froidement la châtelaine de Tauve, je vénère trop la mémoire de mon honoré mari, le comte d'Erlanges, pour m'abaisser jusqu'à discuter avec vous. Vous savez bien qu'après Dieu au ciel et le roi sur la terre, je n'ai à me soumettre ni à m'incliner devant aucun seigneur... Les méchants sont tous les mêmes ! Ils manquent du courage de leur perversité, et tiennent à justifier, par de puérils et mensongers prétextes, la honte de leurs iniquités !... Ne frappez pas le sol du talon de votre botte, marquis !... que m'importe votre colère... elle est impuissante contre ma résignation, contre mon bon droit... Que pouvez-vous contre moi ? Rien !... Me ravir ma fortune ?... c'est fait !... M'égorger ?... mon âme est prête à comparaître devant Dieu !... Vous voyez bien, marquis, que la dame d'Erlanges ne vous craint pas...

— Ah ! c'en est trop, s'écria de la Tremblais... Tu oublies, vieille sorcière de Belzébuth, que ton repaire maudit renferme une adorable créature. Puisque ta laideur te met à l'abri de ma vengeance, eh bien ! ce sera ta fille Diane qui paiera pour tes vilenies.

— Diane ! ma fille Diane ! vous oseriez !... s'écria la châtelaine, qui perdit à cette menace tout son sang-froid et se mit à frissonner. Seigneur de la Tremblais, n'oubliez point qu'il y a un roi de France ! Tôt ou tard vous subiriez le châtiment de votre crime. Tenez, je retire les propos qui ont pu vous blesser. Jurez-moi qu'il ne sera rien tenté contre ma fille, et je ne porterai jamais plainte du passé, j'accepterai sans murmurer la perte de ma fortune.

— Rassure-toi, vieille folle, interrompit le marquis, le moindre bon sens devrait te faire comprendre que Diane est trop belle et trop désirable pour que je songe jamais à lui causer le moindre ennui !... Malheur à celui de mes gens qui oserait la toucher, ne fût-ce qu'à un de ses cheveux... Je le ferais pendre à l'instant même.

— Marquis, ces honnêtes paroles...

— Silence donc, huguenote de l'enfer !... Non-seulement, te dis-je, Diane ne court en ce moment aucun danger, mais elle est même destinée dans l'avenir, — et dans un avenir très-prochain, — à un grand honneur : j'ai le projet de la prendre pour ma maîtresse !

— Diane, votre maîtresse ! répéta la pauvre châtelaine avec une stupéfaction et un effroi indicibles... Oh ! vous raillez sans doute... vous voulez m'épouvanter...

— Eh ! comtesse de Tauve, s'écria le marquis d'un ton ironique, il me semble que votre superbe s'est bien abaissée, et que vous revenez à présent à de meilleurs sentiments... Vous railler, moi ! Par Dieu ! vous n'en valez pas la peine ! Rien de facile comme de vous prouver que mes intentions sont telles que je vous les ai annoncées... Holà !... Benoist, va-t'en me quérir ma gentille Diane, poursuivit le marquis en s'adressant au chef des Apôtres placé derrière lui. Amène-moi vitement cette belle enfant. J'ai hâte de lui donner le premier baiser de nos gaies fiançailles.

Au méchant sourire que cet ordre fit passer sur les lèvres du bandit, il était facile de deviner et combien il lui était agréable d'en être chargé, et le zèle qu'il mettrait à l'exécuter.

La dame d'Erlanges, relevant sa tête que depuis un instant elle tenait baissée, bondit de dessus son fauteuil, et, se plaçant devant la porte :

— Nul ne sortira de cette chambre ! s'écria-t-elle d'une voix résolue, qu'après avoir passé sur mon cadavre !

Benoist s'arrêta, et se retournant vers son maître, l'interrogea du regard.

— Obéis, répondit sourdement le marquis.

Le chef des Apôtres retira tranquillement un pistolet de sa ceinture, l'arma, et en appuyant le canon sur le front de la châtelaine :

— Madame, lui dit-il brutalement, laissez-moi aller quérir votre fille Diane, ou je vous tue !

La dame d'Erlanges, pour toute réponse, poussa le verrou.

— Huguenote entêtée ! grommela Benoist, et il fit feu.

L'infortunée châtelaine roula sur le plancher.

— Diane !... Dieu tout-puissant !... Marquis, je vous maudis !... murmura-t-elle ; elle était morte.

Le chef des Apôtres, aussi peu ému de cet affreux assassinat que s'il se fût agi de la chose la plus simple du monde, poussa du pied le cadavre de la dame d'Erlanges qui l'empêchait d'ouvrir la porte, et sortit.

Le brave serviteur Lehardy, après avoir été avertir le chevalier de la prise du château, s'était rendu en toute hâte au-

près de Diane. Seulement, plus heureux que Raoul, il n'avait rencontré sur sa route aucun ennemi, et il était arrivé, sans encombre, jusqu'à la chambre de sa jeune maîtresse.

Il trouva Diane, déjà réveillée par le bruit, debout et à moitié habillée.

En peu de mots il lui apprit la position desespérée des choses ; puis, passant au plus pressé :

— Notre demoiselle, continua-t-il, ne vous effrayez pas, je me fais fort de vous sauver. Suivez-moi !

— Où cela, Lehardy ?

A deux pas d'ici. Dans la chambre de vos servantes, se trouve une porte secrète dont j'ai la clef. Cette porte conduit dans la campagne... Venez, notre demoiselle, les moments sont précieux.

— Mais... ma mère...

— Madame la comtesse ne court aucun danger... Mais venez donc, notre demoiselle... venez.

Diane, réfléchissant de quel faible secours sa présence pouvait être en effet à sa mère, se disposait à obéir, quand des clameurs furieuses qui retentirent tout près d'elle la glacèrent d'effroi et paralysèrent ses mouvements.

— Ah ! malédiction ! — s'écria Lehardy, il est trop tard... Voici les assassins !

C'était à ce même moment que la dame d'Erlanges succombait sous la balle du pistolet du chef des Apôtres.

A l'approche des bandits, Diane ne montra aucun effroi. Peut-être bien la pâleur de son teint et l'agitation de sa poitrine s'accrurent-elles un peu ; mais, à ces légers indices de faiblesse près, rien ne décela dans sa contenance les angoisses qui lui brisaient le cœur. Ses yeux, brillant d'un sombre éclat, annonçaient une forte et inébranlable résolution.

— Mon brave Lehardy, s'écria-t-elle, si Dieu permet que tu échappes par miracle aux dangers qui nous enveloppent de toutes parts, tu diras à ma mère que je suis morte en prononçant son nom. Quant au chevalier Raoul Sforzi, il a été bien dévoué pour nous... Je vais l'attendre au ciel !

— Mourir ! vous ! notre demoiselle ! Ah ! c'est impossible... la frayeur vous trouble l'esprit. Et qui donc oserait attenter à vos jours ?

— Moi, Lehardy, répondit froidement Diane. Crois-tu, mon brave serviteur, que j'attendrai lâchement les outrages du marquis ? Que Dieu me pardonne ! je suis une d'Erlanges, et jamais une d'Erlanges n'a failli à l'honneur.

Diane, en prononçant ces paroles, montrait à son serviteur un poignard dont elle était armée.

Lehardy poussa un cri de désespoir, puis frappant violemment du pied le plancher :

— Eh bien ! notre demoiselle, dit-il, je vous approuve. Oui, vous avez raison !... Une d'Erlanges ne saurait faillir. Mais attendez encore... A présent que je puis tenter un moyen extrême.

— Il est trop tard, les voici qui accourent !... répondit Diane.

— Attendez, notre demoiselle, vous dis-je, tous n'arriveront pas ici !... Attendez, vous dis-je !

Lehardy arma son arquebuse, et, sortant à moitié son corps à travers la porte entrebâillée, il fit feu.

Un cri de douleur suivit cette détonation. Les assaillants s'arrêtèrent.

— Notre demoiselle, reprit Lehardy, les misérables, craignant un piège, hésitent et se consultent sur le parti qu'ils doivent prendre. Nous ne trouverons plus une occasion aussi propice ; hâtons-nous d'en profiter.

Lehardy prit un flambeau allumé posé sur le prie-Dieu de Diane, et l'approcha des vastes tentures qui pendaient au plafond. Presque aussitôt un tourbillon de fumée, déchiré par une grande flamme, enveloppa la chambre et s'échappa par la porte avec un sifflement. Lehardy, sans prononcer un seul mot, saisit sa jeune maîtresse dans ses bras, l'enleva de terre, et se mit à courir devant lui de toutes les forces de son désespoir.

Raoul Sforzi, un peu remis de l'accablante fatigue du combat, se dirigeait vers la chambre de Diane quand il vit jaillir devant lui une immense gerbe de feu !

— Mon Dieu ! mon Dieu ! s'écria-t-il ; les assassins ont

incendié le château... Diane! Diane! me voici. Oh ! je n'arriverai jamais à temps pour la sauver! il ne me reste plus qu'à mourir.

Le jeune homme aperçut en ce moment le groupe des assassins sur lequel Lehardy avait tiré.

A cette vue, un cri qui n'avait plus rien d'humain, un rugissement de tigre sortit de son gosier.

— Ah ! ma bien-aimée Diane ! murmura-t-il, puisque je n'ai pu te sauver, il faut au moins que je te venge !

Raoul se précipita sur les soldats du marquis.

XVII

LE LION VAINCU

Ce n'était pas un combat, mais bien la mort que le chevalier Sforzi cherchait. Le sacrifice de sa vie, auquel il était résigné, quintuplait ses forces. Pour lui, il ne s'agissait plus de vaincre; sa seule pensée était de venger Diane, qu'il croyait morte, et de se faire de sanglantes funérailles.

Il attaqua donc les gens du marquis avec une impétuosité et une fureur sans égales.

Les deux premiers qui se trouvèrent sur le passage de sa terrible épée tombèrent grièvement atteints.

Raoul, non pas encouragé, mais exalté par ce succès, redoubla d'énergie. Bientôt, un troisième ennemi s'affaissa sur lui-même, et resta sans mouvement : il lui avait brisé le crâne.

— Assassins! s'écria Raoul, vous périrez tous...

Les gens du marquis, d'abord épouvantés par la brusque foudroyante et victorieuse attaque du chevalier, ne tardèrent pas, en voyant qu'ils n'avaient affaire qu'à un seul homme, à se remettre de la panique qui s'était emparée d'eux.

Ils étaient au nombre de vingt ! Que pouvaient-ils craindre !... Bientôt leurs épées, leurs dagues, leurs poignards formèrent un cercle dont la poitrine de Sforzi se trouva être le centre !... Ainsi que le tigre entouré et cerné par les chasseurs se replie sur lui-même et tente un suprême effort afin d'échapper à ses ennemis, de même Raoul. à ce moment fatal et solennel, voulut, par un prodigieux élan, se dégager du réseau de fer qui l'enveloppait.

La vengeance qu'il avait tirée de ceux qu'il considérait comme les meurtriers de Diane ne lui paraissait pas encore assez complète : il lui fallait une plus ample moisson de cadavres.

Prenant un élan vigoureux, il tenta de rompre les rangs des mercenaires du marquis; mais, hélas ! son pied glissa dans le sang presque figé du premier ennemi qu'il avait tué, et il roula sur le sol.

C'en était fait de Sforzi. Déjà les hommes d'armes de la Tremblais se jetaient sur lui, lorsqu'une intervention bien inattendue vint retarder sa mort, et prolonger son agonie.

— Malheur à celui qui touchera à ce misérable ! s'écria le chef des Apôtres en apparaissant en scène. Monseigneur entend que ce Sforzi, indigne du trépas d'un loyal soldat, périsse, après avoir subi de longues tortures, accroché à un gibet !... Désarmez cet infâme et conduisez-le auprès de monseigneur !

Quoiqu'il en coûtât aux mercenaires de ne pas compléter leur facile victoire, la perspective présentée par Benoist promettait un tel dédommagement à leur férocité, qu'ils obéirent à son ordre sans trop murmurer.

Vingt bras se saisirent de Raoul, l'enlevèrent de terre et, le poussant avec brutalité, le conduisirent, ou plutôt le traînèrent dans la chambre de la défunte dame d'Erlanges, où se trouvait alors le marquis.

Ce dernier, à la vue du prisonnier que lui amenaient ses gens, ne put retenir un cri de satisfaction. Un soupir de soulagement sortit de sa poitrine, et son regard brilla d'une indéfinissable expression de joie hideuse.

Il se leva de son fauteuil, s'avança lentement vers l'homme qui l'avait jadis si cruellement insulté, et se mit à le considérer dans un morne silence.

Le visage du marquis, flétri avant l'âge par les passions,

reflétait toutes les mauvaises pensées de son cœur : il savourait déjà sa vengeance.

Raoul supporta, sans y prendre garde, l'examen du marquis. Encore tout palpitant de sa dernière lutte, il ne voyait et ne comprenait que confusément ce qui se passait autour de lui.

La voix railleuse de la Tremblais le retira de son accablement physique et de sa torpeur d'esprit.

— Monsieur l'aventurier, lui dit le marquis, votre présence à Tauve ne me surprend en rien, je savais que la dame d'Erlanges avait soudoyé des gens de sac et de corde pour l'aider dans sa rébellion... Je devais donc vous revoir.

— Monsieur, répondit Raoul en essayant de reprendre son sang-froid, votre conduite ne m'étonne pas plus que ma présence ne vous a surpris. Quand on est gentilhomme, que l'on porte une épée, et que devant une injure on baisse la tête, on est capable de toutes les félonies, de tous les forfaits ! La lâcheté rend cruel, marquis, votre odieuse conduite envers la dame d'Erlanges est digne de votre passé... Que vous devez donc être fier de votre exploit nocturne !... des gens assassinés dans leurs lits, la demeure d'une dame noble et sans défense indignement envahie, dépouillée, saccagée de fond en comble... que cela est beau et glorieux ! Cependant, marquis, croyez-moi, ne chantez pas encore victoire !... Il est impossible que la noblesse d'Auvergne consente à devenir, par son inaction, la complice de votre crime. Et puis, quand bien même la noblesse de cette province faillirait à tous ses devoirs, ne reste-t-il pas le pouvoir royal ? Henri III écoutera les supplications de la dame d'Erlanges, et tirera une justice exemplaire de votre infamie.

— La dame d'Erlanges, répondit le marquis, qui, assuré de sa vengeance, ne songeait plus à se fâcher de la hardiesse de Raoul, — la dame d'Erlanges, monsieur l'aventurier, a déjà subi la peine due à sa rébellion... Elle n'est plus !...

— Que dites-vous ?... Non, c'est impossible... Vous voulez railler ! La dame d'Erlanges, morte ! Morte comme sa fille Diane ! morte comme ses serviteurs. Non, je le répète, cela n'est pas possible !

Le marquis s'avança, sans répondre, vers le lit à baldaquin de la comtesse, et, écartant d'une main ferme les rideaux :

— Regardez ! dit-il à Raoul.

Le jeune homme se retourna. Il vit la dame d'Erlanges, la tête fracassée, reposant inanimée dans une mare de sang !

A cet affreux spectacle, qui lui retraçait avec une si poignante réalité la mort supposée de Diane, Sforzi passa à plusieurs reprises sa main devant ses yeux; son regard trouble et hagard disait la démence... En effet, l'infortuné jeune homme, atteint d'un coup terrible au cœur, sentait chanceler sa raison ; il doutait de ses sens, il était tenté de se croire le jouet d'un songe !

Cependant il lui fallut bien se rendre à l'évidence.

— Infâme! dit-il d'une voix sourde et en portant machinalement la main au fourreau vide de son épée.

Alors un éclair d'indicible fureur fit rayonner son regard ; à son tour il s'avança lentement vers le marquis, puis sa poitrine touchant presque celle de la Tremblais, Raoul, par un mouvement plus rapide que la pensée, leva la main et souffleta l'assassin.

Les paroles sont impuissantes pour exprimer la rage du marquis.

Sa première action fut de tirer son poignard, mais tout aussitôt il le rejeta loin de lui.

— Cette vengeance serait trop au-dessous de ma colère, dit-il.

— Que personne ne bouge ! continua-t-il d'une voix rauque en voyant ses hommes d'armes s'élancer vers Raoul, M. Sforzi m'appartient ! Pour cent mille écus d'or, je n'abandonnerais pas ma proie! Oh ! ne craignez rien, je saurai bien inventer un châtiment qui égalera l'offense...

Sur l'une des joues livides du marquis se détacha, en un rouge foncé, le stigmate de honte qui y avait été imprimé ; sa lèvre supérieure, relevée et agitée par un tremblement convulsif, présentait l'expression d'une implacable férocité; son front, — singulière et bizarre ressemblance avec Raoul, — était sillonné par un réseau de grosses veines.

Pendant près d'une minute, il resta à contempler sa victime; enfin un sinistre sourire glissa sur ses lèvres.

— Soldats, dit-il, garrottez solidement ce démoniaque et ne le perdez pas de vue jusqu'à ce que vous retourniez au château.

Les premières lueurs de l'aube blanchissaient la cime des collines lorsque le marquis abandonna la maison-forte de Tauve.

L'aspect de désolation que présentait la demeure naguère si calme, si riante, si paisible de la dame d'Erlanges ne saurait se décrire.

Il est des tableaux hideux que la plume ne doit pas retracer.

Une partie des hommes d'armes de la Tremblais resta dans la maison-forte, pour le cas peu probable où monseigneur de Canilhac, lieutenant général et gouverneur de la province d'Auvergne, songerait à la reprendre.

On a besoin de lire et de relire les mémoires authentiques du seizième siècle pour croire aux odieuses spoliations, aux violences inouïes dont cette époque fut témoin !

Chaque jour les puissants seigneurs féodaux des provinces éloignées de Paris, provinces placées par conséquent en dehors de l'action du pouvoir royal, se rendaient coupables de crimes pareils à celui que le marquis venait d'accomplir.

Raoul, en arrivant dans le château de la Tremblais, fut jeté dans un obscur, humide et étroit cachot, qui ressemblait assez à une oubliette.

Le pauvre jeune homme était tellement brisé de corps et d'esprit qu'il ne songeait même pas à l'horreur de sa position.

Il pleurait Diane et soupirait après le repos de la tombe.

Tandis que Sforzi était captif et le marquis triomphant, Diane d'Erlanges, heureusement sauvée par Lehardy, qui l'avait conduite dans une chétive cabane de chevriers, attendait avec une anxiété bien naturelle, le retour de son fidèle serviteur qui était allé aux renseignements.

L'absence de Lehardy se prolongea pendant plusieurs heures, et Diane, de plus en plus inquiète, allait se décider à quitter sa retraite, lorsqu'elle aperçut son brave serviteur gravissant les flancs de la montagne : elle courut à lui.

— Eh bien ! mon ami ? lui demanda-t-elle.

Lehardy garda le silence. Son visage était mouillé de larmes.

Diane, saisie d'un horrible pressentiment, resta pendant quelques secondes sans oser interroger de nouveau son serviteur. Enfin, faisant un effort sur elle-même :

— Ma mère ? dit-elle.

Lehardy baissa la tête et leva lentement le bras vers le ciel...

— Morte !... assassinée ! s'écria la pauvre enfant.

— Oui, morte assassinée ! répéta le serviteur d'une voix sourde et semblable à un funèbre écho.

Diane se sentit défaillir, mais elle se cramponna de toute la puissance de son énergie à l'existence : il lui restait encore une question à adresser à Lehardy.

— Raoul ? murmura-t-elle.

— Mort sans nul doute, notre demoiselle... Personne n'a, dit-on, survécu à cette immense catastrophe.

Alors la pauvre enfant poussa un grand cri, étendit les bras en avant, et froide, inanimée, d'une pâleur livide, elle tomba sur le gazon.

Lorsque Diane, grâce aux soins de Lehardy, reprit connaissance, elle ne prononça plus une parole.

Ce fut seulement à l'approche de la nuit que le ciel lui accorda des larmes. De sa poitrine oppressée sortirent des sanglots déchirants.

Après qu'elle eut longtemps pleuré, Diane se sentit un peu soulagée, et put enfin répondre aux questions de son fidèle serviteur.

— Que dois-je faire, notre bonne demoiselle? lui demanda-t-il. Ne serait-il pas imprudent de quitter cette retraite... Pourtant il est indispensable que je me rende à Clermont auprès de monseigneur de Canilhac. Il faudra bien que M. le gou-

verneur vous rende justice. Un crime aussi odieux ne peut et ne doit rester impuni... Oui, mais si les gens du marquis me rencontrent en route, ils me tueront ! Alors que deviendrez-vous ?

— Lehardy, répondit Diane en essayant de comprimer les sanglots qui l'étouffaient, il est inutile que tu t'adresses à monseigneur de Canilhac, il repousserait dédaigneusement ta supplique... Tous les hommes sont des monstres... des tigres altérés de sang... Dieu, dans sa justice inexorable, se chargera de la punition de ces assassins! Reste auprès de moi, mon fidèle, mon bon serviteur; tu es à présent mon unique appui sur la terre...

— Notre demoiselle, s'écria Lehardy, souvenez-vous que vous êtes une d'Erlanges... Noblesse oblige... Vous devez venger madame votre mère... Oui, vous avez raison, le seigneur de Canilhac se rirait de vos plaintes; il est inutile que je m'adresse à lui, mais il est un brave compagnon qui pourrait vous aider dans cette lamentable occurrence : ce n'est pas, à vrai dire, que j'estime beaucoup cet homme; toutefois sa cupidité égale son expérience, et s'il trouve son intérêt à vous servir il est capable d'entreprendre et de conduire à bonne fin les actions les plus hardies.

— Quel est cet homme ?

— Le compagnon d'armes de M. le chevalier Sforzi, le capitaine Roland de Maurevert, je suis, en outre, persuadé que le triste trépas de ce brave M. Raoul lui sera sensible, — car il l'aimait, — et le disposera à accueillir favorablement mes propositions ! Enfin, n'oubliez pas, mademoiselle, que si la maison-forte de Tauve n'est pas rendue, vous vous verrez réduite à une gêne qui ne convient ni à votre nom ni à votre rang. Que décidez-vous, mademoiselle ?

Diane ne répondit pas. Depuis que Lehardy avait prononcé le nom de Raoul Sforzi, la pauvre enfant sanglotait.

XVIII

L'ANTRE DU TIGRE.

Il était six heures du matin; un splendide soleil éclairait de ses chauds et brillants rayons les cimes pittoresques du Mont-d'Or.

Dans une des gorges les plus sauvages de la montagne campait l'armée, de jour en jour plus nombreuse, dite de la Ligue d'équité.

Rien de bizarre et d'étrange comme l'aspect de cette réunion de paysans insurgés. On eût dit, aux costumes près, la Cour des miracles transportée en plein champ.

Cependant, parmi cette foule hétérogène et indisciplinée régnait un certain ordre, qui indiquait de prime-abord la présence d'un chef rompu à la science pratique de la guerre.

Des sentinelles avancées qui se reliaient entre elles et étaient soutenues par des corps détachés, gardaient les abords du camp, des vedettes couronnaient les hauteurs, toutes les précautions élémentaires et indispensables pour s'assurer contre une surprise, étaient rigoureusement observées.

Les soldats de la Ligue, réveillés dès l'aurore, s'occupaient à préparer leur modeste repas du matin, dont la base était la châtaigne et le maïs.

Toutefois, quelques quartiers de chevreau et de chevreuil qui cuisaient à la chaleur de brasiers ardents prouvaient que la sobriété des insurgés ne provenait nullement d'un puritanisme exagéré, et qu'ils étaient loin de dédaigner les profits de la maraude.

Une tente assez convenable, dressée et surmontée d'un drapeau blanc fleurdelisé, s'élevait au milieu du camp ; cette tente était habitée par le généralissime de l'armée de la Ligue d'équité, par l'illustre capitaine de Maurevert.

Le géant était en ce moment attablé devant un énorme morceau de venaison : assis en face de lui, sur un grossier escabeau, se tenait le serviteur Lehardy.

— Ainsi, capitaine, disait ce dernier, vous repoussez mon idée d'aller assiéger le château de la Tremblais...

De Maurevert haussa les épaules d'un air de pitié, et tout en ingurgitant une bouchée qui eût suffi au repas d'un homme :

— Mon pauvre Lehardy, répondit-il, ton zèle te fait tout bonnement divaguer. Comment diable veux-tu que sans artillerie et avec une quinzaine de bidets pour toute cavalerie j'aille assiéger la place la plus forte de la province d'Auvergne ?... Ce serait tout simplement de la démence.

— Mais, capitaine, ne craignez-vous point que votre inaction ne devienne fatale au chevalier ? N'est-ce pas déjà un assez grand miracle que depuis douze jours qu'il est prisonnier, il soit encore vivant ?

Le fait est, dit tranquillement de Maurevert, que je m'attends chaque jour à apprendre la nouvelle de l'exécution de mon jeune ami... Je n'ai pas de chance avec mes associés. Quand je ne les tue pas moi-même, on me les dague ou on me les pend ! Ce bon Raoul, je l'aime de tout mon cœur !

— Et vous ne tentez rien pour le sauver, capitaine ?

— Comment, je ne tente rien !... Et pourquoi donc suis-je venu camper à deux lieues à peine du château de la Tremblais, si ce n'est pour me rapprocher du chevalier ? Pourquoi ai-je demandé au marquis un sauf-conduit et une entrevue ? La pensée de Raoul accroché à un gibet ne me quitte pas. Si ce n'était pas le besoin que j'ai de conserver mes forces, j'en aurais déjà perdu le boire et le manger ! Vois-tu, ami Lehardy, ce qui, presque toujours, conduit les hommes à commettre des fautes, ou si tu aimes mieux des maladresses, c'est la précipitation. Il ne faut jamais prendre pour conseillers ses passions ou ses désirs ; savoir attendre le moment propice et saisir l'occasion aux cheveux, c'est là le grand secret de la vie. Si l'on pend mon brave compagnon d'armes, j'en serai au désespoir et j'essaierai de le venger, mais ma conscience ne me reprochera rien ! Ah ! mon bon Lehardy, tu ne sais donc pas, toi, comme c'est chose douce que d'être en paix avec sa conscience !

En ce moment, un tumulte qui s'éleva dans le camp attira l'attention de Maurevert.

— Qu'est-ce ceci ? dit-il ; ah ! quels tristes soldats j'ai là ! comme on voit bien qu'ils n'ont pas l'habitude des camps !... Les misérables, ils crient et se disputent sans cesse, et ne s'égorgent jamais. Quelle différence entre eux et des troupes réglées ! Il y a trois ans, durant une nuit de bivouac, dans une compagnie de reîtres que je commandais, s'éleva une furieuse discussion à propos d'une partie de dés. Mes braves enfants mirent l'épée à la main, et pendant une heure, se battirent si gentiment, si convenablement, — afin de ne pas troubler mon sommeil, — qu'en effet je ne me réveillai pas. Il y eut dix morts ! Quelle belle chose que la discipline !... L'enfer m'engloutisse ! voilà les voix de femmes qui dominent dans le concert... Alors, ça durera toute la journée si je n'interpose mon autorité. Allons !

A peine de Maurevert sortait-il de sa tente qu'il fut entouré par un groupe de montagnards qui tous à la fois lui adressaient la parole.

— Silence ! s'écria-t-il d'une voix qui domina le tumulte, ainsi qu'un coup de canon couvre le bruit de la fusillade. Par l'enfer ! il n'est point séant que des soldats interpellent leur général. A moi le droit de vous interroger.

De Maurevert se retourna vers celui des montagnards qui parut être le moins exaspéré.

— Que se passe-t-il, compagnon ? lui demanda-t-il.

— Monseigneur, c'est une jeune fille du peuple qui a été enlevée hier au soir par les gens de M. Laverdan, et méchamment violentée. Le père et le frère de la pauvre petiote viennent d'arriver au camp, pour implorer notre protection et votre justice. Ils demandent que nous allions attaquer le seigneur de Laverdan. Le fait est qu'il est temps que nous fassions respecter nos sœurs, nos filles et nos femmes !... A mort le seigneur de Laverdan !...

— A mort le seigneur de Laverdan ! répétèrent les soldats de la Ligue d'équité.

Un sourire de pitié entr'ouvrit les lèvres de Maurevert.

— Compagnons ! s'écria-t-il, ne gâtons point la bonté de notre cause et la justice de nos réclamations par des prétentions exagérées. Par les galanteries de madame Vénus ! il serait ridicule de vouloir empêcher les gens nobles d'avoir, tout comme vous, des passions. Que le seigneur de Laverdan ait été un peu vif dans la déclaration de son amour, cela ne nous regarde en rien. Ce que vous voulez, c'est que l'on ne vous prenne point votre argent, que l'on ne vous réduise pas à la misère ; que, sous prétexte de taxes légales, on ne vous impose pas de telle sorte qu'il ne reste plus dans vos bahuts ni un écu d'argent, ni une miche de pain ! Mort et furies ! voilà un tapage bien gratuit et bien sot ! Et comment se nomme la jeune fille distinguée par le seigneur de Laverdan ?

— C'est notre enfant, Jacqueline Michu, monseigneur ! répondit un vieux montagnard en sortant de la foule.

De Maurevert fronça le sourcil.

— Ah ! c'est Jacqueline que Laverdan a si outrageusement injuriée, reprit-il en changeant de ton. Sang et carnage ! en y réfléchissant bien, compagnons, vos réclamations me paraissent fondées. Le Laverdan sera châtié, c'est moi qui vous le jure. Que deux hommes sortent immédiatement du camp et aillent rôder dans les environs du château. A leur retour et d'après un rapport, nous prendrons un parti.

La décision de Maurevert, contraire aux sentiments qu'il avait d'abord exprimés, fut accueillie par les insurgés avec enthousiasme.

Pendant dix minutes le camp retentit des cris de : Vive le capitaine de Maurevert ! Laverdan à la potence !

— M'est-il permis, lui dit Lehardy, de vous demander comment, après avoir voulu prouver que la conduite du seigneur de Laverdan n'était nullement répréhensible, vous avez si subitement changé d'opinion et pris parti contre ce seigneur ?

— Par Bacchus ! ami Lehardy, tu es bien curieux. Au fait, pourquoi me cacherais-je de toi ? Le seigneur de Laverdan, en violentant Jacqueline, m'a insulté, car la jeune fille n'a pas dû lui laisser ignorer que j'avais déjà daigné la remarquer.

— Ainsi, capitaine, c'est une injure qui vous est personnelle, et non pas le crime dont il s'est souillé qui vous engage à prendre parti contre le seigneur de Laverdan ?

— Parbleu ! est-ce que je m'inquiète, moi, des griefs des manants placés sous mes ordres ? Je n'exploite leur animosité qu'en vue de mes propres intérêts. Un de Maurevert s'allier sérieusement avec la canaille ! Ce serait déshonorer mon nom à tout jamais.

Lehardy baissa la tête et soupira.

— Ma réponse semble te peiner, continua de Maurevert, explique-toi franchement ! Je te promets de ne point prendre en mauvaise part tes observations. Qui te fait geindre de la sorte ?

— Je suis triste, capitaine, en pensant que le pauvre peuple est tout aussi maltraité par ceux qui prétendent être ses défenseurs et ses amis, que par ceux qui se déclarent ses persécuteurs ! Le bonheur et la liberté du peuple, comme le disait souvent M. de Sforzi devant moi, ne peuvent être obtenus que par l'autorité royale.

— Peuh ! des raisonnements creux ! s'écria de Maurevert en haussant les épaules. Mon pauvre Lehardy, la politique philosophique est une chose improductive toujours, dangereuse parfois, et à laquelle je te conseille de ne jamais toucher...

Le capitaine se dirigeait de nouveau vers sa tente, où l'attendait son déjeuner interrompu, lorsque les cris répercutés par les échos de la montagne des sentinelles avancées lui firent pressentir un événement et l'arrêtèrent sur place.

En effet, un montagnard accourut bientôt vers le généralissime, et lui annonça qu'un messager envoyé par le marquis de la Tremblais demandait à être introduit dans le camp.

— Enfin ! murmura de Maurevert. Puis, élevant la voix : Que l'on bande les yeux à ce messager, dit-il, et qu'on le conduise dans ma tente !

Une heure plus tard, le capitaine de Maurevert, armé de pied en cap et monté sur son coursier de bataille, chevauchait en compagnie de Lehardy.

— Ne craignez-vous point, disait ce dernier, que le marquis, violant le sauf-conduit qu'il vous a envoyé, ne se porte à quelque extrémité contre votre personne ?...

— Nullement ! De la Tremblais n'ignore point que s'il attentait à ma liberté, il s'attirerait de la part de messeigneurs de Guise une fort méchante affaire.

— Comment cela, capitaine ?

Assassins ! s'écria Raoul, vous périrez tous ! (Page 38.)

— Me crois-tu donc assez insensé pour aller me jeter dans l'antre du tigre sans avoir pris auparavant toutes mes précautions ? J'ai exigé de de la Tremblais qu'il me reconnût, dans son sauf-conduit, comme attaché à la maison et à la personne de messeigneurs de Guise ! Le marquis a déjà trop de méchantes affaires sur les bras, pour vouloir s'attirer, gratuitement et sans profit, l'inimitié de la maison de Lorraine !

— Vous avez raison, capitaine. Ainsi, vous espérez obtenir la liberté de ce pauvre chevalier ?... Avec quelle joie ma maitresse apprendrait sa délivrance ! cet heureux événement serait seul capable de donner un peu de soulagement à sa douleur. Ah ! vous ne sauriez vous imaginer à quel point notre demoiselle Diane est changée... vous ne la reconnaitriez plus ! Elle est si pâle, si dolente, son affliction se traduit par une si douce résignation, que l'on croirait voir une sainte prête à prendre son vol vers le ciel ! N'est-ce pas, capitaine, que vous nous rendrez ce bon et brave Sforzi ?

— Je ferai, certes, de mon mieux ; quant à réussir, je n'en réponds pas. Au total, qu'ai-je à offrir au marquis ? Des discours... de l'esprit... c'est peu !... Et puis, si je dois croire les bruits qui sont parvenus jusqu'à moi, et j'y ajoute d'autant plus créance qu'ils se rapportent parfaitement au caractère de Raoul, — il parait que mon compagnon d'armes a traité d'une rude façon le marquis. Cela compliquerait terriblement l'affaire. Parbleu ! si ta maitresse, la demoiselle Diane, me prétait son aide, je serais moins embarrassé.

— Notre demoiselle ne reculerait devant aucun sacrifice, capitaine, pour venir au secours du chevalier !... N'est-ce pas pour avoir pris la défense de mon honorée maitresse, la défunte dame d'Erlanges, que M. de Sforzi s'est attiré la haine du marquis ?

— Certes... mais la demoiselle Diane a été élevée d'une façon si bizarre... Non, jamais elle ne consentirait à faire semblant d'être affolée du marquis.

— Ah ! capitaine, interrompit Lehardy avec indignation.

— Oui, je sais... Inutile que tu poursuives, interrompit de Maurevert. N'ai-je pas été déjà moi-même deux fois huguenot ? Par les poils du diable ! la religion prétendue réformée est une sotte chose. Elle étouffe sous des monceaux de préjugés l'intelligence des jeunes filles ! Il est rare de voir une huguenote plaisante et un huguenot bon vivant... Tous ces gens nourris de psaumes ont l'estomac creux et parlent d'une voix qu'on dirait sortir de la tombe. Ainsi, ta maitresse est complètement éprise du chevalier Sforzi ! Je m'en doutais depuis longtemps...

— Vous vous méprenez grandement, capitaine, sur la nature de l'affection que ma maitresse porte à M. de Sforzi... elle l'aime comme un frère, c'est vrai, mais...

— Cet aveu me suffit ! interrompit de Maurevert. Quand une jeune fille aime comme un frère l'homme qui n'est pas né de ses propres père et mère, cela signifie qu'elle est follement éprise de lui ! Que diable ! on n'a pas commandé pendant dix ans à des reitres, des argoulets et des stradiots, sans avoir appris à connaitre le cœur humain ! A présent, Lehardy, retiens la bride à ton cheval et suis-moi à dix pas de distance. Nous voici en vue du château, je dois reprendre mon rang. Ma familiarité avec toi, bonne pour le tête-à-tête, pourrait me nuire en public !...

Le château de la Tremblais, — l'une des places les plus fortes de la province d'Auvergne, — présentait un imposant aspect.

Il était divisé en deux parties d'une forme irrégulière et d'une étendue différente. La première enceinte, — et la plus vaste, — servait de logement aux gens de garnison et offrait, en temps de guerre, un refuge aux vassaux du marquisat. Cette enceinte était entourée d'un rempart soigneusement construit en pierre de grand appareil, — pour nous servir du terme technique, — et ce rempart était flanqué de huit tours, celles des angles principaux cylindriques, les autres simplement circulaires.

Pour pénétrer dans la première enceinte, il fallait franchir sur un pont un fossé large et profond, puis passer sous une haute porte voûtée, défendue par une herse et flanquée de deux grosses tours.

Deux arcades en ogive ménagées dans l'épaisseur des murs, à droite et à gauche dans l'intérieur de ce passage, étaient occupées par les soldats de garde.

La défense avait surtout multiplié les obstacles et pris les précautions les plus minutieuses dans la construction des fortifications de la seconde enceinte, ou du château proprement dit.

Cette enceinte, beaucoup plus petite que la première, et tournée obliquement par rapport à elle à cause de la disposition naturelle du terrain, en était séparée par une fosse creusée profondément dans le roc vif. Elle présentait la forme d'un carré irrégulier, aux angles duquel s'élevaient quatre tours cylindriques. Une cinquième tour de proportions vraiment colossales se dressait au centre de la courtine, entre les deux enceintes ; elle était séparée de la muraille par un chemin de ronde qui formait à l'entour une sorte de second fossé. Des bâtiments considérables s'étendaient intérieurement le long des trois autres côtés.

Tel était l'ensemble formidable et majestueux tout à la fois du château de la Tremblais.

— Ah ! dit de Maurevert avec un soupir de regret, comme je conçois que le seigneur de céans se permette certaines fantaisies et se passe certains caprices ! Si le hasard voulait que je fusse à sa place, que le diable m'emporte si, de temps à autre, je pourrais résister au plaisir de commettre quelque iniquité !

L'arrivée de Maurevert fut signalée par un son de trompe qui retentit sur les créneaux, et une dizaine d'hommes d'armes sortant du château s'avancèrent à sa rencontre.

Le capitaine redressa sa haute taille, prit une pose imposante, et récapitula rapidement dans son esprit les moyens qu'il comptait faire valoir pour obtenir la liberté du chevalier Sforzi.

XIX

L'ENTREVUE

Le capitaine de Maurevert était doué d'un caractère bien rop positif pour attacher la moindre importance à la réception glorieusement exceptionnelle qui lui était faite. Il rendit gravement aux hommes d'armes envoyés à sa rencontre le salut militaire qu'il reçut d'eux, et continua, silencieux, recueilli et pensif, à avancer au petit trot de son cheval.

— Il est incontestable, grommela-t-il entre ses dents, que je suis digne en tous points des honneurs que l'on me rend... Ah ! voici à présent des trompettes qui sonnent des fanfares... C'est beau !... N'importe, je préférerais, — le caractère du marquis étant donné, — qu'on ne célébrât pas si bruyamment mon arrivée... De toutes ces gentillesses s'exhale un parfum de trahison ou d'ironie qui ne me plaît nullement... Je vois qu'il faudra me tenir ferme et jouer serré ! Soit !... on se tiendra ferme et l'on jouera serré !

Après avoir traversé les premiers ouvrages avancés, dont nous avons donné la description, le capitaine, toujours suivi par son écuyer de circonstance, le fidèle Lehardy, entra dans le château.

Il passa d'abord sur un pont étroit dont les arches étaient surmontées de deux portes, défendues chacune par un pont-levis ; ensuite il parcourut une longue galerie voûtée, garnie de deux corps de garde et coupée par cinq nouvelles portes, puis enfin il pénétra dans la cour intérieure.

Dans cette cour, bornée d'un côté par la grosse tour dont il a été déjà parlé, et de l'autre par les bâtiments qui servaient d'habitation au marquis et aux varlets attachés spécialement à sa personne, on apercevait un large escalier en pierre.

Ce fut devant cet escalier que le capitaine de Maurevert et Lehardy mirent pied à terre.

— Mon ami, dit-il d'un ton protecteur à Lehardy, je t'autorise à te faire servir, pendant mon absence, les meilleurs vins du château.

De Maurevert jeta la bride de son cheval aux mains d'un homme d'armes et se mit à gravir les degrés.

Après avoir passé à l'entresol, devant plusieurs vastes pièces dont la destination lui était inconnue, il atteignit le premier étage, et précédé d'une garde d'honneur, fit son entrée dans la grande salle de réception.

Cette salle, qui pouvait avoir près de quinze toises de long sur sept et demie de large, était remarquable à plus d'un titre. Son ameublement présentait un luxe inouï, presque de mauvais goût, que l'on rencontrait bien rarement à cette époque dans les habitations seigneuriales de province.

Dix énormes fenêtres y donnaient passage à des flots de lumière. Deux immenses cheminées, ornées de manteaux admirablement sculptés, étaient ménagées dans l'épaisseur du mur ; de chaque côté, des niches avec consoles et dais d'une sculpture fine et délicate, contenaient des statues mythologiques.

Au milieu de la salle se voyait une espèce de trône ou de chaire, — comme on disait alors, — sur lequel s'asseyait le marquis lorsqu'il rendait la justice ou qu'il recevait à hommage ses vassaux.

Enfin des bancs en chêne massif, qu'entourait un cordon fouillé dans le bois avec une rare perfection, occupaient l'espace laissé libre entre les embrasures des fenêtres

Quelques tabourets droits, disséminés sans ordre dans cette vaste salle, servaient aux visiteurs d'un rang élevé.

Entre les deux cheminées déjà mentionnées s'ouvrait une petite porte cachée dans les boiseries et conduisant à une chambre ménagée dans l'épaisseur des murs. C'était le boudoir du marquis.

Un étroit escalier en spirale permettait, grâce à des aménagements secrets, de communiquer de ce boudoir avec toutes les autres parties du château.

Peu après que Maurevert eut été introduit dans la salle de réception, le marquis de la Tremblais fit son entrée.

Sur un signe de lui, les hommes d'armes s'éloignèrent et le laissèrent seul en tête-à-tête avec Maurevert.

Le marquis était vêtu de velours noir : une dague pendait à sa ceinture : il avait l'air hautain, sévère.

Ce fut lui qui le premier engagea la conversation. De Maurevert, préparé à la riposte, ne fut pas fâché de voir son adversaire entamer l'action.

— Capitaine, lui dit le marquis, sous prétexte de graves communications à me faire, vous avez sollicité de ma bienveillance une audience. Me voici prêt à vous écouter !... Parlez.

— Monsieur le marquis, répondit de Maurevert avec lenteur, afin de ne pas risquer une expression dont son interlocuteur pût tirer avantage, je serais au désespoir de froisser votre susceptibilité, mais il m'est impossible d'accepter la discussion sur le terrain où vous la placez. Je n'ai point sollicité une audience de vous, je vous ai tout bonnement demandé une entrevue... Cette distinction, que je tiens à bien établir, est d'une extrême importance. Audience implique pouvoir ou supériorité d'une part, obéissance et infériorité de l'autre... Or, nous sommes tous les deux gentilshommes, partant de là, égaux... J'aurais bien également le droit d'ergoter tant soit peu sur le mot *prétexte*, qui me semble avoir pris place à tort dans votre première phrase... Bah ! je suis de facile accommodement, moi, et j'ai les arguties en horreur ! je laisserai donc passer le mot *prétexte*...

— Va pour entrevue, dit froidement le marquis. Passons, je vous prie, aux graves communications promises.

— Permettez-moi, auparavant, marquis, de vous faire observer, ou, pour être plus exact, de vous rappeler que dans le capitaine de Maurevert, ici présent, il vous faut voir, non le généralissime de la Ligue d'équité, mais bien le serviteur de messeigneurs de Guise !

— Peu importe, monsieur.

— Mais, au contraire, cela importe beaucoup. Si l'envie vous venait, ce qui m'étonnerait fort, connaissant l'aménité de votre caractère, de malmener le généralissime de l'armée de la Ligue d'équité, il est incontestable que votre violence resterait impunie. Les manants auxquels je commande, privés de mon concours et de mes lumières, seraient incapables de me venger... Tandis que messeigneurs de Guise...

— Eh bien, que feraient-ils, messeigneurs de Guise? interrompit le marquis avec ironie et hauteur.

— Messeigneurs de Guise, monsieur le marquis, — peut-être ai-je tort de commettre cette indiscrétion, — désirent vivement, pour des raisons à moi connues, posséder une place forte dans la province d'Auvergne. Le château de la Tremblais, par exemple, leur conviendrait sous tous les rapports. Messeigneurs de Guise montreraient donc, à l'injure faite à leur serviteur, une grande ire et fureur. Ils entreraient aussitôt en campagne, et viendraient sans hésiter assiéger, — avec l'assentiment et l'autorisation du roi, — votre château de la Tremblais. Or, monsieur le marquis, comme messeigneurs de Guise sont doués d'une opiniâtreté invincible, ils finiraient, soyez-en persuadé, par emporter d'assaut votre manoir. J'avoue, — car je serais au désespoir de froisser votre amour-propre, — que cette besogne leur donnerait du mal, mais ils ne la mèneraient pas moins pour cela à bonne et glorieuse fin. Voilà, monsieur le marquis, ce que feraient messeigneurs de Guise.

De Maurevert s'arrêta, puis reprenant bientôt la parole :

— N'allez point croire au moins, monsieur le marquis, dit-il d'un air embarrassé, que messeigneurs de Guise m'aient envoyé vers vous avec la secrète mission de vous chercher querelle... de vous compromettre vis-à-vis d'eux... enfin de leur fournir un prétexte plausible pour vous violenter... A Dieu ne plaise !... Un pareil rôle ne conviendrait ni à la franchise ni à la loyauté de mon caractère...

A ces paroles dites d'un air contraint, gêné, le marquis tressaillit et regarda fixement de Maurevert.

Le capitaine parut fort troublé de cet examen, et baissa les yeux.

—Ah ! pensa le marquis, ce drôle vient de manquer d'adresse et de prudence... En essayant d'endormir mes soupçons par un faux semblant de franchise, il m'a laissé deviner son jeu ! Messieurs de Guise ont choisi un maladroit émissaire.

—Parbleu ! disait en lui-même de Maurevert, ma ruse a réussi ! Que le diable me torde le col si de la Tremblais ne me montre pas maintenant les plus grands égards ! Par Plutus ! il y aura peut-être moyen de tirer parti de son erreur... Il faudra voir.

— Capitaine, reprit bientôt le marquis d'un air affable, votre conversation me cause un plaisir infini ; mais ne serait-il pas temps d'aborder le sujet qui me vaut l'honneur de votre présence ?

— A vos ordres, marquis ! J'entre brusquement en matière. Je viens vous demander la liberté du chevalier Raoul Sforzi, injustement détenu dans les cachots de la Tremblais.

A ces paroles audacieuses, le marquis pâlit, et d'une voix tremblante de colère :

— Par la mort ! capitaine, s'écria-t-il, prenez garde !... il faut être fou pour placer bénévolement sa tête entre la hache et le billot !... N'y revenez plus.

De Maurevert se campa sur la hanche, et fixant sur son interlocuteur un regard audacieux, presque provocateur :

— Est-ce à dire, monsieur le marquis, demanda-t-il froidement, que vous me menacez, moi, le serviteur de messeigneurs de Guise, d'un trépas inique et violent ? Parbleu ! on ne m'avait pas trompé, je le vois, messeigneurs de Guise en les avertissant que vous étiez leur ennemi ! Ah ! vous m'avez menacé de la hache, marquis de la Tremblais ! Par la croix ! je prends acte de ce propos. Après tout, pourquoi m'en étonnerais-je ? Ne suis-je pas un des principaux officiers de la maison de Lorraine ! Ce sont messeigneurs de Guise que vous voulez frapper en moi ; votre intention est si claire, qu'elle ne laisse pas même place au doute. Eh bien ! qu'attendez-vous pour m'envoyer en prison ?

Pendant que de Maurevert parlait, le visage du marquis reflétait les pensées violentes et diverses qui agitaient son esprit. A plusieurs reprises, il parut sur le point de céder aux conseils de la colère, mais chaque fois sa prudence prit le dessus sur son emportement.

— Capitaine, répondit-il, après une courte hésitation, tant de vivacité ne sied point à votre âge ! Un homme sensé écoute et réfléchit avant de répondre !... Si vous aviez daigné prêter la moindre attention à mes propos, vous vous seriez évité bien des paroles inutiles !... Je n'ai point songé à vous menacer !... Vous vous êtes rendu auprès de moi sous la garantie d'un sauf-conduit portant mon scel et ma signature; votre personne ne court donc aucun danger !... Libre à vous de vous retirer quand bon vous semblera...

—Ainsi je me trompais, marquis, en croyant que vous menaciez de mort l'humble serviteur de messeigneurs de Guise ! dit de Maurevert d'un air dépité. Je dois me rendre à votre affirmation. Je reprends notre entretien.

De la Tremblais se mordit la lèvre et simulant un sourire :

— Continuez, dit-il, je vous écoute.

— Marquis, reprit de Maurevert, votre conduite envers M. le chevalier Raoul Sforzi est non-seulement contraire au droit des gens, mais encore à tous les us et coutumes de la guerre !... Lorsque vous vous êtes emparé du chevalier, celui-ci ne portait nullement les armes contre vous; il ne se trouvait pas dans un camp ennemi !... Rien, absolument rien, ne vous autorise à disposer de sa personne. En outre, M. Raoul Sforzi est de condition noble. Que diable! on ne traite pas un gentilhomme comme un vilain ! Je vous somme donc d'avoir à livrer sur l'heure, en mes mains, le chevalier Raoul Sforzi, injustement et iniquement enfermé dans les cachots du château de la Tremblais.

— Capitaine, répondit le marquis qui avait peine à se contenir, je vous tiens en trop haute estime pour vouloir ruser avec vous. Je serai donc franc et net dans ma réponse.

— J'adore la franchise, marquis.

— Je sais parfaitement qu'en me portant à de graves extrémités envers M. de Sforzi, je me mets au-dessus de la loi. Peu m'importe. Si je ne possède pas le droit, j'ai la force; ce qui vaut mieux encore. Si monseigneur de Canilhac, gouverneur pour le roi dans la province d'Auvergne, croit devoir s'opposer au cours de ma justice, libre à lui de tenter l'aventure. Je le recevrai de sorte à lui ôter la fantaisie de se mêler à l'avenir de mes affaires. Vous me proposeriez, capitaine, le trône de France en échange de la liberté de Sforzi, que je refuserais. Je vous ai promis de la franchise, vous le voyez, je vous ai tenu parole.

— M'est-il permis de vous demander, marquis, quelles sont vos intentions à l'égard du chevalier ?

— M. de Sforzi sera attaché au pilori, en place publique, fouetté à outrance, puis enfin pendu haut et court !

De Maurevert tressaillit, mais il ne laissa rien paraître de son émotion.

— Une dernière question, je vous en prie, dit-il.

— Faites, capitaine.

— Pourquoi donc, depuis douze jours que le chevalier se trouve en votre puissance, n'avez-vous pas accompli la belle exécution que vous achevez de me décrire avec tant de complaisance ?

— Pourquoi ? s'écria de la Tremblais avec une terrible expression de haine, parce que le supplice de M. de Sforzi n'aurait pas été complet. Diane d'Erlanges, j'en ai la preuve, n'a pas péri dans le sac de la maison-forte de Tauve. Elle est parvenue à s'enfuir. Or, Sforzi aime jusqu'au délire la demoiselle d'Erlanges. Eh bien ! je veux que ce misérable, avant de mourir, ait le déboire d'apprendre que Diane est ma maîtresse...

— Tudieu ! marquis, c'est de la vengeance à l'italienne...

— Oh ! cette vengeance est encore bien douce, en comparaison de l'insulte que j'ai reçue, s'écria de la Tremblais, que ce souvenir fit pâlir de fureur.

De Maurevert affecta un étonnement extrême, et de l'air le plus simple et le plus naturel :

— Quoi ! le chevalier vous a insulté, marquis ? dit-il, j'ignorais ce détail... A votre place, moi, je n'aurais pas eu la patience de remettre à un si long terme ma vengeance... J'aurais provoqué sur l'heure Raoul Sforzi à un combat singulier.

Ainsi, il est inutile que j'insiste auprès de vous pour obtenir la liberté du chevalier ?

— Inutile, capitaine... Et tenez, pendant que nous sommes seuls et causant de bonne amitié, laissez-moi vous dire que vous avez complètement manqué de judiciaire en me refusant votre concours lorsque je l'ai demandé. La prise de Tauvé vous aurait rapporté de forts beaux profits !

De Maurevert soupira.

— Je conviens, marquis, répondit-il, que puisque la maison-forte de Tauvé devait être saccagée, il eût mieux valu pour moi avoir part au butin que d'en être frustré... Que voulez-vous, je n'ai pas eu de chance. Je m'étais justement associé avec le chevalier Raoul quarante-huit heures avant de vous connaître...

— Et cette association existe-t-elle encore ?

— Certes, marquis. J'ai passé un bail d'un an. Oui, je comprends votre pensée : vous vous dites que l'honneur m'engage à ne pas abandonner Raoul Sforzi dans l'extrémité à laquelle il se trouve réduit; qu'il est de mon devoir de tenter tous les moyens possibles pour l'arracher de vos mains, pour le sauver ! Tudieu ! tenez-vous pour assuré, marquis, que je ne manquerai, en cette circonstance, ni à mes obligations, ni à mon devoir. Tout ce qui me sera humainement possible de faire pour vous être désagréable, je le ferai.

— Ainsi, c'est la guerre que vous me déclarez !...

— Hélas ! oui, marquis !...

— Vous avez tort, capitaine... vous avez tort !... Il vous serait plus profitable d'entrer dans mes intérêts et de m'aider, au moyen de vos manants qui battent la campagne, à m'emparer de Diane d'Erlanges !...

— Ah ! marquis, cela n'est pas généreux à vous de me montrer ainsi le dommage que me cause mon association avec le chevalier Sforzi, car tout le monde sait votre munificence ; je vous aurais servi avec un zèle sans égal ! Enfin, que voulez-vous ? l'honneur me commande impérieusement de vous refuser... je vous refuse. Ah ! marquis, plaignez-moi !...

Les deux ennemis gardèrent un instant le silence.

— Marquis, dit enfin de Maurevert, vous plairait-il de mettre le comble à la gracieuseté de votre réception, en m'octroyant la permission de voir le chevalier... Oh ! soyez sans inquiétude ; je vous engage ma parole, — et vous savez à quel point j'en suis l'esclave, — que je ne lui donnerai aucun conseil; que je ne lui communiquerai aucun plan d'évasion. Je désire simplement l'embrasser ! Au reste, je ne m'oppose nullement à ce que cette entrevue ait pour témoin un de vos serviteurs. Réellement, marquis, je vous serai fort reconnaissant de ne pas me refuser.

— Soit, répondit le seigneur de la Tremblais après avoir réfléchi... Suivez-moi.

Le marquis passa dans l'espèce de boudoir dont il a déjà été parlé, et prenant sur une table un sifflet en or, il en tira un son aigu et prolongé.

Presque au même instant, la tête de Benoist apparut au haut du petit escalier en spirale, qui, de ce boudoir, conduisait aux différentes parties du château.

A la vue de Maurevert, le chef des Apôtres tressaillit, un sinistre sourire anima ses lèvres, et son regard ardent interrogea celui de son maître.

Ce manége n'échappa pas à la perspicacité de Maurevert.

— Honnête Benoist, dit-il d'un ton railleur, le moment de la revanche n'est pas encore venu. Par les grelots de Momus, je ne puis m'expliquer ta colère. Quoi ! je me suis contenté de t'étourdir d'un coup de poing, lorsqu'en redoublant il m'était si facile de t'occire, et au lieu de me savoir gré de ma modération, tu me gardes rancune ! Manant, tu n'es qu'un ingrat.

Le marquis de la Tremblais, après avoir donné ses instructions à l'exécuteur de ses hautes-œuvres, allait s'éloigner, de Maurevert le retint.

— Pardonnez-moi mon indiscrétion, seigneur, lui dit-il... seriez-vous assez bon pour m'apprendre d'où provient cette belle grosse chaîne d'or qui encadre si richement vos épaules? Elle ressemble à s'y méprendre à un pareil bijou que mon-

seigneur le duc de Guise a bien voulu me donner jadis, et qui me fut enlevé dans un combat où je restai pour mort sur le carreau ! Si le hasard de la guerre avait fait tomber cette même chaîne entre vos mains, je n'hésiterais pas à vous en offrir un très-bon prix. Je ne reculerais devant aucun sacrifice pour rentrer en possession d'un objet qui me rappelle un si glorieux et si doux souvenir.

— Ce collier, capitaine, n'est point celui dont vous déplorez la perte, dit de la Tremblais; il a été fabriqué à mon intention par mon orfèvre. Toutefois, et du moment qu'il vous plaît, vous m'obligerez infiniment en voulant bien l'accepter.

— Ah ! marquis ! Ma foi, cette offre a été faite avec tant de galanterie qu'il faudrait être cuistre pour la refuser. J'accepte donc de grand cœur. Un dernier mot, je vous prie. Il est bien entendu que ce présent magnifique n'engage en rien ma liberté ? Oui. Très-bien. On ne saurait être plus galant. Au revoir, seigneur de la Tremblais. Soyez assuré, je vous le répète, que je ne reculerai devant aucun moyen pour délivrer mon compagnon d'armes, le chevalier Raoul de Sforzi.

De Maurevert, après avoir passé la chaîne d'or autour de son col, adressa un cérémonieux sourire au marquis et suivit Benoist, en murmurant :

— Quelle belle chose que l'expérience ! elle vous apprend à tirer parti de tout... même de vos ennemis.

XX

LE CACHOT

Le capitaine de Maurevert précédé par Benoist, qui lui servait de guide, arriva bientôt dans une grande pièce de forme hexagone, située au rez-de-chaussée de la cour.

— Par ici, capitaine, lui dit d'un air bourru le chef des Apôtres en lui désignant une ouverture ménagée au centre de la voûte et assez semblable à l'orifice d'un puits.

— Pour un homme qui donne si facilement et si généreusement des chaînes d'or, murmura de Maurevert, le marquis pratique d'une triste façon l'hospitalité ! Il me semble que le chevalier aurait pu être mieux logé.

Après avoir descendu une cinquantaine de marches, Benoist et de Maurevert atteignirent un sombre corridor, espèce de boyau privé d'air et de lumière, garni dans sa longueur d'une vingtaine de portes massives.

Le chef des Apôtres prit un trousseau de clefs pendu à sa ceinture et ouvrit l'une de ces portes.

— Passez, dit-il laconiquement et toujours du même ton bourru au capitaine.

Le spectacle qui frappa la vue de Maurevert lui arracha un soupir.

Le chevalier Sforzi, à moitié couché sur une poignée de paille dont les tiges incrustées dans le sol prouvaient le peu de soin que l'on prenait de la renouveler, sommeillait d'un lourd sommeil.

Un incroyable changement s'était opéré dans la personne de Raoul.

Ses joues pâles, sa maigreur, ses cheveux et sa barbe incultes, le rendaient méconnaissable; il avait, en douze jours, vieilli de dix ans.

— Pauvre compagnon ! dit de Maurevert. Lui naguèr beau, si vaillant, si superbe, si haut la main, qu'il p maintenant accablé, piteux, défait ! comme il a dû so...

Le capitaine se pencha vers Raoul, et lui frappant dou ment sur l'épaule :

— Chevalier, lui dit-il, voici votre compagnon d'arm votre associé, qui vient vous assurer de son amitié et de so dévouement !

Sforzi ouvrit les yeux et reconnut de Maurevert.

— Ah ! c'est vous, capitaine, dit-il; je savais bien, moi, que vous ne m'abandonneriez pas.

— Vous abandonner, moi, avant que le terme fixé à notre pacte soit écoulé, oh, jamais ! s'écria de Maurevert avec élan. Ce n'est pas, du reste, sans peine que j'ai pu parvenir jusqu'à vous, Raoul. La présence de ce coquin de Benoist qui écoute avec tant d'attention notre conversation, doit vous faire pressentir, hélas ! que je ne vous apporte pas votre liberté.

— Que m'importent la liberté, la vie elle-même, capitaine ! Depuis que Diane est morte, je n'aspire plus qu'après le moment qui me réunira à elle.

— Quoi ! ce serait la mort de Diane qui vous aurait maigri à ce point ? En ce cas, cher compagnon, vous allez reprendre de l'embonpoint à vue d'œil. La demoiselle d'Erlanges n'est pas trépassée ! Je l'ai vue moi-même, il y a trois jours, en pleine et bonne santé.

— Vous ne raillez pas ? capitaine, s'écria Raoul avec explosion. Je n'ai pas le délire, n'est-ce pas ? Vous venez bien de me dire que Diane n'a pas quitté la terre ?

— Parbleu ! et je vous le répète encore... Elle est, il est vrai, un peu changée ; elle ne mange pas assez sans doute ; mais, à son air dolent et affligé près, je vous donne ma parole que jamais elle ne s'est mieux portée.

De Maurevert parlait encore, que le chevalier s'était levé d'un bond et lui avait sauté au col.

— Honte et ignominie ! s'écria le capitaine avec rage, quel est ce bruit de ferrailles ? Dieu me pardonne, vous aurait-on enchaîné ?

— Ainsi, Diane vit encore ! répéta Sforzi sans songer à répondre à la question de Maurevert. Cher et bon capitaine, ne court-elle au moins aucun danger ?

— Quelle chose drôle et bizarre que l'amour ! murmura de Maurevert ; voici ce Raoul, tout à l'heure si accablé, qui, parce que je lui ai donné des nouvelles de sa maîtresse, nage maintenant dans un océan de félicité ! Que le diable m'enlève si ce malheureux changerait en ce moment sa position contre celle du roi de France ! Il faudra que j'essaie d'être une fois amoureux.

— Mais, capitaine, vous ne me répondez pas, reprit le jeune homme. Parlez-moi donc de Diane... apprenez-moi comment et par qui elle a été sauvée... où est-elle ? se souvient-elle encore de moi ?... De grâce, parlez, parlez.

— Ce serait avec plaisir, cher Raoul, que je satisferais votre curiosité, quoiqu'après tout, les détails que vous me demandez me semblent fort insignifiants. Malheureusement ce coquin de Benoist, ici présent, m'empêche de me rendre à votre désir... Je ne puis, vous le comprenez, lui apprendre le refuge de la demoiselle d'Erlanges, que le marquis de la Tremblais fait rechercher de tous côtés.

— Le marquis !... ah ! c'est vrai. Oh ! malheur, malheur à lui ! s'écria Raoul ; je saurai bien le punir de ses infâmes espérances.

De Maurevert, — c'était son geste favori, — haussa les épaules.

— Bon, dit-il, voilà que, couvert de fers et enfoui à cent pieds sous terre, dans un cachot dont les murs sont à l'épreuve du canon, vous songez à châtier le marquis. Je le répète, chose drôle et bizarre que l'amour ! Occupons-nous plutôt de vous, Raoul.

— Non, non, revenons à Diane. Mon bon capitaine, ne vous a-t-elle pas parlé de moi ? Croyez-vous, non pas qu'elle m'aime, ce serait trop de bonheur, mais du moins qu'elle se souvienne encore de moi ?

— Diane est tout simplement folle de vous... Bon ! voilà que vous allez m'étouffer.

— Qui vous a dit qu'elle m'aimait ?

— Est-ce que les jeunes filles font jamais de ces sortes de confessions !.. Par Vénus ! la demoiselle d'Erlanges, malgré son air cérémonieux, n'a pu me cacher l'état de son cœur. Elle est folle de vous, vous dis-je. Il n'y a pas là de quoi vous montrer si joyeux. Où vous conduirait cet amour, en supposant, ce dont malheureusement je doute, que votre liberté vous fût rendue ? à rien du tout. Vous oubliez que la demoiselle d'Erlanges a perdu son manoir de Tauve : elle est complétement ruinée.

— Que m'importe la fortune, capitaine !

— Allons, murmura de Maurevert, la crise est dans toute sa force, il me faudra attendre, avant de causer sérieusement, que l'accès soit passé.

Raoul, absorbé par son bonheur, garda pendant assez long-temps le silence.

— Capitaine ! s'écria-t-il tout à coup et comme un homme qui se réveille en sursaut, je veux sortir d'ici, je veux être libre, que faut-il faire ?

— Hélas ! cher ami, j'ai engagé ma parole au marquis de la Tremblais, quand il m'a accordé l'autorisation de descendre dans votre cachot, que je ne vous aiderais en rien, que je ne vous donnerais aucun conseil pour sortir de céans. Malgré le désir que j'en ai, il m'est donc absolument impossible de répondre à votre question... Tout ce qu'il m'est permis d'ajouter, c'est que de mon côté, je ferai au mieux de vos intérêts. Sur mon honneur de gentilhomme, Raoul, je vous aime de tout mon cœur ! Je sais bien que cet aveu est loin d'avoir à vos yeux la valeur de celui de mademoiselle d'Erlanges... Et en cela vous avez tort. Le dévouement d'un robuste et aventureux capitaine est certes dix fois préférable à l'amour d'une demoiselle ruinée... J'espère vous le prouver.

— Merci, mon bon Maurevert. Mais enfin le marquis, puisque vous l'avez vu et entretenu, a dû vous apprendre quelles sont ses intentions à mon égard ? Que veut-il ? Qu'exige-t-il ?

— Ce qu'il veut, le misérable ! — Benoist, si tu me regardes de cet air insolent, je vais me trouver contraint de t'assommer derechef, — ce qu'il veut, le misérable ! hélas ! je n'ose vous l'avouer.

— Capitaine, je ne manque pas de courage.

— Au fait, vous avez raison ; à quoi bon vous laisser plus longtemps dans l'incertitude ? Le marquis a été lâche, il est inexorable ; il veut vous exposer à l'ignominie du pilori, et vous faire subir la honte du fouet !...

— Moi, au pilori ! moi, fouetté ! s'écria Raoul en agitant avec frénésie, comme s'il eût espéré les rompre, les fers dont il était chargé. Non, cela est impossible... vous raillez, capitaine...

— Le moment serait mal choisi, cher Raoul. Et... tenez, j'ai une proposition à vous faire qui ne vous laissera aucun doute sur ma véracité...

— Quelle proposition, capitaine ?

— Dame ! je ne vous cacherai pas que j'éprouve un certain embarras à m'expliquer. Il s'agit d'une chose si délicate. Il faut vraiment toute l'amitié que je vous porte pour me décider à entrer en matière.

— Que de préambules, capitaine !

— Vous ne parleriez point ainsi si vous saviez quelle sera la terrible conclusion de mon discours. Enfin, n'importe. Je fais un effort sur ma sensibilité. Mon cher Raoul, prêtez-moi toute votre attention. Je me suis engagé, vis-à-vis du marquis, je vous l'ai déjà dit, à ne pas essayer, pendant cette entrevue, à vous faire sortir de votre cachot... Ce n'est donc pas d'un plan d'évasion que j'ai à vous entretenir... Il s'agit pourtant de vous sauver de l'odieux et déshonorant supplice qui vous attend, et dont rien, je le crois, ne saurait vous garantir. Chevalier, voulez-vous que je vous plante ma dague dans le cœur, que je vous tue ?... Avant d'accepter ou de refuser mon offre, réfléchissez : cela en vaut la peine. Moi, si j'étais à votre place, je vous déclare en mon âme et conscience, que je n'hésiterais pas un seul instant. Je crierais : Oui, — de toute la force de mes poumons. Enfin, tous les caractères ne se ressemblent pas. J'ai vu, moi, un condamné à mort qui comptait, pour éviter la roue, sur un nouveau déluge. Ne vous pressez pas pour prendre une décision, je puis attendre.

— Monsieur de Maurevert, s'écria l'apôtre Benoist, qui jusqu'à ce moment s'était contenté d'écouter la conversation des deux amis sans y prendre part, monsieur de Maurevert, je m'oppose formellement à ce que vous daguiez le chevalier Sforzi... M. Raoul appartient à mon maître, et nul n'a le droit de disposer de lui.

De Maurevert, au lieu de répondre au chef des Apôtres, se plaça devant la porte.

— Maître Benoist, dit-il, je n'ai nullement promis à ton maître de te ménager. J'ai donc parfaitement le droit, si l'envie m'en prend, soit de t'étouffer entre mes bras, contre ma cuirasse, soit de te briser le crâne ou de te poignarder. Je reconnais que dans le choix de tant de divertissements, j'éprouverais une certaine hésitation; mais sois assuré que mon embarras serait de courte durée et ne te sauverait nullement. Si, comme tous les coquins tourmentés par leur conscience, tu as peur de la mort, il faut te taire incontinent... Eh bien, chevalier, avez-vous pris une détermination ? J'attends votre réponse.

— Capitaine, dit Raoul d'une voix émue, c'est du plus profond de mon âme que je vous remercie. Votre offre me prouve un grand dévouement et je vous en garderai une éternelle reconnaissance; mais je refuse !

— Très-bien, chevalier !... Qui sait? peut-être bien y aura-t-il un nouveau déluge !

— Je veux vivre, capitaine, parce que j'aime Diane... parce que dans mon amour pour la demoiselle d'Erlanges je trouverai la force de supporter l'ignominieux supplice qui m'attend. Plus tard... bientôt, une vengeance qui prendra place dans l'histoire, qui passera à la postérité, me relèvera de l'humiliation que j'ai reçue.

— Cher Raoul, dit de Maurevert après un court silence, s'il ne se fût agi que du pilori, je n'aurais pas poussé le zèle aussi loin. Je ne vous ai jusqu'à présent qu'imparfaitement rapporté mon entretien avec de la Tremblais. Au fouet et au pilori, le marquis ajoute la potence. N'est-il pas cent fois, mille fois préférable d'être gentiment dagué par la main d'un ami que hissé à un gibet par celle du bourreau?

A cette terrible révélation, le chevalier Sforzi resta impassible.

— Capitaine, répondit-il d'une voix aussi calme que s'il eût traité un sujet de conversation ordinaire, votre aveu ne change en rien ma résolution; je reconnais avec vous que le marquis est trop lâche pour ne pas se montrer implacable ; qu'il s'est déjà mis trop au-dessus des lois pour ne pas poursuivre jusqu'au bout son œuvre de sang; eh bien ! malgré l'apparente certitude que rien ne peut plus changer mon sort, je ne crois pas à ma fin prochaine. Il me semble impossible qu'aimé de Diane, je passe sitôt de vie à trépas !... Peut-être vous moquerez-vous de ma crédulité, et me raillerez-vous de mon orgueil : je sens aussi en moi une force qui ne peut être vaincue par la main d'un bourreau... Il me semble que je suis appelé à accomplir de grandes choses... Non, non, capitaine, je vous le répète, je ne mourrai pas !

— Par mon patron ! pensait de Maurevert, tandis que Sforzi parlait, tous les condamnés à mort sont bien les mêmes ! Il leur est impossible de se figurer qu'avant peu ils ne seront plus qu'un cadavre. Toutes réflexions faites, je ne suis pas fâché que Raoul repousse mon offre. C'eût été pour moi une épouvantable corvée !

Le capitaine s'interrompit au beau milieu de ses réflexions, et poussant un cri de joie :

— Par les fourches de Belzébuth ! ami Raoul, dit-il, voici qu'il me vient une inspiration triomphante... Mille légions de diables ! j'allais oublier que je me suis engagé sur l'honneur à ne vous donner aucune idée de nature à faciliter votre liberté. C'est bon, je me tairai. Seulement, tenez-vous pour assuré, très-cher ami, que tout espoir n'est pas encore perdu. Que vous avez donc bien fait de ne pas vous laisser daguer !

— Capitaine, dit Benoist, le temps fixé par M. le marquis, mon maître, pour la durée de cet entretien, est plus qu'écoulé; vous plairait-il de faire vos adieux à M. le chevalier et de me suivre ?

De Maurevert embrassa tendrement et à plusieurs reprises l'infortuné Raoul; puis, après lui avoir recommandé la patience et répété que sa position n'était pas désespérée, il sortit du noir et fétide cachot.

L'aventurier ressentit une joie instinctive en se retrouvant en plein jour : la vue et la chaleur du soleil lui causèrent une agréable émotion. Lehardy attendait avec une grande impatience le retour du généralissime de l'armée de la Ligue d'équité.

— Avez-vous vu monsieur le chevalier ? lui demanda-t-il dès qu'il l'aperçut.

— Silence ! lui répondit de Maurevert, tout en montant à cheval. On prétend, — et c'est mon opinion, — que dans les châteaux-forts les murailles ont des oreilles.

Peu d'instants après, le capitaine, grâce à sa présence d'esprit et à son sang-froid, sortait sain et sauf de l'antre du tigre.

— Ah ! dit-il une fois qu'il eut franchi la dernière enceinte, je respire maintenant plus à mon aise ! Si le marquis de la Tremblais s'était douté du peu d'intérêt que me portent messeigneurs de Guise, il y a cent à parier contre un que je tiendrais compagnie, à l'heure qu'il est, à mon pauvre compagnon d'armes. Je suis vraiment ravi de ma démarche. En supposant que cet infortuné Raoul soit pendu, je n'en aurai pas moins gagné une magnifique chaîne d'or.

XXI

UNE DERNIÈRE TENTATIVE

C'est dans la cabane du chevrier où Diane s'était réfugiée après la prise de la maison-forte de Tauve, que nous conduirons le lecteur. La jeune fille et le capitaine de Maurevert étaient assis en face l'un de l'autre sur deux grossiers escabeaux. Lehardy tout en prêtant une attention soutenue à la conversation, s'occupait à orner de bouquets de fleurs des montagnes le misérable réduit habité par sa jeune maîtresse.

— Ainsi, capitaine, disait Diane, depuis cinq jours que vous êtes de retour du château de la Tremblais, vous n'avez plus entendu parler de M. Sforzi ?

— Nullement, mademoiselle, et j'en suis ravi. Ce silence prouve que ce cher marquis n'a pas mis encore à exécution sa menace, et que jusqu'à ce jour notre bien-aimé Raoul n'a été ni exposé, ni fouetté, ni pendu.

Ces paroles, prononcées par le capitaine avec un flegme parfait, firent tressaillir Diane, et une vive rougeur teignit de pourpre la pâleur de son visage.

— Capitaine ! s'écria-t-elle, si j'étais homme, et que le ciel m'eût accordé l'honneur d'être le compagnon d'armes de M. Sforzi, à l'heure présente le chevalier serait libre ou moi je serais mort. Votre inaction, — pardonnez-moi ce reproche trop bien motivé par la gravité des circonstances actuelles, — n'est le fait ni d'un gentilhomme ni d'un ami.

— Mademoiselle, répondit froidement de Maurevert, si le ciel m'avait fait femme et que je fusse éprise du chevalier Raoul, il est probable que je tiendrais un langage absolument semblable au vôtre. Notre manière opposée d'envisager cette question provient, sans nul doute, de la différence de nos positions. Vous, vous parlez avec votre cœur ; moi, avec mon expérience. L'homme véritablement sage n'a pas la prétention de disposer à sa guise des événements, il met seulement ses soins à les tourner à son profit. L'inaction que vous me reprochez a eu du moins l'avantage de ne pas aggraver la position de Raoul, position qu'une activité malentendue pouvait rendre désespérée.

La réponse, un peu brutale peut-être, de Maurevert, ne contribua pas à diminuer le vif incarnat qui colorait les joues de Diane : cet amour, si chastement enfoui au plus profond de son âme, et que l'aventurier produisait ainsi, sans ménagement, au grand jour, la rendit confuse : toutefois son embarras dura peu.

Bientôt elle releva la tête, et l'œil brillant d'un généreux et pur enthousiasme :

— Eh bien ! oui, capitaine, s'écria-t-elle, oui, j'aime le chevalier Sforzi... M. Raoul n'a-t-il pas vaillamment pris parti pour ma pauvre mère ? Ne s'est-il pas jeté entre l'oppresseur et l'opprimé, entre le bourreau et la victime?... Quel est donc, parmi les deux ou trois mille gentilshommes de la province d'Auvergne, celui-là seul qui a osé élever la voix en notre faveur? qui n'a pas craint de s'attirer la redoutable inimitié du marquis? C'est le chevalier Sforzi... Faut-il appeler amour le sentiment que tant de noblesse, de courage et de générosité a fait naître dans mon cœur ? Je l'ignore. Devant Dieu qui m'entend, capitaine, je suis fière de ce sentiment; je sais qu'il sera éternel... Vous souriez, capitaine, vous ne me comprenez donc pas? Ce que j'éprouve pour M. Sforzi tient le milieu entre l'affection d'une sœur et l'amitié d'un homme. Demain M. Raoul aimerait passionnément une femme insensible à sa tendresse, que je n'hésiterais pas à me jeter aux pieds de cette femme pour lui mendier, en faveur du chevalier, son amour.

A mesure que la demoiselle d'Erlanges parlait, un singulier changement s'opérait dans l'attitude de l'aventurier. Son regard jusqu'alors cynique et moqueur avait fait place à un air grave et sérieux; bientôt une expression de bonté, presque d'attendrissement, éteignit le feu de son regard, et détendit les muscles de fer de son visage; enfin, lorsque Diane se tut, une larme glissa sous son épaisse paupière.

Il se leva de dessus son escabeau, s'avança vers la jeune fille, puis s'inclinant profondément devant elle, il déposa sur sa main fine et souple un respectueux baiser :

— Mademoiselle, lui dit-il avec une douceur de voix qu'il ne se connaissait pas, pardonnez-moi, je vous le demande en grâce, mes sots propos. Jusqu'à ce jour, le capitaine de Maurevert, si expert en tant de choses, ne se doutait pas des trésors de délicatesse et de dévouement que peut renfermer le cœur d'une honnête demoiselle. Que voulez-vous! J'ai toujours vécu d'une façon si pressée, si irrégulière... Je n'ai connu, hélas! que des femmes aux amours faciles! Comment aurais-je soupçonné la beauté de votre âme?

Ah! mademoiselle, reprit-il après une légère pause, si vous saviez quel abominable bandit je suis, quelles horribles pensées j'ai eues à votre sujet, vous vous éloigneriez de moi avec mépris, avec horreur! Par tous les diables de l'enfer! j'entends pour ma punition vous faire l'aveu de ma bassesse. Figurez-vous, notre demoiselle d'Erlanges, que j'avais prémédité de vous offrir au marquis en échange de la liberté de Raoul! Je crois même, Belzébuth me torde le cot! que je comptais demander cinq cents écus en sus de ce troc infâme! Je porte, certes, à Raoul une affection sans bornes; eh bien! que Dieu fasse pleuvoir sur ma tête tous les enuis et tous les malheurs de la terre, si je ne préférerais pas mille fois à présent le voir pendu que de vous savoir entre les mains du marquis !... Je vous déclare qu'à partir d'aujourd'hui vous avez le droit de disposer entièrement de ma volonté, de mon bras; je vous demanderai seulement la permission de discuter vos projets quand ils me paraîtront intempestifs, sauf toutefois à m'y associer, si vous les maintenez.

— Capitaine, répondit Diane réellement émue du dévouement si bizarre et si inattendu de Maurevert, je vous remercie de votre appui et je l'accepte avec la plus vive reconnaissance !

Je vous soumettrai toujours mes idées, mais je n'entends point disposer de votre obéissance! Néanmoins il me semble que généralissime de la Ligue d'équité, et disposant d'une armée nombreuse, il vous est possible d'assiéger le château de la Tremblais, et de délivrer M. de Sforzi !

— Chère demoiselle d'Erlanges, dit de Maurevert en hochant tristement la tête, vous prenez vos désirs pour la réalité... La troupe de manants placée sous mes ordres ne mérite pas, loin de là, d'être appelée une armée! Si je ne mettais un soin extrême à choisir les campements, à éviter toute rencontre en plaine, depuis longtemps déjà elle n'existerait plus !... Ces campagnards révoltés laissent en outre beaucoup à désirer sous le rapport de la discipline... C'est en vain que j'en ai fait pendre une douzaine pour servir d'exemple... Cet acte de vigueur mal apprécié n'a servi qu'à me dépopulariser auprès d'eux. Ils me tiennent maintenant en grande suspicion ; je ne serais nullement étonné qu'ils songeassent à me trahir! Enfin, en supposant même que je sois à la tête d'une véritable armée, votre projet d'assiéger le château de la Tremblais n'en serait pas moins insensé. La première action du marquis serait de jeter dans notre camp, du haut de ses remparts, la tête de Raoul. Non, la force ne peut rien pour nous. C'est à l'adresse que nous devons avoir recours.

— Pourquoi, capitaine, ne pas essayer de mettre dans nos intérêts le lieutenant général de la province d'Auvergne, monseigneur de Canilhac? Ne pensez-vous pas que les représentations qu'il est en droit d'adresser au marquis pourraient aboutir à un heureux résultat? Poursuivie par cette idée, j'ai fait demander par Lehardy une entrevue à M. de Canilhac.

— Qui vous l'a refusée...

— Qui me l'a accordée... C'est aujourd'hui même, dans deux heures, que je dois le voir.

— Où cela?

— A une lieue d'ici.

— Pourquoi à une lieue d'ici et non pas à Clermont ?

— Parce que monseigneur de Canilhac a craint que mon arrivée dans cette ville ne fût connue du marquis.

— Ce qui signifie, demoiselle Diane, que monseigneur de Canilhac, tout gouverneur qu'il est de la province d'Auvergne, n'ose affronter la colère du marquis de la Tremblais... Cependant, qui sait? peut-être y aurait-il moyen d'utiliser cette entrevue?..... Laissez-moi un peu réfléchir.

De Maurevert se rassit sur son escabeau, appuya ses coude sur ses genoux, sa large tête entre ses mains et resta pendan assez longtemps plongé dans ses méditations.

— Mademoiselle, dit-il enfin, vous serait-il possible de m'avoir de l'encre, une plume et du papier?

— Oui, capitaine. Lorsque je dus écrire à monseigneur de Canilhac, Lehardy s'est procuré ces divers objets.

Peu après, de Maurevert, assis devant une table boiteuse, — le seul meuble qui se trouvât dans la cabane du chevrier, — traçait en gros caractères, d'une main lourde et inexpérimentée, la lettre suivante :

« Monsieur le marquis,

« J'ai mûrement réfléchi depuis notre entrevue; je reconnais « que j'ai eu tort de refuser la belle proposition que vous « m'avez faite touchant mademoiselle d'Erlanges. Mon asso- « ciation avec le chevalier Raoul Sforzi ne me lie qu'envers « ce dernier, et ne m'engage nullement à protéger ses maî- « tresses. J'ai appris de source certaine que mademoiselle « d'Erlanges a quitté depuis quinze jours l'Auvergne et s'est « réfugiée à Paris. Si vous consentez à me rémunérer conve- « nablement de mes peines, je m'engage à ramener, dans un « délai de six semaines, au plus tard, ladite demoiselle et à la « remettre entre vos mains.

« A présent, marquis, permettez-moi de vous solliciter une « dernière fois en faveur de mon pauvre compagnon le che- « valier Raoul Sforzi. Il est vrai que le chevalier vous a outra- « geusement malmené; et que si vous lui pardonnez il vous « gardera rancune éternelle de sa prison, et que la noblesse « pourra confondre votre clémence avec la peur. Qu'importe ! « le contentement de votre conscience vous dédommagera am- « plement de toutes ces calomnies, de tous ces dangers, de « tous ces déboires.

« Aussitôt que j'aurai reçu votre réponse, je m'empresserai, « si mon offre vous agrée, d'aller m'entendre avec vous au « sujet de la rémunération ci-dessus mentionnée. Je suis, mar- « quis, votre très-humble serviteur et mortel ennemi. »

— Veuillez prendre connaissance de cette missive, demoi- selle, dit de Maurevert en présentant à Diane la singulière lettre qu'il achevait d'écrire.

— Mais, capitaine, s'écria Diane, cette missive est tout bon- nement l'arrêt de mort de M. de Sforzi.

— Non pas, mademoiselle; c'est au contraire la seule chance de salut qui lui reste. Cette lettre, quoique je ne sois pas un bien grand clerc, me semble fort adroitement calculée. Il est certain qu'après l'avoir lue, le marquis appellera à lui son exé- cuteur des hautes-œuvres, maître Benoist, et lui ordonnera de presser au plus vite le supplice de notre cher Raoul.

— Mais certes, capitaine Maurevert...

— Parbleu ! je ne demande pas autre chose. Que l'on pende donc ce petit Sforzi et que tout cela finisse!

Diane regarda avec stupéfaction son interlocuteur.

— Quoi! continua froidement l'aventurier, ne comprenez- vous pas, mademoiselle, que tant que Raoul sera prisonnier, c'est-à-dire enfoui à cent pieds sous terre, nous ne pourrons rien pour lui. Ce qu'il faut, c'est que notre cher ami sorte, à quelque prix que ce soit, du château, quand bien même ce serait pour marcher à la potence! Je m'arrangerai, moi, de façon à ce que la cérémonie n'ait pas lieu dans une des cours du château, et que le marquis choisisse pour théâtre de l'exécution le chef- lieu de sa juridiction : alors, à la grâce de Dieu! il y aura tumulte, bataille, et on fera de son mieux.

Pauvre compagnon! dit de Maurevert, comme il a dû souffrir! (Page 44.)

— Ah ! capitaine, cet expédient me paraît bien hardi...

— Moins hardi que le siège que vous me proposiez tout à l'heure !... Sang et carnage! il est temps de savoir si cette potence qui trouble les rêves de nos nuits, servira, oui ou non, à ce bon Raoul !... Mais voici bientôt l'heure de votre rendez-vous avec M. de Canilhac; il est temps de vous mettre en route !... Permettez-moi, mademoiselle, de vous offrir mon cheval...

Peu après Diane, obligée, malgré son refus, d'accepter l'offre du capitaine, prenait place sur son puissant coursier.

De Maurevert, sa cuirasse attachée au bout de son épée qu'il appuyait comme un bâton sur son épaule, tenait le cheval par la bride et le conduisait.

Lehardy portait l'arquebuse de l'aventurier et se tenait à ses côtés.

Après une marche assez pénible à travers les sentiers de la montagne, Diane et ses deux conducteurs atteignirent l'endroit fixé pour le rendez-vous. M. de Canilhac s'y trouvait déjà.

A la vue du capitaine de Maurevert, le gouverneur de la province d'Auvergne laissa échapper un mouvement de surprise, presque de colère, qui prouvait combien cette rencontre lui était peu agréable.

Le capitaine s'avança vers lui, et le saluant avec un respectueux empressement :

— Monseigneur, lui dit-il, c'est simplement M. de Maurevert, et non le généralissime de l'armée de la Ligue d'équité, qui a l'honneur de vous présenter en ce moment-ci ses hum-

bles hommages. Vous plairait-il de m'accorder un instant d'entretien? J'ai le pressentiment que mes discours résonneront d'une agréable façon à vos oreilles.

— Monsieur de Maurevert, répondit le gouverneur, après que j'aurai entendu mademoiselle d'Erlanges, je vous écouterai à votre tour.

Le gouverneur offrit alors sa main à Diane pour l'aider à descendre de cheval, puis lui indiquant du doigt une roche couverte de mousse qui pouvait lui servir de siège, il resta debout devant elle.

Le marquis de Canilhac avait à cette époque environ quarante-cinq ans. C'était un homme à l'air hautin, aux manières grandes et distinguées.

D'un caractère irascible et violent, il supportait difficilement l'orgueil et l'arrogance des seigneurs de la province; toutefois, le goût des plaisirs, une extrême complaisance pour ses passions, certains actes assez peu réguliers, produits par ce goût et cette complaisance, lui imposaient l'obligation de vivre en paix avec ses redoutables administrés, et de n'être pas très-sévère pour les illégalités, les violences et les vexations dont ils se rendaient chaque jour coupables envers le menu du peuple.

M. de Canilhac ne respectait guère qu'une chose : la noblesse. C'était donc à son illustre origine, à l'éclat de son nom, que Diane d'Erlanges devait l'insigne faveur de cette entrevue avec M. le lieutenant général, gouverneur pour Sa Majesté, de la province d'Auvergne.

L'on vit apparaître le chevalier Sforzi entouré de gardes. (Page 52.)

MAUREVERT L'AVENTURIER

— Deuxième Série. —

RAOUL SFORZI

PAR PAUL DUPLESSIS

XXII

UNE HONNÊTE ALLIANCE

Diane d'Erlanges, après s'être assise, leva ses grands beaux yeux sur le marquis de Canilhac, puis d'une voix dont les notes nettement accentuées, quoique émues, annonçaient à la fois la détermination et l'anxiété, elle entama la conversation :

— Monseigneur, dit-elle, il est impossible que le bruit du monstrueux attentat commis sur madame ma mère par le marquis de la Tremblais ne soit pas venu jusqu'à vous. Nos serviteurs lâchement assassinés, notre maison-forte de Tauve traîtreusement prise d'assaut et mise au pillage, enfin l'épouvantable meurtre commis sur la dame d'Erlanges, constituent un fait tel que l'histoire n'en présente pas un pareil !...

— Vous vous trompez, mademoiselle, interrompit le mar-

quis, l'histoire de nos guerres civiles abonde, au contraire, en faits pareils. Je ne dois pas vous dissimuler, si, comme je n'en doute pas, votre intention est d'invoquer ma protection, que tout en reconnaissant la justice et la grandeur de vos griefs, il ne me sera guère possible d'y apporter remède. La religion à laquelle vous appartenez vous place dans une position tout exceptionnelle... Si je prenais parti contre M. le marquis de la Tremblais, un zélé catholique, en faveur de la demoiselle d'Erlanges, — une protestante avérée, — je soulèverais toute la noblesse de la province d'Auvergne et, qui pis est, je serais blâmé et désavoué à la cour.

— Rassurez-vous, monseigneur, répondit Diane, j'ai placé mes intérêts entre les mains de Dieu; il ne sera pas question de moi dans cet entretien. Si je vous rappelle le crime odieux commis par le marquis de la Tremblais, c'est que ce crime se rattache au sujet dont j'ai à vous entretenir... Un brave et loyal gentilhomme, M. le chevalier Sforzi, gémit

4

en ce moment dans les cachots du château de la Tremblais, où l'attend une mort ignominieuse et cruelle. M. de Sforzi, — il est catholique, lui, — se trouvait à Tauve lorsque notre maison fut nuitamment envahie et saccagée. Il fit ce que tout homme d'honneur aurait fait à sa place ; il combattit vaillamment ! Accablé par le nombre, il succomba ; mais sa défaite fut comme avait été sa résistance, héroïque et glorieuse : entouré d'ennemis, d'assassins, il osa donner cours à son indignation et infliger au marquis un irréparable outrage ! Trop lâche pour affronter la valeur de M. de Sforzi, le marquis a préféré remettre au bourreau le soin de sa vengeance ! Laisserez-vous, monseigneur, ce crime s'accomplir? Je ne puis le croire. Le sang versé ternirait à jamais votre blason, vous ferait mettre au ban de la noblesse. Voilà, monsieur le gouverneur, ce que j'avais à vous dire. La reconnaissance que je dois à M. Sforzi, en danger de mort pour avoir soutenu les droits de ma mère, me commandait impérieusement la démarche que je tente auprès de vous.

Diane se tut et attendit avec une anxieuse impatience la réponse de M. de Canilhac.

Le gouverneur de la province d'Auvergne semblait indécis, embarrassé.

— Mademoiselle, dit-il enfin, je reconnais que M. de la Tremblais montre en cette circonstance un superbe et coupable mépris pour l'autorité royale ; j'avoue que sa conduite n'est ni celle d'un loyal sujet, ni d'un brave gentilhomme. Le sort de ce chevalier de Sforzi me touche extraordinairement... Mais, malheureusement, il ne m'est guère possible de contrecarrer les desseins du marquis, et de sauver le chevalier... Mon Dieu ! mademoiselle, ne me jugez pas sans m'entendre. Je vais, tant est sincère et grande l'estime que vous m'inspirez, vous parler en toute franchise... La haute position que j'occupe ne me donne pas en réalité, loin de là même, le pouvoir qui devrait y être attaché. Je dois donc éviter soigneusement les occasions qui seraient de nature à mettre à nu ma faiblesse et à détruire le dernier et faible prestige qui entoure mon autorité. Or, entrer en lutte ouverte avec le plus puissant seigneur de la province, le marquis de La Tremblais, ce serait m'exposer à un échec certain. Dois-je, mademoiselle, pour défendre un obscur inconnu, compromettre si gravement les intérêts du roi ? Je vous laisse juge de la question !...

— Oui, monseigneur, vous le devez ! s'écria Diane. Il vaut mille fois mieux risquer votre autorité que perdre votre honneur. Quel est votre droit à jouir des priviléges et des prérogatives attachés à la noblesse, si vous n'accomplissez pas les obligations et les devoirs que votre naissance et votre position vous imposent ? « Fais ce que dois, advienne que pourra ! » dit notre devise. Or, laisser assassiner le chevalier Sforzi sans essayer de le défendre, c'est partager la honte du crime, devenir le complice du marquis !

A ces paroles prononcées par Diane avec un généreux enthousiasme, M. de Canilhac fronça les sourcils et garda le silence.

De Maurevert, qui jusqu'alors était resté étranger à la conversation, jugea le moment critique et s'empressa de prendre la parole.

— Mademoiselle, dit-il, je trouve que monseigneur de Canilhac est complètement dans la bonne voie : compromettre l'autorité qu'il tient du roi, ce serait se rendre coupable de lèze-majesté... Vous auriez tort d'insister.

A cette approbation, à laquelle il ne s'attendait pas, et qui lui arrivait si à point, M. de Canilhac se retourna vers le capitaine et lui sourit agréablement.

— Monseigneur, continua de Maurevert, vous plairait-il d'accorder, maintenant que cette discussion est terminée, le moment d'attention que vous avez bien voulu me promettre ?

— Volontiers, capitaine, répondit avec empressement le gouverneur, ravi de cette diversion qui le sauvait des justes reproches de Diane.

— Monsieur de Canilhac, reprit l'aventurier, vous voyez devant vous un homme bourrelé de remords... un bandit à la veille de commettre une abominable action !...

— De qui parlez-vous ?

— De votre très-humble serviteur le capitaine de Maurevert, monseigneur.

— Expliquez-vous, monsieur.

— Hélas ! monseigneur, cette explication va me couvrir de honte. Je ne sais si j'aurai jamais la force de mettre ainsi mon infamie à jour. Enfin, j'essaierai. Vous n'ignorez point, marquis, que je suis à la tête de la Ligue d'équité ; mais ce que vous ignorez complètement, ce sont mes projets futurs, mes secrètes espérances. Or, monseigneur, je dois vous avouer humblement que ces projets et ces espérances vous sont terriblement hostiles. J'ai l'intention, — il faut être aussi assuré du succès que je crois l'être pour vous faire un pareil aveu, et vous mettre ainsi sur vos gardes, — j'ai, dis-je, l'intention de m'emparer du siége de votre résidence, de la ville de Clermont.

— Vous emparer de la ville de Clermont ! répéta le marquis de Canilhac avec un étonnement mêlé de crainte. Etes-vous fou, capitaine ?

— Monseigneur, si vous m'interrompez à chaque phrase, je n'aurai jamais fini. Vous plairait-il de me laisser poursuivre à mon aise ? Je suis fort méthodique dans mes discours, et je n'aime point à être troublé. Vous me répondrez quand j'aurai tout dit. Je poursuis. La Ligue d'équité, monseigneur, ne ressemble plus, à l'heure qu'il est, à ce qu'elle était lors de sa fondation : non-seulement j'ai dressé mes manants au maniement des armes et à la discipline militaire, mais j'ai contracté en outre de nombreuses alliances avec la petite noblesse de province. Un hobereau isolé n'est rien, deux hobereaux unis ne signifient pas grand'chose encore ; vingt hobereaux associés commencent à compter, et cinq cents hobereaux liés par un intérêt commun forment une véritable puissance. Or, les gentilshommes pauvres qui se sont ralliés à mon drapeau dépassent aujourd'hui le nombre de mille. Vous m'accorderez bien ceci, monseigneur, que mille cavaliers, convenablement armés et montés, valent au moins les trois cents cuirassiers dont vous disposez. Voici donc votre cavalerie annulée par la mienne. Passons aux fantassins. Vous avez à peu près cinq cents piquiers, mal payés, peu nourris, et, partant, médiocrement redoutables. Mes manants atteignent le chiffre respectable de trois mille. Or, de bonne foi, je vous le demande, vous admettrez bien que six de mes montagnards valent un de vos piquiers ? Entre nous deux, monsieur le gouverneur, existe donc, — et j'y mets une extrême modestie, — une complète égalité de forces... A présent, monsieur le gouverneur, il me reste à vous soumettre un scrupule qui trouble ma conscience et me donne grandement à réfléchir. Je me demande s'il est convenable que M. de Maurevert, le gentilhomme de si bonne noblesse que chacun sait, pactise avec des manants, et mêle ses intérêts à ceux des paysans ? Si encore mes montagnards s'étaient révoltés sous un honnête prétexte de religion ou de politique, cela pourrait, à la rigueur, passer ; mais non, ces manants ont pris les armes au nom de l'équité, et leur but avéré est de détruire les priviléges de la noblesse. Cela, je vous le répète, me donne grandement à réfléchir. Je ne serais pas fâché, monsieur le gouverneur, de connaître votre opinion sur cette délicate matière.

— Mon opinion, capitaine, répondit froidement M. de Canilhac, ne saurait vous être inconnue !... Rappelez-vous que je représente, dans la province d'Auvergne, l'autorité royale, et vous saurez de quelle façon je dois considérer les rebelles.

— Monseigneur, dit de Maurevert, du moment que vous affectez de prendre votre charge de gouverneur au sérieux, je retire l'approbation que j'ai accordée naguère à votre refus de défendre le chevalier Sforzi. Si vous êtes le représentant de Sa Majesté, vous ne devez pas plus supporter la désobéissance des grands que la rebellion des petits. Tenez, marquis de Canilhac, jouons cartes sur table ; vous vous trouvez placé entre l'enclume et le marteau. Voulez-vous que je vous sorte de cette position de martyr ? Aidez-moi à sauver le chevalier Sforzi, et je vous débarrasserai de la Ligue d'équité.

— Expliquez-vous plus clairement, capitaine, dit le gouverneur, avec un empressement de bon augure pour son interlocuteur.

— Volontiers, monseigneur. J'entre brutalement au cœur de la question. Mille écus comptant, votre coopération pour tirer le chevalier de peine, une lettre qui reconnaisse qu'en me mettant à la tête de la Ligue d'équité, je n'ai eu en vue que les intérêts de Sa Majesté, et à ces conditions je m'engage à prendre des dispositions telles qu'il vous sera facile de tailler en pièces mes manants. Vous voyez, monseigneur, que je ne me vantais pas, en prétendant, avant d'entamer notre conversation, que j'avais à vous faire entendre un discours qui résonnerait agréablement à vos oreilles.

— Capitaine de Maurevert, répondit le marquis de Canilhac, je veux être aussi franc avec vous que vous venez de l'être avec moi. Votre proposition, à laquelle je ne m'attendais pas, me cause, en effet, une sensible joie. Je souscris de tout mon cœur à deux de vos conditions, c'est-à-dire à vous donner et la lettre et les mille écus que vous exigez. Quant à prendre parti contre le seigneur de la Tremblais, je vous le répète, je ne le puis. Oh! ne croyez pas, capitaine, que j'aime ou que j'estime le marquis; tout au contraire. Depuis longtemps son arrogance me pèse, et s'il m'était donné de l'abaisser, vous me verriez au comble du bonheur.

— Par la mort! monsieur le gouverneur, si tels sont vos sentiments, il est impossible que nous ne finissions pas par nous entendre, interrompit de Maurevert. Et parbleu! je songe à un moyen qui nous mettra d'accord.

— Quel est ce moyen, capitaine?

— Il est des plus simples! Vous vous absenterez pendant quelques jours de Clermont, et me laisserez en partant le commandement de vos forces! Je me hâte d'ajouter que si j'échoue dans ma tentative, je vous autorise dès à présent à me désavouer à votre retour, et à crier à tue-tête contre ce que vous appellerez ma félonie et ma trahison.

— En effet, dit M. de Canilhac après avoir réfléchi, ce moyen me semble assez ingénieux. Seulement, il présente une grande difficulté.

— Tant mieux, monseigneur! Chaque difficulté est pour moi le sujet d'un triomphe!

— Qui me garantit, capitaine, que vous remplirez fidèlement vos promesses? Qui m'assure que vous ne me tendez pas un piège en ce moment?

— Ah! monseigneur, cette méfiance vous vaut toute mon estime. Voilà comme j'aime à voir traiter les affaires, avec maturité et prudence. Monseigneur, s'il est une chose de notoriété universelle, c'est le respect que je professe pour ma parole. Chacun sait que le capitaine de Maurevert, coupable peut-être en bien des circonstances, n'a jamais failli à ses engagements. Si mes manants de l'équité avaient eu le bon esprit de me lier à leur cause par une promesse catégorique et sérieuse, jamais l'idée ne me serait venue de les faire tailler en pièces. Mais non, au lieu de se fier à ma loyauté, ils ont préféré me tenir en suspicion. Aussi seront-ils punis. Monseigneur, si vous acceptez mes propositions, je m'engagerai vis-à-vis de vous, par serment, à ne pas abuser de votre confiance, et à n'enfreindre en rien les conditions de notre traité.

— Capitaine, dit le marquis de Canilhac après un assez long silence, vous pouvez considérer notre traité comme à peu près conclu! Il ne me reste plus qu'à m'entendre avec vous sur certains détails. Par exemple, et avant tout, à quel emploi destinez-vous dans votre pensée les forces que je mettrai momentanément à votre disposition? Vous n'avez pas la folle idée, je pense, d'assiéger le château de la Tremblais!...

— Ah! monseigneur, est-il possible que vous m'accordiez si peu de judiciaire? Entreprendre une action aussi considérable sans votre assentiment, ce serait abuser de votre confiance... Soyez sans aucune inquiétude, je ne vous compromettrai en rien, et je saurai m'arranger, dans la prévision d'un échec, de façon à vous laisser un plausible et honnête prétexte pour me désavouer comme un fourbe insigne qui se sera joué de votre crédulité et de votre bonne foi! Une dernière question, monseigneur; vous devez, — cela fait partie du devoir de votre charge, — posséder certaines intelligences dans le château de la Tremblais?

— Oui, capitaine de Maurevert.

— Eh bien! il faudra que vous mettiez ces intelligences à ma disposition.

— Volontiers.

Il faut aussi que vous m'aidiez à trouver un moyen pour empêcher que le marquis de la Tremblais ne fasse pendre ce gentil chevalier Sforzi dans l'intérieur de son château.

— Vous qui êtes ordinairement si fertile en expédients, vous manquez aujourd'hui d'imagination, cher capitaine.

— Comment donc cela, monseigneur?

— Le moyen que vous cherchez est tout trouvé... Le seigneur de la Tremblais est fier et superbe, il ne s'agit que d'exciter son orgueil pour obtenir le résultat que vous désirez...

— Ma foi, monseigneur, je ne devine pas encore!

— Que je fasse avertir aujourd'hui même le marquis que la petite noblesse se préoccupe vivement de l'exécution du chevalier Sforzi; que je l'invite, en affectant d'avoir des craintes pour lui, à faire faire cette exécution en secret, sans bruit, et vous pouvez être assuré que la Tremblais s'empressera de lui donner un éclat et une pompe inusités. Il est même capable, pour prouver combien il se place au dessus de l'opinion publique, de convoquer à cette pendaison le ban et l'arrière-ban de la noblesse d'Auvergne.

— Par le caducée du gentil dieu Mercure! s'écria de Maurevert avec admiration, si vous n'étiez gouverneur de province, vous seriez digne, monseigneur, d'être un aventurier. Oui, voilà en effet une ruse excellente, mais je ne veux pas abuser plus longtemps de vos loisirs, monseigneur; j'aurai l'honneur de vous voir cette nuit à Clermont. Vous plairait-il de m'octroyer un sauf-conduit?

— Voici une bague qui me sert de scel, dit le marquis de Canilhac, cela vous suffira.

Le gouverneur prit alors congé de Diane. et ne s'éloigna, — honneur insigne, — qu'après avoir donné une embrassade au capitaine de Maurevert.

— Vous voyez, mademoiselle, dit ce dernier, qu'il y a toujours moyen de s'entendre avec tout le monde; il ne s'agit que de savoir prendre les hommes par l'intérêt. J'ai vu le moment où, avec votre appel aux sentiments de l'honneur, du devoir et de la loyauté, vous alliez gâter la conversation et faire pendre ce bon Raoul... Maintenant tout va bien! Nous voici, enfin, à la veille d'un dénoûment!

XXIII

LE DROIT DU PLUS FORT

Le surlendemain du jour où le capitaine de Maurevert avait sacrifié la Ligue d'équité au salut du chevalier Sforzi, une nombreuse réunion de nobles du voisinage encombrait la salle de réception du château de la Tremblais.

Le marquis, les sourcils froncés, les bras croisés, l'air sombre et préoccupé, se promenait silencieux au milieu de la foule des visiteurs, sans paraître daigner remarquer leur présence.

Dans sa main crispée par la colère, il froissait avec rage deux lettres qu'il venait de recevoir; l'une de ces lettres, — déjà connue du lecteur, — était celle du capitaine de Maurevert, l'autre portait la signature de monseigneur de Canilhac.

Le gouverneur de la province d'Auvergne avertissait le marquis que l'exécution annoncée du chevalier Sforzi produisait un détestable effet sur la noblesse des environs, et lui conseillait d'apporter dans la consommation de cette œuvre sanglante une extrême prudence et de l'envelopper de mystère.

Le gouverneur de l'Auvergne tenait la promesse qu'il avait faite à son nouvel allié, le capitaine de Maurevert.

Tout à coup le marquis de la Tremblais s'arrêta et s'adressant brusquement à un groupe de gentilshommes:

— Parbleu! messieurs, leur dit-il d'un ton railleur, il est inutile que vous vous gêniez plus longtemps; cessez de chuchotter et parlez à voix haute; je connais le sujet de votre conversation.

Cette interpellation causa un pénible étonnement aux gentilshommes. Quelque habitués qu'ils fussent à l'arrogance du marquis, ils trouvaient que cette fois elle dépassait toutes les limites possibles.

— Monsieur le marquis, lui répondit l'un d'eux, on dirait à votre langage un juge parlant à des coupables, et non pas un gentilhomme s'adressant à ses égaux.

— Oui, monsieur, vous avez raison, des coupables, interrompit le marquis avec une impétuosité croissante ! Par la mort ! je n'ai que faire de vos airs étonnés et de vos contenances hypocrites. Cessez donc ce jeu indigne de vous et de moi ! Ayez au moins le courage de votre infamie...

— Monsieur le marquis...

— Silence ! Il faut être bien osé pour me couper la parole. Ah ! vous voulez une explication... Parbleu ! elle ne vous manquera pas !... Eh, eh ! messieurs mes bons voisins, mes loyaux et fidèles alliés, vous ne vous attendiez pas à trouver le lion sur ses gardes. Vous espériez le surprendre pendant son sommeil ? Vous vous êtes étrangement mépris, mes gentilshommes ! Allons, voilà que vous pâlissez, que vous vous troublez ! Je gagerais qu'en ce moment, vous ne vous souvenez pas, tant est grand votre émoi, du motif qui vous a conduits ici et me vaut l'honneur de votre présence. Je vais vous le dire, moi. Vous comptez entraver le cours de ma justice, vous espérez sauver un misérable emprisonné dans les cachots du château. Quel intérêt tout particulier portez-vous donc à ce vagabond, que vous risquiez, en soutenant sa cause, de vous attirer ma colère ?

— Monsieur le marquis, vos injustes reproches...

— Silence donc, vous dis-je ! Par l'enfer ! mes bons gentilshommes, mes excellents voisins, tant de dissimulation n'était pas nécessaire... Je suis, grâce à Dieu, trop au-dessus de la crainte pour m'abaisser jusqu'au mensonge... Je n'ai que faire des ombres de la nuit pour accomplir mes desseins. L'éclat du soleil ne m'effraie pas ; j'agis toujours au grand jour. Holà ! Benoist, va-t'en quérir le vagabond Sforzi. Il me plaît de l'interroger devant messieurs ses amis, et de prononcer, séance tenante, ma sentence.

A cet ordre de son maître, un hideux sourire anima le visage du chef des Apôtres, qui s'éloigna aussitôt.

— Monsieur le marquis, dit alors un des visiteurs, vous nous voyez aussi surpris qu'indignés de votre étrange réception. Il est nécessaire qu'une explication immédiate ait lieu entre vous et nous... N'oubliez point, marquis, que comme vous, nous sommes gentilshommes !

Le seigneur de la Tremblais se mit à rire d'un air moqueur.

— Tenez-vous, messieurs, pour satisfaits de ma clémence, et ne faites pas éclater par d'imprudentes et maladroites explications la colère que jusqu'à présent j'ai su dompter et contenir !...

A cette réponse insolente les gentilshommes se turent ; ils comprenaient que provoquer le marquis dans son propre château, c'était courir à une perte certaine. Seulement, à la pâleur de leurs visages, au feu de leurs regards, au tremblement de fureur qui les agitait, il était facile de deviner qu'ils n'acceptaient cet outrage qu'avec une arrière-pensée de vengeance dans l'avenir.

Pendant les cinq minutes qui suivirent cette scène, un morne et lugubre silence régna dans la vaste salle de réception.

Bientôt une des portes latérales s'ouvrit, et l'on vit apparaître le chevalier Sforzi entouré de gardes.

La contenance noble et fière de l'infortuné jeune homme, qui, le regard rayonnant et assuré, la tête orgueilleusement rejetée en arrière, s'avança d'un pas ferme vers le marquis et se mit à le fixer d'un œil audacieux et ardent, contrastait si magnifiquement avec son visage pâle et maigri par la souffrance, avec sa barbe inculte, ses mains retenues par une lourde chaîne, ses vêtements en haillons, qu'un murmure d'admiration et de pitié s'éleva de la foule des gentilshommes.

Le marquis de la Tremblais se mordit la lèvre supérieure jusqu'au sang, puis, affectant un calme et une impassibilité que démentait énergiquement le tressaillement des muscles de son visage, il monta lentement les trois marches de sa chaire et s'assit.

Certain que sa proie ne pouvait lui échapper, il tenait à bien savourer l'agonie de sa victime.

— Accusé, lui dit-il, j'ai décidé dans ma bonté et dans ma justice, avant de me prononcer irrévocablement sur votre sort, que je vous accorderais la permission de vous défendre. Voyez s'il vous est possible d'amoindrir, par vos explications ou par un sincère repentir, l'énormité de votre crime. Je laisse toute latitude à ce que je consens à appeler votre justification. Parlez, je vous écoute.

— Marquis de la Tremblais, répondit le jeune homme d'une voix sympathique et vibrante, je ne comprends pas bien le but de cette criminelle parodie de la justice ! L'office du bourreau n'est pas d'interroger, mais bien d'exécuter le patient que lui livre la loi. L'assassin ne cause pas avec sa victime, il l'égorge, il la tue ! Bourreau et assassin, pourquoi m'interrogez-vous ?...

— Sforzi, je suis votre juge, dit le marquis en affectant un grand sang-froid, car il comprenait que s'il se laissait emporter, l'avantage de la lutte resterait au chevalier Sforzi.

— Vous un juge, répéta Raoul avec une amère ironie, voilà par ma foi une plaisante prétention !... Un juge, le misérable qui, en temps de paix, sans agression, sans provocation, sans motif, n'a pas craint d'envahir la maison d'une veuve noble, d'une femme sans défense, de massacrer lâchement ses serviteurs, de piller ses richesses ; enfin, ô comble d'infamie et d'horreur ! de l'égorger elle-même ! Un juge, celui qui jouit encore au prix sanglant de son forfait, celui qui, non content d'avoir, — exploit digne de son courage, — assassiné la mère, a volé l'héritage de la fille ! Ah ! marquis, votre monstrueuse impudence m'inspire presque de la pitié, car elle me fait douter de votre raison.

Il fallait que la Tremblais fût aussi assuré qu'il l'était de sa vengeance, pour supporter l'audacieuse indignation de ce langage. Toutefois, bien décidé à ne pas se départir de son rôle, il garda la même impassibilité.

— Sforzi, reprit-il, mon impartialité me commande de vous faire observer dans votre propre intérêt, que vos transports et vos injures ne peuvent qu'aggraver votre position ! L'homme soutenu par son innocence s'exprime avec mesure et dignité. Vous n'avez pas à apprécier ma conduite. Votre rôle, — et il est déjà bien assez difficile sans que vous vous plaisiez à le compliquer, — consiste à atténuer vos torts et à répondre sur le crime qui vous est imputé. Je vous accuse, Sforzi, d'avoir pris fait et cause pour la dame d'Erlanges, ma vassale révoltée, d'avoir soutenu, les armes à la main, la rébellion de ladite dame et concouru au massacre de mes serviteurs.

— De la Tremblais, répondit Raoul, à quoi bon cette scène ridicule ? N'est-il pas plus simple d'aborder franchement la question et de me dire : chevalier Sforzi, vous m'avez infligé une mortelle injure, et mon épée est restée au fourreau ! Je ne puis vous pardonner ni ma lâcheté ni mon déshonneur... La trahison vous a mis en ma puissance, il faut que vous mouriez !... Ce langage, de la Tremblais, ennoblirait jusqu'à un certain point le crime que vous méditez ; car l'impudence poussée aussi loin devient presque du courage !... Mais non... vous préférez à cette injustice éclatante un faux et mesquin semblant de légalité... Marquis de la Tremblais, j'en appelle à la loyauté des nobles ici présents ; votre conduite offre-t-elle l'ombre d'une excuse ? Voyons, messieurs, qui de vous donne son assentiment au marquis ? ajouta Raoul en interrogeant d'un rapide et circulaire regard les hôtes du château de la Tremblais.

Les gentilshommes baissèrent la tête et gardèrent le silence.

— Vous voyez, marquis, reprit Raoul, vos complaisants ou vos complices, — car si ces gens étaient honnêtes, depuis longtemps déjà ils auraient mis l'épée à la main, et seraient venus à mon secours, — vos complices eux-mêmes reculent devant la responsabilité de votre infamie !...

— Sforzi, murmura de la Tremblais d'une voix sourde, pour la dernière fois, je vous le répète, vous n'avez pas à vous occuper de ma conduite, mais seulement à vous défendre de la terrible accusation de rébellion qui pèse sur vous !

Le jeune homme se recueillit un instant, puis d'une voix

non plus indignée et ironique, mais pleine de noblesse et de dignité :

— Soit, marquis, répondit-il, je consens à entrer dans les explications que vous sollicitez... Oh ! ce n'est pas que je veuille me disculper, — je tiens seulement à montrer combien votre conduite envers les dames d'Erlanges a été abominable, et a rendu solidaires de votre crime tous les gentilshommes ici présents. Vous parlez de rébellion, marquis ! En quoi donc, je vous prie, la dame d'Erlanges relevait-elle de votre suzeraineté ? Les châtelains de Tauve n'ont jamais prêté foi et hommage aux seigneurs de la Tremblais; mais un ancien usage féodal, à ce que m'a dit la dame d'Erlanges elle-même, avait imposé sa maison-forte à une redevance annuelle de dix mesures de blé envers le marquisat de la Tremblais. En supposant que cette redevance tombée en désuétude eût été exigée par vous et que la châtelaine de Tauve se fût refusée à la fournir, n'aviez-vous pas la cour féodale pour prononcer sur votre exigence et sur son refus ? Un jugement aurait réglé votre position et celle de la dame d'Erlanges. Il faut que vous soyez bien aveuglé par votre orgueil pour oser parler de rébellion ! Je n'en connais que de deux sortes : la rébellion à la loi, la rébellion aux ordres de S. M. Henri III, le roi de France ! En dehors de ces deux cas, il peut s'élever des discussions de faible à puissant, de bourgeois à gentilhomme, de tenancier à seigneur, pas autre chose. Alors la loi parle en souveraine, règle ces différends, et la justice suit son cours.

Un dernier mot, marquis. En entrant dans ces longues explications, j'ai voulu prouver jusqu'à la dernière évidence, que rien, rien, absolument rien, ne justifie le meurtre de la dame d'Erlanges, le massacre des serviteurs de la maison-forte de Tauve, et la spoliation de ce domaine ! Aussi, moi, le chevalier Raoul Sforzi, noble d'origine, gentilhomme comme vous, sujet et officier du roi de France, partant votre égal en toutes choses, je déclare au nom de mon honneur, et la main sur ma conscience, que vous avez été, marquis de la Tremblais, lâche, indigne, assassin et voleur ; je déclare que tout homme de race noble ou bourgeoise qui vous prêtera son appui, qui approuvera votre conduite, sera un lâche, un indigne, un assassin et un voleur; qu'en attentant à ma personne vous vous rendez coupable de lèse-majesté... Enfin, je déclare que vous avez failli outrageusement aux lois du point d'honneur, car je vous ai soufflelé en plein visage, et, je vous le répète, votre épée est restée au fourreau.

Les gentilshommes se regardaient entre eux d'un air à la fois honteux et indigné. Il était évident que l'odieuse conduite du marquis, et le courage que venait de montrer Raoul, les disposaient à s'opposer par la force à l'accomplissement du nouveau crime médité par le seigneur de la Tremblais.

Ce dernier était en proie à une telle fureur, qu'il resta, pendant près d'une minute, sans pouvoir prononcer une parole. La contenance menaçante de ses hôtes lui rendit la volonté et la force d'agir...

Il appela près de lui, par un signe, le chef de ses Apôtres, puis, après lui avoir donné un ordre à voix basse, il s'adressa de nouveau à Raoul :

— Sforzi, lui dit-il, vous avez pu voir, par ma longanimité et ma patience, à quel point je désirais vous voir vous justifier. Votre insolence sans nom ne me permet pas de vous écouter davantage. J'entends user des mêmes droits et prérogatives que possédaient mes ancêtres. Les tribunaux et les parlements ne sont point faits pour les de la Tremblais ! De temps immémorial, le droit de haute et basse justice a été attaché à mon marquisat. Ce droit ne périclitera pas entre mes mains. Sforzi, convaincu du double crime de rébellion à mon autorité et d'outrage à ma personne, je vous condamne à être exposé au pilori, passé par les verges, puis à être pendu haut et court ! Pour que personne n'ignore de ma justice, l'exécution aura lieu sur la place publique de Besse, le chef-lieu de ma juridiction..... Aujourd'hui même sera publiée à son de trompe, dans toute l'étendue de mon domaine, la sentence rendue contre vous, et, au point du jour, elle recevra son exécution !...

Le marquis parlait encore, lorsqu'un murmure menaçant,

accompagné de cliquetis d'épées, fit retentir les voûtes de la salle de réception. Les gentilshommes présents, honteux de leur inaction, se décidaient enfin à prendre parti pour Raoul.

Un sourire sardonique entr'ouvrit les lèvres minces du seigneur de la Tremblais; il se leva de sa chaire, puis d'une voix impérieuse :

— Que l'on ouvre les portes, dit-il, ces messieurs paraissent dans un grand état d'exaltation !... l'air leur fera du bien !

Aussitôt toutes les portes de la salle de réception tournèrent sur leurs gonds et les gentilshommes aperçurent une centaine de soldats armés jusqu'aux dents qui semblaient n'attendre qu'un signal de leur maître pour s'élancer sur eux.

Les épées rentrèrent dans les fourreaux, les murmures menaçants cessèrent.

— Ah ! reprit de la Tremblais avec un sourire railleur, il faut avouer que les coutumes de nos ancêtres avaient du bon. S'il m'avait fallu m'adresser à une cour féodale ou présenter une requête au parlement pour n'être point assailli par vous, mes très-chers voisins, je serais probablement à l'heure présente un homme parfaitement mort. Messieurs, je ne vous retiens plus ; j'espère que, revenus bientôt de votre moment d'erreur, vous reconnaîtrez combien j'ai eu raison de punir ce Sforzi, et que vous ne me garderez pas rancune de ce châtiment si bien mérité.

— Ainsi, monsieur, s'écria Raoul, l'ordre de m'assassiner que vous venez de donner est sérieux, irrévocable ?...

— Sérieux et irrévocable, monsieur Sforzi.

— Et vous croyez, marquis, qu'un gentilhomme consentira à subir l'ignominie du pilori, du fouet et de la potence ?

— D'abord, monsieur Sforzi, rien ne me prouve que vous soyez gentilhomme... Ensuite je serais, je vous le confesse, assez curieux de savoir de quelle façon vous vous y prendriez pour vous soustraire à ma justice ?...

— De quelle façon, misérable ? regarde !...

Alors, par un mouvement plus rapide que la pensée, Raoul repoussa les gardes qui l'entouraient, et, prenant un élan furieux, il s'élança la tête la première contre un des pilastres en pierre qui soutenaient l'une des deux cheminées de la salle de réception.

Hélas ! les liens qui attachaient les jambes de l'infortuné l'arrêtèrent au milieu de sa course ; il roula violemment sur le plancher.

— Que l'on reporte le criminel dans son cachot, et que jusqu'à demain on ne le perde pas un instant de vue ! dit froidement le marquis.

XXIV

LE TESTAMENT

Il était cinq heures du matin, un jour triste et blafard, assez semblable au crépuscule d'une nuit d'hiver, éclairait imparfaitement de ses rayons gris le cachot où était enfermé le chevalier Sforzi.

Le jeune homme, le corps appuyé contre la muraille, les bras pendants, la tête inclinée sur sa poitrine, dormait d'un fiévreux sommeil.

De chaque côté de Raoul se tenait droit, raide et immobile comme une statue, un des hommes d'armes du marquis de la Tremblais. L'impassibilité de ces deux gardiens prouvait que depuis longtemps ils étaient familiarisés avec les scènes de douleur et de sang.

Tout à coup la porte du cachot roula sur ses gonds et Benoist entra dans le sombre et lugubre réduit.

Le chef des Apôtres avait remplacé la livrée de varlet de chasse, qu'il portait habituellement, par un costume de fantaisie d'une signification terrible : son chaperon, son pourpoint, ses hauts-de-chausses et ses bas étaient d'une étoffe de serge d'un rouge éclatant : il était impossible de méconnaître en lui un bourreau.

— Vous pouvez vous retirer, compagnons, dit-il en s'adressant aux hommes d'armes ; votre faction est finie, mon office commence.

Après le départ des deux gardes, le chef des Apôtres s'avança vers le jeune homme, et se plaçant devant lui se mit à le considérer curieusement, avec une attention soutenue. Le visage du bandit exprimait plutôt l'effroi d'un criminel que la joie d'un triomphateur.

— Il est incontestable, murmura-t-il, que ce jeune homme est d'une bravoure, d'un courage à toute épreuve ; que sa conduite a été glorieuse, loyale ; et qu'il va mourir victime d'une affreuse injustice, d'une odieuse vengeance ; pourtant, malgré le calme de sa conscience, des rêves terribles troublent son dernier sommeil, il se débat contre sa position, il ne peut se résigner à son sort. Tout à l'heure, lorsqu'il sera éveillé, il trouvera, je n'en doute pas, dans son orgueil, la force de paraître résigné. Oui, mais moi qui aurai surpris les secrets de son sommeil, je ne serai pas sa dupe. Dieu tout-puissant ! si l'homme innocent et brave s'agite et s'inquiète ainsi devant le trépas, que doit-il donc en être du coupable ? Cette pensée m'épouvante et m'effraie, je me vois à mon heure dernière, abandonné de tous, haï de chacun, seul à seul avec le souvenir de mes forfaits ! Ah ! si tous les gens qui tremblent en ma présence savaient les désespoirs et les terreurs que renferme mon cœur, au lieu de me craindre ils me prendaient en pitié. Allons, du courage ! Je suis entré trop avant dans le crime pour pouvoir à présent retourner sur mes pas ! Du courage !

Benoist passa à plusieurs reprises sa main sur ses yeux ; puis se penchant vers Sforzi et lui frappant sur l'épaule :

— Holà ! monsieur, lui dit-il. Debout, je vous en prie ; on vous attend !

L'infortuné jeune homme, ainsi réveillé en sursaut, ne sut, à la vue du chef des Apôtres, retenir un mouvement de surprise, presque d'effroi.

— Allons ! se dit Benoist, j'étais un niais de me lamenter, le remords n'existe pas, c'est la crainte qui abat l'homme à son heure suprême. Or, la crainte s'empare aussi bien de l'innocent que du coupable.

L'émotion que l'apparition du chef des Apôtres avait causée à Sforzi dura à peine l'espace de deux secondes. Il regarda froidement son lugubre visiteur, et d'une voix calme et assurée :

— Votre costume, maître Benoist, dit-il, m'apprend le motif de votre présence... Le marquis fait grandement les choses ; il tient à ce que rien ne manque à l'éclat de son crime... Faut-il vous suivre ? partons.

— Chevalier, répondit Benoist, il vous reste encore près d'une heure à vivre...

— Alors, pourquoi m'avoir réveillé ?

Le chef des Apôtres hésita :

— Monsieur le chevalier, dit-il enfin d'un air embarrassé, j'ai pensé qu'il vous serait agréable d'être prévenu un peu à l'avance. Les patients ont ordinairement des dispositions à prendre. Ne donnerez-vous aucune marque d'intérêt ou de souvenir à votre famille ?

— Ma famille !... répéta tristement le jeune homme, hélas ! je n'en ai point...

— Et mademoiselle...

Le chevalier tressaillit.

— Silence, misérable, interrompit-il d'une voix impérieuse ! Que le nom de celle que j'aime ne sorte pas de ta bouche. Ah ! je comprends, tu remplis une exécrable mission. Tu es chargé par le marquis d'assombrir mes derniers moments, et d'affaiblir mon courage ! Benoist, tu échoueras dans ce lâche projet. J'ai remis mon âme à Dieu, et je meurs avec la conviction inébranlable que je reverrai bientôt au ciel l'âme adorée que je laisse sur la terre.

— Monsieur Sforzi, reprit le chef des Apôtres après un léger silence, lorsque vous fûtes conduit en prison l'on trouva sur vous une ceinture remplie d'écus d'or. Ne comptez-vous point disposer de cet or, qui a été remis à monseigneur le marquis ?

— Que ton maître le garde !... Le vol s'allie bien à l'assassinat !

— Mon maître est trop magnifique et trop glorieux pour profiter de vos dépouilles ! Je suis persuadé que sur votre désir il s'empresserait de remettre cette somme à la personne que vous lui désigneriez.

— Et tu voudrais être cette personne !...

— Dam ! chevalier, je ne vous cacherai pas que cette générosité vous vaudrait avec ma reconnaissance et mon estime, toutes mes attentions et tous mes respects. C'est moi qui suis chargé de votre exécution. Or, c'est peut-être là un détail que vous ignorez, je ne dois pas vous cacher qu'il y a toutes sortes de manières de pendre un homme... on attache plus ou moins bien la corde... on le lance plus ou moins brutalement dans l'espace. Je suis connu de toute la province pour mon expérience du gibet ; je sais rendre à ma guise, ridicule, piteux ou sublime le sujet confié à mes soins... je prolonge son agonie ou j'abrège sa souffrance. Soyez persuadé que, malgré les calomnies répandues sur mon compte, je suis fort accessible au sentiment de la reconnaissance. Par exemple, si vous me léguiez vos écus d'or, je vous placerais le nœud de telle façon que vous seriez comme foudroyé. C'est uniquement l'intérêt que vous m'inspirez, qui me fait entrer dans toutes ces explications. Je conviens, de vous à moi, que votre condamnation n'est pas des plus régulières, et que votre crime n'est pas aussi monstrueux que mon maître affecte de le croire. Je serais donc désolé, vous sachant à moitié innocent, que votre parcimonie me contraignît à me montrer sévère à votre égard.

— Tel maître tel valet ! murmura Sforzi avec dégoût. Soit, maître Benoist, reprit-il en élevant la voix, je consens à te désigner pour mon héritier.

— Ah ! monsieur le chevalier, le souvenir de votre munificence et de votre bonté vivra éternellement dans mon cœur.

— Toutefois, poursuivit l'infortuné jeune homme, je mets une condition à ma générosité.

— Quelle condition ?

— Que tu me procureras du linge propre et des vêtements convenables. Mon costume horriblement lacéré pendant l'assaut de Tauve est indigne de la belle réunion que ton maître a convoquée, sans doute, pour assister à ma mort. Je dois faire honneur au marquis, mon hôte.

— Soyez persuadé, monsieur le chevalier, que monseigneur sera vivement touché de cette délicatesse de votre part. Je cours vous chercher du linge et des vêtements...

— Encore un mot, bon et excellent Benoist.

— A vos ordres, messire !

— Tu auras à prélever sur mon héritage une certaine somme que je désignerai, et qui sera destinée à faire dire des messes pour le repos de mon âme !

Le visage de Benoist se rembrunit ; mais après un moment de réflexion :

— Qui sera chargé, messire, dit-il, du soin de faire dire ces messes ?

— A qui veux-tu que je m'adresse dans mon cachot, si ce n'est à toi ?

— Alors, j'accepte, s'écria le chef des Apôtres, redevenant joyeux.

Dix minutes s'étaient à peine écoulées depuis la conclusion de ce hideux marché, que Benoist était déjà de retour auprès du patient.

— Voici, monsieur le chevalier, dit-il, en déposant sur le sol un paquet ; j'ai rempli mes obligations en conscience... Du linge magnifique, des vêtements presque neufs... ah ! j'oubliais ! Seriez-vous assez bon pour vouloir prendre d'abord la peine de consigner sur le papier votre volonté dernière... Voici tout ce qu'il faut pour écrire.

Le chevalier, malgré les fers qui attachaient ses mains, parvint à tracer en caractères assez lisibles le testament demandé.

— A présent, monsieur le chevalier, continua Benoist, passons à votre toilette. Vous plairait-il de me faire l'honneur de m'accepter pour votre valet de chambre ?

Le chevalier se leva, et le chef des Apôtres, après avoir retiré du paquet qu'il avait apporté avec lui une chemise fort blanche, dépouilla Sforzi de ses vêtements.

Tout à coup le bandit pâlit et, s'adressant d'une voix tremblante à sa victime :

— Monsieur le chevalier, dit-il, vous portez au-dessus du cœur la cicatrice d'une bien dangereuse blessure ! Je n'aurais jamais cru qu'une personne ainsi frappée eût pu survivre. Quand donc avez-vous été si cruellement atteint ?

— Dans mon extrême jeunesse.

— Ah ! vraiment ! et en quel pays ?

— Ici même, en Auvergne.

Le chef des Apôtres tressaillit, et laissa tomber de ses mains le vêtement qu'il s'apprêtait à poser sur les épaules du chevalier.

— Monsieur, reprit-il, encore une question !

— Laisse-moi en paix, je désire, pendant les quelques instants qui me restent, me recueillir et prier.

— Vous avez tort de vous refuser à satisfaire ma curiosité, continua Benoist. Je ne crois pas me tromper en avançant que vous ne connaissez pas votre famille... que votre naissance est restée jusqu'à présent un mystère pour vous. Eh bien ! j'étais sur le point de lever le voile qui couvre votre passé.

Ces paroles éveillèrent toute l'attention de Raoul.

— Que dis-tu ? s'écria-t-il.

— Je dis, monsieur Sforzi, que cette cicatrice, trop remarquable pour qu'elle puisse se trouver sur deux personnes, est une révélation pour moi. Je sais bien qu'au moment d'être pendu on tient médiocrement aux alliances que l'on peut laisser sur la terre. Cependant j'ai vu des condamnés se préoccuper jusqu'à leur dernière heure de leur famille.

— Ainsi tu connais ma famille, Benoist ?

— Je le crois, monseigneur... pardon... je voulais dire chevalier.

— Parle donc !... explique-toi !... s'écria Sforzi, oubliant presque, tant son intérêt se trouvait excité, l'horreur de sa position.

— C'est ici, en Auvergne, que vous avez été blessé, m'avez-vous dit ? Et de cela combien y a-t-il d'années ?

— Vingt-deux, Benoist !

— Oui, c'est bien le compte... Par qui fûtes-vous recueilli ?

— Par une troupe de reitres.

— En effet, des reitres traversèrent à cette époque la province d'Auvergne. Ah ! j'oubliais : dans quel endroit vous trouvèrent-ils, ces reitres ?

— Dans un bois. J'étais, à ce qu'on m'a dit plus tard, baigné dans mon sang et ne donnant plus signe de vie. On me crut mort, et ce fut à un miracle de la Providence que je dus d'être sauvé.

A mesure que l'infortuné jeune homme parlait, la pâleur qui depuis le commencement de cette conversation avait envahi le visage du chef des Apôtres augmentait d'intensité. Lorsque Sforzi se tut, Benoist était livide.

— Ah ! pensait le bandit, c'est bien lui. Pourtant j'avais frappé sans pitié et d'une main ferme ; le poignard disparut jusqu'au manche dans la poitrine !... Non, mes sens m'égarent, je suis l'objet d'une honteuse et puérile faiblesse... Chaque fois que ce souvenir me revient, chaque fois que les rêves de mes nuits m'apportent l'image ensanglantée de l'enfant, le délire s'empare de moi, je deviens insensé. Oui, c'est cela ! cette cicatrice, en me rappelant la scène du meurtre, aura troublé mon esprit ! Par l'enfer ! il est bien mort ! Comment cette sotte idée a-t-elle pu me traverser le cerveau ? Les trépassés ne sortent pas de la tombe. Pourtant cette blessure... cette troupe de reitres..., l'époque si précise de l'événement... vingt-deux ans... Oui, c'est lui, c'est lui !...

Benoist, les yeux hagards, le visage bouleversé par l'effroi, écarta vivement les longs cheveux de Sforzi, qui cachaient à moitié ses traits, et se mit à l'examiner avec une ardente curiosité.

— Oh ! poursuivit-il, le doute ne m'est plus possible. Comment n'ai-je pas remarqué plus tôt cette ressemblance avec monseigneur ?... Oui, oui, c'est lui... c'est lui... Que faire ?... avertir le marquis ?... Il ne me pardonnerait pas le crime passé... Et puis, en supposant qu'il me fît grâce, me laisserait-il posséder un secret qui déshonore la mémoire de son père ? Non, certes ! Il s'assurerait, par ma mort, de ma discrétion... Le marquis a pour maxime que les morts savent seuls se taire... Et puis, qui me prouve que ma révélation lui serait agréable ?... Le contraire est beaucoup plus probable, car cette révélation entraverait sa vengeance et laisserait impunie l'injure qu'il a reçue !... Que maudite soit ma curiosité ! Par l'enfer ! il vaut mieux pendre autrui que d'être dagué ou pistoleté soi-

même. La corde me rendra le service que m'a refusé le fer... Il faut que ce Sforzi meure !...

Pendant que toutes ces idées confuses se heurtaient dans le cerveau du bandit, Raoul, de son côté, se raccrochait de toute l'énergie de son agonie à l'espoir qui venait de luire à ses yeux. Il se disait que s'il appartenait à une puissante et illustre famille, le marquis reculerait devant l'accomplissement de son œuvre de mort, et que lui, Raoul, pourrait bien sortir sain et sauf de l'extrémité à laquelle il se voyait réduit.

Aussi, ce fut avec une anxiété douloureuse qu'il adressa de nouveau la parole à son bourreau.

— Eh bien ? Benoist, lui demanda-t-il d'une voix tremblante.

— Eh bien ! répondit le chef des Apôtres en baissant la tête et d'un ton presque farouche, je m'abusais grossièrement ; vous ne pouvez être celui que je croyais... Mais voici l'heure qui s'écoule.

Allons, monsieur le chevalier, un peu de complaisance et de courage... plus tôt cela sera fini et mieux cela vaudra pour vous... Là ! voici qui est terminé, ajouta-t-il en attachant autour du cou du jeune homme les manches de pourpoint que les fers dont l'infortuné était chargé l'empêchaient d'endosser. Je vous assure que vous avez un fort bon air ; les femmes vont se pâmer d'aise à votre vue. Votre pendaison sera pour vous le sujet d'un véritable triomphe !

En ce moment le son lugubre d'une cloche sonnant les funérailles parvint jusqu'au cachot.

— Monsieur Sforzi, dit froidement Benoist, veuillez me suivre... L'on nous appelle.

Sforzi s'agenouilla et, pendant près de cinq minutes, il pria avec ferveur. Lorsque l'infortuné se releva, son visage impassible ne portait plus aucune trace d'émotion ; seulement ses lèvres, imperceptiblement agitées, prononçaient le nom de Diane.

— Marchons ! dit-il à Benoist.

La victime et le bourreau sortirent ensemble du cachot.

XXV

LA DERNIÈRE HEURE

La place du gros bourg de Besse, le chef-lieu de juridiction du marquisat de la Tremblais, présentait, le matin du jour fixé pour l'exécution du chevalier Sforzi, un spectacle à la fois pittoresque et horrible.

Le marquis, poussant jusqu'au bout son audacieuse bravade, avait convoqué à son de trompe tous les villages des environs à assister au supplice de Raoul. La crainte que le redoutable tyran féodal inspirait à ses vassaux et à ses voisins était si vive que, dès quatre heures du matin, une foule immense et compacte encombrait le lieu désigné pour l'accomplissement de la sanglante solennité.

Au milieu de la place dite Place-du-Marché, deux sinistres et lugubres objets attiraient tous les regards : c'était d'abord une espèce de colonne de pierre, haute d'environ douze pieds, fixée à demeure dans le sol, entourée à sa base par une estrade ou plate-forme assez étroite à laquelle conduisaient cinq larges degrés également de pierre, et garnie au quart de sa hauteur d'un épais anneau en fer solidement scellé entre deux jointures. Cette construction représentait le pilori.

Le second objet qui captivait l'attention générale n'a pas besoin d'être décrit : c'était tout bonnement une potence en bois de chêne peinte en noir. Une échelle était appuyée contre la maigre et hideuse charpente.

La foule, — contrairement à son habitude, — était grave, silencieuse, recueillie.

La conduite du chevalier Sforzi lors de la catastrophe de Tauve était connue de tous les assistants, et elle valait à l'infortuné jeune homme leur admiration et leur sympathie.

Aussi tous les visages portaient-ils une expression de tristesse et de pitié sincères. C'était à qui plaindrait la victime.

Bientôt un tressaillement parcourut le cercle immense de

spectateurs formé autour du pilori et du gibet. Les cloches annonçaient la prochaine arrivée du patient.

En effet, Raoul de Sforzi, jeté, en compagnie de Benoist, dans une espèce de charrette, sortait du château.

Deux compagnies de cent hommes d'armes chacune précédaient et suivaient le funèbre cortége. Le marquis, couvert d'une magnifique armúre et monté sur un cheval luxueusement harnaché en guerre, se tenait à l'arrière-garde.

A peine les portes du château s'étaient-elles refermées, que le marquis, se levant debout sur ses étriers, se mit à regarder devant lui avec une attention soutenue : il venait d'apercevoir une troupe de cavaliers marchant à sa rencontre.

Craignant une surprise ou une trahison, il s'empressa d'ordonner que l'on fît halte, puis, piquant des deux et suivi par une dizaine de ses hommes d'armes, il lança son cheval dans la direction de la troupe inconnue.

Tout à coup un éclair de fureur brilla dans les yeux du marquis. A la tête des cavaliers il avait reconnu le gouverneur de la province d'Auvergne, monseigneur de Canilhac. Une minute plus tard les deux marquis se trouvaient en présence.

— Ah ! c'est vous, monsieur le lieutenant général, dit de la Tremblais. Je ne m'attendais ni au plaisir ni à l'honneur de vous rencontrer ce matin.

— Croyez, marquis, répondit le gouverneur en accompagnant ses paroles d'un soupir, que malgré toute la joie que me cause ordinairement votre présence, je donnerais volontiers mille écus pour ne m'être point trouvé aujourd'hui sur votre chemin.

— Pourquoi donc cela, monseigneur ?

— Parce que me voilà contraint de jouer un rôle ridicule.

— Un rôle ridicule ! Je ne comprends pas.

— Cela est pourtant d'une simplicité extrême !... Vous sentez que M. le lieutenant général marquis de Canilhac, gouverneur pour Sa Majesté de la province d'Auvergne, ne peut, sans manquer à tous ses devoirs, laisser un de ses justiciables empiéter sur l'autorité royale !... Or, l'exécution de ce Sforzi constitue de votre part un crime de lèze-majesté, une violation si manifeste de toutes les lois existantes, qu'il me faudrait, si j'en étais instruit, m'y opposer par tous les moyens en mon pouvoir !

— Si vous en étiez instruit, monsieur, répéta le marquis avec un étonnement mêlé de hauteur et presque menaçant. Parbleu ! il me semble que je ne prends guère de précautions pour dissimuler mes intentions. Vous n'avez qu'à lever les yeux et vous verrez, à cent pas devant vous, ce Sforzi accompagné du bourreau et marchant à la mort.

— Moi lever les yeux ! que Dieu me préserve d'une pareille imprudence, s'écria le gouverneur. Je préfère, au contraire, tourner la tête et regarder là où je suis assuré de ne rien apercevoir ; voilà justement pourquoi je joue en ce moment un rôle ridicule ; le rôle d'un aveugle ou d'un sot. Vous comprenez, marquis, que deux gentilshommes comme vous et moi auraient fort mauvaise grâce d'en arriver à des hostilités à propos de la pendaison d'un homme de rien... d'un aventurier !... C'est donc pour mettre à couvert ma responsabilité et ne pas entraver vos projets que cette nuit, sous prétexte d'une tournée d'inspection à travers la province, je suis sorti de mon gouvernement. Je tenais, si plus tard votre histoire de pendaison produit un certain retentissement à la cour, à me disculper de mon inaction, en alléguant que lorsque l'action s'est accomplie j'étais en voyage et absent de Clermont !... Or, ne voilà-t-il pas que je vais justement donner tête baissée au beau milieu de la cérémonie !... C'est ne pas avoir de chance !...

— Ne saviez-vous point, monsieur, que ce matin était le jour fixé pour l'exécution ?

— Et comment l'aurais-je su ? A tous ceux qui voulaient m'entretenir de cette histoire de pendaison, qui, à ne vous rien cacher, préoccupe fortement les esprits, je coupais net la parole. Vous savez qu'il n'y a pas d'homme plus sourd que celui qui ne veut pas entendre... Vous m'avez contraint, marquis, à m'affubler de terribles infirmités !

— Croyez, monsieur, que je vous suis reconnaissant au possible de votre galanterie... et à présent...

— Qu'entendez-vous par cet « à présent, » marquis ?

— Allez-vous continuer votre voyage ?

— Parbleu ! seulement je vais changer de direction !... Mais, j'y pense, ne vous serait-il pas possible de retarder d'une heure ou deux l'exécution de ce Sforzi, de façon à me donner le temps de m'éloigner ?... Je vous avertis que je tiens beaucoup à me ménager une défaite et à prendre mes précautions contre les reproches de la cour !...

Le marquis de la Tremblais réfléchit avant de répondre.

— Après tout, continua monseigneur de Canilhac, il vaut peut-être mieux que vous acheviez au plus tôt votre besogne ! ce serait par trop cruel de prolonger ainsi l'agonie de ce Sforzi... Je serai quitte pour prendre le galop. Marquis, je suis bien votre serviteur.

— Arrêtez, monseigneur ! s'écria de la Tremblais. Qu'importe, du moment que vos intérêts sont en jeu, le plus ou moins de souffrance d'un aventurier ! Sforzi peut attendre.

— Mille remerciements !... Marquis, au plaisir de vous revoir.

Les deux gentilshommes se saluèrent et s'éloignèrent chacun dans une direction opposée, mais à peine le gouverneur eut-il fait cent pas qu'il tourna bride et courut vers la Tremblais.

— Marquis, lui cria-t-il, deux mots, je vous prie ?

De la Tremblais s'arrêta en fronçant les sourcils :

— A vos ordres, monseigneur, dit-il brusquement ; qu'y a-t-il encore pour votre service ?

— Votre « encore, » me parait, monsieur, assez mal placé ! répondit froidement Canilhac ; il me semble que, jusqu'à présent, celui de nous deux qui s'est sacrifié aux intérêts de l'autre n'est pas le marquis de la Tremblais, mais bien le gouverneur pour le roi dans la province d'Auvergne.

Que diable ! monsieur, il ne faudrait pas non plus prendre ma bonté pour de la faiblesse et vouloir me traiter en Sforzi !...

Le marquis de Canilhac fit une légère pause, puis, d'un ton ferme et grave :

— Si mes paroles vous blessent, monsieur de la Tremblais, reprit-il, je suis prêt à mettre ma dignité de côté et à vous en rendre personnellement raison, l'épée à la main...

Le marquis affecta de sourire.

— Monseigneur, dit-il, chacun sait que j'accepte assez volontiers ces sortes d'invitations. Toutefois, je ne voudrais pas vous donner le droit de m'accuser d'ingratitude ou d'impolitesse. Or, je vous déclare que le mot « encore, » qui a éveillé si fort votre susceptibilité, n'était nullement un reproche à votre adresse, mais simplement une marque de l'impatience que j'éprouve d'en finir avec Sforzi.

— Cette explication, monsieur, est tellement claire et logique, qu'elle clôt sans appel notre discussion. A présent, je reviens à ce que j'avais à vous dire... Monsieur de la Tremblais, je ne dois pas vous cacher que la noblesse de la province voit d'un mauvais œil l'exécution de Sforzi. J'approuve donc beaucoup, — de vous à moi, — l'appareil de force que vous déployez aujourd'hui pour assurer l'accomplissement de votre volonté ; je vous engage même à augmenter encore d'une compagnie votre cortége. Je sais bien que ces précautions vous feront taxer de pusillanimité ; qu'importe ! L'essentiel, à mon point de vue, c'est que votre suite soit assez nombreuse pour empêcher toute tentative de soulèvement. C'est donc au nom de la paix publique que je vous remercie des précautions que vous avez prises, et vous engage à les compléter.

— Monseigneur, répondit de la Tremblais, qui, aux dernières paroles de son interlocuteur, avait pâli de colère, vous me voyez aux regrets de ne pouvoir me rendre à vos désirs ! Ah ! messieurs les hobereaux, parce que je marche convenablement accompagné et ainsi qu'il sied à mon rang, m'accusent de pusillanimité ! Par la mort ! je leur prouverai que ma présence seule suffit pour les réduire au silence ! Non-seulement je n'augmenterai pas mon escorte, mais j'entends, au contraire la diminuer, et ne garder avec moi que le nombre de gens strictement nécessaires pour contenir la foule, et conserver libre la place occupée par le gibet.

Ah ! merci, mon Dieu, je mourrai donc en gentilhomme, le fer à la main ! (Page 58.)

— Ah ! marquis, quelle imprudence !

— Soit, monseigneur, mais ce que je dis, je le fais. Monsieur le gouverneur, je vous baise les mains et suis bien votre serviteur.

Les deux gentilshommes se séparèrent.

— Ma foi ! disait le marquis de Canilhac, je suis fort content de la façon dont j'ai joué mon rôle. J'ai rempli et audelà la promesse que j'ai faite au capitaine de Maurevert, de retarder d'une heure l'exécution de son compagnon d'armes. Le marquis est tombé avec une facilité rare dans le piége tendu à son orgueil. Bon ! le voici qui renvoie les trois quarts de son escorte. Il garde à peine une cinquantaine d'hommes... Ce de Maurevert est un rude compagnon ; de ces cinquante hommes il ne fera qu'une bouchée... Oui, pourvu qu'il arrive à temps ! Je donnerais volontiers deux mille écus pour que le marquis reçût un échec complet. Cet impudent, orgueilleux et lâche personnage mérite à tous égards une sévère leçon !

Pendant que le gouverneur s'éloignait en toute hâte, afin de ne pas compromettre sa neutralité, Diane d'Erlanges et Lehardy, cachés dans une des maisons qui entouraient la place du marché de Besse, étaient en proie à une anxiété mortelle.

En vain Lehardy, pour empêcher sa maîtresse de commettre une imprudence, lui avait-il exposé avec éloquence venant du cœur, les conséquences terribles que pouvait entraîner sa témérité ; en vain s'était-il jeté à ses genoux en la conjurant d'abandonner son projet insensé, Diane avait résisté à ses remontrances, à ses prières, et elle s'était rendue à Besse.

Aux premiers coups de cloche qui retentirent dans l'air, Diane avait manqué de perdre connaissance ; mais bientôt, grâce à un suprême effort de volonté, elle s'était rendue maîtresse de son émotion, et à l'heure où le cortége franchissait le dernier pont-levis du château, la jeune fille, résolue et

Les Crimes du Bon Vieux Temps. 8.

maîtresse d'elle-même, attendait avec l'indomptable courage du désespoir les événements qui allaient avoir lieu !...

De temps en temps elle se levait de dessus son escabeau, courait à la porte, écoutait avidement les bruits du dehors, et revenait d'un air désolé reprendre sa place première. Diane était vêtue en costume de paysanne. Lehardy, sous son large et grossier pourpoint, portait une cotte de mailles : à sa ceinture était attaché un poignard de trempe excellente et à la lame affilée ; près du brave serviteur reposait un bâton noueux et durci au feu... Dans la crainte d'éveiller des soupçons, il n'avait osé se munir d'une épée...

— Qu'avez-vous donc, ma bonne demoiselle ? demanda-t-il en voyant Diane tressaillir.

— Ne vient-on pas de frapper à la porte ?

— Non, mademoiselle, c'est un passant qui, sans y prendre garde, aura heurté le battoir.

— Non, Lehardy, je ne me trompe pas : regarde ! la porte est violemment, quoique sans bruit, poussée du dehors... elle va céder ! Ouvre, Lehardy, c'est peut-être un ami.

Le serviteur plaça son poignard entre ses dents, prit son bâton dans sa main droite, et de sa gauche tira non sans peine le verrou.

— Le capitaine de Maurevert ! s'écria Diane en s'élançant vers l'aventurier qui, vêtu également d'un costume complet de montagnard, entra dans la chaumière !

— Lui-même pour vous servir, ma chère demoiselle, dit le géant dont le front était ruisselant de sueur !... Tudieu ! votre serviteur Lehardy est-il donc devenu sourd qu'il m'a laissé gratter la porte pendant une heure. Je commençais à être inquiet et j'allais l'enfoncer tout doucettement.

— Eh bien ! capitaine... M. le chevalier Sforzi ?

— Est en route et ne peut plus guère tarder à arriver.

Tant de pensées diverses et confuses agitaient le cerveau de Diane, qu'elle resta un instant sans parvenir à formuler une question, seulement son regard désespéré interrogeait le capitaine.

— Hélas ! ma bonne demoiselle, dit tristement de Maurevert, la chose se présente mal. Je crains bien que ce gentil Raoul ne partage le sort de mes autres associés, et qu'il ne soit pendu.

— Capitaine ! capitaine !...

— Ne vous troublez pas ainsi, mademoiselle Diane. A quoi sert de se lamenter à l'avance ?

— Ainsi il n'est plus d'espoir ?

— Oui et non... D'abord j'ai eu de la peine à réunir une centaine de cuirasses sans trop affaiblir la garnison de Clermont, ce qui aurait éveillé les soupçons du marquis de la Tremblais... Enfin, grâce au bon vouloir de monseigneur de Canilhac, — qui, je dois l'avouer en passant, se conduit d'une si aimable façon que je suis ravi de lui avoir livré mes manants de la Ligue d'équité, — il m'a été possible de composer une compagnie de cavaliers... Seulement, — voici le point délicat et scabreux de la question, — cette compagnie arrivera-t-elle avant que le crime soit accompli ?... Je l'espère sans oser y croire.

— Et si cette compagnie n'arrive pas, capitaine, que ferez-vous ?...

— Dam ! mademoiselle, je me ferai tuer en donnant le plus de besogne possible aux hommes d'armes du marquis, cela va de soi seul...

— Ainsi, de la prompte arrivée ou du retard de cette compagnie, dépend tout le succès de votre entreprise ?

— A peu près, mademoiselle !... J'ai bien placé, il est vrai, quelques-uns de mes plus dévoués manants parmi la foule... mais je compte peu sur leur concours... Ces gens-là ne savent que piller !... Et vous, mademoiselle, qu'avez-vous fait de votre côté ?

— Lehardy et moi, capitaine, nous avons réuni ceux des anciens vassaux et obligés de ma mère, sur lesquels nous croyons pouvoir compter, et, d'après vos intentions, nous les avons disséminés dans la foule...

— Avec ordre de m'obéir ?

— Oui, capitaine, avec ordre d'obéir à tout homme qui élèvera la voix en faveur du chevalier Sforzi.

De Maurevert hocha la tête d'un air peu satisfait.

— Tout cela, dit-il, ne signifie pas grand' chose et ne nous apporte qu'un médiocre appui... Ah ! si je n'avais pas imposé dernièrement à ce bandit de Croixmore une trop lourde rançon, j'aurais trouvé en lui un utile allié... Une seule chance nous reste : que monseigneur de Canilhac ait suivi à la lettre certaines instructions que je lui ai données ; s'il s'y est pris avec adresse, s'il a bien retenu et joué son rôle, mes manants et vos vassaux nous suffiront pour accomplir la besogne. Ce sera encore un peu rude ; mais, par la mort ! en frappant des deux mains à la fois, on parviendra tout de même à se tirer honorablement d'affaire. Eh ! eh ! quel est ce bruit ?... des murmures ! des cris !... Voyons donc.

Le capitaine de Maurevert ouvrit la porte, regarda devant lui, et se retournant vers Diane :

— Ma chère demoiselle, dit-il, c'est à présent qu'il faut avoir du courage ! voici ce pauvre Raoul qui arrive sur le lieu du supplice. Ne pâlissez donc pas ainsi !... Par la mort ! si mon gentil compagnon est pendu, et que moi, par hasard, je ne sois pas occis, je m'engage à vous trouver un adorateur, — dussé-je aller le chercher jusqu'à la cour, — qui vaudra le chevalier en tous points ! A bientôt, je l'espère, à jamais peut-être, ma chère damoiselle d'Erlanges !

Le capitaine, après avoir prononcé ces paroles, s'élança hors la chaumière et alla se placer le plus près possible du pilori.

XXVI

LE SERMENT DE VENGEANCE

Au même instant que le capitaine de Maurevert se frayait un passage à travers les rangs serrés et compacts des spectateurs, le funèbre cortége débouchait sur la place.

A la vue de la jeunesse, de la beauté et surtout de la contenance calme et intrépide de l'infortuné Raoul, un mouvement d'admiration et de pitié s'éleva du sein de la foule.

La charrette qui contenait le bourreau et la victime s'arrêta devant le pilori.

— A la merveilleuse façon dont vous jouez votre rôle, monsieur de Sforzi, dit Benoist, c'est à croire que vous avez déjà été pendu plusieurs fois. Quelle aisance, quelle dignité ! Je savais bien, moi, que votre exécution serait pour vous le sujet d'un triomphe !

Le chef des Apôtres descendit et offrit sa main au chevalier. Sforzi fit un geste de dégoût, prit son élan, et sauta sur le sol.

Aussitôt, cinq à six hommes d'armes mirent pied à terre et vinrent se placer aux côtés de Raoul.

Quelque résigné que fût le malheureux Sforzi, il ne put, à la vue du pilori, retenir un mouvement d'effroi et de dégoût ; cependant, il se remit presque aussitôt de cette émotion bien naturelle, et d'un pas ferme et assuré il gravit les marches de l'estrade.

Se faisant alors une tribune de l'échafaud et s'adressant à la foule qu'il dominait :

— O vous tous ici présents ! s'écria-t-il d'une voix éclatante, je vous prends à témoin de mon innocence et de l'attentat commis sur ma personne !... Je dois au sang noble qui coule dans mes veines, je dois à mon honneur, de protester contre l'odieux abus de la force dont je suis la victime !... Prêt à paraître devant Dieu et déjà détaché des liens du monde, c'est sans haine, sans passion, du plus profond de ma conscience, que je proclame le sire de la Tremblais un lâche et un assassin !...

— Par la potence ! monsieur Sforzi, voilà de bien méchants blasphèmes ! dit Benoist, qui, sur un signe du marquis, se précipita avec ses aides sur Raoul, étouffa sa voix sous un bâillon, et l'attacha solidement à la colonne.

Aussitôt un des hérauts d'armes du marquis de la Tremblais s'avança jusqu'à deux pas du pilori, et, déployant, — odieuse parodie de la justice, — un large parchemin, se mit à lire la sentence rendue contre le chevalier Sforzi.

Le silence qui planait sur la foule était tel que pas un mot de l'acte inique ne fut perdu.

Pendant que le héraut d'armes remplissait son infâme mission, le capitaine de Maurevert, les poings crispés, les yeux injectés de sang, la respiration oppressée, avait toutes les peines imaginables à contenir sa fureur.

Le regard anxieux, l'oreille attentive, il explorait en vain les environs de la place. Rien n'annonçait l'arrivée ou l'approche des cuirasses sur lesquelles il comptait.

Le héraut d'armes, dès qu'il eut terminé sa lecture, fut remplacé par le chef des Apôtres, qui élevant à son tour la voix :

— Nobles, bourgeois et manants qui m'écoutez, s'écria-t-il, moi, Benoist, exécuteur des hautes-œuvres de monseigneur le marquis de la Tremblais, je déclare, au nom de mon maître, que le sieur Sforzi n'ayant pu justifier de la qualité d'homme noble qu'il s'attribue, et tout donnant à supposer qu'il a indignement menti en élevant cette prétention, ledit Sforzi sera traité en manant. Sforzi, au nom de mon maître, le marquis de la Tremblais, noble et puissant seigneur de divers lieux, investi du droit de haute justice, je te déclare manant, infâme, et en signe de la bassesse de ton extraction, je te frappe au visage !...

Le chef des Apôtres, joignant l'action à la parole, leva le bras et laissa retomber sa main sur la joue de Raoul. A ce contact odieux et infamant, le jeune homme, malgré le bâillon qui l'étouffait, fit entendre un cri rauque et se tordit sur lui-même avec une telle violence, une si prodigieuse impétuosité qu'il parvint à briser les liens qui enchaînaient ses bras.

S'élançant aussitôt sur un des hommes d'armes placés aux quatre coins de l'échafaud, il lui arracha son épée, et s'appuyant contre le pilori :

— Ah ! merci, mon Dieu ! s'écria-t-il, d'une voix vibrante, je mourrai donc en gentilhomme, le fer à la main !

Cette action s'était passée avec une telle rapidité, que Raoul se tenait déjà en garde avant que pas un des serviteurs du marquis n'eût songé à s'opposer à son dessein.

Le seigneur de la Tremblais qui, jusqu'alors, était resté, au moins en apparence, spectateur impassible du supplice de sa victime, poussa une exclamation de rage, et, lançant son cheval au galop à travers la foule, atteignit en deux bonds le pied du pilori.

— Quoi! misérables! s'écria-t-il l'écume à la bouche en s'adressant à ses gens, quoi! vous êtes vingt et vous restez atterrés, tremblants, devant un seul homme!... Allons, sus au rebelle! Que la sentence prononcée reçoive sans plus tarder son exécution, que ma justice suive son cours!

— Votre justice, marquis de la Tremblais, est bel et bien un odieux et lâche assassinat, dit une voix mâle et sonore qui s'éleva du milieu de la foule! Sang et carnage! il faudrait être bien couard et bien vil pour laisser martyriser plus longtemps ce vaillant et gentil chevalier Sforzi! Les lâches, en arrière, les braves en avant! sus au bourreau-marquis! Mort à sa valetaille! A bas le tyran de la Tremblais! vive le peuple! vive la Ligue d'équité! En avant! en avant!

Alors de Maurevert, l'audacieux interrupteur, déchira le sarreau de toile dont il s'était affublé pour cacher son costume de guerre, et l'épée haute, le regard enflammé, semblable au dieu antique des batailles, il courut vers le pilori.

La foule hésita un instant: mais bientôt subjuguée et entrainée par l'exemple du capitaine, elle éclata en clameurs furieuses et suivit de Maurevert.

Pendant une minute ce furent un cliquetis d'armes, des cris de fureur, des gémissements plaintifs, des imprécations de rage, un tumulte; une confusion sans nom.

Peu à peu la bagarre prit une forme; la mêlée se régla.

Une dizaine de bourgeois et de campgnards, foulés aux pieds des chevaux des hommes d'armes, étaient étendus sans connaissance sur le carreau.

Cinq combattants que leurs fines moustaches, leurs habits de drap, leurs bottes garnies d'éperons et leurs feutres surmontés de plumes désignaient comme des nobles de la province, se tenaient avec de Maurevert autour de Raoul, et lui faisaient un rempart de leurs poitrines et de leurs épées.

Enfin, cinq à six groupes de quinze à vingt personnes chacun, — groupes composés des anciens vassaux de la dame d'Erlanges, et des plus hardis soldats de la Ligue d'équité, — évoluaient de leur mieux au milieu de la place et tenaient, sinon en échec au moins en suspens les forces du marquis.

Cette lutte était trop inégale pour pouvoir se prolonger: il était évident que les hommes d'armes du château, grâce à leurs chevaux bardés de fer, grâce surtout à leur discipline, devaient triompher aisément de leurs inexpérimentés ennemis!...

Tout à coup de Maurevert poussa une exclamation de joie, et d'une voix qui domina le bruit du combat:

— Courage, amis, s'écria-t-il, voici que l'on accourt à notre aide!

Presque aussitôt on entendit le sol frémir sous la lourde pression d'une troupe de cavaliers; puis, de chacun des quatre angles de la place, déboucha simultanément une compagnie de vingt-cinq cuirasses.

— Par les joyeusetés de messire Pluton! je crois, chers compagnons, que nous allons prendre de plaisants ébats, — continua le capitaine de sa voix formidable. — Holà! mes gentilshommes, je vous confie la garde de M. Sforzi, et je reviens à l'instant.

De Maurevert courut au cheval d'un homme d'armes qu'une balle d'arquebuse venait de jeter à terre, et s'élançant en selle, il alla se mettre à la tête des cuirasses qui arrivaient si fort à point.

Dès lors, l'issue du combat n'était plus douteuse: les gens du marquis, découragés, surpris, en nombre inférieur de plus de moitié aux quatre détachements de cuirasses, prirent la fuite et se débandèrent dans un désordre complet.

Ce ne fut qu'après les avoir chaudement poursuivis, que de Maurevert retourna sur la grande place.

La première personne qu'il aperçut fut Raoul Sforzi. Le géant se jeta à bas de son cheval, et, prenant le chevalier par

la tête, l'embrassa à plusieurs reprises avec transport. L'aventurier, ordinairement si de sang-froid, si maître de lui-même, était en ce moment ému jusqu'aux larmes.

— Ah! mon brave compagnon, dit-il, vous voilà pour l'instant hors de danger... Vous m'avez valu de bien vilaines journées, et fait passer de bien tristes nuits. Que je suis donc aise de votre délivrance!... Foi de gentilhomme! je ne me serais jamais aperçu, sans cette histoire de potence, que je vous portais un si grand attachement!... Cette bonne et plaisante Diane va être bien joyeuse... Elle tremblait si fort tout à l'heure...

— Diane est ici!... s'écria le jeune homme, oubliant à ce nom de remercier son libérateur. Courons la rassurer, capitaine!... Où est-elle? Venez! venez!...

Une minute plus tard, Raoul se précipitait plutôt qu'il n'entrait dans la chambre où Diane s'était réfugiée, et se trouvait en sa présence.

A l'apparition de Sforzi, la jeune fille laissa échaper un cri de bonheur et de surprise; puis pâle, le sein agité, les yeux remplis de larmes, elle resta immobile et comme privée de sentiment. Le chevalier, non moins troublé, s'arrêta: on eût dit qu'une force supérieure le retenait.

Pendant près d'une demi-minute, les deux jeunes gens se regardèrent en silence; puis tout à coup, saisis d'un même et irrésistible mouvement de joie passionnée, un cri s'échappa de leur poitrine:

— Diane!

— Raoul!

Et oubliant la présence de Maurevert et de Lehardy, ils tombèrent dans les bras l'un de l'autre!

Ce fut mademoiselle d'Erlanges qui la première se remit de son émotion.

Toute rougissante de pudeur, elle se dégagea doucement de l'étreinte passionnée de Raoul, et les yeux baissés, la contenance confuse, la voix tremblante:

— Monsieur de Sforzi, dit-elle, il nous faut remercier Dieu!...

Alors tous les deux s'agenouillèrent et prièrent avec ferveur.

— Tonnerres et furies! murmura de Maurevert, il me semble que je pleure!...

Quant au serviteur Lehardy, il ne se cachait point pour laisser couler ses larmes...

La voix du capitaine ne tarda pas à arracher Raoul et Diane à leur douce et pure extase.

— Allons, chevalier, dit-il, nous n'avons pas un instant à perdre. Il est incontestable que ce damné marquis va revenir à la charge avec de nouveaux renforts, pour essayer de prendre sa revanche. Mon intention n'est pas de fuir, seulement je désirerais m'éloigner au plus vite. Voyons, quelles sont vos intentions?

— Mon intention, capitaine, est de ne quitter mademoiselle d'Erlanges qu'autant qu'elle n'aura plus besoin de mon appui.

De Maurevert haussa les épaules d'un air d'impatience.

— Voilà bien la jeunesse, s'écria-t-il, oublieuse et insensée à l'extrême! Vous parlez de protéger mademoiselle Diane, chevalier, mais ne vous rappelez-vous donc plus que, tout à l'heure, vous étiez vous-même attaché au pilori, et sur le point de subir une mort vile et infamante. Vous offrez votre appui à mademoiselle d'Erlanges, lorsque votre joue rouge et chaude encore de l'odieux contact de la main de Benoist, devrait vous rappeler votre impuissance. Espérez-vous donc tenir en respect, au bout de votre épée, les forces formidables dont dispose le marquis? Par Momus! mon jeune ami, mon cher compagnon, votre réponse n'a pas l'ombre du bon sens.

Au souvenir de l'outrage qu'il avait reçu, — souvenir que sa joie de retrouver Diane lui avait fait presque oublier un instant, — le jeune homme baissa tristement la tête et demeura atterré.

— Mademoiselle! s'écria-t-il d'une voix brisée et après un court et pénible silence, pardonnez-moi d'avoir osé souiller de mes lèvres la pureté de votre front... Oui, oui, le capitaine a raison, je n'ai pas su défendre mon honneur!... je suis un lâche et un indigne! les honnêtes gens doivent s'éloigner de moi avec dégoût, avec horreur!

— Bon! voilà que vous m'imputez maintenant des propos que je n'ai jamais songé à tenir. Par Jupiter! si les jours se suivent ils ne se ressemblent pas!... Avec de la patience on arrive à bien des choses, surtout quand on est doué comme vous d'un courage et d'une opiniâtreté à toute épreuve... Chevalier, je suis persuadé que tôt ou tard vous tirerez une éclatante vengeance de l'outrage qui vous a été infligé. Mais d'abord il vous faut mettre en sûreté...

— Monsieur Sforzi, s'écria Diane à son tour, vous êtes injuste envers vous. Votre conduite a dépassé en énergie et en noblesse ce que l'on était en droit d'attendre même d'un gentilhomme accompli. Je tiens en trop grand respect la mémoire de mon honoré père, M. le comte d'Erlanges, pour donner jamais mon estime à l'homme qui aurait démérité de lui-même. Or, chevalier, la main sur mon cœur, devant Dieu qui entend mon serment, je vous jure que je vous tiens pour le plus parfait et loyal gentilhomme qui ait jamais existé.

— Merci, merci, mademoiselle! s'écria Raoul avec transport, l'outrage qui m'a atteint est si sanglant que je n'avais plus ma raison!... Vos généreuses paroles me montrent le vrai chemin. Je veux que la vengeance, qui me relèvera de mon opprobre, soit si grandiose, si éclatante, si terrible, que les ennemis du marquis seront contraints de s'apitoyer sur son sort!... Je veux combattre et détruire cette orgueilleuse et puissante noblesse de province, qui insulte lâchement les pauvres gentilshommes, pille sans pitié le peuple, dévaste les campagnes et se croit au-dessus des lois divines et humaines. Si ma parole et mon épée sont impuissantes à soulever et à guider les opprimés, je porterai mes plaintes jusqu'au pied du trône, je m'adresserai au roi!

— Bien! chevalier Sforzi! s'écria Diane avec enthousiasme. Dieu, croyez-en mes pressentiments, bénira vos efforts et vous fera sortir triomphant de la glorieuse lutte que vous allez entreprendre!

— J'ignore si cette lutte sera productive, interrompit de Maurevert, mais ce dont je suis assuré, c'est qu'elle n'aura pas même un commencement d'exécution si M. Sforzi s'amuse à perdre son temps à discourir au lieu de songer à se mettre en sûreté! Vous pouvez tenir pour chose certaine qu'avant une heure le marquis sera de retour ici.

— Mais si je m'éloigne, s'écria Raoul, qu'allez-vous devenir, Diane? Si le seigneur de la Tremblais apprenait que vous êtes ici! Oh! rien qu'à cette idée, mon sang bouillonne dans mes veines, je ne me sens plus la force de partir.

— Monsieur le chevalier, dit Lehardy, qui jusqu'alors s'était modestement tenu à l'écart, je me fais fort de conduire mon honorée maîtresse saine et sauve à Paris, où elle trouvera chez madame la douairière, sa tante, un refuge assuré.

— Allons! à cheval! à cheval! interrompit de Maurevert. Chaque minute qui s'écoule vaut une année de notre existence. A cheval! chevalier, et partons.

Raoul prit congé de Diane.

— Mademoiselle, murmura-t-il en déposant sur sa main un long et passionné baiser, si jamais vous apprenez ma mort, dites-vous que ma dernière pensée aura été pour vous, pour vous que j'aime et que j'aimerai toujours de toutes les forces de mon âme.

De Maurevert, craignant de voir l'entretien se prolonger, épargna à Diane, confuse et émue, l'embarras de répondre; il prit tranquillement le chevalier à bras le corps et l'emporta hors de la chaumière.

Peu après, les deux compagnons montés sur de vigoureux chevaux s'éloignaient en toute hâte du village de Besse.

— Excellent de Maurevert, disait Raoul, combien vous devez maudire le jour où vous avez associé votre sort au mien!... Vous le voyez, je n'ai pas de chance. Pourquoi vous entraînerais-je dans ma perte?... Rompons notre pacte; reprenez votre liberté.

— Je ne romps jamais un pacte, cher ami, répondit le capitaine. Je reconnais, en effet, que vous m'avez causé pas mal de tracas; mais, au total, mes peines et mes travaux n'ont pas été perdus. En allant solliciter l'alliance du bandit Croixmore, j'ai réalisé quatre cents écus; la Ligue d'équité, — que j'ai vendue à trop bon compte, mais il s'agissait de vous sauver, — m'a rapporté plus du double de cette somme; enfin le seigneur de la Tremblais m'a gratifié d'une magnifique chaîne d'or!... Si vous n'aviez pas pris parti pour les dames d'Erlanges, et par suite encouru l'inimitié du marquis, je ne me serais pas rendu auprès de Croixmore, et tous les événements qui ont été la suite de cette démarche n'auraient pas eu lieu. Jusqu'à présent, vous ne m'avez valu que des profits. Je reste donc persuadé que mon association avec vous est pour moi une excellente affaire.

Tandis que les deux compagnons s'éloignaient de Besse, de toute la vitesse de leurs montures, le marquis de la Tremblais, ivre de colère, faisait monter à cheval la garnison entière du château et lançait ses hommes d'armes dans toutes les directions à la poursuite des fugitifs.

Il avait donné l'ordre en cas de résistance de leur part, qu'on les massacrât sans pitié.

XXVII

LES RUES DE PARIS EN 1581

Le 25 juillet 1581, vers les huit heures du soir, deux hommes se promenaient ensemble sur le bord de la Seine, non loin de l'Arsenal.

Une atmosphère lourde et chargée d'électricité annonçait l'orage; pas un souffle n'agitait l'air; de gros nuages menaçants s'amoncelaient à l'horizon.

— Chevalier, demanda le plus âgé des deux promeneurs, — un véritable colosse, — comptez-vous prolonger encore longtemps cette sentimentale et mélancolique promenade? C'est l'heure du souper. Allons, retournons à notre hôtellerie de la *Corne-de-Cerf*. Bon! vous voici tombé dans vos sempiternelles rêveries, en proie à un de vos fréquents accès d'humeur noire. Holà! hé! Sforzi, continua le géant d'une formidable voix de basse-taille, écoutez-moi donc : je vous dis qu'il va pleuvoir et tonner à outrance; rentrons à l'hôtel.

Le chevalier Sforzi parut se réveiller en sursaut, et, tournant vers son interlocuteur un regard vague et distrait :

— Ne me parliez-vous point, capitaine de Maurevert? lui demanda-t-il.

L'aventurier haussa les épaules, se mordit la moustache, et, frappant du pied le sol avec violence :

— Par tous les saints du paradis! Raoul, s'écria-t-il, il faut que je vous porte une furieuse amitié pour me résigner ainsi que je le fais à l'ennui de votre société!... Que diable! le découragement ne sied point à votre âge!... Que l'on soit triste après une perte de jeu, cela se conçoit; mais se lamenter ainsi du matin au soir sans rime ni raison, voilà qui est du dernier ridicule!... Quel chagrin si violent pèse donc sur votre existence? aucun! vous avez échappé à la potence, vous êtes jeune, beau, brave; vous vous trouvez à Paris, c'est-à-dire à la cour, et vous avez le capitaine de Maurevert pour associé! Que manque-t-il à votre bonheur?...

— Il est vrai, capitaine, dit Raoul, que vous m'avez montré un dévouement sans égal; mais, hélas! votre amitié est impuissante contre les souvenirs et les inquiétudes qui m'accablent. Comment puis-je oublier les dangers qui menacent Diane! Une pensée horrible, épouvantable, me poursuit sans trêve ni pitié!... Je vois mademoiselle d'Erlanges tombée au pouvoir du marquis!... Je l'entends qui m'appelle!... Elle se réclame de mon amour, elle invoque mon courage!... Je l'ai abandonnée comme un lâche, tandis que mon devoir était de rester près d'elle, de lui faire un bouclier de mon corps, de mourir à ses pieds!... Je suis un misérable!... Oh! capitaine, pourquoi ai-je suivi vos conseils?

— Jeunesse ou démence, pour moi, c'est tout un! s'écria de Maurevert. Quoi! au lieu de vous réjouir du bonheur miraculeux qui nous a accompagnés pendant notre voyage, de la liberté dont vous jouissez actuellement à Paris, vous maudissez injustement le sort! C'est vous montrer ingrat envers la Providence... Je ne nie point que Diane d'Erlanges ne soit une charmante et séduisante jeune fille, digne du tout le respect, de tout l'amour d'un bon gentilhomme ; je conviens qu'il serait malheureux qu'elle fût brusquée par le marquis de la Tremblais ; mais, en admettant que ce malheur ait lieu, y aurait-il là de quoi tant vous désespérer ? Cent fois non !... Le jour regorge de filles de riches maisons... Et remarquez en passant, que Diane ne possède plus aucune fortune. Vous trouverez incontestablement une alliance avantageuse qui vous dédommagera de ce déboire amoureux !

— Oublier Diane ! s'écria le jeune homme avec indignation, oh ! jamais !

— Et pourquoi pas ? dit froidement de Maurevert. Je vous assure qu'oublier une femme est chose fort aisée. Moi qui vous parle, chevalier Sforzi, je crois toujours, quand le hasard place une femme sur ma route, que mon cœur est fixé à jamais ! Le lendemain je ne me rappelle même plus son nom ! Suivez mon exemple... Bon ! voilà que vous froncez les sourcils... Mon langage vous a déplu. Changeons de sujet de conversation. Depuis quinze jours que nous sommes à Paris, nous n'avons encore pris aucun parti, entamé aucune affaire !... Il est temps de sortir de notre inaction. J'ai vu ce matin le seigneur de Tévales, qui s'en va trouver, avec une compagnie de cent hommes, Monsieur, frère du roi, actuellement occupé au siège de Cambrai. De là, ils partiront ensemble pour les Flandres. Le seigneur de Tévales m'a proposé de me joindre à lui, comme capitaine en second. Désirez-vous que je sollicite pour vous un brevet de cornette ? Les troupes qui suivent la fortune de monseigneur le duc d'Alençon jouissent de grandes immunités. Le roi ferme les yeux sur leurs peccadilles. Or, je n'ai pas mon égal pour savoir faire rendre à un village ou à un bourg le plus clair de son argent ! Je suis intimement persuadé que ce voyage me vaudrait de quatre à cinq mille écus !...

— Je vous remercie, capitaine, dit Raoul ; on m'offrirait un brevet de duc et cent mille écus d'or pour quitter Paris, que je refuserais. Je veux voir le roi !

De Maurevert poussa un gros soupir, et hochant la tête d'un air de pitié :

— Pauvre chevalier ! s'écria-t-il, combien vous avez besoin de vieillir. Ah ! vous croyez encore à la justice et à la puissance de Sa Majesté Henri III ! Vous vous imaginez bonnement que le roi, au récit de vos infortunes, va entrer en fureur et envoyer tout de suite une armée en Auvergne pour punir le seigneur de la Tremblais ! Pauvre chevalier ! quelle fausse idée vous vous faites de la cour ! Le roi, cher ami, ne s'inquiète que d'une seule chose, de ses plaisirs. Depuis sa belle invention *des acquits des deniers comptants*, qui, en l'affranchissant du contrôle de la cour des comptes, lui permet d'être prodigue à son aise, Sa Majesté emploie ses loisirs à chercher des inventions financières et fiscales, à créer des brevets de conseillers, d'élus ou de greffiers, brevets que ses favoris vendent à beaux deniers !... En outre, Sa Majesté, ô trois fois naïf et infortuné Sforzi, a pour règle de conduite de tenir à distance ses sujets. Le Valois se figure qu'en restant dans une demi-obscurité pleine de mystère, il finira par passer pour Dieu lui-même.

— Capitaine, interrompit Sforzi, ce n'est point le fait d'un loyal serviteur de parler ainsi de son maître : le roi n'est pas un homme, le roi représente la force et la justice. Jamais je n'admettrai que Sa Majesté, si je parviens à être entendu d'elle, me refuse la réparation qui m'est due. Et puis, avant d'accepter quelque charge que ce soit, je dois d'abord me relever de mon déshonneur ! Je crois sentir à chaque instant sur mon visage l'ignoble contact de la main de Benoist ! Je ne m'appartiens plus, j'appartiens à la vengeance !

— Soit, chevalier, notre association vous laisse toute liberté ; agissez à votre guise, essayez d'arriver jusqu'au roi, racontez-lui vos infortunes, tâchez d'en obtenir dix mille hommes pour aller assiéger le château de la Tremblais ; cela ne me regarde en rien. Seulement, je ne puis m'empêcher de vous avertir, pour la centième et dernière fois, que vous faites fausse route. Un dernier mot. Si vous avez besoin d'argent, n'oubliez pas que les quatorze cents écus provenant de la vente de la Ligue d'équité et de la rançon de Croixmore sont à peine entamés, et qu'il me sera fort agréable de vous aider

de cette somme. Je me hâte d'ajouter, pour ne pas éveiller votre susceptibilité et effaroucher votre délicatesse, que j'accepterai volontiers de vous une reconnaissance bien et dûment rédigée, en échange de ce prêt ! Cette avance me paraissant, jusqu'à un certain point, gravement aventurée, je ne refuserai pas non plus les gros intérêts que vous croirez devoir me reconnaître. A présent, chevalier, retournons à notre hôtellerie.

— Ma poitrine et ma tête sont en feu ! dit Raoul. Une grande fatigue de corps peut seule apaiser l'agitation de mon esprit ! Je préfère continuer ma promenade !...

— A votre aise, chevalier, mon souper m'attend, je vous quitte. Prenez garde aux mauvaises rencontres. La nuit, les bords de la Seine sont extrêmement dangereux. Chaque touffe de gazon cache un Italien et un poignard.

— N'ai-je point mon épée ?

— Et les Italiens ! Vous figurez-vous bonnement qu'ils vagabondent une sarbacane à la main ! Enfin, vous voilà averti. Au revoir, cher Raoul.

— A ce soir, capitaine.

Dès qu'il fut seul, Sforzi abandonna le quai Saint-Paul où il se trouvait alors, et absorbé par ses réflexions entra machinalement dans la première rue qu'il rencontra ; c'était la rue du *Petit-Musc* qui côtoyait l'Arsenal et aboutissait à la rue Saint-Antoine.

Un violent coup de tonnerre, qui retentit semblable à une décharge d'artillerie, rappela le jeune homme à la réalité. De larges gouttes d'eau commençaient à pointiller la terre avide de fraîcheur. Raoul jugea que l'orage ne tarderait pas à éclater et renonçant, quoiqu'à regret, à sa promenade solitaire, se décida à regagner la rue des Tournelles où était située l'hôtellerie de la *Corne-de-Cerf*.

Quoiqu'il fût alors à une faible distance de son hôtel, comme il connaissait encore très-peu Paris, il chercha un passant qui lui indiquât le chemin. Mais soit que l'approche de l'orage, soit que la venue de la nuit eût fait rentrer chacun chez soi, la rue était complètement déserte.

Raoul s'orienta *au juger* et continua son chemin. Bientôt il dut s'arrêter pour chercher un abri : l'orage sévissait avec violence.

Il se mit tant bien que mal à l'abri sous une petite porte bâtarde creusée dans le mur du jardin de l'hôtel de Lesdiguières ; ce mur longeait en entier la rue presque inhabitée de la Cerisaie.

La pluie tombait à torrents.

Le chevalier Sforzi se tenait depuis dix minutes à peu près blotti contre la muraille, lorsqu'un spectacle assez bizarre appela son attention.

D'une vieille masure, tombant en ruines et plongée dans une obscurité profonde, il vit sortir, l'un après l'autre, quatre hommes masqués et enveloppés dans de larges manteaux à l'italienne.

Deux de ces hommes se placèrent à droite et deux à gauche de la rue.

Sforzi dégaîna doucement son épée, et attendit en silence.

Comme il était justement question chaque jour, en l'année 1581, d'assassinats et de guet-apens commis par cette foule d'aventuriers italiens que la reine-mère avait amenés en France, Raoul ne se livra pas à de longues conjectures pour savoir quels étaient les misérables embusqués des deux côtés de la rue.

Seulement, il ignorait s'ils attendaient une victime déjà signalée à leurs coups, ou bien s'ils comptaient sur le hasard pour se procurer une sanglante dépouille.

Le jeune homme, tout en regrettant vivement l'absence de Maurevert, ne perdit pas courage : il réfléchit que les Italiens n'étaient pas moins renommés pour leur cruauté et leurs perfidies que pour leur lâcheté, et il resta convaincu qu'il tiendrait aisément tête à ces aventuriers.

Dix minutes, — qui lui parurent longues comme des heures, — se passèrent sans amener aucun événement.

Enfin il aperçut, débouchant à l'un des angles de la rue Neuve-Saint-Paul, une étroite litière portée par deux hommes et éclairée par un falot.

Le chevalier se demandait s'il devait prendre l'initiative de l'attaque. ou attendre l'événement, lorsque les quatre hommes s'élancèrent de leur cachette et coururent vers la litière, au moment même où elle entrait dans la rue du Petit-Musc.

Raoul, l'épée à la main, les suivit en courant.

La crainte que le crime ne fût commis avant qu'il pût s'y opposer, redoubla son agilité naturelle et il atteignit la litière presque en même temps que les bandits.

Un cri d'effroi poussé par une femme retentit sous les épais rideaux de la litière que l'un des Italiens venait d'écarter brusquement.

— Misérables ! dit Raoul de sa voix vibrante.

Puis chargeant le bandit dont la main tenait encore le rideau, il l'atteignit d'un coup d'épée en pleine poitrine et le jeta sanglant et inanimé sur le sol.

Alors, sans perdre de temps, et profitant de la surprise que son attaque inattendue avait causée aux bandits, Raoul s'élança sur eux en criant : « A moi, capitaine de Maurevert ! Holà ! pages et valets, accourez, nous les tenons ! »

Les assassins n'attendirent pas davantage. Affolés de terreur, ils se sauvèrent dans toutes les directions, laissant Raoul maître du champ de bataille.

Le jeune homme s'adressant à la personne inconnue enfermée dans la litière :

— Madame, dit-il en s'inclinant respectueusement, je doute que ces coquins reviennent à la charge : permettez-moi, toutefois, pour surcroît de prudence, de vous servir d'escorte jusqu'à votre destination.

XXVIII

L'ÉPAGNEUL PHŒBUS

Soit émotion, soit méfiance, la femme assise dans la litière garda un assez long silence avant de répondre à l'offre de Raoul.

— Monsieur, dit-elle enfin d'une voix dont le timbre harmonieux alla droit au cœur du jeune homme, excusez-moi si l'expression de ma gratitude manque d'entraînement ou de chaleur. Je songe avec regret que si le hasard ne vous avait point, hélas ! placé sur ma route, je serais à l'heure présente délivrée des souffrances et des ennuis de la vie. Ne prenez pas, je vous prie, la peine de me suivre. Ceux qui voulaient m'assassiner peuvent revenir d'un moment à l'autre ; et je vous verrais avec douleur être victime de votre courage et de votre humanité. Encore une fois, monsieur, je vous remercie de votre bonne intention. Adieu !

Cette réponse causa à Raoul un singulier étonnement. Il fallait, en effet, que le dégoût de la vie éprouvé par l'inconnue fût bien sincère, bien profond, pour qu'elle pût, au sortir d'un si grand danger, s'exprimer avec autant de calme et de résolution.

— Madame, lui dit-il, le devoir m'ordonne de ne vous quitter que lorsque vous serez en sûreté ; j'accomplirai mon devoir.

L'inconnue se rejeta dans le fond de la litière dont elle referma les rideaux. Raoul crut entendre des sanglots étouffés.

Vivement intrigué par la bizarrerie de cette aventure, Sforzi oublia un instant ses propres chagrins pour ne songer qu'au mystère que présentait la conduite de l'inconnue.

La pensée lui vint que cette femme était peut-être bien une intrigante, mais il repoussa tout aussitôt avec une indignation instinctive cette odieuse supposition. Après un quart-d'heure de marche, les porteurs s'arrêtèrent devant une petite maison d'une apparence bourgeoise et modeste, située près du canal, et dans les vastes terrains, alors inhabités, du boulevard de la Porte-Saint-Antoine.

Ce ne fus pas sans une certaine émotion que Sforzi présenta son poing à l'inconnue pour descendre. Il éprouvait un vif désir de voir le visage de cette femme si désolée, et dont la voix savait si bien trouver le chemin du cœur. Il fut déçu dans son espoir : l'inconnue portait un de ces masques ou loups importés d'Italie.

Quant à sa toilette, elle était d'une luxueuse sévérité ; elle se composait d'une robe de velours noir, serrée à la taille et garnie de manches descendant jusqu'aux poignets. De cette robe, ouverte par devant, sortait une jupe de soie fort ample, de couleur violette. Les cheveux de l'inconnue étaient relevés en bourrelets et garnis de grosses perles ; enfin, un chaperon de velours, entouré d'une chaîne d'or que terminait un gland composé de pierres précieuses, s'inclinait sur le côté droit de sa tête.

Si Raoul ne put apercevoir les traits de l'inconnue, il lui fut au moins permis d'admirer la souplesse de sa taille, la noblesse de sa marche, la gracieuse aisance de ses mouvements. A peine eut-elle mis pied à terre qu'elle se retourna vers la litière :

— Phœbus ! dit-elle.

Aussitôt un petit épagneul de pure race et de formes admirables sauta sur le sol, mais au lieu de courir vers sa maitresse, il alla droit à Sforzi, et se mit à gambader devant lui avec toutes sortes de gentillesses et de provocations mignardes.

— Phœbus ! répéta l'inconnue.

L'épagneul, sans tenir compte de ce nouvel appel, continua ses agaceries auprès de Raoul.

— Vous le voyez, monsieur, reprit l'inconnue d'une voix empreinte d'une si navrante tristesse que le chevalier se sentit attendri jusqu'aux larmes ; vous le voyez, j'inspire à tout ce qui m'entoure l'éloignement et l'indifférence... Phœbus, lui-même, le compagnon si choyé de ma solitude, m'abandonne sans peine pour un étranger qu'il ne connaît pas. Je suis née sous une fatale étoile. Il est dans ma destinée de voir mes affections tourner sans cesse contre moi-même. Monsieur, gardez Phœbus, il sera plus heureux avec vous ; il vous rappellera, sinon le service que vous m'avez rendu, au moins le courage que vous avez montré ce soir.

— Madame, répondit Raoul avec un peu d'émotion, j'ignore si vos plaintes ne proviennent pas plutôt d'une imagination trop vive, que d'une infortune réelle. Ce qu'il m'est permis de vous assurer, c'est que Phœbus ne gagnerait pas à m'appartenir ! J'ai toujours porté malheur à ceux que j'ai aimés ! Je n'entrevois pas sitôt un rayon de soleil dans mon ciel sombre, que la foudre éclate et me replonge dans les horreurs de la tempête ! Ah ! moi aussi j'ai bien souvent rêvé après le repos de la tombe. Moi aussi j'ai bien souvent, dans mon découragement, douté de la bonté céleste. C'est au nom des tourments que m'ont fait éprouver ces révoltes coupables contre la Providence, que je vous prêche la résignation, la patience ! J'ai tort, peut-être, n'ayant pas l'honneur d'être connu de vous, de m'exprimer avec une si familière liberté ; mon Dieu, madame, pardonnez-moi ! J'obéis à un sentiment de sympathie que vous m'avez inspiré, et dont il m'est impossible de me défendre !

J'ignore qui vous êtes, et je n'ai jamais même entrevu les traits de votre visage, et il me semble pourtant que je viens de retrouver en vous une sœur dont j'étais depuis longtemps séparé !... Peut-être bien le malheur a-t-il mis entre nous un lien mystérieux... Je vous en supplie, madame, accordez-moi l'honneur de vous revoir.

— Je vous crois, monsieur, un noble cœur, répondit l'inconnue après une légère pause. Toutefois, avant de rompre en votre faveur la solitude dans laquelle je vis, j'ai besoin de réfléchir. C'est un acte bien grave que d'accepter un inconnu pour frère de son choix.

— Madame, je me nomme le chevalier Sforzi ; je suis sans emploi, sans crédit, sans fortune ; je n'ai que mon dévouement à vous offrir.

L'inconnue parut vouloir adresser une question à Raoul ; mais après une courte hésitation, elle le salua, se dirigea silencieusement vers la porte de la maison, et frappa. Presque aussitôt un vieux serviteur vint ouvrir.

L'épagneul Phœbus était resté tranquillement auprès du chevalier.

— Phœbus ! dit-elle en se retournant.

L'épagneul ne bougea pas.

L'inconnue parut d'abord indécise ; mais presque aussitôt elle entra dans la maison solitaire, et ferma derrière elle la porte avec une précipitation que rien ne motivait.

Sforzi prit Phœbus dans ses bras, monta dans la litière et ordonna aux porteurs de le conduire à l'hôtellerie de la *Corne-de-Cerf*.

L'hôtellerie de la *Corne-de-Cerf*, située rue des Tournelles, près de l'hospice de la Charité et non loin de l'Académie des chevaliers de l'Arbalète et de l'Arquebuse, fondée en 1390 par Charles VI, n'était guère éloignée de plus de dix minutes du boulevard Saint-Antoine. Lorsque Raoul arriva, il trouva de Maurevert en train de souper.

— Par les cornes du diable ! s'écria le capitaine en apercevant le jeune homme, je suis enchanté, cher compagnon, de vous voir de retour. J'augurais mal de votre longue absence !...

— Ma foi, vous n'aviez pas tout à fait tort, capitaine.

Sforzi raconta à son compagnons d'armes l'aventure de la litière attaquée.

— Sauver si à propos une femme vêtue de velours, couverte de perles précieuses, et ne recevoir qu'un épagneul pour prix de son exploit ! Ah ! chevalier, c'est avilir votre épée. A votre place, j'aurais tiré au moins un millier d'écus de cette aventure.

Le lendemain, vers les deux heures de l'après-midi, Raoul était dans sa chambre, le capitaine ouvrit brusquement la porte.

— Eh ! chevalier, lui cria-t-il, voici le roi qui passe devant notre hôtellerie avec toute sa suite pour se rendre à Bel-Esbat ; l'occasion est excellente pour satisfaire votre envie de voir Sa Majesté. Accourez vite !

Sforzi s'empressa de descendre, mais lorsqu'il arriva sur le seuil de la porte, le cortége s'était déjà éloigné. Le chevalier allait remonter dans son appartement, lorsqu'il aperçut un des gentilshommes servants sortir des rangs de l'escorte royale et lancer son cheval au galop, dans la direction de l'hôtellerie de la *Corne-de-Cerf.*

Raoul resta pour savoir ce que voulait ce gentilhomme.

Le messager, — car c'en était un, — mit pied à terre devant la porte de l'hôtellerie, et, s'adressant à Raoul lui-même :

— Monsieur, lui dit-il, ce joli épagneul, qui suit des yeux avec tant d'attention vos moindres mouvements, ne serait-il pas vôtre ?

— Oui, monsieur, répondit le chevalier.

— En ce cas, monsieur, reprit le gentilhomme servant, permettez-moi de vous adresser mes sincères félicitations... Sa Majesté a daigné remarquer le gentil animal, et je suis envoyé vers vous pour vous l'acheter.

— Monsieur, dit Raoul en rougissant, il me semble que vous auriez pu formuler autrement votre message. Je ne suis pas homme de négoce, monsieur... Les désirs de Sa Majesté sont des ordres pour moi, et...

— Et quel prix Sa Majesté offre-t-elle de ce chien réellement sans pareil ? interrompit de Maurevert.

Le gentilhomme servant toisa d'un regard assez peu respectueux le capitaine ; mais la taille colossale, les membres athlétiques, les traits énergiques de l'aventurier, lui parurent mériter l'honneur d'une réponse.

— Cet épagneul a-t-il donc deux maîtres ? lui demanda-t-il.

De Maurevert cligna des yeux pour faire comprendre à Raoul qu'il n'eût pas à se mêler à la conversation ; puis, saluant son interlocuteur :

Ce phénomène de grâce et de gentillesse appartenait, il est vrai, au chevalier Sforzi, dit-il, mais M. le chevalier a bien voulu me le céder pour une certaine somme d'argent qu'il me doit, et à présent je suis le seul et unique propriétaire de ce phénix des épagneuls.

— Ainsi, c'est avec vous que je dois traiter de son achat ?

— Avec moi seul !

— Eh bien, quelle somme demandez-vous ?

— Vingt mille écus, dit froidement de Maurevert.

Le gentilhomme servant fronça les sourcils.

— Monsieur, dit-il, on ne répond pas par une mauvaise plaisanterie à une offre sérieuse !

— Monsieur, dit de Maurevert, je ne plaisante jamais ! J'entends ne céder mon Phœbus chéri que contre vingt mille écus.

Je ne rabattrai pas un denier de cette somme ! C'est à prendre ou à laisser.

— Mais c'est de la folie !

— Ah ! monsieur, si vous connaissiez toutes les qualités de Phœbus, vous ne parleriez pas ainsi !

— C'est votre dernier mot ?

— Oui, monsieur, mon dernier mot.

Le gentilhomme remonta à cheval et s'éloigna sans daigner ajouter un mot.

— Êtes-vous insensé, de Maurevert ! s'écria Raoul. Que signifie cette ridicule prétention de vingt mille écus ?

— Cette ridicule prétention, cher ami, signifie que vous n'entendez rien aux affaires de la vie. Quoi, vous ne comprenez pas que mes prétentions extravagantes rapportées au roi vont éveiller sa curiosité et doubler son envie de posséder Phœbus ? Je vous parie que la journée de demain ne se passera pas sans que Sa Majesté nous envoie un ambassadeur. Ce sera alors le cas de faire de la magnanimité, de jouer au désintéressement ! Vous déclarez que Phœbus est à vos yeux d'un prix inestimable et que l'argent ne saurait payer, mais que vous serez trop heureux et récompensé au-delà de vos espérances si Sa Majesté daigne vous accorder l'insigne faveur de lui offrir vous-même ce phénix des épagneuls.

Vous ignorez la passion de Henri III pour les petits chiens damerets et épagneuls ; mais moi, qui connais cette passion, je vous assure et je vous jure que le roi n'hésitera pas à vous accorder une audience. Or, comme votre plus vif désir, votre idée fixe est de parler à Sa Majesté, je ne devine pas trop en quoi ma conduite a été, selon vous, si insensée ?

— Ah ! capitaine, s'écria Sforzi en embrassant son compagnon, vous êtes bien l'esprit le plus ingénieux de l'époque ! Parvenir jusqu'au roi, pouvoir lui dévoiler les crimes du marquis de la Tremblais, en obtenir justice, sauver Diane ! Oh ! ce serait trop de bonheur !

XXIX

LE ROI HENRI III

Jamais à aucune époque l'étiquette à la cour de France n'a été plus sévère et plus minutieuse que sous le règne de Henri III. L'ex-roi de Pologne se figurait qu'en s'enveloppant de pompes et de splendeurs, il prenait position au-dessus de l'humanité, et qu'il échappait ainsi au blâme mérité par ses actes publics et sa conduite privée.

Une pièce fort curieuse et très-peu connue, « l'ordre que le roi veut estre tenu en sa cour, tant au département des heu-« res que de la façon qu'il veut estre honoré, accompagné et « servi, » a transmis jusqu'à nous le cérémonial compliqué de cette époque.

Cette ordonnnance, espèce de rempart que le roi élevait entre lui et ses sujets, ne cesse d'être inflexible qu'en faveur de MM. les ducs de Joyeuse et d'Épernon. A chaque ligne figurent, accompagnés d'une glorieuse exception, les noms des deux favoris. Cette charte de l'étiquette débute ainsi :

« Veut Sa Majesté ce qui suit :

« Que, dans sa chambre royale, avant qu'elle soit éveillée, « il n'y entre ou demeure, outre le maistre de la garde-robe, « des valets de garde-robe et le barbier ordinaire, ainsi qu'il « est ordonné, que les valets de chambre couchans en icelle, « excepté messieurs les ducs de Joyeuse et d'Épernon lesquels « Sa Majesté veut qu'ils entrent à toute heure, en tout l'ap-« partement du logis de sa dite Majesté, et ainsi que bon « leur semblera. »

L'ordonnance se termine ainsi :

« Sa Majesté après être déchaussée, s'allant coucher, ne « sera suivie d'aucun en son cabinet que messieurs les ducs « de Joyeuse et d'Espernon, dont celui qui sera en quartier « prendra la bougie pour esclairer Sa Majesté, et se retire-« ront alors toutes les personnes qui auront esté au coucher « de sa dite Majesté. »

Ainsi signé HENRI.

Et au-dessous, BRUSLART.

Le surlendemain du jour où Raoul Sforzi était arrivé trop

tard pour voir passer Sa Majesté se rendant à son hôtel de Bel-Esbat, la salle, l'antichambre, la chambre d'audience, et la chambre d'État, précédant le cabinet du roi, présentaient dès cinq heures du matin un coup d'œil vraiment imposant.

Toutes ces diverses pièces du Louvre étaient occupées par une foule compacte de courtisans, qui, selon leurs charges et dignités, se tenaient dans telle ou telle salle, attendant, pour présenter leurs hommages au roi, que Sa Majesté eût fait demander sa cape et son épée du matin.

Le roi, retiré dans son cabinet, venait de se livrer aux valets servants chargés du soin de sa toilette. Près de Henri III, un jeune homme à la figure fine, intelligente et spirituelle, se tenait assis avec un sans-façon incroyable dans un vaste fauteuil.

Quoique Henri III n'eût à cette époque que trente ans, son visage fatigué, ses traits flétris et un peu boursouflés, ses yeux langoureux et à motié éteints le faisaient paraître bien plus âgé qu'il n'était en réalité.

La figure du roi, ordinairement animée par une expression de bonté réelle, d'incontestable bienveillance, portait ce matin-là des traces visibles de chagrin et d'embarras.

— Mon fils, dit-il en s'adressant au jeune homme assis devant lui, tes injustes reproches m'ont percé le cœur !… pourquoi, méchant enfant, affecter toujours de croire que je ne t'aime pas ! Tu sais bien, cher d'Arques, que toi et Lavalette vous possédez mon affection entière !… Si tu ne veux pas me rendre le plus misérable des hommes, cesse cette vilaine plaisanterie ; avoue que tu ne doutes pas de mon attachement !

Le jeune homme, que Henri III venait d'appeler d'Arques, accueillit par un sourire d'incrédulité les assurances de dévouement du roi, et d'une voix ironique :

— Sire, dit-il, quand les dames de la cour parlent de leur vertu, je ne manque jamais de les railler sur cette impudente prétention ; alors elles se fâchent tout rouge, jettent feu et flammes, me traitent de mécréant, d'infâme, vouent ma tête aux dieux infernaux…

— Et toi, cher d'Arques, qui as la langue si bien pendue, si merveilleusement affilée, tu continues de plus belle tes sarcasmes.

— Nullement, Sire. Tout au contraire : je me tais et j'écoute ces honnêtes dames dans un respectueux silence. Pendant le premier quart d'heure, les paroles tombent drues et serrées sur ma pauvre personne, comme la grêle pendant l'orage. Je suis criblé, transpercé, mis à jour ! Je me contente de sourire ! La tempête recommence, cette fois pourtant avec moins de violence. Mais, comme une femme, à force de répéter pendant une heure, sur tous les tons, qu'elle est vertueuse, finit forcément par être ridicule, vient enfin le moment où mon adversaire, ne sachant plus quelle contenance tenir, m'avoue que j'ai eu raison de suspecter sa sagesse et sollicite humblement ma discrétion.

Or, je suis intimement convaincu, Sire, que si je restais impassible et silencieux devant vos protestations de dévouement, vous arriveriez à vous trouver si embarrassé de votre exagération, que vous m'enverriez à tous les diables ! Voilà, Sire, pourquoi, au lieu de me taire, je discute avec Votre Majesté.

— Tais-toi ! ingrat, dit Henri III, d'un ton qui changeait cet ordre en une prière. Il faut, pour parler ainsi, que tu aies pactisé secrètement avec la ligue et juré de me faire mourir de chagrin. Ton langage n'est ni celui d'un ami, ni celui d'un sujet ; tu oublies que je suis le roi.

A ces mots, d'Arques se leva vivement, et prenant une pose humble et respectueuse :

— Sire, dit-il gravement, je demande à deux genoux à Votre Majesté qu'elle veuille bien me pardonner la franchise de mon langage. Si le roi ne m'avait pas autorisé à le traiter de gentilhomme à gentilhomme, jamais je ne me serais permis de tels propos. Du moment que Votre Majesté me rappelle au respect que je lui dois, je redeviens son très-humble sujet, et j'attends qu'elle veuille bien me signifier ses ordres.

L'action et la réponse du jeune courtisan causèrent une vive impression au roi : deux larmes glissèrent sous ses paupières.

— Mon fils, dit-il, quel plaisir peux-tu prendre à me torturer ainsi ? Pourquoi me rappeler que le ciel, en me mettant sur un trône, m'a condamné à l'isolement ? D'Arques, ne sois pas ainsi cruel, chasse ce froid regard qui de tes yeux se répand sur ton visage et lui ôte cet air de bonté et de jeunesse dont la vue me réjouit si fort le cœur. Cher fils, tu sais bien qu'entre toi et moi, il n'y a ni sceptre ni couronne. Nous sommes, comme tu le disais tout à l'heure, deux gentilshommes amis, deux compagnons d'armes, mieux encore, deux frères ! Allons ! d'Arques, ta colère est passée, n'est-ce pas ? Reprends place et causons d'intimité, comme si entre nous ne s'était élevé aucun nuage.

— Sire, répondit le favori qui ne bougea pas et resta froid, humble, immobile, si c'est un ordre que me donne Sa Majesté Henri III, roi de France, elle sera obéie. Si c'est une prière que m'adresse Henri de Valois, le gentilhomme, mon égal, je n'en tiendrai pas compte !

— Bourreau ! murmura Henri III, d'un ton d'affectueux reproche, que t'ai-je fait pour que tu sois aussi impitoyable ! Puisque tu me pousses à bout, eh bien ! c'est le roi qui t'ordonne de t'asseoir, qui veut que tu retrouves ta gaîté, ton amabilité, ton abandon, et que tu le traites avec cette familiarité fraternelle qui le rend si heureux !

Le favori s'assit de nouveau dans son fauteuil, mais son visage resta soucieux.

— Messire d'Arques, duc de Joyeuse, car c'est sous peu de jours que votre vicomté de Joyeuse sera érigée en duché, et vous avez déjà le droit de porter ce titre; messire d'Arques, continua Henri III avec une douceur pleine de coquet-

rerie, prenez garde, voilà que vous désobéissez aux ordres de votre roi !

— Moi ! Sire, et en quoi ?

— Ne t'ai-je point commandé, méchant, de chasser cette importune tristesse qui enlaidit ton visage ! Je ne te connaissais pas cette opiniâtreté, vilain enfant, qui sait se faire aimer malgré ses défauts. Allons, obéis, ou sinon je te livre à toutes les rigueurs des longues et courtes robes parlementaires du royaume.

— Henri, répondit le duc de Joyeuse d'une voix réellement attendrie, je vous demande en grâce de ne point me montrer tant d'attachement; la pensée que, d'un jour à l'autre, vous me retirerez votre amitié, m'empêche de goûter les faveurs signalées et sans nombre dont vous m'accablez, et me laisse, dans ma position si enviée de tous, le plus misérable des gentilshommes de la cour.

— Moi, te retirer mon amitié, mon fils ! s'écria Henri III avec une indignation pareille à celle que lui aurait causée un horrible blasphème, ah ! tu sais bien que cela n'est pas possible !

— Pourquoi alors, Henri, repousser ma prière ? Pourquoi ne pas me donner une position tellement élevée que l'envie, réduite à l'impuissance, renonce à me perdre plus tard dans votre esprit ! Pourquoi ne pas changer en fait réel, véritable, ce titre de frère que m'accorde déjà votre cœur ? Mais non... vous n'osez !... Au lieu de saisir avec empressement l'idée de cimenter cette alliance, vous écoutez les propositions de l'ambassadeur de Ferrare, qui sollicite pour son maître Alphonse d'Est la main de votre belle-sœur mademoiselle Marguerite de Lorraine! Henri, si je ne vous aimais pas avec un dévouement sans égal, si je ne vous portais pas une affection à toute épreuve, je n'aurais jamais poussé la hardiesse jusqu'à vous parler de ce mariage... Je ne suis mû, en cette circonstance, je vous en donne ma parole de gentilhomme, par aucun sentiment de cupidité ou d'ambition...

5

Vous savez, du reste, le peu de cas que je fais des grandeurs et des richesses... Mon seul désir, je vous le répète, est de créer entre vous et moi un lien que l'envie soit impuissante à briser !... Un dernier mot, Henri. Si, oubliant que vous êtes le roi, c'est-à-dire le maître absolu de vos sujets, et craignant les clameurs de la tourbe envieuse de mon élévation, vous repoussez ma prière, je fais le serment solennel, irrévocable, que je me retirerai incontinent et à tout jamais de la cour... Je préfère vous voir attristé de mon départ volontaire que de subir votre indifférence... Je ne crains ni la pauvreté, ni la disgrâce, ni l'abandon... mais la pensée que je puis perdre votre amitié me rend insensé de douleur !...

— Oh ! mon fils bien-aimé, s'écria le roi avec un attendrissement profond, tu as raison ; la mort seule doit nous séparer ! Aujourd'hui même je renverrai l'ambassadeur de Ferrare, et avant un mois tu épouseras la sœur de la reine !

Henri III se leva de dessus sa chaise, et repoussant doucement Camusat, le plus ancien valet de la garde-robe, qui lui présentait en ce moment son pourpoint, il courut vers le jeune seigneur de Joyeuse, le prit par le col et lui donna une chaleureuse embrassade.

<h3 style="text-align:center">XXX</h3>

LE FAVORI

Tandis que cette petite scène intime se passait entre le roi et son favori, Raoul Sforzi, la tête en feu et le cœur violemment agité, descendait de cheval devant les portes du Louvre. La prédiction de Maurevert s'était réalisée : le jeune homme avait reçu la veille l'ordre de se trouver le lendemain au lever de Sa Majesté.

— Cher compagnon, lui avait dit le capitaine, que ceci vous serve de leçon pour l'avenir. N'oubliez jamais que chaque homme a un côté puéril et mesquin par où il est vulnérable. Opposer la force à la force, c'est produire la lutte ; partant de là, s'exposer à une défaite : on ne doit donc en arriver à ce moyen extrême qu'après avoir inutilement cherché le côté faible de son adversaire. Si vous n'aviez eu pour vous que la bonté de votre cause, le roi n'aurait certes jamais daigné vous donner accès auprès de lui ; vous flattez une de ses manies, vous vous servez de l'un de ses ridicules, et c'est alors le roi qui vient de lui-même à vous !

A présent, cher Raoul, permettez-moi, — car réellement vous n'êtes pas bien fort en affaires, — de vous donner un dernier conseil. Quand vous serez en présence de Sa Majesté, ne vous livrez pas à un pathétique exagéré : les rois sont habitués aux discours ; la grande éloquence n'a guère prise sur eux ; ce qu'ils aiment, — car cela leur manque, — ce sont les gens d'un esprit divertissant, les flatteurs adroits qui, sous une apparence de rude franchise, se livrent aux hyperboles les plus outrées de la louange.

Il ne s'agit pas de prouver à Sa Majesté que le marquis de la Tremblais est un abominable mécréant, mais bien que le roi Henri III est l'homme le plus accompli qui soit au monde. Encore un mot : Le roi aime beaucoup la toilette ; que votre costume soit irréprochable. Voici, cher ami, deux cents écus pour vous aider à vous vêtir... Pas de refus !... Que diable ! nous n'en sommes plus aux compliments, aux cérémonies. L'argent qu'un courtisan dépense en velours, toile et drap d'or, passements, guipures et broderies, est de l'argent parfaitement placé... J'ajouterai même, à ce propos, que si vous désirez me signer une reconnaissance de cinq cents écus, je l'accepterai volontiers ! Mon intention, en vous faisant une avance, est seulement de vous obliger. Toutefois, s'il m'est possible de rentrer avec avantages dans mes débours, je vous avoue que cela ne me contrariera nullement. Je serais un sot si, après vous avoir fourni des armes pour combattre, je ne retirais aucun bénéfice de votre triomphe. Et ce triomphe peut avoir lieu...

Lorsque le chevalier Sforzi arriva le lendemain au Louvre, il était donc, grâce à la générosité et aux conseils de Maurevert, d'une extrême élégance.

Au moment où le jeune homme remettait son cheval aux mains des valets de service, Henri III disait à son favori et futur beau-frère le duc de Joyeuse :

— Bien-aimé fils, as-tu songé à envoyer quérir, ainsi que je t'en ai prié, ce gentilhomme qui demande vingt mille écus pour ce délicieux épagneul que j'ai aperçu avant-hier en me rendant à Bel-Esbat ?

— Vous savez bien, Henri, que vos prières sont des ordres pour moi. Ce gentilhomme doit être à l'heure présente dans la salle d'attente !

— Merci, cher d'Arques ! Que penses-tu de cette prétention ! Vingt mille écus pour un épagneul ! Cela est sans exemple ! Toute la nuit dernière, j'ai songé à cet épagneul ! Le fait est, autant que j'ai pu en juger au premier coup-d'œil, qu'il est d'une beauté merveilleuse, cet épagneul ?

— C'est possible, Henri. Ce qui m'indigne, moi, c'est que son maître, connaissant le désir du roi, ne se soit pas empressé de s'y conformer sans condition aucune. Je ne conçois pas qu'un de vos sujets soit assez dénaturé, assez vil pour ne pas saisir avec bonheur et empressement l'occasion de vous être agréable.

— Hélas ! cher fils, les rois sont si rarement aimés...

— Henri ! s'écria le futur duc de Joyeuse d'un ton de doux reproche, il y a ingratitude et injustice de votre part à vous exprimer ainsi. Ne comptez-vous donc pour rien l'incomparable attachement que nous vous portons, Lavalette et moi ? Quel homme, dans toute l'étendue de votre royaume, peut se vanter de posséder de telles amitiés ? Il n'en est pas un !

— Tu as raison, cher d'Arques, à vous deux vous représentez pour moi la France entière. Vraiment je suis curieux de voir l'homme aux vingt mille écus ! Il mérite leçon. Veux-tu que nous le fassions comparaître devant nous ?

— Volontiers, Henri.

Le roi donna aussitôt ses ordres à un des valets de sa chambre, et peu après le chevalier Sforzi apparut à la porte du cabinet de Sa Majesté.

La démarche que tentait le jeune homme était si grave, elle devait peser d'un poids si grand sur son avenir, qu'au premier moment il perdit tout son sang-froid, toute sa présence d'esprit.

Si le roi l'avait interrogé brusquement dès le premier des trois saluts de rigueur qu'il fit en entrant, il eût été incapable de répondre ; toutefois, son embarras ne dura pas : la pensée de Diane rendit bientôt au jeune homme toute son énergie.

Après avoir accompli ses trois profonds saluts, il s'arrêta à cinq ou six pas de la chaire où se tenait le roi, et attendit dans une attitude respectueuse et recueillie que Sa Majesté voulût bien lui adresser la parole.

Quant au jeune d'Arques, quoiqu'il fût d'ordinaire d'une humeur joyeuse et bienveillante, la vue de Raoul parut lui causer une impression désagréable. Il le fixa d'un air hautain, et d'une voix brève et impérieuse :

— C'est donc vous, monsieur, lui dit-il, qui osez marchander avec les désirs de Sa Majesté ? Par notre Seigneur Jésus ! je trouve votre conduite singulièrement déplacée... Vous êtes sans doute, malgré le costume de gentilhomme que vous portez, un fils d'artisan ou de petit procureur... Tâchez d'expliquer l'irrévérence de votre conduite. Sa Majesté consent à vous écouter.

A mesure que le duc de Joyeuse parlait, la pâleur de Raoul, causée par l'émotion qu'il avait éprouvée en pénétrant dans la chambre du roi, disparaissait sous une vive rougeur.

Toutefois, lorsque le seigneur d'Arques se tut, Sforzi continua de garder le silence.

— Eh bien ! reprit durement le favori, ne m'avez-vous point entendu ?

Sforzi se mordit jusqu'au sang la lèvre supérieure, un éclair d'indignation illumina son regard, mais il continua de rester muet et immobile.

Henri III prit la parole.

— Ne voyez-vous point, monsieur, dit-il, que mon bien-aimé frère le duc de Joyeuse s'impatiente ? pourquoi ne répondez-vous pas aux questions qu'il daigne vous adresser ?

— Sire, dit Sforzi, que Votre Majesté veuille bien me pardonner mon ignorance des usages de la cour de France! Je croyais, tant est grand et immense mon respect pour la royauté, que personne n'avait le droit d'élever la voix devant le roi, avant d'y avoir été convié et autorisé par Sa Majesté elle-même!

— Votre instinct ne vous trompait pas, monsieur, dit Henri III, tel est, en effet, l'usage.

Le duc de Joyeuse ne put retenir un geste de colère, et le roi, qui d'abord s'était exprimé d'un ton bref, reprit avec douceur et en regardant fixement Sforzi :

— Monsieur, comment concilier ce respect immense que vous prétendez éprouver pour la royauté, avec vos prétentions exorbitantes? Les vingt mille écus que vous demandez pour prix de votre épagneul n'équivalent-ils pas à un refus formel de votre part?

— Sire, répondit le jeune homme, mes intentions ont été dénaturées d'une malheureuse manière. J'ai dit, je le confesse, que quoique pauvre, je ne céderais pas mon épagneul Phœbus pour vingt mille écus, mais j'ai ajouté que je mettais bien au-dessus de cette somme le bonheur d'approcher de Votre Majesté!

— Ainsi, dit Henri III, à présent que vous avez été reçu par nous, vous ne réclamez plus rien pour le prix de votre épagneul? vous vous déclarez satisfait?

— Sire, répondit Raoul en s'inclinant, le souvenir de l'honneur que je reçois aujourd'hui, et qui me serait bien plus précieux encore si Votre Majesté m'avait appelé auprès d'elle pour me demander d'exposer ma vie à son service, ce souvenir remplira de joie mon existence entière.

Henri III observa plus sérieusement Sforzi qu'il ne l'avait fait jusqu'alors, et après un léger silence :

— Vos sentiments, monsieur, lui dit-il, sont ceux d'un bon et loyal sujet; quel est votre nom?

— Le chevalier Sforzi.

— Quel âge avez-vous?

— Vingt-quatre ans, Sire.

— Quatre ans de moins que toi, bien-aimé frère, reprit Henri III en se retournant vers le duc de Joyeuse. Comme le temps passe rapide, mon Dieu! lorsque je te vis pour la première fois, tu étais de l'âge du chevalier; eh bien, il me semble que cela date d'hier! Pourtant, en te considérant avec attention, je reconnais que tu as vieilli.

Le roi fit une nouvelle pause, et, sans remarquer les signes d'impatience que donnait son favori, il reprit en s'adressant à Raoul :

— Chevalier, il serait difficile de rencontrer dans toute la cour un gentilhomme de meilleure mine que vous. Seulement, je devine à votre teint brûlé par le soleil, à certains détails de votre toilette, que vous n'appréciez pas comme vous le devriez les avantages dont vous a doué la nature... Je m'intéresse beaucoup au bonheur de nos dames, et je tiens à ce que nos gentilshommes éclipsent en beauté et en élégance tous leurs rivaux des cours étrangères. Vous irez aujourd'hui même trouver mon lavandier, et vous lui demanderez en mon nom de vous fournir les poudres, essences et parfums destinés à notre personne. Je vous recommande particulièrement le savon de Castres. Son usage produit un merveilleux effet. Chevalier Sforzi, n'avez-vous aucune requête à nous adresser?

Le cœur de Raoul battit avec violence. Le moment si ardemment souhaité d'obtenir justice du marquis de la Tremblais était donc enfin venu.

Il se disposait à répondre, lorsque le duc de Joyeuse, dont l'impatience devenait de plus en plus bruyante, se leva de dessus son fauteuil, et s'adressant au roi :

— Sire, s'écria-t-il, je vous ferai observer qu'il est déjà près de six heures, et que, contrairement à l'étiquette de la cour et à l'ordonnance de votre médecin, vous n'avez encore fait demander ni votre bouillon, — car c'est aujourd'hui jour de chair, — ni votre vin. Il me semble que vous pourriez remettre à plus tard la fin de cet intéressant entretien avec M. Sforzi... Jour de Dieu! si vos amis ne prenaient soin de votre santé, vous changeriez en peu de temps à n'être plus reconnaissable. Et tenez, l'infraction commise ce matin à vos

habitudes porte déjà ses fruits... La fraîcheur si éclatante tout à l'heure de votre teint a complètement disparu! Vous m'accusiez naguère de vieillir, tudieu! examinez-vous dans un miroir et vous reconnaîtrez la justesse du dicton : Tel voit une paille dans l'œil de son voisin qui n'aperçoit pas une poutre dans le sien!...

— Ne te fâche pas, mon fils, dit Henri III, tout en saisissant vivement un miroir dans lequel il se mit à se regarder, je reconnais mes torts. Chevalier Sforzi, vous donnerez votre adresse à l'un de mes gentilshommes de service : je vous reverrai bientôt. Que Dieu vous ait en sa sainte garde! je vous recommande particulièrement le savon de Castres! Bien-aimé Joyeuse, fais avertir les deux gentilshommes de la chambre, mon médecin et l'officier du gobelet, qu'ils peuvent apporter le vin et le bouillon. Qu'on laisse entrer les princes, cardinaux, officiers de la couronne et secrétaires d'État. En effet, j'ai trop causé étant à jeun. Chevalier Sforzi, au revoir.

Au regard moqueur que le duc de Joyeuse lui adressa, Raoul comprit qu'il ne reverrait plus jamais le roi. Ce fut donc le cœur gros de désespoir et de colère qu'il s'éloigna du cabinet de Sa Majesté.

XXXI

DE CHARYBDE EN SCYLLA

Un phénomène physique et moral, qui se reproduit toujours d'une façon invariable, veut que la trop grande violence d'un coup laisse sur le moment insensible à la douleur celui qui le reçoit.

Ce fut seulement après avoir traversé les vastes appartements du Louvre que le chevalier Sforzi commença à se rendre compte de l'étendue de son malheur, à comprendre qu'il n'avait plus rien à attendre de la protection ou de l'appui du roi!

Une réaction complète s'opéra aussitôt dans son esprit : son indomptable énergie fit place à une prostration totale de ses facultés. Les pensées les plus extravagantes, les résolutions les plus lâches traversèrent son cerveau. Il eut l'idée de retourner en Auvergne, de se jeter aux pieds du marquis de la Tremblais, d'embrasser ses genoux, de lui demander grâce pour Diane.

Une sueur froide perlait sur le front de l'infortuné jeune homme, ses jambes pliaient sous le poids de son corps : il était fou de désespoir.

Incapable de poursuivre son chemin, il s'appuya sur la balustrade d'un balcon, et resta près d'une demi-heure comme anéanti.

Peu à peu l'air frais du matin le remit de son émotion, et lui rendit, avec la conscience de la réalité, le sentiment de sa valeur personnelle. Son juste orgueil s'indigna de l'accès de faiblesse qu'il venait d'éprouver : il eut honte de lui-même.

— Suis-je donc un enfant ou une femme, pour me laisser abattre ainsi? se dit-il, non, non, je ne reculerai pas! Si M. d'Arques se place entre le roi et moi, il me reste mon épée. Sa Majesté aime les vaillantes lames. M. le duc de Joyeuse n'est pas immortel... de son cadavre, je ferai un marchepied pour arriver jusqu'au trône... Race maudite que celle des courtisans!... Vivre dans l'intimité du roi, pouvoir lui inspirer de généreuses résolutions, de grands desseins, et au lieu de cela, passer son temps à parler de modes, à deviser sur les petits scandales de la cour!... Ridicules et efféminés mignons, qui, semblables au lierre s'attachant au chêne, étouffez sous des nœuds de rubans, sous des monceaux de guipure, la vigueur de la royauté! malheur à celui de vous qui se trouvera sur mon passage! Après tout, pourquoi me désoler? Je n'ai point encore perdu la partie... L'accueil que m'a fait Sa Majesté a dépassé en bienveillance et en bonté mes plus ambitieuses espérances... Lorsque les d'Arques et les Lavalette arrivèrent à la cour, ils étaient aussi inconnus, aussi obscurs que je le suis moi-même. Eh bien, aujourd'hui les seigneurs les plus hauts à la main redoutent leur crédit et s'inclinent devant leur puissance... Pourquoi ne parviendrais-je pas, moi aussi!

Après ces réflexions qui calmèrent un peu son désespoir, Sforzi abandonna le balcon et descendit dans la cour du Louvre, où l'attendait son cheval : d'un bond il se mit en selle.

Il longeait le Louvre lorsqu'il vit déboucher, à une cinquantaine de pas devant lui, une nombreuse et brillante cavalcade composée de gentilshommes ; par un mouvement instinctif, il rangea son cheval contre la muraille. Or, cette manœuvre que Raoul exécutait machinalement, sans aucune arrière-pensée, avait une extrême portée : elle lui faisait prendre le haut du pavé.

— Mordieu ! messieurs, s'écria en s'adressant à ses compagnons un jeune homme âgé d'environ vingt-huit ans, qui tenait la tête de la cavalcade, il parait qu'il y a deux rois en France ? Car je ne reconnais à personne dans le royaume, si ce n'est à Sa Majesté, ou à M. le duc d'Anjou, ou à messeigneurs de Guise, tous en ce moment absents, le droit de prendre ainsi le pas sur moi !

— A moins que ce ne soit le redouté seigneur Bussy d'Amboise sorti de sa tombe, dit en riant un des gentilshommes.

Le jeune homme que les prétentions involontaires de Sforzi choquaient si fort prit assez mal cette plaisanterie.

— Monsieur, dit-il froidement à l'interrupteur, le seigneur de Bussy savait que mon épée ne le cédait en rien à la sienne ; aussi quoique nous fussions ennemis, et qu'il eût annoncé à plusieurs reprises l'intention de me chercher querelle, est-il toujours resté vis-à-vis de moi dans les termes d'une exquise politesse.

Un imperceptible sourire d'incrédulité passa rapide et moqueur sur les lèvres du courtisan, qui toutefois se garda bien de continuer la discussion.

Le jeune homme qui se vantait d'avoir fait reculer le plus dangereux duelliste de l'époque, le brave seigneur de Bussy, pouvait avoir, avons-nous dit, vingt-huit ans ; son visage, malgré la délicatesse de ses traits efféminés, présentait une remarquable expression de froideur, d'orgueil et d'arrogance. Son costume était d'une somptuosité sans égale ; son justaucorps pointu, serré à la taille et entouré de petites basques, était de drap d'or ; ses chausses étroites, accompagnées d'une trousse assez courte, avaient été taillées dans une merveilleuse pièce de soie ; son manteau court, arrivant à mi-cuisse, et du plus beau velours, était brodé d'or et parsemé de pierreries fines.

De dessous ce manteau sortait le grand cordon de l'ordre, alors tout récent, du Saint-Esprit ; enfin une fraise *goudronnée*, d'une ampleur extraordinaire, et une toque de velours entourée d'une torsade de perles d'un prix inestimable, complétaient cette luxueuse toilette.

Toutefois, au débraillé qui régnait dans ce somptueux costume, il était facile de deviner que ce costume était plutôt pour celui qui le portait une exigence de sa position à la cour, qu'une conséquence de son goût pour la parure.

De Sforzi, absorbé dans ses réflexions, attendait pour continuer son chemin, que la cavalcade fût passée, lorsqu'une grossière interpellation vint éveiller son attention.

— Place, manant ! criait une voix dure et brève. Vous obstruez le passage : allons, rangez-vous de côté !

La pensée que ces paroles lui étaient adressées vint si peu à Sforzi, qu'il se retourna pour voir quelle était la personne si brutalement apostrophée.

La route longeant le Louvre était complètement déserte.

Raoul tressaillit. C'était donc lui que l'on traitait d'une façon si méprisante.

Son incertitude ne fut pas de longue durée ; une seconde interpellation, non moins énergique que la première, y mit bientôt fin.

Le jeune homme décoré du cordon du Saint-Esprit, éperonnant son cheval, s'était élancé vers Sforzi, et, accompagnant son ordre d'un impérieux geste de tête :

— Ne m'avez-vous point entendu ? reprit-il. Allons, dépêchez-vous de prendre le bas côté du pavé, ou, mordioux ! je vous envoie, en compagnie de votre bidet, rouler dans la poussière !

Provoquer Sforzi lorsqu'il se trouvait dans un état normal, c'était s'exposer à un imminent danger ; mais venir l'insulter gratuitement, au moment où toutes ses passions étaient en jeu, c'était courir à une mort à peu près certaine.

— Monsieur, dit Raoul avec cet effrayant sang-froid que donne la colère poussée à ses dernières limites, est-ce bien à moi que vous parlez ?

Pour toute réponse, le jeune homme leva d'un air dédaigneux et menaçant une houssine dont il était armé.

— Sang et carnage ! s'écria Raoul, votre dernière heure est sonnée !

Alors, déchirant de l'éperon les flancs de son cheval, qui bondit de douleur, Sforzi dégaina son épée et s'élança sur son adversaire.

L'action du chevalier avait été si prompte, que le jeune homme au luxueux costume eut à peine le temps de sortir un pistolet de ses fontes et de faire feu. La précipitation avec laquelle il tira ce coup à bout portant sauva Sforzi ; la balle coupa seulement l'aigrette de sa toque.

— A moi, messieurs ! s'écria le courtisan en se retournant vers la cavalcade, à mon aide ! à mon secours ! on m'assassine !

— Non pas, mais on te châtie, lui dit Raoul, qui du revers de son épée le frappa au visage.

Un témoin de cette scène, dont la durée ne dépassa pas une dizaine de secondes, aurait remarqué qu'à l'action de Sforzi les compagnons de son adversaire montrèrent plus de joie et d'étonnement que de colère.

Néanmoins ils n'hésitèrent pas à courir au secours de ce dernier : vingt épées brillèrent au soleil.

Se défendre contre des forces si supérieures n'était pas chose possible. Le chevalier prit promptement et bravement son parti.

Il repoussa son épée dans le fourreau, laissa tomber la bride sur le col de son cheval, se croisa les bras, et contemplant ses ennemis sans sourciller :

— Messieurs ! s'écria-t-il, si vous êtes des coupe-jarrets, laissez-moi au moins recommander mon âme à Dieu. Je n'essaierai pas de fuir... Si vous êtes des gentilshommes, ne vous déshonorez pas par un lâche et odieux assassinat. Vous êtes vingt, je suis seul.

Ces paroles dites avec autant de fermeté que de dignité continrent la troupe des courtisans.

— Messieurs, reprit vivement Raoul, je vois que j'ai affaire à des gentilshommes. La noblesse a été insultée dans ma personne ; qui, parmi vous, veut bien me servir de second ?...

Personne ne répondit. Toutefois, à l'air contraint, embarrassé des gentilshommes, on comprenait que ce silence leur coûtait, et que tous, s'ils n'avaient été retenus par une considération puissante, auraient répondu avec empressement à l'appel de Raoul.

Ce fut l'adversaire de Sforzi qui reprit le premier la parole.

— Monsieur, s'écria-t-il d'une voix étranglée par la colère, remerciez Dieu que notre rencontre ait eu lieu devant le Louvre. Un sujet loyal et respectueux ne peut se battre pour ainsi dire sous les yeux de son roi... Ma vengeance ne perdra rien pour attendre, je saurai vous retrouver dans un endroit plus convenable. Votre nom, je vous prie !

— Monsieur, répondit Raoul en étendant le bras dans la direction du Louvre, je comprendrais mieux vos scrupules et votre délicatesse, si je n'apercevais d'ici, sur les murailles de la demeure de Sa Majesté, la marque laissée par la balle de votre pistolet. N'importe, je consens à admettre que vous avez cédé à un mouvement irréfléchi de fureur, et que votre intention est de me revoir. Je m'appelle le chevalier Raoul Sforzi, je demeure à l'hôtellerie de la *Corne-de-Cerf*, rue des Tournelles. Et vous, monsieur, qui êtes-vous ?

Le jeune homme décoré du grand cordon du Saint-Esprit hésita : bientôt un méchant sourire contracta sa bouche ; puis, d'une voix dont l'expression indéfinissable tenait le milieu entre la raillerie et la menace :

— Moi, monsieur, dit-il, l'on m'appelle le vicomte de Lavalette, ou, si vous le préférez, le duc d'Epernon. Je suis assez connu à la cour pour que vous me retrouviez sans peine.

Le favori de Henri III regarda du coin de l'œil Sforzi pour jouir du foudroyant effet que cette révélation devait produire sur lui : son attente fut grandement trompée.

Raoul, en apprenant qu'il se trouvait en présence de l'un

des mignons de Henri III, vit dans cette rencontre le doigt de la Providence, et poussant un cri de joie sauvage :

— Ah ! c'est vous qui êtes le duc d'Épernon !... s'écria-t-il. C'est votre mauvaise étoile qui vous a placé sur mon chemin : j'ai une double revanche à prendre sur votre personne... Revanche de l'insulte personnelle que vous m'avez faite, revanche de la conduite impertinente que votre compagnon, le duc de Joyeuse, a tenue envers moi. Allons, monsieur le duc, pied à terre ! Si vous êtes victorieux, Sa Majesté donnera des louanges à votre valeur; si vous succombez, des larmes à votre mémoire. Dans l'un comme dans l'autre cas, l'impunité vous est assurée. Pied à terre ! vous dis-je, et terminons notre différend.

A la voix frémissante, à l'éclat du regard, à la contraction des sourcils de son adversaire, le duc d'Épernon sentit que s'il acceptait la provocation immédiate de Sforzi, c'en était fait de lui.

Sous l'obsession d'une sinistre pensée, il devint d'une pâleur livide : sa main se porta doucement vers les fontes de ses pistolets.

M. le duc d'Épernon, qui, l'année précédente, avait eu le bonheur d'être blessé à ce siège de la Fère qui dévora tant de gentilshommes, et où le jeune d'Arques, devenu depuis peu duc de Joyeuse, perdit sept dents, M. le duc d'Épernon n'aimait point à figurer, comme acteur, dans un duel. Doué d'un esprit positif, clairvoyant et ambitieux, et bien différent des Quélus, des Maugiron et des Joyeuse, qui tous fougueux, brouillons, hardis, tiraient sous le moindre prétexte l'épée hors du fourreau, et d'une partie d'honneur faisaient une partie de plaisir, il avait toujours mis grand soin à éviter le plus possible les rencontres singulières !... Aussi beaucoup de courtisans doutaient-ils de son courage.

Le roi seul, aveuglé par l'attachement sans bornes qu'il portait à son favori, le croyait d'une bravoure et d'une témérité à toute épreuve; il est vrai que d'Épernon, sous le regard du roi, se montrait d'une rare audace. Henri III, au souvenir de la fin tragique de ses bien-aimés de Quélus et de Maugiron, s'empressait alors d'interposer son autorité, et les larmes aux yeux, il suppliait le fougueux d'Épernon de modérer ses transports !

Chaque duel que d'Épernon sacrifiait à son amour pour le roi lui valait une nouvelle faveur.

Or, comme la fortune de d'Épernon avait pris un essor inouï, on peut juger du nombre considérable des affaires d'honneur qu'il avait évitées.

— Eh bien ! monsieur, reprit Sforzi d'une voix railleuse, vous êtes-vous enfin mis d'accord avec votre courage ?

Le duc d'Épernon sortit tout doucement à moitié son pistolet de la fonte, et s'adressant à Raoul, soit pour distraire son attention, soit pour le pousser à une nouvelle agression qui motivât une prompte répression :

— Monsieur, lui dit-il, je ne puis, quelle qu'en soit mon envie, compromettre ma dignité avec le premier venu. Il existe des lois pour châtier les insolences de vos pareils, peut-être bien aurai-je recours à la sévérité de ces lois.

A cette réponse arrogante, Raoul sentit un nuage de sang passer devant ses yeux. Cependant, ne voulant point gâter par son emportement la bonté de sa cause, il parvint à se contenir.

— Monsieur, dit-il, Sa Majesté, en daignant admettre dans son intimité le jeune Caumont, que l'on prétendait n'être point gentilhomme, vous a donné un bel exemple d'humilité à suivre. Je ne vois pas en quoi M. Caumont, devenu le duc d'Épernon, ternirait sa gloire en acceptant le défi du chevalier Sforzi. Monsieur, ma patience est à bout; ne me contraignez point, en me refusant une juste réparation, à des violences que je regretterais à coup sûr plus tard, mais dont vous commencerez par être la victime !

— Vous menacez, je crois ! s'écria d'Epernon.

Sforzi allait répondre, lorsqu'une voix d'un timbre mordant et charmant tout à la fois retentit près de lui, et arrêta la parole sur ses lèvres.

Cette voix partait de l'intérieur d'un coche qui depuis un instant s'était arrêté à quelques pas du lieu où se passait cette scène de violence.

— Monsieur le chevalier, disait la voix, tenez-vous sur vos gardes. Il faut toujours se méfier de M. le duc lorsqu'il caresse, et, en ce moment, M. d'Epernon caresse la crosse de son pistolet. Ne vous opiniâtrez pas à obtenir une réparation impossible; conservez-vous pour l'avenir. Chevalier, éloignez-vous au plus vite. J'ai admiré votre valeur et votre juste fierté. M. le duc est déjà mon ennemi; je me ferai un véritable plaisir de mêler mes intérêts aux vôtres ! Vous devez voir à mon langage que je redoute très peu la colère de M. Caumont. Ne pensez-vous pas, cher duc, que mon appui sera extrêmement utile à M. Sforzi ?

— Madame, s'écria d'Epernon avec cette hauteur que personne ne poussait aussi loin que lui, et qui lui valait tant d'inimitiés à la cour, votre intervention ne fait que me confirmer dans l'opinion où j'ai toujours été, que vous ramassez, sans vergogne, des amants dans tous les rangs de la société ! La tournure de ce Sforzi vous plaît, voilà tout... Au revoir, madame, c'est moi qui vous le dis, nous nous retrouverons.

Le duc d'Epernon rendit la bride à son cheval, et s'éloigna aussitôt, suivi de son cortège de gentilshommes.

Raoul, stupéfait du brusque dénoûment de son aventure, se disposait à remercier la dame inconnue, lorsqu'elle l'arrêta par un geste.

— Monsieur, lui dit-elle avec hauteur, je sais votre nom et votre adresse, je vous avertirai lorsque j'aurai besoin de vous.

Sforzi, immobile sur son cheval, suivit longtemps des yeux le lourd véhicule; il remarqua que plusieurs pages se tenaient aux portières et qu'il était accompagné d'une escorte considérable de gentilshommes.

Ce ne fut qu'après l'avoir perdu de vue qu'il se remit en route.

— Quelle peut être cette femme? se demandait-il; comme ses beaux cheveux blonds et ses admirables yeux bleus s'harmonisent bien avec l'éclatante blancheur de son teint ! que d'audace et de noblesse sur son front ! que de flammes dans son regard ! Tout, jusqu'à ses moindres mouvements, décèle en elle une illustre origine ! Cette femme semble être faite pour porter la couronne ! La reverrai-je? se souviendra-t-elle de moi ?

Pendant le reste du trajet, le jeune homme ne songea qu'à l'inconnue : la pensée de Diane ne se présenta pas une fois à son esprit!

En arrivant à l'hôtellerie de la *Corne-de-Cerf*, Sforzi aperçut le capitaine de Maurevert qui l'attendait debout sur le seuil de la porte.

— Eh bien ! lui demanda l'aventurier, le roi vous a-t-il complimenté sur votre bonne mine?

Sforzi prit le géant par le bras et l'entraînant dans son appartement, lui conta tout au long l'emploi de sa matinée.

— Mille légions de diables ! s'écria le capitaine, voilà un pitoyable début ! Se faire dans la même heure deux ennemis de messieurs de Joyeuse et d'Epernon, c'est n'avoir pas de chance ! La rencontre de la belle blonde compense, il est vrai, jusqu'à un certain point, vos déboires du Louvre. Il y a peu de femmes, à Paris, qui possèdent un coche. Ce doit être une grande dame ! il s'agit maintenant d'utiliser promptement, et avant qu'elle soit fanée, votre belle toilette ! Qui sait !... Du moment que le roi vous a conseillé l'usage du savon de Castres, et autorisé à vous adresser à son lavandier, c'est signe que vous lui avez plu. On verra !... on verra !...

De Maurevert allait poursuivre, lorsqu'à un coup discrètement frappé à la porte de sa chambre, il s'interrompit pour crier d'entrer. L'aubergiste de la *Corne-de-Cerf* se présenta.

— Monsieur, dit-il en s'adressant à Raoul, voici une missive qu'un valet vient d'apporter pour vous, en recommandant qu'elle vous soit remise en mains propres.

Le chevalier décacheta la lettre, et après y avoir jeté les yeux :

— Ah ! dit-il, c'est la maîtresse de Phœbus qui veut bien m'annoncer qu'elle me recevra aujourd'hui, chez elle, vers les deux heures de l'après-midi.

— Par Cupidon ! j'en suis ravi ! s'écria de Maurevert. A propos, cher Raoul, cette dame vous parle-t-elle, dans sa lettre, de la reconnaissance qu'elle vous doit ?

— Certes, capitaine.

— Allons, voilà qui va bien ! on sait ce que signifie le mot reconnaissance dans la bouche d'une femme parlant à un jeune et joli garçon ! Définitivement, je suis charmé que vous vous soyez nippé à neuf. Je ne saurais trop vous le répéter, Raoul, les rendez-vous sont plus productifs que les duels. Je regrette à présent de ne pas vous avoir demandé une reconnaissance de mille écus ! Enfin, ce qui est fait est fait... N'importe, si jamais j'équipe encore de pied en cap un jeune damoiseau, je me montrerai plus exigeant et plus précautionneux que je ne l'ai été avec vous.

Raoul garda le silence : de tout le discours du capitaine il n'avait pas entendu un mot ; il pensait à la belle dame aux cheveux blonds qui était venue si à propos pour le sauver de la trahison du duc d'Epernon.

XXXII

LE REPENTIR DE MADELEINE

Peut-être s'étonnera-t-on de voir le chevalier Sforzi distrait de son amour pour Diane par la simple rencontre d'une inconnue. La passion que Raoul éprouvait pour la demoiselle d'Erlanges était certes profonde, ardente. Il lui aurait sacrifié sans hésiter, avec bonheur même, la réalisation de ses rêves ambitieux. Il aurait certes préféré vivre avec Diane dans une humble obscurité, dans une paisible médiocrité, que de jouir loin d'elle d'une existence fastueuse, d'une position élevée ! Et pourtant, à la pensée qu'il reverrait peut-être cette belle blonde dont la voix si mordante et si perlée retentissait encore à ses oreilles, tout son corps frémissait !

Hélas ! c'est que l'esprit humain comporte rarement un sentiment entier ; dominé par la chaleur du sang, par la violence des émotions physiques, il présente, même chez les natures d'élite, un côté éminemment mesquin et vulnérable !... L'on serait effrayé et attristé si l'on connaissait la fragilité de certaines constances mémorables et devenues historiques.

Et puis, ainsi que l'avait avoué Sforzi au capitaine Maurevert lors de leur séjour à Tauve, il y avait en lui une sève de jeunesse qui l'effrayait ! Il ressentait parfois un besoin de luxe et de richesse, une soif de plaisirs, une fièvre d'activité vraiment intolérables !

Toujours est-il que depuis une heure qu'il était de retour, le chevalier, absorbé dans ses pensées, n'avait pas prononcé une seule parole.

La voix de Maurevert l'arracha enfin à ses pensées :

— Cher ami, lui dit l'aventurier, vous me voyez d'une rare inquiétude au sujet de votre rendez-vous.

— Quel rendez-vous, capitaine ?

— Comment, quel rendez-vous ? Plaisante question ! Votre esprit chevauche-t-il donc à ce point à travers les champs de l'imagination, que vous ayez oublié qu'à deux heures de l'après-midi vous êtes attendu par l'ancienne maîtresse de Phœbus.

— C'est vrai, capitaine ! je n'y songeais plus.

— Vous n'y songiez plus. Parbleu ! et moi qui m'inquiétais parce que je vous croyais trop épris ! Cher ami, l'indifférence nous est aussi nuisible que la passion. Ce que je vous demande, c'est que, sans vous énamourer follement de l'ancienne maîtresse de Phœbus, vous éprouviez un raisonnable enthousiasme pour sa beauté !... Si des protestations exagérées de dévouement et de tendresse ne valent rien auprès des femmes, car, se tenant assurées de leur empire, elles ne font alors aucun sacrifice pour vous retenir, il est également imprudent de leur montrer une froideur trop grande, et de nature à les décourager ! Cher Raoul, si vous suivez mes conseils, je vous prédis une brillante fortune, d'éclatants succès !...

— Capitaine, répondit Sforzi en souriant, j'ai bien peur que vous ne perdiez votre temps avec moi. J'aime mademoiselle d'Erlanges de toutes les forces de mon âme ; mais si j'étais jamais assez vil pour manquer à la foi jurée, ce serait

certes, sans aucun profit pour mon avenir. L'homme qui tire parti, au point de vue de son ambition ou de sa cupidité, de l'attachement qu'une femme lui porte, est, selon moi, un misérable, non-seulement indigne de l'estime des honnêtes gens, mais dont la conduite mérite encore d'être publiquement flétrie.

— Par les charmes de noble dame Vénus ! s'écria de Maurevert, d'un air désappointé, je ne me serais jamais attendu, cher compagnon, à tant d'ingratitude et de naïveté de votre part !... Pourquoi, si vos sentiments sont tels, m'avez-vous souscrit une reconnaissance de cinq cents écus ! Ignorez-vous donc que la plupart, pour ne pas dire la totalité des seigneurs d'aujourd'hui, tirent grand honneur et profits des extravagances que commettent pour eux les femmes. Voulez-vous vous singulariser par votre sauvagerie ?

— Capitaine, dit Raoul d'un ton sérieux, vous m'obligeriez infiniment en cessant cette discussion. J'ai le malheur d'être fort têtu dans mes opinions !

De Maurevert haussa les épaules d'un air dépité et garda le silence.

Cependant, dix minutes avant que ne sonnât l'heure du rendez-vous donné au chevalier Sforzi, l'aventurier se rapprocha du jeune homme, et lui dit avec affabilité :

— Raoul, ce n'est point convenable de faire attendre une femme. Il est temps de partir.

Sforzi, une seconde fois tiré de sa rêverie, arrangea à la hâte sa toilette et sortit en promettant au capitaine d'être de retour pour souper.

— Bah ! se dit de Maurevert dès qu'il fut seul, ce cher Raoul a peut-être, dans son inexpérience du monde, pris à son insu le meilleur chemin. Les femmes sont douées d'un tel esprit de contradiction, qu'il suffit parfois de refuser leurs présents pour qu'elles s'obstinent à vous en accabler. Moi, ce qui m'a toujours perdu auprès d'elles, ça a été de demander trop tôt et trop haut des gages d'amour, tels que chaines d'or, joyaux précieux, perles fines...

Raoul atteignit bientôt la maison habitée par la maîtresse de l'épagneul : cette maison solitaire, à moitié ensevelie sous les épais ombrages d'un vaste jardin, et close de toutes parts par de hautes murailles, présentait un aspect triste et sévère.

Au premier coup de heurtoir, la porte s'ouvrit : évidemment le jeune homme était attendu.

Ce fut un vieux serviteur qui le reçut et lui servit de guide.

Raoul, après avoir gravi les marches d'un perron, pénétra dans l'intérieur de la maison.

Le serviteur ouvrit à deux battants une grande porte, annonça : Monsieur le chevalier Sforzi ! et s'éloigna tout aussitôt.

La maîtresse de la maison était assise dans un vaste fauteuil. Elle se leva, salua le jeune homme et lui indiqua un siège.

Les arbres plantés devant la maison interceptaient tellement la clarté du jour, que Raoul ne distingua d'abord que confusément les objets qui l'environnaient. Ce ne fut qu'après s'être habitué à cette demi-obscurité, qu'il put se rendre un compte exact de l'endroit où il se trouvait. C'était un oratoire.

Un énorme Christ en chêne, suspendu à la muraille, un bénitier de marbre merveilleusement sculpté et soutenu par un groupe d'anges, un prie-Dieu massif et deux fauteuils, composaient tout le mobilier de cette sombre retraite.

Quant à l'inconnue, elle présentait, dans toute sa personne, un cachet de mélancolie, de grâce et de distinction si remarquables, que Raoul se sentit soudainement pris pour elle d'une tendre et respectueuse amitié.

Elle était d'une incontestable beauté ; mais l'air de tristesse douce et résignée répandu sur son visage, au lieu d'appeler l'admiration, éveillait la sympathie.

— Monsieur Sforzi, dit-elle d'une voix mélodieuse, si j'ai hésité avant de vous recevoir, n'en accusez pas ma reconnaissance ! Je vis tellement éloignée du monde, dans une retraite si absolue, que donner accès auprès de moi à un étranger constitue un grave événement dans mon existence !... Acceptez aujourd'hui, je vous prie, tous mes remerciments pour l'appui que vous m'avez si bravement, si généreusement prêté !...

— Madame, répondit Raoul, je serais désolé que vous pussiez attribuer à la curiosité une question que je vous demanderai la permission de vous adresser. Le guet-apens dont vous avez failli être victime ne me semble pas devoir être mis sur le compte du hasard ; je l'attribue à une haine ou à une vengeance ! Ne comptez-vous pas prendre des précautions pour l'avenir ?

— Je vous remercie de cette marque d'intérêt, chevalier. Oui, j'ai des ennemis puissants, acharnés à ma perte. Quant à me prémunir contre leurs mauvais desseins, je n'y songe pas, ma vie est entre les mains de Dieu. Béni sera le jour où, dans sa bonté infinie, il daignera y mettre un terme !

Ces paroles causèrent à Raoul une douloureuse émotion.

— Madame, reprit-il, j'ai vu souvent, quoique jeune encore, des gens qui le matin appelaient la mort à grands cris, et le soir se trouvaient au comble de la félicité... Peu de chagrins résistent à l'action du temps... Le souvenir d'un être adoré descendu à la fleur de l'âge dans la tombe ne se change-t-il pas à la longue en une tristesse pleine de douceurs et de charmes ? Quand on croit au ciel, madame, il n'est pas permis de se désoler sur la terre.

— Hélas ! chevalier, dit l'inconnue en soupirant, lorsque le souvenir s'appelle remords, le temps ne peut l'affaiblir !

— Remords ! dites-vous. Ce mot s'appliquant à votre personne me paraît, madame, sans signification aucune !

— Vous vous trompez, monsieur ; c'est le remords qui me tue.

A cet aveu qui ressemblait à un cri parti du cœur, Raoul tressaillit ; un pénible et assez long silence régna dans l'oratoire.

— Monsieur, dit tout à coup l'inconnue d'une voix pleine de sanglots, je me nomme mademoiselle d'Assy.

Raoul s'inclina poliment : ce nom ne lui apprenait rien.

— Quoi, monsieur ! s'écria l'inconnue ou mademoiselle d'Assy, votre regard ne fuit pas le mien ? Vous ne vous éloignez pas de moi avec horreur ? Ah ! c'est me montrer trop de générosité ou trop d'indulgence.

— Madame, répondit Raoul de plus en plus étonné, vous me confesseriez avoir commis un crime, que je ne vous croirais pas. Il y a en vous un parfum d'honnêteté et de vertu auquel on ne saurait se méprendre. Vous êtes digne de tous les respects, de tous les hommages.

Mademoiselle d'Assy leva les yeux vers le Christ suspendu à la muraille, et d'une voix pleine de ferveur :

— Oh ! merci, mon Dieu, s'écria-t-elle ; que vous êtes bon, que vous êtes miséricordieux !... Vous avez bien voulu préserver mon nom de l'ignominieuse célébrité qu'il mérite !... Encore une fois, ô mon Dieu ! soyez béni !

Mademoiselle d'Assy fit une nouvelle pause.

Raoul, malgré sa vive curiosité, respecta le recueillement de mademoiselle d'Assy.

En ce moment la porte s'ouvrit et une charmante petite fille, à peine âgée de cinq ans, à la chevelure blonde et bouclée, à la physionomie vive et spirituelle, entra en folâtrant dans l'oratoire, courut vers mademoiselle d'Assy, sauta sur ses genoux, et passant ses petits bras autour de son col :

— Tu m'avais promis de ne plus pleurer, maman, tu m'as trompée, pourquoi pleures-tu ?

Mademoiselle d'Assy sourit à travers ses larmes à sa fille, et pour toute réponse l'embrassa avec une tendresse passionnée.

Sforzi regarda la jolie enfant avec autant d'étonnement que d'admiration : la figure de la fille de mademoiselle d'Assy éveillait en lui un vague souvenir, lui rappelait confusément la ressemblance d'un visage qu'il avait déjà vu.

L'indécision de Sforzi n'échappa pas à la mystérieuse inconnue.

— Monsieur, lui demanda-t-elle brusquement, connaissez-vous sa majesté le roi de France ?

Raoul ne put retenir une exclamation de surprise. La jeune fille présentait, en effet, une ressemblance extraordinaire, surtout pour son âge, avec Henri III.

— Comprenez-vous à présent mes remords, monsieur Sforzi ? reprit mademoiselle d'Assy avec véhémence. Me trouvez-vous toujours digne de tous les respects, de tous les hommages ? Oui, c'est vrai, j'ai été indignement trompée ; on a abusé de mon innocence ; on n'a reculé devant aucun moyen pour me faire tomber dans l'abîme. Aussi mon crime n'est-il pas dans ma chute. Il est dans l'amour qui l'a suivi, dans l'amour que j'éprouve encore pour l'auteur de mon déshonneur !... Que cet aveu, en me montrant à vous vile et coupable, me serve de châtiment !... En vain, je prie Dieu de me délivrer de cet amour inexplicable ; en vain, j'essaie de mortifier mon corps par des austérités sans nombre, cette passion fatale, insensée, ne me laisse ni trêve ni repos. Et pourtant, chevalier, devant Dieu, témoin de mes efforts, de mon repentir, je vous jure que plutôt que de me rendre aux prières du roi, si le désir prenait à Sa Majesté de troubler le calme de ma solitude, je préférerais souffrir les plus affreux supplices !

— Madame, répondit Raoul en proie à une vive émotion, votre humilité ne fait que vous grandir à mes yeux !... Oui vous êtes digne de toutes les admirations, de tous les respects... A présent, madame, je m'explique le crime dont vous avez failli être victime !... Votre beauté, votre amour, votre vertu doivent porter ombrage à MM. de Joyeuse et d'Épernon ! N'ai-je point deviné ?

Pendant que Raoul parlait, mademoiselle d'Assy était tombée dans une méditation profonde ; au nom de d'Épernon elle releva vivement la tête, et d'une voix altérée :

— Il a juré ma mort !

— La mienne aussi, madame, reprit Raoul en souriant tristement.

— D'Épernon est votre ennemi, chevalier ? Oh ! malheur à vous ! Mais non... je vous sauverai... moi !

Mademoiselle d'Assy déposa sa fille sur un carreau de velours placé au pied de son fauteuil.

— Henriette, dit-elle à la jolie enfant, repose ta tête sur mes genoux et tiens-toi tranquille, j'ai à causer avec monsieur.

— Alors je vais dormir, maman, s'écria la jolie enfant en embrassant la main de sa mère.

Henriette tint sa parole. A peine eut-elle posé sa charmante tête sur les genoux de sa mère, qu'elle ferma les yeux et tomba dans un calme sommeil.

Mademoiselle d'Assy reprit la conversation.

— Monsieur Sforzi, dit-elle, nous ne nous sommes encore rencontrés que deux fois ; la première, vous m'avez sauvé la vie ; la seconde, vous m'avez procuré l'ineffable bonheur dont j'étais depuis si longtemps privée, de pouvoir parler de lui !... Comme toutes les personnes malheureuses je suis superstitieuse : il me semble que votre présence me porte bonheur, que le ciel lui-même vous a envoyé sur mon chemin !... Monsieur, vous et moi nous avons un lien commun, le malheur !... Dieu vous a-t-il donné une sœur, chevalier ?

— Hélas ! madame, je suis sans famille !...

— Si la faute que j'ai commise ne me rend pas à vos yeux un objet de mépris et d'horreur, poursuivit mademoiselle d'Assy d'une voix confuse et en baissant la tête ; si vous croyez, chevalier, qu'une créature descendue aussi bas ait pu conserver encore quelque peu de générosité au cœur, alors ne vous détournez pas de moi avec dégoût, tendez-moi votre main... acceptez-moi pour sœur !...

Par un mouvement spontané, Sforzi se leva de dessus son fauteuil, et pliant le genou devant l'infortunée victime de la jeunesse du roi :

— Madame, s'écria-t-il en déposant sur sa main un respectueux baiser, les expressions me manquent pour vous dire la joie et l'orgueil que me cause votre demande. Je ferai en sorte de justifier, par mon dévouement et ma reconnaissance, l'insigne faveur que vous m'accordez.

Deux larmes, qui des yeux de Raoul glissèrent sur la main blanche et satinée de la demoiselle d'Assy, complétèrent mieux que n'aurait pu le faire un long discours la réponse du chevalier.

— Monsieur Sforzi, reprit l'ancienne maîtresse de Henri III, du moment que vous acceptez si généreusement l'offre de mon amitié, je vous dois certaines explications, certaines confidences. Peut-être bien ma honte n'est-elle pas sans excuse... Si j'ai aimé le roi, monsieur Sforzi, ce n'est pas parce que Sa Majesté était, à cette époque, le plus brillant gentilhomme de son royaume... non, mille fois non, c'est au contraire sa faiblesse qui m'a attachée à lui ; j'ai cru qu'il me serait possible, sinon d'ennoblir, du moins d'excuser ma chute, en le sauvant des pernicieux conseils que des courtisans éhontés et ambitieux lui donnaient pour capter ses bonnes grâces en flattant ses passions. De la gloire de Henri j'avais fait ma propre gloire ; aujourd'hui, si je l'aime encore avec cette violence que je déplore, c'est seulement parce qu'il est malheureux, parce que je me reproche sa dégradation ! Oui, une fois engagée dans la lutte, j'aurais dû, pour conserver sur lui mon empire, ne reculer devant aucun sacrifice ! La lassitude, le dégoût, se sont emparés de moi ; j'ai menti à mes résolutions, abandonné ma tâche ; j'ai été lâche ! Monsieur Sforzi, c'est un bien grand malheur que le roi ait ainsi perdu toute délicatesse, car Henri est né avec de nobles sentiments ; la bonté de son cœur est immense. Henri, simple gentilhomme, aurait été un modèle de droiture et d'honneur. Pauvre Henri ! il sait que je l'aime toujours, et lui aussi il m'aime encore !

Mademoiselle d'Assy soupira, puis, refoulant par un puissant effort de volonté les sanglots qui de son cœur montaient à ses lèvres, elle reprit :

— A présent, chevalier, il est trop tard. Je voudrais ramener Henri à moi, que je ne le pourrais plus. D'Epernon le domine du haut de sa grande ambition, et d'Epernon n'est pas homme à lâcher sa proie. Du reste, je dois reconnaître que le favori n'est pas un esprit vulgaire. Il possède, au point de vue des affaires de l'Etat, des qualités éminentes. Sa ruse, sa ténacité, la netteté de ses jugements, sa prescience de l'avenir, ces conceptions neuves et hardies le mettent bien au-dessus de tous ceux qui l'entourent. Il est à la cour comme un géant au milieu d'un peuple de nains. Avoir un tel homme pour ennemi, c'est jouer une dangereuse partie.

— Madame, dit Raoul, Dieu, dans sa bonté et sa justice infinies, se plaît souvent à protéger les faibles, à terrasser les superbes ! Je mets en lui toute ma confiance ! J'ai ici-bas un devoir à remplir, une pauvre opprimée à défendre ! Je combattrai donc M. d'Epernon, jusqu'à ce que je tombe vaincu et pour ne plus me relever ! Ne pensez-vous pas, madame, que si vous unissiez vos efforts aux miens, nous pourrions lui disputer la victoire ? Il me semble impossible que le roi, au souvenir de vos grâces et de votre vertu, ne s'empressât, si vous daignez lui en montrer le désir, de vous accorder une entrevue !... Une heure d'entretien avec Sa Majesté vous suffirait pour dévoiler M. d'Epernon, et vous mettre à l'abri de ses sinistres projets !...

— Voir le roi ! s'écria la demoiselle d'Assy avec effroi ; oh ! jamais, chevalier, jamais !... Et puis, quand bien même je consentirais à tenter cette démarche honteuse, elle n'aboutirait à rien. MM. d'Epernon et de Joyeuse savent trop bien quelle a été mon influence sur le roi, pour le laisser arriver jusqu'à moi... Ils ont tort !... Quand la gangrène a gagné le cœur, le mal est sans remède !... En ma présence, Sa Majesté protesterait, avec des serments et des larmes, de son dévouement à ma personne. Mais à peine aurait-elle repassé le seuil de ma demeure, qu'un sourire de Joyeuse, un reproche de d'Epernon réduiraient à néant ses bonnes résolutions.

— Je ne puis, madame, malgré la confiance sans bornes que m'inspirent votre franchise et votre jugement, croire à une si extrême faiblesse d'une part, à une si odieuse et infernale perversité de l'autre.

— Je vois, chevalier, que vous vous méprenez au sens de mes paroles. Je prétends, il est vrai, que M. d'Épernon tourne au profit de son ambition personnelle l'influence irrésistible qu'il exerce sur le roi, mais je n'entends pas dire que M. d'Épernon sacrifie aux siens propres les intérêts de Sa Majesté, non pas ! M. d'Épernon, — et c'est là un inexplicable mystère du cœur humain, — est fort dévoué au roi ; il lui porte une amitié inaltérable. Demain, Henri perdrait sa couronne, que de tous ses serviteurs, devenus traîtres ou parjures, M. d'Épernon serait le seul qui lui resterait fidèle. Pourquoi, chevalier,

vous qui êtes inconnu à la cour, vous, dont les favoris n'ont pas pris ombrage, ne tenteriez-vous pas la démarche que vous me conseillez ! Il me serait facile de vous donner accès auprès de Sa Majesté.

— Hélas ! madame, j'ai vu le roi ce matin, et, pour mon début à la cour, je me suis attiré les mauvaises grâces de M. le duc de Joyeuse, et l'inimitié de M. le duc d'Épernon. J'ai froissé le premier dans son amour-propre, mortellement et publiquement offensé le second. Les portes du Louvre ne peuvent plus s'ouvrir pour moi !

— Quoi ? vous avez vu Henri ce matin même, et vous ne m'en disiez rien, s'écria vivement mademoiselle d'Assy. Oh ! je vous en conjure, racontez-moi dans ses moindres détails la façon dont s'est passée cette audience.

Raoul obéit : tant qu'il parla, l'âme de mademoiselle d'Assy resta suspendue à ses lèvres.

— Hélas ! murmura-t-elle lorsque Raoul eut achevé son récit, ce serait pour moi le comble de l'avilissement que d'entrer en rivalité avec M. de Joyeuse... Chevalier Sforzi, il me faut à présent connaître votre passé, savoir quels sont vos projets, vos espérances ; le rôle d'une sœur est de se réjouir des joies de son frère, de souffrir de ses douleurs.

Raoul ne se fit pas répéter cette prière : lui aussi, il était heureux de trouver un cœur capable de comprendre et d'apprécier son amour pour Diane d'Erlanges ! A plusieurs reprises les larmes de la demoiselle d'Assy lui prouvèrent l'intérêt sincère qu'elle prenait à ses infortunes.

— Ah ! chevalier, combien, malgré les tourments que vous cause votre incertitude sur le sort de votre bien-aimée Diane, vous êtes moins à plaindre que moi ! Combien votre sort est préférable au mien, s'écria enfin la demoiselle d'Assy. Il vaut cent fois mieux subir la persécution des méchants, que de fléchir sous le poids des remords. Chevalier, la position désespérée de mademoiselle d'Erlanges vous trace votre ligne de conduite. Vous devez, malgré l'inimitié des d'Épernon et des Joyeuse, retourner auprès du roi. Il faut que Sa Majesté vous écoute, vous rende justice. Quelque répugnance que j'éprouve à me trouver mêlée à une intrigue de cour, disposez, en cette circonstance, à votre gré, du crédit éphémère, de la puissance d'une heure que je puis encore conquérir...

— Madame, tant de générosité...

— Vertueuse et charmante Diane ! interrompit la demoiselle d'Assy, Dieu aidant nous te sauverons !... Chevalier, ne connaissez-vous personne à même de vous servir auprès de Sa Majesté ? N'avez-vous pas quelque ami puissant et en crédit auprès de la reine Catherine ? Le roi craint encore sa mère, et Catherine, effrayée de l'ascendant chaque jour croissant du duc d'Épernon sur son faible fils, essaie de miner sourdement le crédit du favori. Catherine, je ne l'ai que trop appris par expérience, est une femme de résolution ; elle ne recule, pour atteindre son but, devant l'emploi d'aucun moyen extrême. Si vous obteniez son appui, si en haine de d'Épernon elle prenait votre cause en main, vous auriez de grandes chances de succès.

— Hélas ! mademoiselle, répondit Raoul, je suis seul et isolé dans ma faiblesse !... Dans tout Paris je ne compte qu'un ami, et encore cet ami, — le capitaine de Maurevert, — ne jouit-il pas d'un immense crédit. Mais j'y songe... Oh ! non... cela est impossible.

— Expliquez-vous, chevalier.

— Ce matin même, pendant que je malmenais M. Lavalette, une femme, montée dans un coche, passa près de moi. Cette femme d'une beauté de reine, à l'air altier, à la voix ironique et mordante, fit arrêter son *carroche* et prit hardiment ma défense. Elle traita le duc d'Épernon avec une hauteur, mieux encore, avec un mépris sans nom. Elle lui déclara en face qu'elle était son ennemie, que de ma cause elle faisait la sienne, et elle partit en m'assurant de sa protection. Compter sur cette promesse, ce serait de la folie, n'est-ce pas, madame ?

— Pourquoi cela, chevalier ?... Au contraire !... Et vous ignorez quelle était cette femme ?

— Oui, madame, je l'ignore.

— Elle était belle, dites-vous ?

Acceptez, je vous prie, ce reliquaire. (Page 74).

— Je vous le répète, madame, d'une beauté de reine ! Sur son front resplendissait tant d'audace et de fierté, que j'ai cru y voir une couronne. Sa voix, quoique d'un timbre charmant, avait des notes impérieuses et hautaines qui décelaient l'habitude du commandement.

— N'avez-vous point remarqué la livrée de ses gens ?

— Non, madame ; je sais seulement que sa suite était nombreuse.

— Oui, ce doit être elle, dit à demi-voix et comme se parlant à elle-même la demoiselle d'Assy.

— Connaîtriez-vous cette femme ? reprit Sforzi avec une vivacité des plus marquées.

— Je l'ignore, chevalier. Vos renseignements se rapportent parfaitement à l'une des plus grandes dames du royaume. Si je ne me trompe pas, soyez assuré que le hasard ne pouvait mieux vous servir. Cette femme est d'une hardiesse à ne reculer devant rien, pas même devant l'autorité royale ! Si, comme elle vous l'a assuré, de votre cause elle fait la sienne, je ne désespère pas de votre triomphe. Je dois pourtant vous avertir, monsieur Sforzi, que, malgré le vif intérêt que m'inspire le malheur immérité de votre bien-aimée Diane, je ne joindrai jamais mes efforts à ceux de votre puissante protectrice.

La haine tenace, implacable, que cette femme porte au roi, les criminels projets qu'elle médite et qu'elle ne craint point d'avouer, de proclamer hautement, empêchent entre elle et moi toute liaison, tout rapprochement. Un dernier mot, chevalier. Je ne mets pas un instant en doute la noblesse et la loyauté de votre caractère, je vous reconnais incapable d'une honteuse action, et pourtant je tremble en pensant à quelle

dangereuse alliée vous allez vous unir... Tenez-vous sur vos gardes... cette femme est douée d'une irrésistible puissance de séduction. Chaque fois que sa vanité ou son intérêt s'est trouvé en jeu, il lui a suffi d'un regard pour changer en une folle adoration l'ardente inimitié de ses adversaires les plus déclarés. Cette femme a des sourires qui enivrent, qui rendent fou. N'oubliez jamais, chevalier, qu'après le crime de sacrilége il n'en est pas de plus odieux pour un gentilhomme que celui de lèse-majesté. Je vous le répète : tenez-vous bien sur vos gardes !

Raoul, singulièrement intrigué par la réponse de la demoiselle d'Assy, réfléchissait à la façon dont il devait s'y prendre pour obtenir d'elle de plus amples renseignements, lorsque le réveil de la petite Henriette mit un terme à la conversation.

— Chère maman, dit la jolie enfant en embrassant la demoiselle d'Assy, que j'ai donc fait un beau rêve !...

— Quel rêve, ma bonne Henriette ?

— J'étais au Louvre, dans une salle toute dorée... le roi me tenait sur ses genoux, m'appelait son enfant et m'offrait des oranges et de l'hypocras. N'est-ce pas, maman, que quand je serai grande, tu me mèneras à la cour ?

— Oh ! jamais ! jamais ! s'écria la demoiselle d'Assy avec une indéfinissable expression d'effroi, et en serrant sa fille contre sa poitrine.

Sforzi se leva alors et prit congé de l'infortunée maîtresse de Henri III.

— Monsieur Sforzi, lui dit-elle, j'espère vous revoir bientôt. En attendant je prierai Dieu pour ma sœur bien-aimée, Diane d'Erlanges.

Raoul s'éloignait lorsque la demoiselle d'Assy le rappela.

— Chevalier, reprit-elle, le courage des hommes ne peut rien sans l'appui du ciel... Acceptez, je vous prie, ce reliquaire; il contient un morceau de la sainte croix. Je serai moins inquiète, plus tranquille en vous sachant, au milieu des dangers qui vous entourent, sous la protection de cette relique.

La demoiselle d'Assy ôta une chaîne d'or qui entourait son col et la passa à celui de Raoul.

Refuser un pareil présent, offert d'une telle façon, n'était pas chose possible; le jeune homme l'accepta.

Une demi-heure plus tard le chevalier Sforzi arrivait à l'hôtellerie de la *Corne-de-Chef.*

Cette fois, le capitaine de Maurevert ne s'était pas contenté de l'attendre sur le seuil de la porte; il s'était rendu à sa rencontre.

— Cher ami, dit-il en lui donnant une chaleureuse embrassade, je vous apporte d'excellentes nouvelles. Par la mémoire de l'avisé et plaisant gueux Diogène! les proverbes ont du bon : je reconnais, quant à moi, la parfaite justesse de celui-ci : « Aux innocents les mains pleines! »

— Auriez-vous reçu des nouvelles de Diane? s'écria Sforzi.

— Morbleu! il s'agit bien de mademoiselle d'Erlanges! Que diable! il est un temps pour tout... Mademoiselle d'Erlanges, mademoiselle d'Erlanges!... Eh bien! si on la retrouve, on l'aimera... Pourquoi ne vous donne-t-elle pas de ses nouvelles? Pourquoi n'accourt-elle pas auprès de vous? Par Cupido! si son affection était sincère, elle serait à Paris. Ne parlons plus, je vous prie, de la demoiselle d'Erlanges... Chevalier, pendant votre absence, un valet déguisé en bourgeois est venu prendre des informations sur votre compte. Moi, j'ai deviné le stratagème, et alors, dame! j'ai agi de force et de ruse pour savoir le fin mot de cette intrigue. J'ai rossé le valet et je lui ai payé à boire. Le misérable, c'est une justice à lui rendre, s'est galamment conduit. Il a reçu mes gourmades sans se plaindre, et il a bu mon vin sans se griser. Toutefois, j'ai compris à certaines paroles échappées, que sa maîtresse est une des plus grandes et des plus honnêtes dames du royaume!... Elle doit être en outre extrêmement riche, car la discrétion d'un valet est une chose qui se paie d'un prix exorbitant, et mon drôle s'est laissé stoïquement assommer sans trahir son secret!... Voici, du reste, heureux chevalier, une missive que le susdit coquin a laissée pour vous! Vous plairait-il de me donner connaissance de son contenu?... Pour bien engager une affaire amoureuse, il faut une expérience et un tact que vous ne possédez pas encore!

— Capitaine, répondit le jeune homme d'un ton sévère, si vous attachez le moindre prix à mon amitié, ne vous avisez plus jamais, je vous le demande en grâce, de vous exprimer avec irrévérence sur le compte de la demoiselle d'Erlanges!... Quant à cette missive, libre à vous de la lire en entier!...

— Il sera fait selon votre plaisir, répondit de Maurevert, — je suis loin de contester les mérites de mademoiselle d'Erlanges; je me rappelle même que jadis j'ai eu un moment d'affection pour elle.

Après cette concession faite à l'amour de Sforzi, le capitaine s'empressa de décacheter la lettre apportée par le valet déguisé.

« Monsieur le chevalier, y était-il dit, ce soir, à neuf heu-
« res, un homme se présentera à la porte de votre hôtellerie;
« il vous abordera par les mots de : Guise et Italie. Si, comme
« je n'en doute pas, vous avez du cœur, vous vous laisserez
« bander les yeux, puis guider par cet homme... J'ai admiré
« ce matin votre fierté, je serai heureuse de pouvoir rendre
« justice ce soir à votre courage. »

— Eh bien! chevalier, demanda de Maurevert après la lecture de ce billet, que vous en semble? C'est ou une déclaration ou un piège. Il retourne de la belle blonde ou du d'Épernon... Que comptez-vous faire?

— J'irai, car il s'agit du bonheur de Diane, répondit Raoul avec un certain embarras.

— Le fait est que qui ne risque rien ne gagne rien, reprit de Maurevert; et puis, comme vous venez de l'observer si

judicieusement, il s'agit du bonheur de Diane! Du reste, je serai là.

De Maurevert remarqua alors la chaîne d'or du reliquaire que la demoiselle d'Assy avait donnée à Raoul.

— Eh! eh! murmura-t-il d'un air joyeux, ce cher compagnon, si rigide ce matin, a bien promptement changé de manière de voir. Tudieu! une belle chaîne! elle vaut bien de cent dix à cent quinze écus. Eh! eh! messire Raoul, là où Joseph laissait son manteau, vous emportez, vous, une chaîne d'or! Parbleu! l'avantage de la comparaison n'est pas en faveur de Joseph!

XXXIII

LE RENDEZ-VOUS

Les aventures les plus tragiques et les plus bizarres étaient si fréquentes au seizième siècle, qu'elles n'avaient même plus le privilége de passionner la curiosité publique.

Les innombrables intrigants italiens qui, désireux d'exploiter la puissance de la reine Catherine de Médicis, leur compatriote, s'étaient abattus sur la France, ainsi que ces nuées de sauterelles dont parle la Bible, avaient métamorphosé le vieux Paris en une nouvelle Venise.

Les nuits avaient de terribles mystères!

Le contenu du billet reçu par Sforzi n'étonna donc ni le jeune homme ni le capitaine de Maurevert!

Dès huit heures précises, de Maurevert ayant achevé son souper, éloigna de la table l'escabeau sur lequel il était assis, et s'adressant à Raoul :

— Cher ami, lui dit-il, plus je réfléchis à votre rendez-vous, et moins je suis effrayé. Le d'Epernon est trop rusé pour vous tendre une embûche le soir même du jour où vous l'avez si rudoyé. Reste donc la supposition, extrêmement probable, que vous avez captivé le cœur de l'inconnue à la blonde chevelure... Raoul, croyez-en mon expérience, si vous vous jetez tout de suite à la tête de la belle affolée, si vous lui montrez un empressement trop marqué, vous gâterez pitoyablement cette magnifique affaire, et perdrez une occasion de fortune qui ne se représentera peut-être plus d'ici à longtemps.

— Capitaine, interrompit Sforzi, vous vous méprenez étrangement sur mes intentions. Si j'ai accepté le rendez-vous de cette nuit, c'est uniquement afin de me procurer une protection puissante et dans le seul espoir que je pourrai venir au secours de Diane. D'abord, je ne crois nullement à ce grand caprice que, selon vous, j'ai inspiré; ensuite, ce caprice existerait-il, que mon amour pour mademoiselle d'Erlanges me mettrait à l'abri de la séduction. Enfin, en supposant que mon cœur, libre de tout engagement, se laissât aller à une passion passagère, ce serait sans aucune arrière-pensée d'ambition. Quand on n'a pour fortune et apanage que son honneur, c'est bien le moins qu'on le conserve avec soin.

De Maurevert accueillit par un geste d'impatience la profession de foi de Sforzi. Il allait répondre, lorsque son regard rencontra de nouveau la chaîne d'or que la demoiselle d'Assy avait passée le matin au col du jeune homme.

Alors un sourire moqueur apparut sur ses lèvres : son visage s'épanouit.

— Ce cher Raoul, murmura-t-il, il est la discrétion en personne!... Ne le contrarions pas; il faut avoir de l'indulgence pour les travers de ses amis... l'essentiel, c'est que le rendez-vous de ce soir aboutisse à un résultat sérieux!

— Bien-aimé compagnon, reprit-il en élevant la voix, puisque mes conseils paraissent vous importuner, je vous abandonne à vos propres inspirations... J'ai, moi aussi, une certaine affaire de quelque importance à terminer ce soir. Je vous quitte!... Bonne chance!

De Maurevert se leva de table, passa son baudrier, mit dans ses poches une paire de pistolets, jeta un manteau sur ses épaules, et sortit : Raoul ne lui adressa aucune question et n'essaya pas de le retenir.

Une fois hors de l'hôtellerie de la *Corne-de-Cerf,* de Maurevert s'éloigna à pas de géant; mais bientôt il s'arrêta, et après avoir examiné avec une scrupuleuse attention les lieux environnants, il se blottit dans l'enfoncement d'une porte.

A neuf heures sonnant, Raoul sortit à son tour de l'hôtellerie. Le cœur du jeune homme battait avec violence; une vive rougeur empourprait son visage.

Sforzi n'essayait-il pas de se mentir à lui-même en attribuant son émotion à la pensée qu'il allait peut-être trouver enfin un puissant protecteur?

A peine Raoul avait-il franchi le seuil de la porte, qu'un homme masqué et enveloppé dans un vaste manteau, — quoique la chaleur de l'atmosphère fût étouffante, — s'avança à sa rencontre, et, s'inclinant respectueusement devant lui :

— Italie et Guise ! dit-il à demi-voix.

— Je suis prêt, monsieur, répondit le jeune homme. Veuillez m'indiquer le chemin.

— Monsieur, répondit le guide toujours à voix basse, permettez, auparavant, que je place un bandeau sur vos yeux.

— Donnez ce bandeau, je l'attacherai moi-même, dit Raoul. L'inconnu hésita.

— Votre parole de gentilhomme, que vous fixerez ce bandeau d'une façon loyale ? dit-il.

— Je vous la donne !

L'homme masqué remit au chevalier une écharpe de soie admirablement brodée et imprégnée d'un délicieux parfum.

Raoul, — ainsi qu'il l'avait promis, — attacha consciencieusement le riche tissu autour de sa tête.

— Veuillez à présent me donner votre main et me suivre, reprit l'inconnu.

Quoique, nous le répétons, l'aventure qui arrivait à Raoul ne constituât nullement à cette époque un événement extraordinaire, l'imagination et la curiosité du jeune homme n'en étaient pas moins puissamment excitées.

Les suppositions les plus étranges, les plus diverses, les plus invraisemblables, se présentaient en foule à son esprit. Il se perdait en conjectures, et des moindres circonstances tirait des conséquences hasardées qui le plongeaient encore plus avant dans le doute et dans l'incertitude.

La finesse et la beauté du tissu placé sur ses yeux, le parfum qui s'en exhalait, les égards que lui montrait son guide, le confirmaient toutefois de plus en plus dans la conviction que mademoiselle d'Assy ne s'était point trompée en l'assurant qu'il avait affaire à l'une des plus hautes et plus puissantes dames du royaume.

A peine Sforzi et son guide eurent-ils franchi une distance d'environ cent pas, que de Maurevert sortit de l'enfoncement où il s'était réfugié et se mit à les suivre avec une précaution et une adresse qui prouvaient combien un semblable exercice lui était familier.

Par Vénus ! se disait le capitaine, c'est un brave compagnon que ce Sforzi; il marche d'un pas également ferme et assuré à l'amour et à la bataille. Il y a en lui de l'étoffe et de l'avenir. Je gagerais mon arquebuse contre une quenouille, que si je l'avais prévenu de l'intention où j'étais de veiller à sa sûreté et de l'escorter, il y aurait mis empêchement. Eh bien, parole d'honneur, je suis content de moi !... On éprouve parfois dans la vie certaines heures de faiblesse où commettre une bonne action vous rend joyeux. Or, en ce moment, je n'obéis nullement à un sentiment d'égoïsme ou d'avarice!... Si je prends un tel souci de la personne de Raoul, ce n'est pas dans la crainte de perdre, s'il lui arrivait malheur, les cinq cents écus qu'il me doit. Je suis un grand sacripant, j'en conviens, mais, malgré tout, il y a encore en moi du bon. Je n'ose ajouter que je me vénère, mais là, franchement, je m'estime.

Pendant que le capitaine se livrait à ce monologue si flatteur pour sa personne, Raoul et son guide, gagnant du terrain, étaient arrivés à l'endroit connu, il y avait de cela quelques années, sous le nom des Tournelles, et appelé depuis peu le Marché-aux-Chevaux.

C'était là que, trois ans auparavant, avait eu lieu ce fameux duel dans lequel Quélus, Maugiron, Livarrot, Entraguet, Ribérac et Schombert se battirent avec un tel acharnement, que tous, excepté Entraguet et Livarrot, moururent, soit sur le coup, soit peu de temps après, des suites de leurs terribles blessures.

Le Marché-aux-Chevaux, peu fréquenté le jour par les piétons, était, la nuit venue, complètement désert.

De Maurevert dut donc user de précautions infinies, et déployer une adresse rare pour parvenir, sans être aperçu, jusqu'à une petite maison devant laquelle l'homme masqué s'arrêta.

Presque aussitôt la porte de cette maison s'ouvrit, et le chevalier Sforzi, toujours accompagné de son guide, disparut dans l'intérieur de l'habitation isolée.

— Cette bicoque fort proprette n'est pas évidemment un coupe-gorge, — murmura le capitaine. — Décidément il retourne du gentil Cupidon et non du farouche dieu Mars ! Ma faction sera longue ! Si je m'en allais ? Non ! l'on a vu parfois des maris, à l'exemple de ce vilain ours Charles de Chambre, comte de Monsoreau, dans son château de la Coutancière, assaillir perfidement, et à forces supérieures, les galants gentilshommes que leurs femmes avaient le bon goût de leur préférer... Que diable, une nuit est bientôt passée ! Le temps est magnifique, la température très-chaude. Je me croirai campé dans une plaine d'Italie...

De Maurevert étendit son manteau sur le gazon, retira ses pistolets de sa poche, dégaîna son épée, qu'il plaça à portée de sa main; puis, ses apprêts terminés, il desserra un peu ses chausses et se coucha de l'air d'un homme très-satisfait de soi-même.

Tandis que le capitaine, avec cette philosophie pratique qui était l'un des traits saillants de son caractère, accomplissait sa faction nocturne, un homme, qui depuis l'hôtellerie de la *Corne-de-Cerf* avait marché derrière lui en usant des mêmes précautions que Maurevert avait déployées de son côté pour suivre Raoul et son guide, se tenait soigneusement caché, non loin de là, derrière un buisson.

Cet homme ayant perdu de vue le capitaine et se croyant sans doute seul, quitta son abri et s'avança doucement dans la direction de la petite maison. Malheureusement pour l'espion, de Maurevert, pour nous servir d'une expression qu'il employait volontiers lui-même, savait dormir éveillé.

Aussi, à peine cet homme eut-il avancé de vingt pas que le capitaine dressa l'oreille, se souleva à moitié en s'appuyant sur son coude, et arma sans bruit ses deux pistolets :

— Parbleu, pensait-il, tout en essayant de percer du regard l'obscurité de la nuit, que j'ai donc agi sagement en bivouaquant sur le champ de bataille !... Il rôde des Monsoreau dans les environs !... Je me sens d'appétit à en dévorer une demi-douzaine... Attention ! le voici qui approche ! Quoi ! il n'est pas accompagné... Sur ma parole, son sort me cause presque de la pitié... Mille tonnerres ! les nuages qui cachent la lune ne se déchireront-ils pas ?... J'aime à jouir du spectacle de mes prouesses et à admirer mes coups...

De Maurevert n'avait pas encore achevé d'exprimer ce vœu, lorsque, par un hasard fort ordinaire, la lune sortit radieuse des noires vapeurs qui l'entouraient, et inonda l'atmosphère de ses pâles et doux rayons.

Alors s'élançant le pistolet au poing sur l'espion qui ne se trouvait plus qu'à une dizaine de pas de lui, le capitaine le saisit à la gorge, et lui appuyant son arme sur la poitrine :

— Pas un mot, lui dit-il d'une voix basse, mais énergique, ou tu es mort !

De Maurevert avait agi avec une telle impétuosité, que l'homme surpris n'aurait pu, quand bien même telle eût été son intention, opposer la moindre résistance.

— Par les cornes du Diable ! reprit le capitaine toujours sur le même ton, tu dois être, comme tous les jaloux tes semblables, d'une laideur achevée. Te plairait-il de me procurer la vue de ton museau?

De Maurevert, sans desserrer ses doigts passés autour du col de la victime à moitié étranglée, étendit le bras et plaça l'inconnu sous un rayon de la lune.

A peine le capitaine eut-il jeté les yeux sur le visage de son prisonnier, qu'il ouvrit la main, et poussant une exclamation d'étonnement :

— Est-ce possible !... Quoi ! c'est-toi, mon brave Lehardy ? s'écria-t-il.

Le serviteur de mademoiselle d'Erlanges, — car en effet

c'était bien lui, — ne répondit pas tout d'abord ; la pression exercée sur sa gorge par la main de fer du capitaine ne lui permettait pas de tirer un son de son gosier. Enfin, l'usage de la parole lui étant revenu :

— Oh ! ma pauvre bonne et chère maitresse, s'écria-t-il les yeux pleins de larmes, vos pressentiments ne vous ont pas trompée ; M. Sforzi est parjure à sa foi, traître à ses serments !... A qui se fier désormais ?

Lehardy, après avoir dit ces mots, et sans plus s'inquiéter de la présence de Maurevert que s'il ne l'avait jamais vu avant cette rencontre, s'éloigna en courant comme un insensé !

XXXIV

LA PETITE-MAISON

Une fois que la porte de la petite-maison du Marché-aux-Chevaux se fut refermée sur le chevalier Sforzi et sur son conducteur, ce dernier ôta son masque et avertit le jeune homme qu'il pouvait retirer le bandeau placé sur ses yeux.

Raoul ne se fit pas répéter cette invitation ; il dénoua promptement l'écharpe et regarda autour de lui avec un vif empressement.

A la lueur incertaine d'une lampe suspendue à la muraille, il vit qu'il se trouvait dans un étroit corridor, terminé par un escalier.

— Veuillez prendre la peine de m'attendre un instant, lui dit son interlocuteur, je vais avertir ma maitresse de votre arrivée.

Une minute après, le serviteur était de retour et s'effaçait devant Raoul pour le laisser passer.

Le chevalier, dont la curiosité était aiguillonnée au dernier point, gravit en deux bonds l'escalier et arriva dans une vaste anti-chambre, dont les quatre murs recouverts d'une tenture en cuir vert et or ne laissaient voir ni portes ni fenêtres.

— Monsieur, lui dit son guide, mon honorée maitresse, avant de vous recevoir, exige de vous la promesse que vous vous éloignerez d'ici comme vous y avez été amené, les yeux bandés et sous ma garde ; qu'une fois de retour à votre hôtellerie, vous ne tenterez aucune démarche pour apprendre en quel lieu vous avez été conduit ; enfin, que vous ne répéterez à personne au monde l'entretien que vous allez avoir...

— J'accepte ces conditions, dit Raoul.

Aussitôt le bruit d'une clef tournant dans une serrure se fit entendre. La tenture en cuir parut se déchirer, la muraille se fendre, et Raoul resta ébahi d'admiration et d'étonnement au spectacle inattendu, bizarre, étrange, qui frappa ses regards.

Il vit un boudoir complétement tapissé et meublé de velours noir, mystérieusement éclairé par les douces lueurs que projetait une lampe de vermeil voilée d'une gaze de couleur rose. D'épais tapis d'Orient, — luxe à peu près inconnu à cette époque en France, — garnissaient le plancher.

Dans un de ces vastes fauteuils brisés que Henri III avait depuis peu mis à la mode, se tenait, vêtue également tout de noir, la blonde qui le matin même avait si hardiment parlé à M. d'Epernon.

— Monsieur, dit-elle au jeune homme avec un charmant sourire, je ne vous complimenterai pas sur le courage dont vous avez fait preuve ce soir, en acceptant mon invitation. Je n'attendais pas moins de votre part.

L'inconnue lui désigna alors, par un gracieux signe de tête, un pliant semblable à ceux dont on se servait à la cour, et qui était placé non loin du fauteuil qu'elle occupait elle-même.

Sforzi, quoiqu'il fit tous ses efforts pour garder son sang-froid, se sentait profondément troublé.

— Monsieur Sforzi, continua l'inconnue, afin d'éviter que votre esprit soit distrait par de folles chimères de l'attention que demande notre entretien, je dois vous déclarer, avant toute chose, que votre présence ici n'est nullement la consé-quence d'un goût que j'aurais pu prendre pour votre personne. Si vous tenez à gagner sérieusement mon estime et ma confiance, faites en sorte, je vous prie, d'oublier la femme, et de ne voir en moi qu'un compagnon. J'ai l'âme assez haut placée, le cœur assez hardi et vaillant pour mériter ce titre...

— Madame, répondit Raoul d'une voix émue, je suis trop convaincu de mon peu de mérite pour que jamais la pensée me soit venue de voir dans ce rendez-vous une distinction flatteuse et immotivée ! Au reste, je ne vous cacherai pas, — le but de cet aveu est de vous rassurer sur mes intentions, — que votre incomparable et souveraine beauté est pour moi comme si elle n'existait pas ; que je ne saurais y être sensible. L'image adorée de celle à qui j'ai engagé ma foi, fiancé mon âme, est sans cesse présente à mes yeux, et dérobe à ma vue les merveilles de la nature... Si vous ne m'aviez point parlé de cette beauté, madame, je ne l'aurais pas même remarquée.

A cette réponse, que Raoul crut sincère et que Maurevert n'aurait point désavouée, un froncement, à peine perceptible, de sourcils plissa le front d'ivoire de l'inconnue.

Cependant, ce fut d'une voix pleine de douceur et avec un redoublement marqué d'amabilité qu'elle reprit la parole :

— Monsieur Sforzi, dit-elle, je vous remercie de cet aveu. Votre franchise me met complétement à l'aise. J'aborde donc, sans plus tarder, le sujet de notre entretien. Vous avez ce matin mortellement offensé M. de Lavalette !... Le duc d'Epernon est implacable dans ses rancunes. Il n'a jamais encore pardonné une injure.... La puissance de ce favori est si grande, son crédit si solidement établi, que l'homme dont il se déclare l'ennemi doit forcément succomber. Chevalier, à moins d'un miracle improbable, vous devez dès à présent vous considérer comme perdu ! Une héroïque résolution peut seule vous sauver ! Vous sentez-vous, je ne dirai pas le courage, ce mot ne rendrait que faiblement ma pensée, vous sentez-vous la volonté d'entrer dans une entreprise héroïque, immense, comme l'histoire n'en offre peut-être pas d'exemple ?

— Madame, répondit Raoul après un moment de réflexion, c'est donc une alliance que vous daignez me proposer ?

— Une alliance, non pas, monsieur, dit l'inconnue avec hauteur, c'est mon appui.

— Veuillez, je vous en conjure, madame, me permettre une question. D'après la peinture que vous achevez de me faire de M. d'Epernon, c'est un ennemi des plus redoutables. Avez-vous donc assez de puissance pour lui arracher une de ses victimes ?

— Monsieur Sforzi, répondit l'inconnue, le mystère dont j'ai entouré notre entrevue vous dit assez que je tiens à ne pas être connue de vous !... Si vous étiez un familier de la cour, je vous aurais laissé en butte aux attaques de M. d'Epernon. C'est justement à votre ignorance des hommes et des choses que vous devez, je ne rétracte pas le mot, ma protection. Si vous tenez absolument à mettre un nom sur mon visage, appelez-moi Marie !... Vous êtes sans garantie vis-à-vis de moi ; rien ne motive la confiance, mieux encore, le dévouement que je demande : c'est vrai. C'est à votre sagacité, chevalier, qu'il appartient de décider si, oui ou non, vous devez accepter ou refuser mes offres. Quant à moi, il me semble qu'un regard suffit pour apprécier une personne. Ce matin, lors de votre querelle avec d'Epernon, je vous ai jugé tout de suite. Je serais désespérée, monsieur Sforzi, qu'une complaisance outrée vous fit accepter légèrement un engagement que je veux sérieux, irrévocable. Ne vous hâtez pas ! Réfléchissez bien avant de me répondre.

— Madame, dit Raoul, je pressens en vous une supériorité d'esprit réellement rare et qui, — je ne veux pas vous cacher le fond de ma pensée, — me cause presque de l'effroi. Avant tout, je tiens à être assuré d'une chose ; c'est que vos desseins ne sont pas de nature à me rendre coupable du crime de lèse-majesté !

Sforzi était loin de s'attendre à l'effet extraordinaire que cette question produisit sur l'inconnue, sur Marie.

Par un mouvement spontané et comme si elle avait été mordue par la dent d'un reptile, elle bondit hors de son fauteuil; puis, la contenance superbe, l'œil inspiré, la voix frémissante :

— Vraiment, monsieur le chevalier Sforzi, dit-elle avec l'expression d'un écrasant mépris, je n'aurais jamais cru que les préjugés de province pussent détruire, chez un homme de cœur, toute logique, tout bon sens, tout sentiment de grandeur ! A la pensée, non pas d'attaquer l'autorité royale, mais seulement de combattre ses abus, de vous révolter contre ses hontes, vous voilà pâle, tremblant, défait !... Chevalier Sforzi, les hommes qui s'inclinent, qui rampent lâchement devant un préjugé, sont nés pour être dominés ! La perspective d'une avilissante servitude n'effraie-t-elle pas votre fierté ? Seriez-vous seulement une de ces épées obéissantes qui sortent du fourreau sans passion, et attendent un ordre pour frapper ? La royauté, monsieur de Sforzi, Dieu me préserve d'en médire ! Mais le roi n'est pas la royauté, le roi n'est qu'un homme... Ah ! vous craignez de commettre un crime de lèse-majesté, d'attenter aux droits de la couronne ! Le bruit des honteux scandales de la cour n'est-il donc pas parvenu jusque dans votre province ! MM. les hobereaux des petites villes ignorent, je le vois à votre étonnement, ce qui se passe à Paris... Eh bien ! je vais vous le dire, moi, monsieur Sforzi. Si après m'avoir entendue, vous persistez dans votre pusillanimité, alors je vous laisserai libre d'aller chercher un maître, et nous nous séparerons pour ne plus nous revoir. Sa Majesté Henri III, monsieur Sforzi, ne vit que pour MM. de Joyeuse et d'Epernon : en dehors de ces deux mignons, rien n'existe pour le roi !... Le peuple ! est un troupeau qui rapporte d'abondantes moissons. La noblesse ! une réunion de factieux que l'on ne saurait trop détester. La gloire ! un mot qui signifie fatigue et danger... Aussi faut-il voir comme Henri de Valois emploie dignement ses loisirs. Il s'occupe à discuter sur la qualité de tel ou tel parfum, sur le plus ou moins de goût de tel ou tel costume ; il plisse les collerettes empesées de sa femme, habille ses mignons, dresse ses épagneuls, et mange des confitures et des oranges ! C'est un grand roi que Henri de Valois, chevalier ! Je comprends fort l'admiration qu'il vous inspire !...

Pendant que la famine, la peste, une misère horrible déciment la population de Paris, dépeuplent les campagnes, MM. d'O et de Villequier, l'un assassin de sa femme, l'autre un voleur, sacrifient des millions pour satisfaire leurs moindres caprices : leur luxe scandaleux, impudent, inouï, éclipse la splendeur des premières maisons du royaume. Puis vient le moment où, à force de dilapidations, de dépenses exorbitantes, ils sont parvenus à vider les coffres confiés à leur garde ; quand l'argent manque à leur avidité, que le peuple écrasé sous le poids des taxes de toutes sortes relève la tête et commence à crier, alors MM. d'Epernon et de Joyeuse entrent en scène. Ils habillent magnifiquement Henri de Valois, dit le Grand, le prennent par la main, le conduisent au parlement, et là, le tenant sous leur regard, le contraignent à demander humblement l'aumône !... Voilà, chevalier, quel est ce roi, l'honneur de la France, que dis-je ! de la chrétienté, et qui possède à un si haut degré toutes vos sympathies !...

La beauté de l'inconnue s'était animée, au feu de son indignation, d'un si splendide éclat, que le jeune homme, charmé, ébloui, la considérait avec une admiration silencieuse et qu'il ne songeait pas à cacher.

Bientôt la physionomie de Marie changea complètement d'expression ; la flamme de son regard s'éteignit, le sourire de superbe mépris, qui relevait sa lèvre, fit place à un air de touchante bonté, et d'une voix douce, suave et cadencée comme le rhythme d'un luth, elle reprit :

— Chevalier Sforzi, oubliez, je vous en conjure, ce moment d'emportement : j'aime la justice et la gloire avec une telle passion, qu'en songeant aux maux et aux hontes qu'endure le pauvre et malheureux royaume de France, hélas ! je n'ai pas été maîtresse d'un cri d'indignation, de désespoir ! Chevalier Sforzi, cessons cet entretien inutile ; vous n'êtes pas l'homme que j'avais rêvé pour l'associer à ma gloire... Je vous crois bon, honnête, loyal, plus capable que pas un de goûter les joies d'une modeste et tranquille obscurité, de savourer les délices d'une union paisible ; mais la nature ne vous a pas donné cette indomptable audace, qui recherche le danger, ne recule devant rien, ne trouve aucun but au-dessus de sa portée ! Les hommes ainsi doués sont rares. Heureuse et fière la femme, fût-elle reine, qu'ils daignent remarquer !

Raoul, sans se rendre compte de ce qui se passait en lui, sentit comme une profonde humiliation ; tous ses instincts de jeunesse et d'ambition firent explosion à la fois.

— Madame, s'écria-t-il, j'en appelle à l'avenir de l'opinion que vous venez d'émettre sur mon compte. Moi aussi, j'aime la gloire avec transport ! Moi aussi, j'ai fait de beaux rêves... Oui, vous avez raison, l'homme fort, l'homme supérieur ne doit pas rester confondu dans la foule !... L'injuste pouvoir des grands n'a que trop pesé déjà sur mon existence. J'ai bien des insultes à venger, des outrages à punir ; à mon tour il me faut la puissance ! Madame, je vous le répète : pouvez-vous me jurer sur votre part de paradis, que si je mets à votre disposition ma volonté, mon existence entière, vous ne me demanderez jamais de tirer l'épée contre le roi ! Alors, je suis à vous, corps et âme !

Si Sforzi avait remarqué le sourire de triomphe et de perfidie qui passa plus rapide qu'un éclair sur le visage de Marie, il aurait tout aussitôt rétracté sa téméraire promesse.

L'inconnue, ou Marie, présentait dans sa personne l'une de ces singulières et magnifiques organisations que la nature se complaît parfois à créer dans ses jours de caprice. La jeune femme était pétrie, — que l'on nous permette cette expression, — de contraste et d'imprévu. Son esprit et sa beauté se modifiaient, se métamorphosaient avec une si merveilleuse facilité, que l'un et l'autre échappaient absolument à l'analyse. Selon que son regard brillait du feu de l'enthousiasme ou exprimait une provocante langueur, elle inspirait des pensées de carnage ou d'enivrantes pensées d'amour.

Ce qui de prime-abord frappait dans Marie, c'était son air de grandeur, la distinction de ses manières : il était évident qu'elle devait appartenir aux plus hautes classes de la société.

Soit qu'elle ne voulût pas laisser à Raoul le temps de réfléchir, soit que la bonne mine et la franchise du jeune homme eussent éveillé sa sympathie, elle s'empressa de reprendre la conversation.

— Chevalier, lui dit-elle, y a-t-il longtemps que vous habitez Paris ?

— Trois semaines à peu près, madame.

— Et avant cette époque, où étiez-vous ?

— Partout où me jetait le hasard ; l'Auvergne a été ma dernière résidence.

— Ah ! vous venez d'Auvergne, monsieur Sforzi !... Vous avez alors assisté sans doute à la naissance de cette Ligue d'équité, que le marquis de Canilhac a dernièrement détruite de fond en comble ?

— Oui, madame. C'est même mon compagnon d'armes qui commandait cette ligue.

— Le capitaine Roland de Maurevert ?

— Oui, madame, le capitaine de Maurevert, répondit Raoul fort surpris.

— C'est une vaillante épée que celle du capitaine, continua Marie. Malheureusement M. de Maurevert gâte par une cupidité honteuse ses brillantes qualités. N'importe ! il est homme de prompte exécution et de bon conseil. A l'occasion on pourrait l'employer avec avantage... Et dites-moi, chevalier, pour qui tient la province d'Auvergne, pour la Ligue ou pour le roi ?

— La province d'Auvergne, madame, est plongée dans une si affreuse misère, qu'elle n'est pas ce qu'elle devrait être. Je crois qu'en haine des seigneurs féodaux qui l'oppriment, et dont le roi n'a pas su jusqu'à présent la défendre, elle se déclarerait, si elle était appelée à se prononcer, en faveur de messeigneurs de Guise.

Cette réponse de Raoul amena un joyeux sourire sur les lèvres de Marie.

— La province d'Auvergne aurait mille fois raison, monsieur Sforzi ! s'écria-t-elle. Messeigneurs de Guise ! voilà au moins des hommes ! Ah ! si jamais Henri de Valois, obéissant à sa vocation, reconnaissant enfin sa nullité, échangeait son trône contre la cellule d'un cloître ; si le Balafré ceignait la couronne, que le sort de la France deviendrait beau ! Avec un tel héros pour nous conduire à la victoire, nous planterions le drapeau fleurdelysé dans toutes les capitales de l'Europe ! Le moindre de nos gentilshommes, ainsi que les anciens paladins de Charlemagne, aurait sa cour et deviendrait une puissance ! Le menu peuple, nourri par les étrangers vaincus et asservis, passerait ses loisirs en plaisirs et en fêtes ! Que de splendeurs, que de joies pour le royaume !

— Madame, dit Raoul en souriant, voilà que vous me traitez comme si j'étais un crédule bourgeois. Si MM. de Guise arrivaient jamais au trône, aucune de vos prophéties, — vous le savez bien, — ne se réaliserait ! MM. de Guise ont le cœur haut placé, l'épée vaillante, une ambition insatiable, mais rien de plus ! Ces qualités brillantes chez les princes sont pernicieuses à l'excès chez un roi. Elles lui donnent la manie des conquêtes et le conduisent à verser le sang à flots. L'homme que j'admirerais aveuglément, que je servirais avec zèle, un dévouement à toute épreuve, n'est pas le Balafré !

— Quel est cet homme, chevalier ?

— Hélas ! madame, cet homme que la postérité attend, que le malheur des peuples réclame, n'est pas encore venu ! Ce sera le roi qui tiendra d'une main ferme les rênes de l'État... qui brisera sous son autorité la déplorable licence des grands seigneurs; qui, s'élevant au-dessus de toute considération, de toute crainte, fera respecter la loi, et rendra au plus humble comme au plus superbe, la justice qui lui sera due.

— Assimiler ainsi les vilains aux gentilshommes ! ah ! fi donc ! chevalier. Y pensez-vous ?...

— Je comprends, madame, interrompit Raoul, que l'on préfère la société de l'homme bien élevé à celle du manant, qu'on recherche l'amitié du premier, et qu'on évite soigneusement la familiarité du second; mais le noble et le serf n'en sont pas moins pour cela tous les deux enfants de Dieu ; il n'y a pas un paradis pour la noblesse, un paradis pour les gueux.

Quand notre âme, dépouillée de son enveloppe mortelle, arrive au céleste séjour, Dieu ne lui demande pas si elle a habité le corps d'un pâtre ou celui d'un monarque ; il lui demande seulement compte de ses bonnes et de ses mauvaises actions. Alors, selon que le bien ou le mal l'emporte dans la balance de la justice divine, Dieu récompense ou punit... Ne croyez-vous pas, madame, que parfois l'âme d'un roi est descendue aux abîmes, tandis que celle du dernier de ses sujets s'envolait radieuse vers le ciel ?...

Tandis que Sforzi parlait, Marie le considérait avec une attention soutenue : le visage de l'inconnue exprimait des sentiments divers : le mépris, le dédain et l'attendrissement se lisaient tour à tour dans son œil intelligent et expressif.

— Monsieur Sforzi, lui répondit-elle après un court silence, il faut, pour vous exprimer ainsi, que votre orgueil ait été cruellement froissé, que votre cœur ait affreusement souffert.

— Oui, madame, vous avez deviné, s'écria Raoul; moi, le chevalier Sforzi, brave et loyal gentilhomme, j'ai été attaché au pilori, j'ai été frappé au visage par la main du bourreau, j'ai été conduit à la potence ! Et cela, madame, parce que j'avais pris la défense d'une noble dame indignement persécutée, parce que j'avais souffleté un lâche dont l'épée était honteusement restée au fourreau !... Comprenez-vous à présent, que je haïsse la féodalité, que je sois le dévoué champion de la royauté ! Être exposé, parce que votre égal, parfois votre inférieur en naissance, possède une centaine d'hommes d'armes et un château-fort, tandis que vous-même, vous n'avez que la cape et l'épée, être exposé, dis-je, à subir le bon plaisir, les insultes de ce petit tyran de province, sans pouvoir ni se défendre ni se venger !... Si une nouvelle Jacquerie se formait aujourd'hui en France, j'ignore si je ne changerais pas mon épée contre un bâton noueux, si je ne me jetterais pas à corps perdu dans la tourbe des manants... Belle chose, vraiment, que d'être gentilhomme sans fortune ! Les grandes dames détournent avec dédain leur regard de votre pourpoint usé jusqu'à la corde; leurs suivantes vous estiment mille fois moins qu'un valet impudent; les puissants de la cour,

si vous leur demandez à répandre votre sang pour la gloire de la France, vous traitent d'importun, de solliciteur, et vous jettent dédaigneusement, — quand ils sont d'humeur libérale, — une avilissante aumône... Non, madame, je ne servirai jamais l'ambition de messeigneurs de Guise !... Vassaux révoltés, contraints de s'appuyer sur la noblesse, ils devraient, le jour du triomphe venu, lui payer en nouveaux privilèges l'appui qu'ils en auraient reçu. Tant qu'une goutte de sang circulera dans mes veines, tant que mon cerveau pourra lier deux idées, j'emploierai ma force et mon intelligence à combattre la féodalité.

— Croyez-moi, chevalier, dit froidement Marie, vous marchez dans une voie déplorable ! Si vous avez une éclatante revanche à prendre, ce n'est pas en élevant l'homme de rien jusqu'à vous que vous atteindrez votre but !... Ce que je souhaiterais, monsieur Sforzi, ce serait vous voir la ferme résolution de réussir par vous-même. L'homme qui s'endort dans la médiocrité, monsieur Sforzi, n'est pas à plaindre, car il manque de valeur !... Les dames de la cour, dites-vous, tiennent en souverain mépris les pauvres gentilshommes ? Détrompez-vous; il n'y a pas de dame, si haut placée qu'elle soit, fût-ce même sur les marches du trône, qui reste insensible aux efforts que celui qui l'aime tente pour se rapprocher d'elle.

Moi, par exemple, je sens qu'entre le plus puissant roi de la terre et le plus humble des gentilshommes, j'écouterais les prières du gentilhomme et je repousserais les hommages du roi, si ce dernier était inférieur à son rival... Quel doit être l'orgueil d'une femme, lorsque par la seule force de l'amour qu'elle inspire, elle change un homme jusqu'alors inconnu en un héros !... Comme elle doit aimer sa création, comme elle doit être fière de son ouvrage !...

Marie, la poitrine palpitante, la voix émue, s'arrêta.

Ses yeux baissés, sa contenance confuse, presque timide, isaient assez combien elle regrettait de s'être ainsi laissé emporter à son enthousiasme; elle semblait honteuse de ce cri parti du cœur.

Sforzi avait eu tort de prétendre, au commencement de cet entretien, que l'image de Diane, sans cesse présente à sa pensée, lui cachait la nature entière : son regard animé, sa respiration oppressée, le frémissement de son corps donnaient un irrécusable démenti à cette prétention.

— Madame, s'écria-t-il enfin avec une violence involontaire, je vous en supplie, ne m'exaltez pas ainsi jusqu'au délire !... Oui, vous avez raison, si j'avais véritablement aimé mademoiselle Diane d'Erlanges, j'aurais déjà trouvé le moyen de la mettre à l'abri de tout danger ! J'aurais réussi à la sauver ! J'ai rencontré mademoiselle d'Erlanges dans un jour de découragement, de tristesse et d'abandon; je n'avais personne à qui confier les douleurs de mon âme, je me suis rapproché d'elle, elle a daigné s'intéresser à mes ennuis, et, confondant la reconnaissance avec l'amour, je lui ai engagé ma foi. Vous venez, madame, de soulever un coin du voile qui me cachait la vie, vous venez...

— Chevalier Sforzi, murmura Marie en l'interrompant, si vous tenez à rester de mes amis, il vous faut aimer mademoiselle Diane et lui rester toujours fidèle !... Changeons de conversation. Au lieu de nous occuper de M. d'Epernon, nous avons, je ne sais comment cela se fait, gaspillé notre soirée en vains propos. La première fois que nous nous verrons, — à moins toutefois qu'un nouveau dérangement ne vous soit impossible, — nous nous occuperons de dresser un plan de conduite contre notre ennemi commun.

— Ah ! madame, s'écria Sforzi d'un ton de reproche, pour arriver jusqu'à vous, je passerais à travers une armée entière.

L'inconnue accueillit par un sourire d'incrédulité cette protestation, et se levant de dessus son fauteuil :

— Chevalier, vous plairait-il avant de vous retirer, car la nuit s'avance, de me tenir compagnie à souper ?

Le jeune homme, — est-il besoin de le dire, — accepta cette offre avec empressement !

Marie écarta une des tentures de velours qui tapissaient la pièce, et Raoul aperçut dans une espèce de petit salon meublé avec une rare élégance, une table somptueusement dressée.

— Ah ! madame, dit-il en désignant à l'inconnue, par un signe de tête, un tableau suspendu à la muraille, voici qui donne un démenti à la haine que vous affectez d'éprouver contre le roi.

— Qu'est-ce donc, chevalier ?

— Mais le portrait de Sa Majesté elle-même.

— Approchez-vous de cette image et considérez-la de tout près, chevalier.

Raoul obéit ; au-dessus du portrait étaient tracées plusieurs lignes d'une fort belle écriture. Voici ce que lut Sforzi :

« Henri III, par la grâce de sa mère, roi de France et de
« Pologne imaginaire, concierge du Louvre, marguillier de
« Saint-Germain-l'Auxerrois, gendre de Colas (1), gauderon-
« neur (2) des collets de sa femme, et friseur de ses cheveux,
« mercier du palais, visiteur des estuves, gardien des quatre-
« mendiants, père conscrit des blancs-battus et protecteur des
« caputtiers (3). »

— Eh bien ! chevalier, que pensez-vous de ce joli pasquil ? demanda Marie.

— Je pense, madame, que si j'avais su trouver pareille chose céans, je n'aurais jamais franchi le seuil de votre maison !

Le jeune homme, tout en parlant ainsi, s'empressait de se mettre à table.

XXXV

L'ASTROLOGUE ET LE FOU

Il était près de onze heures du soir lorsque Marie, se levant de table, dit à Sforzi :

— Chevalier, il se fait tard, vous ne pouvez rester plus longtemps ici. Le même serviteur qui vous a amené va vous reconduire. A présent que je connais votre loyauté, je n'userai plus des mêmes précautions que j'ai cru devoir prendre ce soir... J'exige seulement votre parole que vous ne tenterez aucune démarche pour essayer d'apprendre qui je suis ; que vous ne reviendrez pas en ces lieux sans y avoir été convié !...

— Je vous le jure, madame !... Et cette invitation se fera-t-elle bien attendre ? demanda le jeune homme d'un ton passionné et suppliant.

— Si j'avais la moindre prétention à votre amour, si notre liaison ne devait pas rester enfermée dans les limites de la plus stricte amitié, je ne répondrais pas à cette question, dit l'inconnue, car rien ne stimule la passion comme le doute et l'incertitude ; non, chevalier, cette invitation ne se fera pas attendre ! Nous avons, vous et moi, chacun de notre côté, employé cette première entrevue à nous étudier mutuellement, sans aborder franchement le sujet qui nous réunissait !... Il nous reste maintenant à régler les conditions de notre alliance. Dès qu'il me sera loisible de vous recevoir, je vous ferai avertir. Les mots de *Guise* et d'*Italie* prononcés à demi-voix, et accompagnés de trois coups frappés à intervalles égaux, vous ouvriront la porte. Chevalier, au revoir.

Sforzi parut d'abord vouloir répondre, mais se ravisant aussitôt, il s'inclina silencieusement devant Marie, et sortit.

Une fois hors de la maison, il se mit à marcher droit devant lui avec rapidité. Sa tête en feu, son sang qui brûlait dans ses veines, lui faisaient une nécessité de ce violent exercice.

— Ah ! se disait-il, tout en avançant au hasard, ne suis-je point la victime d'une œuvre des ténèbres ?... N'y a-t-il point dans tout ceci de la magie ? Est-il possible que deux heures aient suffi pour opérer en moi un changement si extraordinaire ! Car je ne puis me le dissimuler, je suis amoureux à la folie de cette mystérieuse et séduisante Marie, dont hier je ne soupçonnais pas même encore l'existence ! Quelle enchanteresse ! A chacune de ses paroles j'étais tenté de tomber à ses genoux, et pourtant son langage ne me donnait aucun espoir. Quel

ton de hauteur et d'humilité !... Quels sourires empreints tour à tour d'une délicieuse candeur et d'une ardeur enivrante ! Que d'ironie lorsqu'elle me conseillait les paisibles joies d'un humble mariage ! Que d'enthousiasme quand elle me montrait le but où doivent tendre les efforts d'un homme de cœur ! Quelle sensibilité en me dépeignant la joie orgueilleuse et reconnaissante d'une grande dame, fière des succès de son discret adorateur !

J'ai cru d'abord voir dans son langage un encouragement à ma passion ; mais bientôt un regard glacial a fait évanouir mon espoir !... Et pourtant ?... mais non... je n'ose croire à tant de bonheur... Ce serait à en perdre la raison...

En ce moment, un choc violent que reçut Raoul le tira de sa rêverie et le rappela au sentiment de la réalité. Le jeune homme, absorbé dans ses pensées et continuant à marcher au hasard, se trouvait alors dans une des rues désertes et étroites qui avoisinaient le Marché-aux-Chevaux.

Le premier mouvement de Sforzi fut de reculer de quelques pas, son second de sortir l'épée du fourreau.

— Qui êtes-vous ? que voulez-vous ? demanda-t-il à un homme qu'il aperçut devant lui.

— Hélas ! monsieur, répondit l'inconnu d'une voix grêle et suppliante, c'est le ciel qui vous envoie à mon secours ! venez vite, venez, il n'y a pas un moment à perdre... elle se meurt !

— Qui êtes-vous ? je vous le répète, reprit Sforzi, soupçonnant un piège et se tenant toujours sur la défensive. En faveur de qui invoquez-vous mon appui ?

— Je suis une pauvre innocente créature, un bon chrétien... Ma femme se meurt, monsieur... Mon Dieu ! que de temps perdu !... elle est peut-être déjà trépassée, ma douce Catherine !

La voix de l'inconnu décelait une douleur si vive, si sincère, que Raoul sentit s'évanouir aussitôt toute sa méfiance.

— Monsieur, dit-il à l'inconnu, disposez de moi comme bon vous l'entendrez, je suis à vos ordres. Si, abusant de mon humanité, vous voulez me faire tomber dans un guet-apens, Dieu vous punira ! Je préfère m'exposer à une trahison plutôt que de laisser dans l'embarras celui qui implore mon aide... Quel danger menace votre femme ? En quoi puis-je vous servir ?

— Oh ! ne craignez rien, je suis la plus inoffensive et honnête créature de la terre. De ma vie je n'ai fait de mal à qui que ce soit... Mais venez donc, venez !

L'inconnu prit alors Raoul par la main et se mit à courir avec une prodigieuse rapidité : bientôt il s'arrêta devant une espèce de bicoque d'assez lugubre apparence. Raoul remarqua que la porte était toute grande ouverte.

— Monsieur, reprit l'homme à la voix grêle, pendant que je vais retourner auprès de ma bien-aimée Catherine, veuillez vous rendre en toute hâte à l'hôtel de Bel-Esbat !... Vous demanderez messire Bernard Abatia, médecin astrologue, et vous me l'amènerez incontinent.

— Mais l'hôtel de Bel-Esbat appartient à Sa Majesté, dit Raoul, et si je ne me trompe, le roi s'y trouve en ce moment. Comment ferai-je pour pénétrer dans cette résidence royale, et, en supposant que je sois introduit, que répondrai-je à l'astrologue Bernard Abatia, s'il me demande le nom de la personne qui m'envoie auprès de lui ?

— Oui, vous avez raison... J'ai la tête perdue... Vous répondrez à l'astrologue Abatia que c'est la Folie-Raisonnable qui l'appelle ; il vous comprendra. Quant à pénétrer dans Bel-Esbat, rien de plus facile. L'hôtel est gardé cette nuit par une compagnie de cent gentilshommes ; le premier d'entre eux à qui vous vous réclamerez du médecin Bernard Abatia vous fera entrer tout de suite. Ah ! mon Dieu ! voici, dans mon trouble, j'ai oublié de fermer derrière moi la porte de ma maison. Si quelqu'un profitant de mon absence était monté... oh ! je serais perdu ! Catherine est si belle !... si belle !... on me la raviraît... Quoi !... vous êtes encore là ?... Mais courez donc... courez donc !...

L'étrange inconnu s'élança dans la maison, laissant Raoul en proie à un doute et à une surprise inexprimables.

Un instant le jeune homme hésita. L'allure bizarre, l'incohérence du langage de l'inconnu lui faisaient craindre d'avoir

Pas un mot ou tu es mort! (Page 75.)

affaire à un fou. Enfin, l'humanité de Sforzi l'emporta sur son amour-propre; il se décida, quitte à subir les brocards des gentilshommes de garde, à remplir la commission dont il était chargé, et il prit en toute hâte le chemin de Bel-Esbat.

Un quart d'heure lui suffit pour franchir la distance qui le séparait du *retiro* de Henri III.

Après avoir répondu aux appels des sentinelles, il parvint jusqu'à l'entrée de l'hôtel, et s'adressant à un garde de la compagnie des cent gentilshommes qui se promenaient de long en large devant la porte :

— Monsieur, lui dit-il, auriez-vous l'extrême obligeance de me faire introduire auprès de messire Bernard Abatia, le médecin-astrologue.

— Cela m'est de toute impossibilité, monsieur, répondit poliment le gentilhomme, les ordres les plus sévères interdisent, passé neuf heures du soir, à toute personne, excepté à la reine-mère et à messeigneurs de Joyeuse et d'Epernon, l'entrée de Bel-Esbat. Tout ce que je puis faire pour vous, c'est d'envoyer avertir messire Abatia qu'une personne désire lui parler. Quel est votre nom, je vous prie ?

— Messire Abatia ne me connaît pas, dit Raoul fort embarrassé, mais je suis dépêché vers lui par une personne de son intimité.

— Alors le nom de cette personne ?

Sforzi était sur des charbons ardents : il craignait de froisser la susceptibilité du gentilhomme qui l'accueillait avec une si exquise urbanité. Le fait est que sa réponse ne pouvait guère être prise autrement que comme une mauvaise plaisanterie, une mystification.

— Monsieur, dit-il en baissant la voix, je vous crois trop au courant des usages de la cour, trop initié aux mystères de la politique, pour songer à entrer avec vous dans de longs commentaires !... Vous devez me comprendre à demi-mot : il ne m'est pas plus permis de donner mon nom que celui de la personne qui m'envoie !... La moindre indiscrétion à cet égard m'exposerait à une disgrâce certaine. Veuillez, je vous garderai une reconnaissance infinie de votre complaisance, faire prévenir maître Bernard Abatia que la Folie-Raisonnable se réclame de lui.

— La Folie-Raisonnable ! répéta le gentilhomme avec étonnement; au fait pourquoi pas ? Depuis que la France a été envahie par la race italienne, le mystère et l'intrigue règnent à la ville comme à la cour ! Va pour la Folie-Raisonnable !...

Dix minutes après le départ du gentilhomme, un homme à la barbe blanche, à la haute stature, à la contenance grave, solennelle, sortit de l'hôtel de Bel-Esbat, et s'avançant vers Raoul, lui déclara être prêt à le suivre.

C'était Bernard Abatia, l'astrologue favori de Sa Majesté Henri III.

Quand le chevalier et le médecin se furent assez éloignés de Bel-Esbat pour n'avoir plus à craindre d'être entendus des gardes qui rôdaient dans les environs, Abatia se retourna vers Raoul.

— Monsieur, lui dit-il, je ne m'explique pas que Sibillot vous ait envoyé vers moi. Êtes-vous donc son ami intime? avez-vous toute sa confiance ?

A la clarté de la lune, en ce moment dans son plein, Sforzi

Ne regardez point ma belle Catherine, je vous le défends! (Page 82).

remarqua que maître Bernard Abatia l'observait d'un air méfiant et soupçonneux.

— Monsieur, lui répondit-il, j'ignore absolument quel est ce Sibillot dont vous parlez. Cette fois est la première de ma vie que j'entends prononcer ce nom.

— Quoi! vous ne connaissez pas Sibillot?

— Nullement que je sache.

La réponse de Raoul parut causer un étonnement excessif à l'astrologue favori de Sa Majesté Henri III.

Sforzi et maître Bernard Abatia n'échangèrent plus un seul mot pendant le reste du trajet.

Ce fut seulement en arrivant devant la vieille maison habitée par l'homme que l'astrologue avait désigné sous le nom de Sibillot, que Bernard Abatia reprit la parole :

— Monsieur, dit-il à Raoul, je vous remercie beaucoup de la peine que vous avez prise en me venant chercher ce soir à Bel-Esbat; je suis bien votre très-obligé et très-humble serviteur.

L'astrologue adressa un grave salut au jeune homme, et souleva le heurtoir de la porte; Sforzi lui arrêta le bras.

— Maître Bernard Abatia, lui répondit-il, la curiosité ne forme certes pas le fond de mon caractère, et je n'ai point pour habitude de me mêler des affaires d'autrui; seulement, je tiens beaucoup à ma propre estime : or, comme ce qui se passe en ce moment-ci me semble chose suspecte et digne d'attention, j'entends savoir ce que signifie ce mystère et le rôle que j'y ai joué pour ainsi dire contre ma volonté. Quel est, je vous prie, ce Sibillot? Quel danger menace sa femme Catherine?

— Monsieur, répondit l'astrologue d'un air contraint, ce n'est pas, il me semble, fort généreux de votre part d'abuser ainsi de l'inconséquence que j'ai commise en vous livrant le nom de Sibillot. Le danger que court Catherine n'a rien que de très-naturel, et ne se rattache nullement à un crime, ainsi que vous paraissez le supposer. J'aime à croire que cette déclaration dissipera vos doutes et vous empêchera de persister dans votre résolution.

— Vous vous trompez, maître Bernard!... L'homme qui se défend avant qu'on l'accuse est rarement innocent!... Du moment que vous avez prononcé le mot crime, je veux entrer avec vous dans cette maison!... Pas un mot de plus, je vous en prie! Toutefois, je dois ajouter que si mes soupçons sont dénués de fondement, je garderai un secret inviolable sur ce que j'aurai vu ou entendu.

Raoul mit une telle fermeté dans sa réponse, son ton dénotait une résolution si bien arrêtée, que l'astrologue-médecin jugea inutile de prolonger davantage la discussion.

— Je prends note de votre promesse, monsieur, se contenta-t-il de dire; une seule question? Y a-t-il longtemps que vous habitez Paris? avez-vous été, ou allez-vous à la cour?

— Je suis à Paris depuis une quinzaine de jours, dit Sforzi, et je n'ai mis qu'une seule fois les pieds à la cour. Du reste, je n'ai nul motif pour cacher mon nom : on m'appelle le chevalier Raoul Sforzi.

— Le chevalier Raoul Sforzi, répéta le médecin-astrologue en scandant lentement ce nom, comme s'il éveillait dans son esprit un souvenir confus!... Par Jupiter! N'est-ce point vous qui avez si fort rudoyé ce matin monseigneur d'Epernon,

— J'ai eu en effet une explication assez chaude avec M. Lavalette !...

— Oh ! alors, je puis me fier à vous, reprit l'astrologue : celui qui, pour défendre son honneur, n'a pas craint de braver la colère du puissant mignon, celui-là doit avoir le cœur haut placé.

— Permettez, maître Bernard Abatia, s'écria Raoul en retenant une seconde fois le bras que l'astrologue étendait vers le heurtoir, comment se fait-il que vous soyez instruit de ma querelle avec M. Lavalette ou d'Epernon ?

Le médecin-astrologue sourit.

— Cette question naïve double l'estime que j'avais déjà pour vous, — dit-il. Quoi ! chevalier, vous accomplissez une action dont la hardiesse épouvante la cour, vous commettez une témérité à faire pâlir les plus braves, et vous vous figurez bonnement que personne ne s'occupe de vous ! Depuis ce matin votre nom est dans toutes les bouches !... Vous avez produit un scandale énorme, vous avez eu un immense succès !...

— Vos paroles m'étonnent singulièrement, maître Bernard Abatia, répondit Raoul pensif, je n'aurais jamais cru que l'action fort simple et fort naturelle d'un gentilhomme repoussant une insulte pût préoccuper aussi vivement la cour de France. Est-il donc d'usage à Paris de baiser humblement la main qui vous frappe, et de s'incliner lâchement devant une houssine menaçante ?

— La houssine de messeigneurs de Joyeuse et d'Epernon est aussi dangereuse que la hache du bourreau, dit l'astrologue ; attaquer l'un des mignons de Sa Majesté, c'est attenter à la personne du roi, c'est se rendre coupable du crime de lèse-majesté.

— Marie a raison, murmura Raoul, le Valois n'est pas digne de la couronne !

En ce moment la porte de la vieille maison s'ouvrit, et Sibillot apparut sur le seuil.

A la vue du médecin-astrologue il poussa un cri de joie.

— Ah ! te voilà donc enfin ! s'écria-t-il d'une voix pleine de sanglots ; viens vite, Bernard, viens vite, ma pauvre Catherine se meurt !...

Sibillot entraîna maître Abatia dans l'intérieur de la maison. Le chevalier suivit les deux amis.

Ce fut dans une pièce située au premier étage qu'ils entrèrent. Raoul s'arrêta sur le seuil de la porte ; un triste spectacle venait de frapper sa vue.

Une femme, en proie aux douleurs atroces d'un laborieux enfantement, se tordait, en poussant des gémissements étouffés, sur un misérable grabat.

Sibillot courut vers elle, prit sa tête dans ses mains et l'embrassa avec des transports de tendresse qui semblaient tenir du délire.

— Ma belle et douce Catherine, lui dit-il d'une voix brisée par les sanglots, voici notre bon ami Abatia qui accourt à ton secours... Tu sais combien il est savant... Tu n'as plus rien à craindre... Allons, du courage, ma belle et douce Catherine, tes souffrances vont cesser.

Pendant que Sibillot essayait de consoler et de rassurer sa femme, Sforzi examinait cette dernière avec autant d'attention que d'étonnement.

La femme que Sibillot paraissait aimer si éperdument, celle qu'il appelait sa belle Catherine, présentait le modèle d'une laideur achevée. Son visage, maigre, osseux, bizarre assemblage de traits placés pour ainsi dire au hasard, son œil terne, dénué d'expression, et annonçant un manque à peu près complet d'intelligence, sa voix discordante et gutturale, formaient l'ensemble le plus disgracieux qu'il soit possible d'imaginer.

La surprise de Sforzi s'accrut encore bien davantage quand il vit Sibillot s'élancer vers lui, et d'un ton menaçant lui crier :

— Ne regardez point ma belle Catherine, je vous le défends ! Vous voulez la séduire, la ravir à ma tendresse... Ne la regardez pas, vous dis-je, ou, par la mort ! moi qui n'ai jamais fait de mal à personne, je vais chercher une arme et je vous tue sans pitié !

Sibillot, dont la taille ne dépassait guère quatre pieds dix pouces, était d'une constitution tellement faible et souffreteuse, qu'il eût suffi d'un souffle pour le renverser. Aussi, en entendant ses menaces, Sforzi ne put-il d'abord retenir un sourire. Néanmoins, en remarquant la douleur réelle du pauvre jaloux, il reprit son sérieux, et s'adressant gravement à Sibillot :

— Monsieur, lui dit-il, le respect que j'éprouve pour la vertu de madame votre femme est égal à l'admiration que me cause son incomparable beauté... Je suis trop honnête homme pour vouloir reconnaître, par une odieuse trahison, — qui, du reste, j'en suis persuadé, tournerait à ma honte, — la confiance que vous avez bien voulu me témoigner... Dès l'instant que vous n'avez plus besoin de moi, je me retire... Je suis bien votre serviteur !...

Au moment où Raoul s'éloignait, l'astrologue-médecin, maître Bernard, demanda à Sibillot de lui remettre une potion dont il lui avait ordonné de se munir à l'avance dans la prévision de l'événement attendu qui se réalisait.

Sibillot se mit à s'arracher les cheveux de désespoir, il avait oublié, dans sa douleur, la recommandation du médecin-astrologue.

— Ce médicament m'est indispensable, reprit maître Abatia. Tiens voici le formulaire : cours au plus vite réveiller un apothicaire, et reviens sans perdre une seconde ; les moments sont précieux !...

— Quitter de nouveau ma douce et belle Catherine ! s'écria Sibillot avec effroi. Oh ! non ! jamais !... jamais !...

— Prends garde, dit maître Bernard, le cas est urgent... le danger est pressant !...

Sibillot pâlit, et parut décidé à obéir, mais se ravisant presque aussitôt, il se jeta aux genoux de Catherine, saisit une de ses mains, et d'une voix qui annonçait une résolution fermement arrêtée :

— Non, je ne quitterai pas Catherine ! s'écria-t-il, je ne la quitterai pas ! Si elle meurt, eh bien ! je mourrai aussi ; mais je ne la quitterai jamais ! jamais !... non... jamais !

Cet élan de tendresse était si profond, qu'il cessait d'être burlesque. Sforzi en fut attendri.

— Monsieur, dit-il à Sibillot, donnez-moi ce formulaire, je vais tenter, malgré l'heure avancée, d'obtenir d'un apothicaire le médicament dont votre femme a besoin.

— Oh ! que vous êtes bon, que je vous aime ! s'écria Sibillot.

Sforzi prit le formulaire et sortit en courant. Une demi-heure s'était à peine écoulée que le jeune homme était de retour.

Soit que la drogue fût efficace, soit que la nature vînt en aide à la pauvre Catherine, à peine eut-elle pris le breuvage qu'elle tomba dans un lourd sommeil.

— A présent, il n'y a plus aucun accident à craindre, dit le médecin-astrologue, demain ma commère embrassera l'enfant qu'elle désire depuis si longtemps. Va te reposer, ami Sibillot ; je te le répète, tout danger a cessé.

A cette assurance de Maître Bernard Abatia, Sibillot laissa éclater, tout en la comprimant de peur de troubler le repos de sa femme, la joie qu'il éprouvait.

Ensuite il s'avança vers Raoul, prit ses mains, et avant que le jeune homme, qui ne soupçonnait pas son intention, pût s'y opposer, il les embrassa avec l'expression d'une reconnaissance passionnée, tout en lui disant :

— C'est à présent entre nous deux à la vie, à la mort ! Jamais je ne saurais m'acquitter envers vous du service que vous m'avez rendu ! Si, par un bonheur inespéré, le hasard me met un jour en position de vous être utile, n'oubliez pas, je vous en conjure, que vous avez en moi un esclave dévoué.

Le pauvre Sibillot, accablé par les émotions poignantes qu'il avait subies, alla s'asseoir par terre, au pied du lit de sa femme, et, appuyant sa tête contre la couche, il s'endormit presque aussitôt !

— Maître Abatia, dit Raoul en se tournant vers le médecin-astrologue, voulez-vous bien accepter mes excuses pour les injustes soupçons que je vous ai manifestés. Je vous ai rendu s une circonstance si exceptionnelle, Paris est chaque nuit témoin de si incroyables mystères, que ma méfiance s'explique aisément ! A présent il ne me reste plus qu'à prendre congé de vous.

— Restez, au contraire, monsieur Sforzi, répondit le médecin-astrologue. J'ai une grâce à vous demander; une confidence à vous faire.

— Parlez, monsieur ; je vous écoute.

L'astrologue regarda fixement Raoul, puis après un assez long silence :

— Chevalier Sforzi, reprit-il, je n'ai pas besoin de consulter les astres, d'entreprendre de longs et savants calculs pour être assuré que je puis me fier à votre discrétion ; du reste, en dehors de l'estime que vous m'inspirez, mon intérêt me commande impérieusement cette confiance. Vous ignorez encore ce que c'est que Sibillot. Eh bien ! Sibillot est le fou de Henri III.

— J'étais loin, maître Bernard Abatia, de m'attendre à cette révélation ! interrompit Sforzi avec un profond étonnement. Pour la France entière, qui dit le fou du roi, dit messire Chicot...

— Oui, Chicot est aussi populaire et fameux que Sibillot est obscur, inconnu !... Pourtant ce dernier jouit d'un véritable crédit auprès de Sa Majesté !... Sibillot, que vous avez déjà vu dans une circonstance tout exceptionnelle, est un bien singulier personnage : vous ne vous doutez pas de son originalité... Sibillot, ce qui ne vous paraîtra guère compatible avec l'exercice de son emploi, ne parle presque point. Il amuse Sa Majesté par ses grimaces !... Le fait est que jamais masque humain n'a présenté une mobilité d'expression semblable.

Il s'exprime aussi clairement avec les muscles de son visage que pourrait le faire un orateur avec la langue ! Le roi passe souvent des heures entières à essayer d'arracher un mot à son fou ! C'est un grand sujet de joie et de triomphe pour Sa Majesté quand elle parvient à le faire parler.

Le roi est persuadé, — peut-être bien a-t-il raison, — que l'instinct de Sibillot pour reconnaître les bons et les mauvais serviteurs est infaillible. Aussi, quand un nouveau venu de quelque importance apparaît à la cour, Sa Majesté ne manque-t-elle jamais de dire à son fou : « Compagnon Sibillot, flaire-moi ce gentilhomme. Dois-je oui ou non me fier à lui ? » Quand Sibillot aperçoit messieurs de Guise, il tombe en pâmoison. Je passe à présent à ce qui me concerne. Personne à la cour ne soupçonne ma liaison avec Sibillot; c'est grâce aux bons offices qu'il me rend auprès de Sa Majesté que je dois la faveur et la confiance dont elle m'honore... Je ne vous cacherai pas que pour arriver à disposer ainsi de la volonté du bon Sibillot j'ai dû user de ruse. A force de démarches je suis parvenu à connaître son mariage secret. Dès ce moment Sibillot m'a appartenu corps et âme. Je ne parlerai pas de la grotesque jalousie de Sibillot. Vous savez à quoi vous en tenir à ce sujet. Cette jalousie est telle que Sibillot, plutôt que d'avouer son mariage et d'obtenir ainsi des secours de Sa Majesté, préfère laisser sa Catherine dans la misère. Il est persuadé que, du jour où sa femme serait connue, tous les plus grands seigneurs de la cour brigueraient à l'envi ses bonnes grâces... C'est moi qui sers d'intermédiaire entre Catherine et Sibillot... Voilà, chevalier, tout ce que j'avais à vous apprendre !... J'ai en trop grande estime votre loyauté pour craindre, qu'abusant d'un secret dont le hasard vous a rendu maître, vous dévoiliez ma liaison avec Sibillot, c'est-à-dire la source de mon crédit auprès du roi. A revoir, chevalier ! Soyez assuré que je suis et serai toujours à votre dévotion !

La confidence de maître Bernard Abatia empêcha Sforzi de dormir pendant le reste de la nuit.

Au point du jour, lorsque le fou ouvrit les yeux, Sforzi alla droit à lui, et d'une voix solennelle :

— Messire Sibillot, lui dit-il, vous m'avez promis hier, si jamais le hasard vous mettait en position de m'être utile, que vous seriez mon esclave dévoué. Je viens vous sommer de tenir votre engagement. Il faut que vous parliez aujourd'hui même de moi au roi et que vous décidiez Sa Majesté à me recevoir dans son particulier.

— J'essaierai, dit Sibillot. Et vous, messire Sforzi, voulez-vous vous engager par serment que vous ne tenterez jamais aucune démarche pour vous rapprocher de ma belle et douce Catherine ?

— Foi de gentilhomme, je vous le jure.

— Merci, mon bon Sforzi, dit Sibillot, vous serez reçu par mon ami Henri !

XXXVI

Il faisait grand jour lorsque Sforzi rentra à l'hôtellerie de la *Corne-de-Cerf*.

Le capitaine de Maurevert, déjà levé, attendait assis devant un copieux déjeuner le retour de son compagnon.

— Par la déesse de la jeunesse ! l'aimable Horta, se disait-il, c'est une belle chose que d'avoir vingt ans ! Témoin ce gentil Raoul, dont les femmes se disputent le cœur !... Pourtant, en y réfléchissant froidement, la solide amitié d'un homme de mon âge est cent fois préférable à l'affection impétueuse mais passagère d'un damoiseau !... Oui, mais les femmes n'y réfléchissent pas... elles se laissent aller à leurs sensations. Or, un frais visage, une taille souple et élancée, une fine et soyeuse chevelure, signifient, à leurs yeux, noblesse, valeur, discrétion et constance ! Allons, ne vais-je pas à présent, au lieu de me réjouir des succès de Raoul, en être jaloux ! Une seule pensée, — et cette pensée prouve combien l'homme est faible à tout âge, — jette une ombre sur mon bonheur. Depuis que j'ai vu Lehardy, l'image de Diane me poursuit et m'importune. Je vois cette pauvre damoiselle, la contenance abattue et affligée, les yeux noyés de larmes, en proie à un morne désespoir !... Aussi pourquoi s'est-elle laissé dépouiller de son manoir de Tauve ? Non, je suis injuste en ce moment : il est incontestable que si cette charmante enfant possédait toutes les richesses de la chrétienté, elle n'hésiterait pas à les partager avec Raoul. Oui, mais elle ne possède plus rien. Ici, la pitié doit céder le pas aux principes, l'attendrissement doit s'effacer devant la raison; j'aime Raoul, moi, j'entends que nous soyons heureux ! Or, quel bonheur espérer ici-bas sans l'opulence ! Toute réflexion faite, je ne parlerai pas au chevalier de ma rencontre avec Lehardy.

De Maurevert venait à peine de prendre cette belle résolution, lorsque Sforzi rentra à l'hôtellerie. Le capitaine l'accueillit par un gracieux sourire.

— Enfin, cher compagnon, lui dit-il, vous voilà donc de retour. Je commençais à être inquiet de votre absence prolongée. Tudieu ! voilà ce qui s'appelle entrer brillamment en campagne. Eh bien ! la résistance a-t-elle été sérieuse, le siège meurtrier, la capitulation honorable ?

— Je ne vous comprends pas, capitaine, répondit froidement Raoul.

— Bon ! voilà que vous vous apprêtez à me débiter une nouvelle narration de l'histoire de messire Joseph l'Egyptien. Cher compagnon, votre manteau couvre encore vos épaules. Croyez-moi, laissez de côté une dissimulation inutile pour vous, injurieuse pour moi ! Vous ne doutez ni de ma discrétion, ni de mon amitié, n'est-ce pas ? Alors à quoi bon tant de mystère ?

— Capitaine, dit Raoul, je vous jure que vous vous méprenez étrangement sur l'issue de mon rendez-vous. J'ai passé la nuit à deviser philosophie et politique.

— Vous avez causé politique ! s'écria le capitaine avec un air de désappointement comique. Par les cornes du Diable ! l'inconnue était-elle donc d'une laideur achevée ?... approchait-elle de la soixantaine ?

— Nullement, capitaine. Marie, c'est son nom, est au contraire la femme la plus séduisante qu'il soit possible de rêver. Son esprit extraordinaire, merveilleux, étincelant, donne le vertige ! Son regard enivre, ses moindres mouvements ont une grâce, une distinction inimitables ! Quand elle parle, on croirait entendre une harmonie céleste; quand le sourire entr'ouvre ses lèvres roses et vermeilles, on est prêt à tomber à ses pieds.

— Et vous avez passé la nuit à causer politique ? répéta de Maurevert. Par tous les dieux de l'Olympe ! je me demande si je ne suis pas en ce moment le jouet d'un songe... Trouver la perfection féminine sur son chemin, et traiter cette perfection en avocat, en procureur !... l'abreuver de discours !... Non, cela n'est pas !...

— Sur ma parole de gentilhomme, capitaine, dit Raoul, je n'avance rien qui ne soit d'une scrupuleuse véracité ! Marie a employé les moments que nous sommes restés ensemble à essayer de me détacher du parti du roi ! Et, l'avouerai-je, elle a trouvé des paroles si magiques, que je n'ose plus consulter le fond de ma pensée !...

Maurevert fronça le sourcil et resta assez longtemps sans répondre.

— Cher ami, dit-il enfin, ce que vous m'apprenez là change du tout au tout la face de la question. La politique que j'appellerai de sentiment, c'est-à-dire la politique où se trouve mêlée la femme, peut offrir, il est vrai, de sérieux avantages, mais elle présente aussi de graves inconvénients ! On court le risque d'être payé de ses peines en sourires, tendres aveux, faveurs de toutes sortes !... C'est là, vous en conviendrez, une triste monnaie !... Jouer sa tête, — témoins MM. de la Mole et Coconas, décapités par la main du bourreau, — pour arriver à quoi ? à être à moitié aimé par une coquette ambitieuse ; ce serait jouer le rôle de niais. A présent, il s'agit de savoir quelle est dans le monde la véritable position de la mystérieuse inconnue, de Marie, comme vous l'appelez.

— Arrêtez, capitaine, interrompit vivement Raoul, j'ai engagé ma parole que je n'essaierais jamais de lever le voile derrière lequel Marie cache son nom.

— Oui, mais moi, je ne suis pas lié par la même promesse, cher Raoul, j'ai toute liberté d'agir...

— C'est vrai, capitaine, répondit Sforzi ; mais comme, moi, je ne veux point éluder ma parole par un indigne subterfuge, je vous demanderai la permission de ne pas répondre à des questions qui seraient de nature à vous mettre sur la voie de la vérité.

— A votre aise, compagnon, dit de Maurevert, qui ajouta à part soi : — A présent que l'existence de la maison du Marché-aux-Chevaux m'est connue, ce sera bien le diable si je n'arrive pas à savoir qui demeure dans cette maison...

Tandis que Raoul et Maurevert causaient ensemble, une scène dans laquelle il était fortement question du chevalier se passait dans le jardin d'un hôtel de la rue du Paon, au faubourg Saint-Germain. Diane d'Erlanges, en proie à un violent désespoir et le visage inondé de larmes, était assise sur un banc. Devant elle se tenait debout, son chapeau à la main, le fidèle Lehardy ; le serviteur essayait en vain de rappeler un peu de calme dans les pensées de la pauvre enfant.

— Mon Dieu ! que j'ai donc eu tort, ma bonne demoiselle Diane, de vous apprendre l'infidélité du chevalier !... lui disait-il. Et quand je me sers du mot infidélité, je me trompe, peut-être. J'avoue qu'au premier abord M. Sforzi paraît coupable. Mais qui sait ! peut-être bien, si au lieu d'accourir, comme un niais, vous faire part de ma belle découverte, j'avais interrogé M. le chevalier, m'aurait-il donné une explication triomphante ; on doit, avant de condamner son prochain, écouter sa défense. Tenez, ma bonne et honorée maîtresse, dussé-je pour la première fois de ma vie désobéir à vos ordres, je vais de ce pas avertir le chevalier de votre heureuse arrivée à Paris.

— Non pas, Lehardy, s'écria Diane avec vivacité, garde-toi bien d'une pareille démarche, qui me couvrirait d'opprobre. Rassure-toi, mon ami ; vois, je ne pleure plus, me voici calme, résignée.

— A cette résignation, ma bonne maîtresse, répondit tristement Lehardy, je préférerais des larmes. Vos efforts pour paraître insensible à la douleur n'aboutissent qu'à augmenter vos souffrances.

— Silence, Lehardy, s'écria Diane d'un ton impérieux et tout à fait contraire à ses habitudes, la fille de M. le comte d'Erlanges est-elle donc descendue à ce degré de honteuse faiblesse, que le meilleur de ses serviteurs croie pouvoir lui manquer de respect et d'obéissance ! Je te défends, Lehardy, de te rendre auprès de M. Sforzi ! Du reste, il ne mérite aucun reproche ! moi seule suis à blâmer ! Pourquoi ai-je pris au sérieux les propos qu'une galanterie d'homme bien élevé le

forçait à m'adresser ?... Je me suis aveuglée à plaisir ! J'ai été folle, orgueilleuse, crédule à l'excès !... Il est de toute justice que je porte la peine de ma folie, de mon orgueil, de ma crédulité !

— Hélas ! ma bonne et honorée maîtresse, répondit Lehardy en soupirant, c'est en vain que vous essayez de donner le change à votre cœur !... Vous n'ignorez pas que M. Sforzi vous a aimée, et permettez-moi d'ajouter, vous aime encore de toutes les forces de son âme...

— Tu crois, Lehardy ? s'écria-t-elle avec un élan passionné. Mais aussitôt une vive rougeur colora son visage ; et ce fut d'une voix ferme, et en fixant sur son serviteur un regard sévère, qu'elle reprit :

— Lehardy, je dois à ton sincère attachement, à ton dévouement, aux signalés services que tu m'as rendus, une considération et des égards au-dessus de ta position. Je veux bien te traiter en ami... Oui, Lehardy, tu as deviné... En vain mon orgueil révolté, ma délicatesse froissée, mes sentiments indignement méconnus, me conseillent l'oubli, me commandent l'indifférence !... J'aime toujours M. Sforzi... On dirait même que, depuis son infâme trahison, mon attachement pour lui a doublé de force !... Mon triste réveil me rend plus doux encore le souvenir de mes malheureux songes !... Tu vois, Lehardy, combien je suis franche avec toi... Tu peux donc ajouter une foi entière à ma résolution inébranlable de ne jamais pardonner à M. Sforzi !... Je ne me dissimule pas que pour sortir victorieuse de cette lutte il me faudra beaucoup souffrir. Grâce à Dieu, mon vénéré et vaillant père, M. le comte d'Erlanges, m'a transmis avec son sang sa fierté et son courage ! Ce que je veux, je le veux bien. Peut-être succomberai-je à la tâche que je m'impose, mais à coup sûr je ne faiblirai pas. Si la douleur me tue, je saurai mourir le sourire sur les lèvres, sans me trahir. A présent, mon bon Lehardy, en retour de la confiance que je viens de te montrer, j'attends de toi une obéissance absolue. Je veux que jamais le nom du chevalier ne sorte de ta bouche, que jamais tu ne fasses aucune allusion au passé, que jamais surtout, — remarque bien ceci, — tu ne tentes la moindre démarche auprès de M. Sforzi ! Cet entretien, mon bon Lehardy, m'a brisée ; j'ai besoin de repos. Au revoir, mon ami, n'oublie point qu'enfreindre mes ordres ce serait perdre mon amitié.

Lehardy, non moins ému que la jeune fille, s'inclina profondément devant elle, et s'éloigna sans prononcer une parole.

Toutefois, dès qu'il fut seul, dès que la vue des souffrances de sa bien-aimée maîtresse ne pesa plus sur son jugement, Lehardy se mit à réfléchir.

— Notre demoiselle, se dit-il, a, certes, raison d'être révoltée de la conduite de M. de Sforzi, mais ne pousse-t-elle pas un peu trop loin ses ressentiments ? D'abord rien ne prouve que la faute du chevalier soit aussi grande, aussi impardonnable que le prétend mademoiselle Diane... Peut-être bien a-t-il une excuse, une explication à donner... Si j'allais le voir ? Commettre une telle désobéissance !... Oh non !... Je ne le puis... je ne l'ose... Cependant quel mal y aurait-il à cela ? Et puis, en supposant que M. Sforzi ne soit pas coupable, à quels cruels remords je m'expose !... Mon imprudente précipitation aura détruit à tout jamais le bonheur de ma maîtresse !... Oui, oui, je suis décidé !... Que mademoiselle Diane me traite avec la dernière rigueur !... je l'aurai mérité !... Je cours prévenir le chevalier !...

Lehardy, craignant de manquer de résolution, se hâta de mettre son projet à exécution.

Lorsqu'il atteignit l'hôtellerie de la *Corne-de-Cerf*, sa fatigue et son émotion étaient très-grandes, — car il avait marché fort vite ; — il s'assit, pour reprendre ses sens, sur un banc de pierre adossé à la muraille de l'auberge.

Lehardy, après s'être reposé un instant, allait entrer dans l'hôtellerie : la vue de Maurevert, qui en sortait, le fit changer de résolution.

Il pensa qu'il obtiendrait sans peine de l'aventurier, complétement désintéressé dans la question, des éclaircissements catégoriques sur la conduite de Raoul. Il accosta donc le capitaine.

— Par Bacchus ! s'écria joyeusement de Maurevert, je suis

ravi, Lehardy, de votre rencontre. Mademoiselle Diane d'Erlanges, votre noble et charmante maîtresse, est-elle donc à
Paris ? J'espère qu'elle se porte bien ?

— Mademoiselle d'Erlanges, capitaine, répondit tristement
Lehardy, est dans un pitoyable état de santé.

— Que m'apprenez-vous là ? Par la mort ! vous me navrez le
cœur ; et d'où lui est venue cette subite maladie, à cette
adorable demoiselle d'Erlanges ?

— Hélas ! capitaine, d'un violent chagrin.

— Est-ce possible ?... Au fait cela se conçoit !... Le triste
trépas de sa mère, la perte de sa fortune...

— Et la trahison de M. le chevalier Sforzi, — ajouta Lehardy en fixant sur le capitaine un regard scrutateur, suffisent
en effet pour la conduire au tombeau.

De Maurevert tressaillit.

— Quoi ! reprit-il, la position de mademoiselle Diane est-
elle bien aussi désespérée que vous le dites ?...

— Oui, capitaine. Toutefois je dois ajouter, et ceci de vous
à moi, que si M. le chevalier Sforzi parvenait à amoindrir,
par ses explications et par son repentir, l'énormité de sa
faute, je suis intimement persuadé que ma bonne maîtresse
recouvrerait la santé comme par enchantement. Là ! voyons,
capitaine, au nom de l'amitié que vous portiez jadis à notre
demoiselle ; au nom du dévouement que vous lui avez offert
autrefois, quelle est la vérité sur le compte de M. Sforzi ?...

De Maurevert hésita : réhabiliter Raoul auprès de Diane,
c'était exposer le jeune homme à contracter un mariage dé-
savantageux, puisque mademoiselle d'Erlanges ne possédait
plus aucune fortune ; accuser Raoul, c'était réduire mademoiselle d'Erlanges au désespoir.

— Bah ! se dit-il, c'est une sotte conseillère que la sensibilité ! les principes avant tout !...

Alors, affectant un air affligé et baissant la voix :

— Hélas ! mon bon Lehardy, répondit-il, ne me parlez
jamais du chevalier. Sa conduite me fait rougir de honte. Ses
débordements dépassent les limites du possible. Il se fera, un
de ces soirs, assassiner par un mari jaloux... Je suis justement, en ce moment, fort inquiet sur son compte. Depuis
hier soir il n'est pas rentré !...

Lehardy poussa un gémissement, et se levant de dessus
son banc s'éloigna aussitôt à grands pas ; il semblait atterré.
De Maurevert le suivit longtemps du regard.

— Morbleu ! se dit-il, je ne pouvais laisser le chevalier,
mon associé, conclure une mauvaise affaire ! La position de
mademoiselle d'Erlanges me peine beaucoup !... mais qu'y
faire ?... Je le répète : les principes avant tout !... Et puis...
bah ! on ne meurt jamais d'amour !...

<h3 style="text-align:center">XXXVII</h3>

LE CADEAU

Pendant les deux jours qui suivirent son entrevue avec Marie,
Sforzi, continuellement absorbé dans ses pensées, fut très-ta-
citurne.

De son côté, l'aventurier paraissait soucieux : c'était à peine
s'il prenait deux bouteilles de vin à chacun de ses repas ; il ne
jurait presque plus.

De Maurevert, — l'homme le plus fort n'a-t-il pas ses heures
de faiblesse ? — éprouvait des remords ; malgré ses principes
si bien arrêtés, malgré sa conviction qu'il avait agi au mieux
des intérêts de Raoul, malgré l'élasticité de sa conscience, il
se reprochait sa conduite envers Diane : l'image de la pauvre
enfant si cruellement blessée au cœur le poursuivait de plus
en plus.

— Morbleu ! se disait-il, tout surpris et tout épouvanté de
ces sentiments de pitié si nouveaux pour lui, est-ce donc que
je vieillis ? Que m'importe la tristesse d'une petite demoiselle
privée de son tourtereau ? Je dégénère... je tourne au petit
bourgeois !

Le capitaine, après s'être prouvé cent fois à lui-même que
sa conduite, dans cette circonstance, était totalement exempte
de blâme, en arriva à cette singulière conclusion, qu'il devait
tenter tous les moyens possibles pour retrouver Diane.

— Une fois les choses remises en leur premier état, se
dit-il, je laisserai marcher, sans plus m'en préoccuper, les
événements. Il n'est pas probable que l'amour pleurnicheur
de Diane l'emportera sur la passion expérimentée de la belle
Marie à la blonde chevelure. J'arriverai donc au même résultat sans donner à ma conscience le droit de me chanter
pouille, car j'ai beau m'aveugler à plaisir, il est certain que
j'ai engagé jadis ma parole à la demoiselle d'Erlanges de
rester toujours son ami. Je sais bien que cette promesse man-
quant de réciprocité ne me liait pas comme un contrat...
N'importe ! mon honneur n'en est pas moins engagé jusqu'à
un certain point.

Chez de Maurevert, l'action suivait de près la pensée ; aussi,
à peine eut-il pris la résolution de retrouver mademoiselle
d'Erlanges, qu'il entra sans plus tarder en campagne.

Raoul éprouvait de son côté un grand trouble d'esprit. Les
sentiments qui l'agitaient étaient si multiples, si confus, qu'il
lui était impossible de voir clair dans l'état de son cœur. A la
pensée de Diane exposée à l'odieux amour du marquis de la
Tremblais, il ressentait un mouvement de rage folle, insensée,
des larmes douloureuses et brûlantes coulaient de ses yeux.

La délicieuse et chaste image de mademoiselle d'Erlanges,
se débattant en vain contre son lâche et infâme persécuteur,
lui apparaissait entourée de l'auréole du martyre, et alors il
tombait à genoux ; il invoquait la protection divine...

Bientôt, une nouvelle évocation de son imagination exaltée
venait se placer entre lui et la prière ; Marie, tour à tour
altière, timide, passionnée, recueillie, mais toujours adorable-
ment belle, animait son sang de folles ardeurs, réveillait tous
les fougueux instincts de son impétueuse jeunesse.

Enfin, Marie et Diane finissaient par se fondre en une seule
et même personne, et former un tout fantastique et enivrant.

Sforzi payait cruellement l'austérité et l'orgueil de son passé.
Après s'être vanté de dominer, par la seule force de sa volonté, les passions de son âge, il en était devenu l'esclave
absolu...

Le surlendemain du jour où le jeune homme avait été reçu
par Marie, dans la petite maison située au milieu des terrains
déserts qui avoisinaient le Marché-aux-Chevaux, de Maurevert, harassé de fatigue, et après avoir employé sa matinée
en inutiles recherches, venait de rentrer à l'hôtellerie de la
Corne-de-Cerf.

Il était deux heures, c'est-à-dire le moment du dîner.

Les deux amis, en entrant dans la salle à manger commune
aux voyageurs, se saluèrent d'une simple inclination de tête,
et s'assirent à table à côté l'un de l'autre sans s'adresser la
parole.

Sforzi craignait les railleries du capitaine et celui-ci, de son
côté, avait peur d'éveiller, par une parole imprudente, les
soupçons du jeune homme et de le mettre ainsi sur la voie de
la trahison dont lui, de Maurevert, s'était rendu coupable
envers Diane.

Le repas était fini : les habitués étaient tous partis et il ne
restait plus dans la salle que de Maurevert et de Sforzi lorsque
l'hôte entra, et s'adressant au jeune homme :

— Mon gentilhomme, il y a là un laquais revêtu d'une
fausse livrée ou, si vous aimez mieux, d'une livrée couleur de
muraille, qui insiste beaucoup pour être introduit sans retard
auprès de vous...

— Qu'il entre ! s'écria vivement Raoul.

Alors un homme âgé d'à peu près quarante ans, et dans
lequel Sforzi reconnut tout de suite le guide qui l'avait conduit auprès de Marie, se présenta.

— Monsieur le chevalier, dit-il à Raoul, l'on m'a chargé de
vous remettre ceci à vous-même ; ma maîtresse vous prie
d'attendre, pour ouvrir ce paquet, que vous soyez seul.

Sforzi porta la main à son haut-de-chausses pour chercher
sa bourse et récompenser le laquais ; mais ce dernier, soit
que la perspective d'une gratification blessât sa fierté, soit
qu'il eût reçu des ordres formels à cet égard, salua Raoul et
s'éloigna aussitôt avec précipitation.

Lorsque les deux compagnons de fortune se trouvèrent
seuls, tous les deux, par un mouvement spontané, relevèrent
la tête et se regardèrent fixement.

— Cher Raoul, dit tristement de Maurevert, je vois avec peine que ma présence vous gêne. En quoi donc, je vous prie, ai-je pu démériter auprès de vous ?...

— Cher capitaine, répondit Sforzi en rougissant, vos reproches sont injustes.

— Injustes ! Hélas ! non, Raoul, il ne sont que trop fondés. Jusqu'à présent, Raoul, vous avez eu un grand mérite, celui de la franchise. Ne perdez pas cette précieuse qualité qui vous met au-dessus du vulgaire. Dites-moi hardiment : « Capitaine de Maurevert, comme je suis un galant homme, je remplirai fidèlement les conditions du traité qui nous lie, mais ne voyez en moi qu'un associé et non un compagnon !... » Ce langage, Raoul, s'il me percera le cœur, me permettra au moins de vous estimer encore !... Or, je vous déclare, — et vous devez d'autant mieux me croire que je n'ai nul intérêt à vous tromper, — que je tiens à votre honneur cent fois plus qu'au mien propre !... Il me semble que vos qualités rachètent mes défauts ! Peut-être me direz-vous, cher compagnon, que parfois je vous donne des conseils en désaccord avec la vertu ? A cela je vous répondrai que mon esprit droit et logique ne tient aucun compte des préjugés ! Du moment que ma conscience se tait, peu m'importent les criailleries de la tourbe, les jugements erronés du monde ! Ainsi, Raoul, il est bien convenu, n'est-ce pas, que tout en restant de bons et fidèles compagnons, nous cessons d'être de véritables amis ?

La voix ordinaire si rude de l'aventurier s'était, en prononçant ces dernières paroles, singulièrement adoucie; son regard, habituellement impudent et moqueur, brillait de l'humide éclat d'une larme. Sforzi se sentit tout attendri. Il prit l'une des larges mains du capitaine et la serra avec effusion dans les siennes.

— Cher de Maurevert, lui dit-il, si vous saviez l'agitation de mon esprit, le trouble de mon âme, au lieu de m'accuser, vous m'accorderiez toute votre pitié !...

— Ainsi, dit l'aventurier, vous êtes toujours, cher Raoul, mon ami ?...

— Certes, toujours, capitaine.

— En ce cas, répondit froidement de Maurevert, dépêchez vous d'ouvrir ce paquet; je brûle d'impatience de savoir quel est son contenu !

Raoul, un peu à regret peut-être, se résigna à obéir.

Il dénoua un réseau de rubans artistement attachés, qui serpentait le long de l'enveloppe de soie recouvrant le mystérieux envoi, et en tira un court manteau de velours, brodé avec une rare perfection, parsemé de pierreries fines et orné de magnifiques dentelles.

— Par Jupiter ! s'écria de Maurevert, si la reine-mère était encore d'un âge acceptable, je n'hésiterais pas à lui attribuer le mérite de ce don vraiment royal? Laissez-moi admirer tout à mon aise cette merveille, cher Raoul.

Le capitaine prit le manteau et le secoua pour faire disparaître les plis : une bourse roula par terre.

— De l'or ! s'écria de Maurevert transporté de joie; par Plutus ! voilà longtemps que je n'ai éprouvé une si agréable surprise.

Le capitaine s'empressa de ramasser la bourse, et, renversant son contenu sur la table, se mit à compter avec une célérité sans égale la somme qu'elle renfermait.

— Deux cents écus au soleil ! reprit-il peu après, la reine-mère voudrait-elle se faire pardonner sa veillesse ?... Que le diable m'emporte si je sais ce que je dis; je déraisonne de joie, je divague de bonheur... Deux cents écus au soleil ! Cher et gentil Raoul, c'est à en perdre la tête !...

Le chevalier était loin de partager les transports de l'aventurier. Une vive rougeur couvrait son visage, ses sourcils étaient contractés son œil brillait de colère.

— Suis-je donc un mendiant ! s'écria-t-il en frappant sur la table un violent coup de poing qui fit rebondir les pièces d'or; et moi qui croyais qu'elle m'aimait !... qu'elle m'estimait !... Aveuglement insensé, sot orgueil ! Je prenais pour de la passion, un caprice de grande dame !... Marie a calculé que le passe-temps de mon amour, l'emploi et l'utilité de mon dévouement, représentaient pour elle une valeur de deux cents écus au soleil. Or, comme Marie est une honnête femme, elle m'envoie généreusement à l'avance le prix de ma tendresse, le salaire de mon courage ! Au fait, pourquoi me plaindrais-je ? Que suis-je, après tout ! Un simple gentilhomme de province... un être sans conséquence, que l'on peut sans déroger associer à des projets qui ne le regardent pas, introduire dans son alcôve, et à la rigueur, s'il s'agit de couvrir un grand nom, jeter en pâture au bourreau. Ah ! je ne souffrirai pas que l'on fasse si bon marché de ma personne, que l'on me traite avec un si superbe mépris. Je montrerai de quoi est capable un homme honnête, résolu et marchant à son but droit devant lui, sans peur, sans reproches. Oh ! Marie, comment, vous si supérieure, avez-vous pu m'envoyer cette aumône ?

Sforzi appuya sa tête sur ses deux mains et tomba dans une profonde rêverie. La voix de Maurevert l'arracha à ses pensées.

— Raoul, s'écria-t-il, je cherche en vain des expressions pour flétrir votre noire ingratitude. La langue est impuissante à rendre ma surprise et mon indignation !

— Silence, capitaine, je vous prie, interrompit violemment le chevalier. Vos sophismes ne peuvent rien contre le cri de ma conscience outragée, de mon honneur insulté !... Je vous porte une sincère amitié, capitaine, mais il y a en moi, vous le savez, des heures terribles où la fureur m'égare et prend le dessus sur ma raison ! Ne me poussez pas, par vos honteux conseils, à manquer à la foi jurée ! Ne me condamnez pas à d'éternels remords !... — Silence, vous dis-je, capitaine, continua le jeune homme en voyant de Maurevert se disposer à l'interrompre. — Ayez pitié de moi...

Un assez long silence suivit; ce fut de Maurevert qui de nouveau renoua l'entretien.

— Cher Raoul, en courbant le front devant votre colère, en cédant à vos menaces, je viens de vous donner la plus grande preuve d'amitié qu'il est en mon pouvoir de vous offrir.

— Merci, merci, capitaine.

— Je ne vous demande pas de remerciments, je constate un fait, pas autre chose. A présent, chevalier, terminons, s'il vous plaît, cette pénible discussion. Vous êtes bien déterminé, n'est-ce pas, à refuser l'admirable cape et les deux cents écus d'or que Marie vous envoie ?

— Capitaine ! cette question...

— Il n'est pas besoin d'emportement pour me répondre d'une façon négative ou affirmative : il vous suffit d'un « oui » ou d'un « non. » Comme j'aime extrêmement à procéder en toutes choses avec ordre et méthode, je reprends donc ma question : vous êtes bien déterminé, n'est-il pas vrai, à refuser l'admirable cape et les deux cents écus d'or que Marie vous envoie ?

— Oui, capitaine.

— Très-bien ! alors, je crois, chevalier, qu'il est convenable d'accomplir, sans plus de retard, cette restitution !

— Oui capitaine.

— En ce cas, voulez-vous bien me charger de cette commission !

— Vous ! et pourquoi, capitaine ?

— Parce que je tiens à ce que vous n'agissiez pas en malotru ; parce que je suis certain de remplir convenablement vos intentions, qui, en passant par la bouche d'un mercenaire ou d'un valet, courraient risque d'être dénaturées d'une déplorable façon... Je pense, Raoul, que vous ne suspectez pas ma fidélité ?...

— Mille fois non, capitaine.

— Du reste, si vous agréez mon offre, je vous engagerai ma parole d'opérer loyalement la susdite restitution !

— J'accepterais volontiers votre offre, si cela était en mon pouvoir, cher compagnon, reprit Raoul après avoir réfléchi un moment, mais vous oubliez que l'inconnue, ou Marie, à exigé de moi que je ne dévoilerais à personne le mystère de notre rendez-vous.

— Qu'à cela ne tienne, chevalier ! Je connais parfaitement la maison située près du Marché-aux-Chevaux.

— Quoi ! s'écria Raoul avec une surprise extrême, vous aussi ?

— Moi aussi, répéta laconiquement de Maurevert en baissant les yeux d'un air modeste.

— Et vous ne m'en aviez rien dit ?...

— Comme vous, j'étais lié par un serment, Raoul. Ainsi vous acceptez ma proposition ?

Pour toute réponse, le jeune homme poussa devant de Maurevert la bourse et le manteau.

Le capitaine, dans la crainte sans doute que Raoul ne se ravisât, saisit les précieux objets, et, prenant à peine le temps de passer son épée dans le baudrier, sortit de la salle à manger de l'hôtellerie de la *Corne-de-Cerf*.

XXXVIII

ANCIENNES CONNAISSANCES

Une fois dans la rue, de Maurevert, selon sa louable habitude, se mit à examiner sous toutes ses faces la nouvelle affaire qui se présentait ; car l'aventurier, en offrant à Raoul de lui servir de messager, avait obéi à une arrière-pensée.

— Il ne faut point me dissimuler que j'ai à remplir une mission fort délicate et hérissée de difficultés, — se disait-il en marchant lentement. Comment faire pour pénétrer dans la petite maison du Marché-aux-Chevaux ?... Quel langage tiendrai-je ensuite à la maîtresse de céans ? Bah ! le hasard n'est-il pas mon ami ? il saura bien m'aider à sortir d'embarras.

Ce fut donc sans avoir un plan bien arrêté que le capitaine arriva à sa destination.

— Diable ! se dit-il après avoir soigneusement examiné la mystérieuse habitation, des fenêtres closes, des jalousies fermées ! N'y aurait-il personne dans cette bicoque ? Le fait est que j'ai mal choisi mon heure. Les déesses de ces discrètes demeures ressemblent aux phalènes, qui prennent leur vol seulement la nuit ; elles recherchent l'ombre et les ténèbres. Du reste, rien ne me presse ; mettons-nous en observation.

De Maurevert avisa les broussailles derrière lesquelles Lehardy s'était caché deux jours auparavant pour espionner Raoul Sforzi.

— Voici des travaux avancés qui conviennent merveilleusement bien à mon projet, se dit-il. De mon embuscade, je surveillerai d'une façon infaillible, et sans que l'on se doute de ma présence, la place ennemie.

Le capitaine, pour surcroît de précaution, choisit un pli de terrain formant presque fossé, et se coucha la tête tournée vers la maison.

Pendant la première demi-heure, aucun événement de nature à éveiller son attention ne troubla la faction de l'aventurier.

Un peu découragé de l'insuccès de sa ruse, il songeait presque à s'éloigner, quand il vit les silhouettes de deux hommes qui se dirigeaient de son côté, se détacher en noir sur l'azur de l'horizon.

Quoique l'arrivée de deux personnes en cet endroit ne constituât pas un fait bien extraordinaire, le capitaine se pelotonna sur lui-même, ainsi qu'un gigantesque boa à l'affût d'une proie, et attendit.

L'aventurier avait eu raison de compter sur le concours du hasard.

Quelques minutes plus tard, les deux piétons s'arrêtaient devant le mur du jardin de l'habitation solitaire ; et aux paroles qu'ils échangeaient entre eux, à voix basse, tout en examinant la maison, il était évident que leur présence en ces lieux avait un but.

Le costume des deux inconnus annonçait une condition subalterne ; ce détail intrigua très-fort de Maurevert.

— Il n'est guère probable, pensait-il, que la maîtresse de céans donne des rendez-vous à de tels personnages. Ah ! par Mercure, je devine ! Ces individus sont placés en sentinelles par leur maître. Ils gardent les abords du palais d'Armide, afin de ne pas laisser surprendre le bel Arnaud. A présent, quel peut être le bel Arnaud ? quelle est l'enchanteresse Armide ? Voilà ce que j'ignore, ce qu'il est de mon intérêt de savoir, et par conséquent ce que je saurai.

Tout à coup de Maurevert poussa une exclamation d'étonnement : les deux individus qui jusqu'alors ne lui avaient présenté que le dos, s'étant retournés de son côté, il venait de reconnaître deux de ses anciennes connaissances, l'apôtre Benoist et le seigneur de Croixmore !

A cette découverte si inattendue, le capitaine hésita ; toutefois, son indécision fut de courte durée.

D'un bond il se leva de dessus le gazon, et rajustant à la hâte le baudrier de son épée, il s'avança à pas de géant vers Croixmore et Benoist.

— Par les cornes du diable ! chers amis, leur cria-t-il, vous me voyez au comble de la joie.

A l'apparition de Maurevert, qui semblait surgir de terre, le serviteur du marquis de la Tremblais et le bandit de la province d'Auvergne parurent atterrés. Leur premier mouvement fut de prendre la fuite, le second de se mettre en défense.

— Par la barbe de Pluton ! continua l'aventurier d'une voix amicale et le visage souriant, on dirait, compagnons, que ma présence vous est désagréable... Me garderiez-vous rancune, vous, Croixmore, de ce que j'ai été si magnanime à l'endroit de votre rançon ? vous, Benoist, de ce que je n'ai pu me résoudre à laisser pendre mon ami le chevalier Sforzi ?... Que diable ! nous ne sommes plus ici en Auvergne, mais bien à Paris... Nous n'avons plus ici les mêmes raisons pour nous estocader que là-bas... Je ne crois pas, Croixmore, que votre intention soit de me faire prisonnier de guerre, et vous, Benoist, de me pendre !... Ces passe-temps, bons à occuper les loisirs de la vie de province, ne sont pas de mode à Paris. En Auvergne, la féodalité domine ; à Paris, c'est le roi qui règne ! Après tout, si, poussant la rancune jusqu'à la mesquinerie, vous désirez prendre une revanche, vous n'avez qu'un mot à dire. Que mon isolement ne vous retienne pas : je me sens de force, à moi seul, à vous envoyer tous les deux rendre vos devoirs à messire Satanas !...

De Maurevert s'éloigna de trois pas et portant la main à la garde de son épée :

— J'attends, reprit-il. Est-ce la paix ? est-ce la guerre ?

— Capitaine, il vous faut attribuer à notre étonnement la froideur de notre accueil, répondit Croixmore. Votre présence nous est au contraire fort agréable, et nous ne souhaitons, Benoist et moi, qu'une seule chose : noyer avec vous, dans des flots de vin, l'oubli de nos anciennes inimitiés !

— Voilà ce qui s'appelle parler d'or, — s'écria de Maurevert. — Qui sait, chers compagnons, si nous ne serons pas bientôt appelés à réaliser ensemble quelque honnête profit !... Je possède mon Paris sur le bout des doigts, pas une des ressources qu'il présente ne m'est inconnue... J'ai souvent besoin de vaillantes épées, de hardis et subtils compagnons... Dites-moi, si une brillante occasion se présentait, pourriez-vous disposer de votre temps ? Etes-vous libres de votre personne ? Puis-je compter sur vous ?

— C'est selon, répondit le bandit Croixmore. S'il s'agit d'une expédition de courte durée, oui ; s'il nous faut nous absenter plus d'un jour, non.

— Vous appartenez à quelqu'un ?

— J'ai l'honneur d'être attaché à la personne de monseigneur de la Tremblais, dit le bandit d'une voix sourde.

— Est-ce possible, Croixmore ! Quoi ! vous n'êtes plus châtelain ? Qu'avez-vous donc fait de votre belle forteresse de Tournoil ?

— M. le marquis de la Tremblais a daigné l'assiéger et la prendre d'assaut.

— Et vous, vous êtes entré au service du marquis ? Voilà qui me semble assez singulier !

Croixmore, avant de répondre, jeta un oblique regard sur l'apôtre Benoist, toujours silencieux, puis d'un ton doucereux et hypocrite :

— Monseigneur pouvait me faire pendre, il m'a accordé la vie ; je ne saurais jamais assez reconnaître par mon dévouement et mon zèle à le servir la clémence qu'il m'a montrée...

A son tour, de Maurevert examina à la dérobée l'apôtre Benoist, puis, jugeant sans doute à propos de ne pas pousser plus loin ses questions, il changea de sujet de conversation.

— Vraiment, messieurs, dit-il, puisque nous voici en si

bons termes, je n'userai pas de détours avec vous pour vous avouer que votre présence ici, et à cette heure, me contrarie et me dérange infiniment ! Ne vous serait-il pas possible de me laisser le champ libre et de vous éloigner ? Vous me rendriez un véritable service d'ami...

— Cela ne se peut, capitaine, répondit d'un ton bourru l'apôtre Benoist.

— Bon, pensa de Maurevert, le marquis de la Tremblais doit se trouver dans la petite maison.

— Au moins, reprit l'aventurier en passant son bras sous celui de Croixmore, rien ne vous oblige à rester plantés ici comme des Termes. Se poser, en plein jour, de sentinelle devant la porte d'une maison isolée est un manque de tact impardonnable et qui sent la province d'une lieue, car, loin de protéger son maître en bonne fortune, on attire ainsi l'attention sur lui, et on l'expose à être gravement compromis lorsqu'il reviendra de son tête-à-tête.

Vous comprenez que, de même que j'étais caché tout à l'heure près de vous, sans que vous vous doutiez le moins du monde de ma présence, de même des espions surveillent peut-être en ce moment vos mouvements. Affectons un air dégagé, et pour donner le change à quiconque nous observerait, promenons-nous de long en large, comme des duellistes qui attendent leurs adversaires.

De Maurevert entraîna alors le bandit Croixmore dans une direction opposée à celle que suivait l'apôtre Benoist, et baissant la voix :

— Croixmore, lui dit-il rapidement, il y a dix écus à gagner pour toi si tu réponds avec franchise à mes questions. Le marquis de la Tremblais se trouve actuellement dans cette petite maison, n'est-ce pas ?

— Oui, répondit le bandit sur le même ton.

— Y a-t-il besoin d'un mot de passe pour pénétrer céans ?

— Certainement, capitaine.

— Et tu connais ce mot, Croixmore ?

— Oui, je le connais.

— Parle donc ! dépêche-toi !

— Trahir mon maître pour dix écus, ce serait trop mesquin ; je préfère me taire.

— Je ne marchande pas avec les garçons d'esprit. Vingt écus en échange du mot de passe.

— Payables quand cela ?

— Tout de suite, si tu l'exiges.

— Non pas ! Benoist nous observe.

— Eh bien ! en mon hôtellerie de la *Corne-de-Cerf*, rue des Tournelles.

— Accepté ! Le mot de passe est *Guise* et *Italie*.

— Très-bien ! À présent, élève la voix et cause de tout ce qui te viendra à l'esprit. Benoist se rapproche de nous.

Après avoir fait, en compagnie de Croixmore, une dizaine de tours, de Maurevert se retourna vers le chef des Apôtres, qui marchait presque sur ses talons.

— Benoist, lui dit-il, dois-tu rester de garde ici jusqu'à la nuit ?

— Je n'ai point à vous rendre compte de mes actions, capitaine, répondit l'Apôtre d'un ton brusque.

— Benoist, reprit froidement de Maurevert, il faut, pour te montrer si peu courtois, que tu aies peu de mémoire... Rappelle-toi que je t'ai déjà légèrement étourdi au cabaret de Saint-Pardoux, et tiens-toi pour assuré que si l'envie me prend de compléter ma leçon et de t'assommer tout à fait, je ne me refuserai pas ce plaisir !...

Benoist garda le silence, seulement, son œil de vipère lança un regard chargé de haine sur son adversaire.

De Maurevert abandonna le bras de Croixmore et se dirigea vers la petite maison.

Ce ne fut qu'au troisième coup de heurtoir qu'un léger bruit se fit entendre à l'intérieur.

Bientôt une espèce de judas défendu par des barreaux de fer tellement épais et serrés qu'ils ne laissaient pas même passage à la pointe d'un poignard, s'ouvrit en grinçant, et une voix masculine demanda à de Maurevert ce qu'il voulait.

— *Guise* et *Italie !* répondit le capitaine.

La porte tourna à l'instant sans bruit sur ses gonds, et

l'aventurier pénétra résolûment dans l'intérieur de la maison

— Avertissez votre noble et honorée maîtresse, dit-il à son introducteur, que l'un de ses plus intimes et dévoués serviteurs désire lui parler à l'instant même : il s'agit d'une communication de la plus haute importance.

Soit que le ton assuré de Maurevert imposât à l'homme qui lui avait ouvert la porte, soit que ce dernier eût l'ordre de n'adresser aucune question aux personnes possédant le mot de passe, il s'éloigna en toute hâte pour exécuter l'ordre du capitaine.

— Monsieur, dit-il, en revenant presque aussitôt, veuillez prendre la peine de me suivre, ma maîtresse vous attend.

De Maurevert ne se fit pas répéter cette invitation : il franchit à grandes enjambées le même escalier que Raoul avait gravi deux jours auparavant ; mais au lieu d'être introduit, comme l'avait été le jeune homme, dans le salon tendu de noir, ce fut dans une autre pièce qu'on le fit entrer.

— Tudieu ! se dit de Maurevert en saisissant d'un simple coup d'œil l'ensemble de l'appartement, je ne m'étonne plus maintenant si la belle Marie envoie de si magnifiques présents. Quel luxe ! Quelle peut être cette femme ? Une descendante de Danaé ?... Paris, que je sache, ne compte parmi ses habitants aucun Jupiter. À moins pourtant qu'il ne retourne de MM. d'O ou de Villequier. Oui, c'est possible. Il n'y a que ces éminentissimes voleurs capables de solder un tel luxe. Ah ! j'entends le frôlement d'une robe. Diable ! je ne parais pas plus de quarante ans. Cet âge est le plus beau de la vie ! Ah ! cher Cupido ! quelle joie d'être aimé d'une femme qui vous accable de pierreries fines et d'écus d'or. Cela a toujours été mon rêve ! Si pourtant mon rêve allait se réaliser.

De Maurevert, la taille roide comme un chêne, le buste développé et le regard en amande, eut une émotion véritable lorsque l'inconnue entra dans le salon.

Elle portait un demi-masque : le capitaine remarqua qu'elle boitait légèrement ; cette découverte le combla de joie.

— Par Vénus ! se dit-il, une femme qui possède un défaut physique doit racheter par ses bons procédés cette disgrâce de la nature. Ah ! si cette Marie pouvait être d'une laideur achevée, je serais le plus heureux des hommes !

La démarche fière, un peu théâtrale même de l'inconnue, troubla de Maurevert.

— Je manque de l'habitude des grandes dames, se dit-il, et décidément celle-ci compte, à coup sûr, parmi la haute noblesse !... Enfin, je ferai de mon mieux !...

Marie, en apercevant l'aventurier, laissa échapper un léger signe de surprise. Elle s'assit dans un fauteuil, puis d'une voix impérieuse :

— Je ne m'attendais pas à l'honneur de vous voir, capitaine de Maurevert, dit-elle... Qui me procure, je vous prie, le plaisir de votre présence ? comment avez-vous pu arriver jusqu'à moi ?...

De Maurevert, extrêmement étonné de voir que Marie le connaissait si bien, perdit tout à fait son aplomb habituel, du reste, déjà un peu entamé. Pour cacher son embarras il prit place sur un fauteuil.

— Capitaine, lui demanda l'inconnue, vous ai-je donc invité à vous asseoir ?...

À cette question, faite d'un ton à la fois dédaigneux et arrogant, de Maurevert ne put retenir un mouvement de colère :

— Ma toute belle, répondit-il en approchant son fauteuil, je ne sache pas que nous nous trouvions en ce moment au Louvre devant Sa Majesté... Que diable !... Pardon, je rétracte le mot, je voulais dire par Vénus ! par messire Cupido ! si vous aimez mieux, l'étiquette des maisons de rendez-vous n'est pas aussi rigide que celle de la cour. Que vous soyez la reine de mon cœur, j'en serai ravi, mais alors...

— Capitaine, interrompit Marie, je n'ai que faire d'écouter ces propos de soudard.

Alors l'inconnue retira son masque et regarda fixement son interlocuteur.

De Maurevert bondit comme si son fauteuil se fût changé en un gril ardent ; puis, l'air confus, il s'inclina profondément devant Marie, et lui dit avec un grand respect :

— Que Votre Altesse daigne me pardonner ma sotte con-

Oui, j'aime Diane d'Erlanges d'une passion ardente. (Page 92.)

Cela. Je dais si loin de songer à l'honneur de l'audience que Votre Altesse daigne m'accorder en ce moment !

XXXIX

L'AMOUR D'UNE GRANDE DAME

L'inconnue que de Maurevert venait de traiter d'altesse, et que nous continuerons d'appeler Marie, accueillit les excuses de l'aventurier en femme habituée aux plus humbles hommages.

Quant au capitaine, un instant déconcerté, il ne tarda pas à recouvrer toute sa présence d'esprit; de Maurevert n'était pas homme à rester longtemps étourdi sous le coup d'une défaite.

Soit que la respectueuse soumission de l'aventurier eût désarmé la colère de Marie, soit que la jeune femme ne voulût pas se faire un ennemi de lui, soit même encore qu'elle crût avoir besoin de ses services, ce fut d'un ton presque bienveillant qu'elle reprit la parole.

— Capitaine, dit-elle avant de pousser plus loin cet entretien, je désire savoir de quelle façon vous vous y êtes pris pour arriver jusqu'à moi ? Votre présence en ces lieux ne serait-elle pas le résultat d'une odieuse indiscrétion, d'une lâche trahison ?...

— Madame, répondit de Maurevert lentement et en pesant chacun de ses mots, vos suppositions humiliantes pour mon amour-propre sont complétement dénuées de fondement. Je vois, madame, que jamais vous n'avez pris la peine de vous enquérir de ce que pouvait être le capitaine de Maurevert. Si Votre Altesse avait daigné interroger sur mon compte le gentilhomme venu, elle saurait que la nature m'a doué d'un esprit souple et subtil, d'une imagination fertile en ressources, et alors ne s'étonnerait pas de me voir ici.

— Vous vous trompez fort, monsieur de Maurevert, si vous croyez m'être inconnu. Les renseignements qui m'ont été fournis sur vous sont au contraire fort complets.

— Vous me voyez ravi, madame, car il est toujours pénible de faire soi même son éloge.

Marie sourit, d'un air moitié incrédule, moitié railleur.

— Jusqu'à présent, monsieur, dit-elle, vous n'avez pas répondu à mes questions : de quelle façon vous y êtes-vous pris pour arriver jusqu'ici ?

— Je vous demanderai humblement la permission de me taire à ce sujet, madame. J'avais à vous parler, me voici en votre présence... cela suffit.

— Capitaine, reprit Marie après un léger silence, il est une justice que je me plais à vous rendre et qui vous prouvera combien je suis au fait de votre caractère.

— Quelle justice, madame ?...

— C'est que personne n'est plus que vous esclave de sa parole. Voulez-vous me jurer que vous n'essaierez pas de me tromper et que vous me répondrez avec une franchise entière? A cette condition seule je consens à continuer cet entretien.

— Hélas! madame, s'écria tristement de Maurevert, cette exigence de votre part va me priver de tous mes avantages et me réduire à la plus complète nullité. N'importe; je me sens, pour vous être agréable, capable de tous les sacrifices.! Permettez-moi seulement d'ajouter une restriction à votre désir.

— Quelle restriction, capitaine?

— Celle de me taire, madame, lorsque je croirai ne devoir pas répondre à vos questions. C'est bien le moins, du moment que vous me privez de la commodité du mensonge, que vous me laissiez la ressource du silence.

— J'accepte, capitaine. Ainsi voilà qui est bien convenu, bien entendu : vous me jurez sur votre foi de gentilhomme de ne pas essayer de me tromper.

— Non, madame ; je vous jure de ne pas commettre un seul mensonge; rien de plus. Si je vous trompe par un silence adroitement combiné, il ne faudra vous en prendre qu'à vous, et ne pas m'accuser d'avoir failli à mes serments.

— Accepté, capitaine! Avant tout, apprenez-moi le motif qui vous a fait désirer, — sans savoir qui j'étais, — pénétrer jusqu'à moi.

— Volontiers, J'ai été chargé par mon ami et compagnon, le chevalier Sforzi, de remettre à la maitresse de céans un manteau et 200 écus d'or, qu'elle avait daigné lui envoyer. Voici le manteau, madame, et voici les 200 écus au soleil. Je vous supplierai toutefois de me laisser ajouter que le chevalier de Sforzi me doit quinze cents livres tournois, — j'ai sa reconnaissance dans ma poche, — et que vous me combleriez de joie si vous daigniez accepter cette reconnaissance comme argent comptant?

Marie rougit légèrement, et un éclair de colère brilla dans ses yeux.

— Ainsi, c'est le chevalier de Sforzi qui vous envoie? dit-elle.

— Oui, madame, le chevalier Sforzi.

— En ce cas c'est un misérable !...

— Je ne vous comprends pas, madame.

— Il m'avait juré qu'il garderait rigoureusement le secret de notre connaissance!

— Le chevalier a tenu sa promesse, madame; si j'ai l'honneur de me trouver en ce moment en votre présence, c'est que j'ai indignement abusé de la bonne foi de mon ami. Je lui ai persuadé que j'étais en tiers dans la confidence.

— Mais le mot de passe, qui vous l'a donné?

— Ce n'est pas Raoul, madame.

Marie resta pendant quelques secondes pensive et réfléchie.

— Et pourquoi, capitaine, dit-elle enfin, M. Sforzi me renvoie-t-il mon présent?

De Maurevert ne répondit pas.

— Voilà que vous voulez déjà me tromper, capitaine.

— Non pas, madame; mon silence ne cache aucun piége; il m'est imposé par le profond respect que je porte à Votre Altesse, par la crainte que j'éprouve de lui déplaire par une trop brusque franchise.

— Expliquez-vous, capitaine?

— Vous me l'ordonnez, madame?

— Eh! certes, je vous l'ordonne... j'écoute, parlez!

— Madame, continua froidement de Maurevert, votre don, réellement royal, a paru au chevalier constituer une véritable aumône. Cette pensée a indigné jusqu'au délire son immense orgueil. Il s'est alors furieusement emporté contre vous, et vous a traitée avec un mépris sans pareil!

— Le chevalier a eu raison! s'écria Marie. Sa superbe me ravit et m'enchante. C'est d'un vrai gentilhomme, cela! c'est bien, très-bien! Pas un seul courtisan n'aurait montré, en pareille circonstance, .une telle délicatesse, un si bel orgueil!

— J'avoue, madame, dit de Maurevert fort étonné de la réponse de Marie, que si votre magnifique présent m'eût été adressé, je l'aurais accepté avec autant de joie que de gratitude... Je vous supplierai même, à ce propos, madame, de reprendre ce manteau et cette bourse dont la vue m'éblouit et me cause d'irrésistibles distractions...

— Si ces objets vous plaisent, gardez-les en souvenir de moi, capitaine, répondit Marie d'une air pensif.

— Ah! madame! est-ce possible? Quoi! Votre Altesse daignerait? C'est cent fois plus que je ne mérite. N'importe,

les désirs de Votre Altesse sont des ordres. J'accepte. Quant à la reconnaissance de cinq cents écus que m'a souscrite le chevalier...

— Vous l'anéantirez, capitaine. J'entends que M. Sforzi possède sa liberté entière et ne doive rien à personne.

— J'espérais que Votre Altesse me laisserait cette reconnaissance... enfin, puisque sa volonté est autre, elle sera obéie... Je brûlerai cette reconnaissance, murmura de Maurevert avec un soupir.

— Vous connaissez intimement M. de Sforzi, n'est-il pas vrai, capitaine?

— Oui, madame, intimement est le mot.

— Le croyez-vous capable de se dévouer corps et âme à la réussite d'un périlleux et vaste dessein, de suivre avec une invincible persévérance la route qu'on lui tracerait?

— Oui et non, madame. Le chevalier Sforzi possède, certes, une rare énergie, une indomptable opiniâtreté, une intrépidité à toute épreuve. Malheureusement il est affligé d'une soif de liberté et d'indépendance qui nuira toujours grandement à sa fortune. L'intérêt n'a pas prise sur lui...

— Et l'amour, capitaine de Maurevert? interrompit Marie avec une impétuosité passionnée.

Cette question, tout à fait dans les mœurs du temps, ne surprit pas de Maurevert.

— L'amour, madame, répondit-il tranquillement, est justement le côté faible de M. Sforzi... C'est un volcan que le chevalier. Je l'ai vu, à la pensée d'une femme qu'il adorait, — et je sais depuis une heure, que cette femme est Votre Altesse, — je l'ai vu, dis-je, pâlir, rougir, trembler comme un enfant, s'agiter comme un lion, passer par toutes les phases du ravissement et du désespoir !

— Vous n'exagérez pas, capitaine? interrompit Marie d'une voix émue.

— C'est-à-dire, madame, que je reste, et de beaucoup encore, en deçà de la vérité. Vous comprenez qu'il ne m'est pas possible de décrire les transports d'un fou furieux. A présent, madame, je dois à la générosité sans pareille que vous venez de me montrer, une délicate confidence. Avant de vous connaitre. M. Sforzi avait déjà, pour me servir de ses expressions, fiancé son âme... Mon Dieu, madame, j'ai peut-être tort de m'expliquer avec tant de franchise, car voici que vous pâlissez !

— Continuez, de Maurevert, continuez, je vous l'ordonne!... Quelle est cette femme?...

— Une jeune fille, Altesse !...

— Jolie, aimable, de quelque esprit?

— Hélas ! ravissante et belle au possible.

— Plus belle que moi? demanda fièrement Marie, en regardant son interlocuteur d'une si séduisante façon, que le flegmatique et sceptique aventurier se sentit troublé jusqu'au fond de l'âme... Eh bien! capitaine, répondez-moi donc, continua-t-elle : qui de cette jeune fille ou de moi est la plus belle?

A cette question redoutable, de Maurevert hésita; enfin, prenant son parti :

— Madame, dit-il, il y a des merveilles si absolues et si contraires chacune en son genre, qu'elles ne peuvent être comparées.

Marie fronça les sourcils et fit un geste d'impatience. Il fallait, pour que le capitaine n'osât pas se prononcer d'une façon plus explicite, que sa rivale fût réellement digne d'entrer en lice avec elle.

— Cette jeune fille habite Paris, sans doute? reprit Marie.

— Depuis quelques jours seulement. C'est en Auvergne que M. Sforzi l'a rencontrée.

— Une provinciale! Quelque fille de procureur, peut-être!

— Non, Altesse ! une demoiselle de grande et bonne maison !

— Et elle se nomme, cette merveille?

— Diane d'Erlanges, Altesse.

— Diane d'Erlanges... très-bien ! voilà un nom que je n'oublierai pas.

Marie tomba alors dans une profonde méditation.

— Monsieur de Maurevert, dit-elle tout à coup en relevant

la tête, j'ai eu le tort jusqu'à présent de ne pas vous avoir accordé toute l'attention dont vous êtes digne... Vous êtes un homme sur lequel on peut compter !... Je saurai employer vos talents, utiliser vos mérites ! Inutile d'ajouter que vos services seront généreusement rémunérés !...

— Madame, s'écria de Maurevert radieux, je me suis en effet bien souvent demandé déjà comment il pouvait se faire que Votre Altesse n'eût jamais songé à m'attacher à son parti... La conscience de ma valeur et le soin de ma dignité ne me permettaient pas de faire à Votre Altesse l'offre de mon intelligence et de mon épée... Je suis réellement ravi que Votre Altesse ait daigné venir la première à moi ; je ne saurais trop la complimenter de son acquisition de ma personne...

— De Maurevert, interrompit Marie qui n'avait guère écouté la réponse de l'aventurier, je n'ai pas à me contraindre devant vous. Je connais votre rare discrétion, et vous, vous n'ignorez pas que me trahir, ce serait vous exposer à des déboires infinis. De Maurevert, écoutez-moi bien. Il est nécessaire, pour que vous puissiez me servir avec fruit, que vous sachiez le fond de ma pensée. Lorsque je vis pour la première fois le chevalier Sforzi, son audace me plut, et je résolus d'exploiter dans mon intérêt son ressentiment contre M. Lavalette. Je donnai un rendez-vous à M. Sforzi. Les heures que nous passâmes ensemble, la soudaine intimité, — car il ignorait mon rang, — qui s'établit entre nous, le grandirent à mes yeux. Je reconnus en lui une âme fortement trempée, fière, ardente, accessible à tous les nobles enthousiasmes. Cette découverte me causa presque un remords... N'était-ce pas pitié, me demandai-je, de jeter ainsi dans les luttes acharnées et dévorantes de la cour une jeunesse si pleine de sève ? Vous n'ignorez pas, de Maurevert, combien pour les femmes le sentiment de la pitié est chose perfide. Il est rare qu'il ne les conduise pas insensiblement à l'amour. Aujourd'hui, j'aime Sforzi. Malheur à la femme qui se placera entre mon affection et lui ! Je veux, entendez-vous, de Maurevert, je veux que le chevalier réponde à ma tendresse. Pour arriver à ce résultat, je ne reculerai devant aucun moyen. Vous êtes, de Maurevert, admirablement bien placé pour me servir. Vous possédez la confiance de Sforzi, vous vivez dans son intimité, il vous est facile de contrôler ses moindres actions. Je compte donc sur votre concours.

— Madame, dit gravement le capitaine, il est une circonstance ignorée de vous et que je crois de mon devoir de porter à votre connaissance ! J'ai contracté avec M. Sforzi, pour l'espace d'un an, une alliance défensive. Tant que ce laps de temps ne sera pas écoulé, il ne me sera permis ni de le trahir, ni de marcher à l'encontre de ses intérêts. Si j'acquiers la conviction que le chevalier a le mauvais goût, l'impardonnable sottise de vous préférer mademoiselle Diane d'Erlanges, je vous avertis que je n'entreprendrai rien contre cette damoiselle et que je me renfermerai dans une honnête neutralité !...

— Soit, capitaine, j'accepte cette restriction.

— Mille remercîments, madame. Votre Altesse peut être persuadée que je servirai ses intérêts avec un dévouement absolu.

Marie salua l'aventurier d'une légère inclination de tête et se disposait à s'éloigner, lorsque de Maurevert la retint en prenant de nouveau la parole.

— Que Votre Altesse veuille bien me permettre de l'avertir, dit-il, que M. le marquis de la Tremblais est l'ennemi mortel de M. Sforzi. Je ne serais même nullement étonné que ce seigneur tentât, contre la vie du chevalier, quelque méchante entreprise.

— Vous savez donc que le marquis de la Tremblais se trouve actuellement ici ? demanda Marie fort étonnée.

— Madame, répondit l'aventurier en la saluant jusqu'à terre, le capitaine de Maurevert n'ignore rien de ce qu'il lui importe de savoir. Je ne puis trop vous répéter, — quoique cet aveu me coûte, — qu'en m'attachant à votre personne, vous avez conclu une excellentissime affaire. Si Votre Altesse daigne m'accorder prochainement une seconde audience, nous réglerons, — car les bons comptes font les bons serviteurs, — le prix de mon dévouement.

— Je vous reverrai sous peu, capitaine, répondit Marie. Au revoir.

De Maurevert, en sortant de la petite maison, retrouva l'apôtre Benoist et le bandit Croixmore, toujours placés en sentinelles.

N'ayant pour le moment aucun renseignement à tirer de ces honnêtes personnages, il s'éloigna sans leur adresser la parole.

— Parbleu ! se disait-il tout en arpentant le Marché-aux-Chevaux, il faut convenir que je n'ai pas trop mal employé mon après-dîner. Heureux, cent fois heureux Raoul ! Quelle mine à exploiter pour lui ! Quelle magnifique position à prendre ! Ai-je bien fait de parler de Diane d'Erlanges ? je l'ignore. Du reste, mon intention a été honnête... J'ai pensé que Son Altesse, excitée par la jalousie, parviendrait à découvrir le refuge de Diane. Alors, moi j'avertirai Lehardy que j'ai indignement abusé de sa bonne foi, que je lui en ai impudemment imposé sur le compte de Sforzi !... Une fois que j'aurai mis ainsi mon honneur à l'abri de tout reproche... eh bien ! il arrivera de tout ceci ce qu'il plaira au hasard... Ce sera bien le diable si, de tous ces événements, je ne tire pas quelque chose. Son Altesse est d'une générosité prodigieuse ; moi, je ne manque ni d'à-propos, ni d'appétit... Oui, définitivement, j'ai parfaitement employé mon après-dîner. Je puis dire comme l'empereur Titus : « Mon bon de Maurevert, tu n'as pas perdu ta journée ! »

LX

ALTESSE ET MARQUIS

Après le départ de Maurevert, Marie retourna auprès du marquis de la Tremblais et reprit avec lui l'entretien que l'arrivée de l'aventurier avait interrompu.

Le marquis de la Tremblais ressemblait tellement peu, en la présence de Marie, à ce qu'il était en Auvergne, que s'il eût été donné à ses vassaux de le voir en ce moment, ils n'auraient pas reconnu leur maître.

Rien en lui ne rappelait le fier et dur seigneur féodal qui faisait trembler toute une province.

Ses manières étaient obséquieuses, sa contenance respectueuse, et son ton doucereux approchait de l'humilité.

Seulement un observateur aurait compris, à certaines notes impérieuses de sa voix et à certains froncements de ses sourcils, indices révélateurs qui échappaient de temps à autre à sa retenue calculée, que le tigre, quoiqu'il cachât ses griffes, n'en restait pas moins pour cela la terrible bête fauve aux sanguinaires et féroces instincts.

Soit que Marie ne soupçonnât pas les méchantes passions de son interlocuteur, soit que, les connaissant, elle se sentît au-dessus de leur atteinte, rien ne décelait en elle la circonspection ou la contrainte.

Son geste franc, entier, expressif ; sa phrase, — écho fidèle de ses sensations, — tantôt brève et concise, tantôt abondante et irrégulière, prouvaient clairement qu'elle ne se gênait point pour exprimer librement sa pensée.

— Marquis, lui dit-elle, j'ai appris de source certaine la haine que vous portez à M. Sforzi ; or, je vous déclare hautement que je m'intéresse extraordinairement à ce jeune gentilhomme ! Persister dans vos projets de vengeance contre lui, ce serait donc me déclarer la guerre !... Voyez si vous voulez m'avoir pour ennemie !...

— Princesse, répondit le marquis en accompagnant ses paroles d'un sourire faux et contraint, M. Sforzi est bien heureux !

— Monsieur de la Tremblais, interrompit Marie avec une énergique fierté, je n'ai que faire de vos appréciations. Ce qu'il me faut, ce que je veux, c'est une promesse positive que vous n'entreprendrez rien contre la personne du chevalier... N'allez pas croire au moins que je suspecte son courage. Bien au contraire, l'épée de M. Sforzi est une de ces vaillantes lames qui, selon l'exergue espagnol, ne sortent du fourreau qu'avec raison, et n'y rentrent qu'avec honneur. Ce que je crains pour M. Sforzi, ce n'est pas une lutte acharnée, implacable, c'est la trahison. Voulez-vous vous engager, marquis, à n'attaquer le chevalier qu'à force égale, en plein soleil ? à ne lui adresser qu'un défi personnel ? à ne l'appeler que loyalement sur le terrain ? Alors je vous laisse toute liberté d'action.

— Princesse, répondit le marquis, si M. Sforzi était mon égal, si un noble sang coulait dans ses veines, je n'aurais pas attendu, pour me venger des griefs que j'ai contre lui, la permission que Votre Altesse daigne m'octroyer en ce moment !... Malheureusement, madame, il n'en est pas ainsi. M. Sforzi, — je vous demande humblement pardon de m'exprimer si brutalement sur le compte de votre protégé, mais il faut que vous sachiez la vérité entière, — M. Sforzi n'est qu'un aventurier ! A quelle noble maison appartient-il ? Quelle est sa famille ! Il l'ignore ! Je vais plus loin, je le mets au défi de citer même le nom de son père... Vous comprendrez, madame, que le marquis de la Tremblais, investi du droit de haute et basse justice, s'avilirait à tout jamais en traitant M. Sforzi comme son égal !... Un dernier mot, princesse, pour en finir avec ce sujet qui ne mérite réellement pas l'attention que vous daignez lui accorder... Ne vous semble-t-il pas que vous choisissez un moment bien inopportun pour prendre la défense d'un aventurier contre un homme de qualité, c'est-à-dire le moment où vous faites justement appel à la générosité, au dévouement de la noblesse ?... Il est des choses qu'un cœur haut placé et délicat n'aime pas à dire. Ainsi est-ce avec une profonde tristesse, et seulement parce que vous m'y contraignez, que j'ai le regret de vous rappeler que je représente pour votre pleine province entière du royaume, la province d'Auvergne ! J'appartiens, certes, corps et âme, à messeigneurs vos illustres frères ; personne ne reconnaît plus que moi la légitimité de leurs prétentions... mais, hélas ! princesse, il ne faut pas oublier non plus que je suis homme, partant de là, accessible aux passions humaines... Croyez-moi, ne ternissez pas par une mesquine sensibilité l'éclat de vos qualités viriles et supérieures. A part votre beauté sans pareille, votre grâce sans égale, rien en vous ne rappelle la femme. Votre esprit, votre cœur, votre courage, sont ceux de l'homme. Ne sacrifiez pas à un sentiment vulgaire les graves intérêts dont vous êtes chargée !...

Marie, tandis que le marquis parlait, avait à différentes reprises donné des signes non équivoques d'impatience ; toutefois, elle l'avait laissé poursuivre sans l'interrompre.

Ce fut d'une voix brève et sèche qu'elle lui répondit :

— Monsieur de la Tremblais, votre discours, malgré les précautions oratoires dont vous l'avez entouré, est d'une rare impertinence !... Il signifie tout simplement qu'un fol et honteux amour trouble ma raison et me conduit à l'oubli de ma dignité !... Je n'essaierai pas de rétorquer vos arguments ! J'ai l'avocasserie en horreur ! Je me bornerai à vous faire connaître franchement ma volonté et mes intentions !...

Libre à vous de ne tenir compte ni de l'une, ni des autres ! Seulement je vous répète que si un malheur arrive à M. de Sforzi, je le vengerai !... Nous ne sommes pas ici en Auvergne, mais à Paris ! Or, à un seul signe de moi, dix mille des meilleures épées de la capitale luiront au soleil, ou brilleront dans l'ombre !... Entre vous et moi, marquis, la lutte n'est pas égale. Ne vous exposez pas à ma colère !...

Marie avait parlé avec une franchise et une détermination que l'on ne pouvait méconnaître, le marquis sourit de l'air le plus aimable, et d'une voix doucereuse :

— Princesse, dit-il, la France entière connaît votre réponse à Sa Majesté la reine qui vous accusait d'attenter à l'autorité royale : « Madame, que voulez-vous, je ressemble à ces bra- « ves soldats qui ont le cœur gros de leurs victoires. »

Permettez-moi donc, princesse, d'attribuer l'emportement de votre langage plutôt à la richesse de votre sang, qu'à un mépris immérité de ma personne !... S'il en était autrement, il me faudrait, — et j'en suis au désespoir, — relever le gant que vous me jetez, et me détacher de votre parti. Je regrette seulement, madame, que le respect dû à votre position m'empêche de vous parler ainsi que je le ferais à une dame noble la cour, mon égale.

— Que cette considération ne vous retienne pas, marquis. Ici, dans cette maison, je suis simplement Marie !...

— Quoi, madame, vous daigneriez...

— Au fait, marquis, au fait !

— Mon Dieu, madame, c'est qu'il me va falloir, pour vous obéir, rapetisser de beaucoup la hauteur de notre débat, et aborder certains détails indignes de vous.

— Mais parlez donc, marquis, parlez.

— Vous l'exigez, madame ?

— Oui !... voyons ces détails indignes de moi.

— Il est bien convenu, madame, que je ne m'adresse plus à l'auguste princesse, mais seulement à Marie.

— Oui, parfaitement convenu.

— Eh ! madame, reprit le marquis, tandis qu'un perfide sourire animait d'une sardonique expression son visage, je dois vous apprendre que le chevalier Sforzi, ce modèle de constance, ce composé de toutes les perfections humaines, se joue indignement de votre amour !

— Après ? continuez !

— Hélas ! madame, le cœur du chevalier, — ce réceptacle de toutes les vertus, — n'a jamais battu pour vous. Depuis longtemps déjà il appartient tout entier à une rivale, à une demoiselle Diane d'Erlanges.

— Après, monsieur ? répéta froidement Marie.

— Comment, après ? mais il me semble, madame, que ma révélation ne manque pas d'importance.

— Vous trouvez, monsieur ?... Ce n'est pas mon opinion... Ce que vous appelez une révélation n'est à mes yeux qu'un propos insignifiant.

— Quoi ! madame, affecter pour vous une passion qu'il ressent pour une autre femme et cela dans quel but ? dans le but de profiter de votre crédit, d'exploiter votre immense fortune. Ah ! cela ne vous paraît pas une action odieuse, infâme ?...

— M. le chevalier Sforzi ne m'a jamais dit qu'il m'aimait ! interrompit Marie. Au contraire, il m'a volontiers avoué, sans y être sollicité en rien par mes instances, qu'il adorait une noble demoiselle, de la province d'Auvergne, et il m'a nommé, comme vous venez de le faire, Diane d'Erlanges.

— Et vous, madame, vous, douée de tant de fierté, vous acceptez cette rivalité ?

— Les cœurs vaillants recherchent la bataille, marquis !

— Non, madame, je ne vous crois pas ! L'amour ne peut se comparer à la guerre. L'amour dompte les plus fiers, rend craintifs les plus hardis, lâches les plus braves. Du moment que vous vous abandonnez à ce sentiment, il faut dire adieu à toutes ces qualités héroïques qui vous placent, — ainsi que votre naissance, — si au-dessus de la foule : ces larmes honteuses, des espoirs chimériques, des emportements mesquins, des jalousies banales vont occuper désormais vos loisirs. Peut-être bien encore vous fiez-vous à l'absence de votre rivale, à son éloignement ? Vous auriez tort ! je ne serais nullement surpris que la noble demoiselle arrivât un de ces jours à Paris.

— Elle s'y trouve justement en ce moment, marquis, dit tranquillement Marie.

Cette réponse produisit un effet prodigieux, inexprimable sur le marquis. Sur son front apparut un gros réseau de veines, — phénomène bizarre qui se produisait également chez le chevalier Sforzi, — ses yeux brillèrent de fureur, et les muscles de son visage, contractés outre mesure, donnèrent à sa physionomie une expression d'implacable méchanceté.

Quoi ! marquis, s'écria Marie, éprouveriez-vous pour la demoiselle d'Erlanges le même sentiment que vous me blâmiez si fort à l'instant de ressentir pour M. Sforzi !... Allons, marquis, franchise pour franchise, aveu pour aveu ! Il est de notre mutuel intérêt de nous unir dans notre infortune ! Renoncez à vos desseins contre la personne du chevalier, et je vous abandonne Diane d'Erlanges. Briser le cœur de Sforzi, tenir en votre puissance la femme qui vous a dédaigné, n'est-ce pas encore une belle et profitable vengeance ?

— Oui, s'écria de la Tremblais d'une voix sourde, j'aime Diane d'Erlanges d'une passion ardente, insensée, d'une passion qui ressemble à de la haine et qui m'épouvante moi-même !... Par la mort ! dût ma hardiesse me coûtre la tête, j'irai jusqu'au bout, je ne reculerai dvant aucun moyen !... Faisons un pacte, madame. Je vous engage ma parole que je n'entreprendrai rien contre le chevalier sans vous en prévenir à l'avance. Je veux, avant qu'il paye de tout son sang l'injure qu'il m'a faite, le rendre témoin de la chute de sa fiancée !...

Marie réfléchit pendant quelques instants avant de répondre.

— Marquis, dit-elle, j'accepte, non vos conditions, mais vos offres... Qu'il ne soit plus question pour le moment de M. Sforzi : qui sait si l'avenir ne changera pas mes dispositions à son égard ?... Passons au plus pressé ; occupons-nous de Diane... Les intérêts immenses placés entre mes mains ne me laissent guère de loisirs... Chargez-vous, marquis, du soin de retrouver cette noble et séduisante demoiselle.... Si vous avez besoin d'agents habiles, intelligents, sur un mot de moi, tous les plus rusés et hardis aventuriers de Paris obéiront aveuglément à vos ordres... Quant à la dépense, marquis, ne reculez devant aucun sacrifice... La perte de ma fortune entière ne m'arrêterait pas.

— Princesse ! s'écria de la Tremblais, j'ai l'honneur de ressembler à Votre Altesse en ceci, que ce que je veux, je le veux bien...

Pendant que le marquis et Marie dressaient le plan de leurs opérations futures, de Maurevert, le cœur joyeux et la figure épanouie, marchait d'un pas triomphant dans les rues de Paris.

— C'est étonnant, se disait-il, comme de sentir dans mes poches le poids d'une bourse bien garnie me rend leste et léger ; c'est à croire que l'on me chargeait de mille livres d'or, je m'envolerais ! Et ce manteau si richement orné, je parie qu'il a coûté au moins trois mille écus. C'est bien le diable si je n'en retire pas les deux tiers de sa valeur ! Or, deux mille écus placés au denier dix me donneront deux cents écus de rente. Rien n'est de bon goût pour nous autres soldats comme d'avoir des revenus fixes. Cela nous donne, auprès des mères de famille, un cachet de régularité et d'ordre du meilleur effet, et nous permet parfois de contracter un riche mariage. Ce qui m'a toujours perdu, moi, c'est l'amour du jeu et de la bonne chère. Réflexion faite, je placerai le prix de ce manteau.

De Maurevert, tout en discourant ainsi, avait continué de marcher d'un bon pas, lorsque tout à coup il poussa une exclamation de joie et de surprise, et s'élançant vers un homme qui passait près de lui, en longeant les murs des maisons, il le saisit à bras le corps et le serrant à l'étouffer...

— Par l'Olympe entière ! dit-il, je suis aujourd'hui en veine de bonheur ! Ami Lehardy, voici trois jours que pour obéir à la voix de ma conscience, je te cherche dans tous les coins et recoins de Paris !... Ami Lehardy, j'éprouve une véritable affection pour toi ; mais, que le diable m'emporte ! si tu te refuses à me conduire auprès de ta maîtresse, mademoiselle d'Erlanges, je te tords incontinent le col.

LXI

UNE AME BRISÉE

Ce ne fut pas sans peine que Lehardy parvint à se débarrasser de la puissante étreinte du capitaine. Il sortit des bras du géant à moitié étouffé.

— Ce cher ami ! continua de Maurevert, la joie que lui cause ma rencontre lui ôte l'usage de la parole ! Le fait est, mon bon Lehardy, que ta maîtresse ne s'attend guère à l'excellente nouvelle que je lui apporte. Par Cupido ! il me faudra user de beaucoup de ménagements. L'excès de son ravissement pourrait troubler sa raison. Allons, marche devant moi, et n'oublie pas, mon bien-aimé Lehardy, que si tu tentes de m'échapper, je te massacre sur place.

— Monsieur de Maurevert, répondit le serviteur, il y a deux jours que je me serais fait tuer plutôt que d'obéir. Aujourd'hui ma maîtresse se trouve dans un si pitoyable état de corps et d'esprit, j'ai employé si inutilement tous les moyens possibles pour la retirer de son affliction, que j'accepte votre offre sans

hésiter. Quelle est donc, capitaine, cette excellente nouvelle dont vous êtes porteur ?

— Ne t'inquiète de rien, Lehardy, et laisse-moi agir à ma guise. Moi aussi j'ai connu dans toute leur force les peines de l'amour. Mes tourments ont toujours été courts, j'en conviens, mais extrêmement violents ! Je me rappelle une fois, entre autres, avoir été obligé de vider une quarantaine de flacons de vin en vingt-quatre heures, avant d'en arriver à oublier la trahison d'une infidèle ! Ah ! si mademoiselle Diane consentait à s'adonner à l'hypocras, avant huit jours d'ici elle ne songerait plus à Raoul !...

Lehardy s'arrêta devant un hôtel d'assez triste apparence situé dans la rue du Paon, non loin de l'hôtellerie du roi David.

— Capitaine, dit-il en introduisant une clef dans la serrure, je vous le demande en grâce, ne commettez aucune imprudence. Vous ne pouvez vous imaginer à quel point ma maîtresse est affectée de la conduite de M. Sforzi.

— Sforzi est complètement innocent du crime de lèze-amour dont mademoiselle Diane l'accuse, répondit de Maurevert.

— Mais, pourtant, capitaine, l'aveu que vous m'avez fait à moi-même de la trahison de M. Sforzi.

— Je le rétracte. Conduis-moi vers ta maîtresse, te dis-je, je lui expliquerai tout en deux mots. A propos, Lehardy, quel est donc cet hôtel où demeure mademoiselle Diane ?

— Cet hôtel appartient à la tante de ma bonne maîtresse, madame la douairière de Lamirande.

— Cette demeure me paraît médiocrement luxueuse.

— Madame la douairière n'est pas, en effet, très-riche. Elle possède à peu près quatre mille livres de rente...

— Vraiment : si le repos de ma conscience n'était pas en jeu, je m'en irais au plus vite, murmura de Maurevert... Quatre mille livres de rente ! c'est à peine la somme que Son Altesse dépense chaque jour !

Lehardy, après avoir prié le capitaine de vouloir bien attendre un moment dans le vestibule, alla préparer sa maîtresse à la visite de l'aventurier.

Diane, lorsque son fidèle serviteur se présenta dans son appartement, était agenouillée devant un prie-dieu.

La pauvre enfant, le visage baigné de larmes, la contenance défaite, accablée, n'entendit pas entrer Lehardy. Le serviteur dut, avant de parvenir à éveiller son attention, lui adresser la parole à trois reprises différentes.

— Ah ! c'est toi, Lehardy, lui dit-elle enfin d'un air distrait et en essayant de sourire. Que me veux-tu, mon ami ?

— Mademoiselle, lui répondit-il d'un air embarrassé, je ne sais comment m'y prendre pour aborder le sujet qui m'amène près de vous. Vous m'avez si sévèrement défendu de vous parler de M. le chevalier Sforzi...

A ce nom, Diane tressaillit ; une vive et soudaine rougeur lui monta au visage, et d'une voix qu'elle essaya de rendre ferme, et qui ressembla à un sanglot :

— Tais-toi, Lehardy ! interrompit-elle : tais-toi ! Le chevalier Sforzi !... Je ne connais pas ce gentilhomme ; jamais nom semblable n'a été prononcé devant moi !... Je ne sais ce que tu veux dire.

— Ma bonne et honorée maîtresse, reprit le serviteur, combien grands ne seraient pas votre chagrin, vos remords, si vous appreniez un jour, quand il serait trop tard pour réparer votre injustice, que M. Sforzi n'a jamais été coupable ? Eh bien ! tout me donne à supposer aujourd'hui que M. le chevalier a été odieusement calomnié.

Diane abandonna son prie-dieu, et folle, éperdue de joie et de crainte, elle s'élança vers son serviteur.

— Que dis-tu, Lehardy ? s'écria-t-elle, serait-il possible ? Le ciel aurait-il pris enfin en pitié mes souffrances... Non, non, tu me trompes, Lehardy... Tu redoutes les suites de ma douleur, tu essaies de me distraire de mon désespoir par un généreux mensonge... Tu as tort, mon ami... Je commençais à m'habituer à la pensée de l'indigne trahison de M. Sforzi et à me résigner à son abandon... Pourquoi raviver les blessures saignantes de mon cœur !... Tais-toi !... M. Sforzi !... Je te le répète, je ne connais pas ce gentilhomme.

— C'est-à-dire que vous l'aimez à la folie, et en cela je vous approuve fort, s'écria en ce moment une voix sonore.

Mademoiselle d'Erlanges se retourna du côté d'où partait cette voix, et, poussant une exclamation de surprise :

— Le capitaine de Maurevert ! dit-elle.

— Lui-même, pour vous servir, répondit tranquillement l'aventurier. Veuillez m'excuser, je vous prie, bonne damoiselle, si je me suis permis d'intervenir un peu brusquement et sans y être convié dans votre conversation avec Lehardy. La faute en est à ce dernier. Si, au lieu de me laisser me morfondre dans un antichambre, il m'avait attablé devant un respectable flacon de vieux vin, j'aurais attendu son retour avec plus de patience. Par Cupido ! bonne demoiselle d'Erlanges, vous êtes bien changée ? Certes, votre beauté est toujours sans pareille ; mais enfin, vous n'êtes plus reconnaissable. Lehardy, laisse-nous, mademoiselle et moi nous avons à parler de choses sérieuses.

Le serviteur, craignant que sa maîtresse ne lui donnât un ordre contraire, s'empressa d'obéir. Toutefois il ne s'éloigna qu'après avoir recommandé à de Maurevert, par un regard expressif et suppliant, de ménager la faiblesse de la pauvre enfant.

Mademoiselle, continua de Maurevert, profitant de l'émotion de Diane pour garder la parole, vous voyez devant vous le coquin le plus abominable et le plus repentant qui ait jamais existé. Au reste, mes remords, — et ma démarche vous prouvera la vérité de ce que j'avance, — sont à la hauteur de mon crime.

— Votre crime, vos remords, capitaine ! murmura Diane toujours aussi troublée. A quel crime faites-vous allusion ?

— A l'insigne fourberie dont j'ai usé envers vous pour vous détacher de mon gentil compagnon Raoul.

Diane tressaillit.

— Que voulez-vous, chère demoiselle ? continua de Maurevert, je me suis trompé, voilà tout... Moi, je me figurais jusqu'à ce jour être un modèle de constance et de fidélité ; or, partant de ce point erroné, je me disais : puisque ma passion la plus tenace n'a pas dépassé une semaine, il est probable que quatre jours suffiront à mademoiselle d'Erlanges pour oublier complètement Raoul. Alors ayant rencontré Lehardy, je lui ai dépeint la conduite du chevalier sous les plus noires couleurs... J'en ai fait un monstre...

— Quoi, capitaine ! s'écria Diane hors d'elle-même, les propos que vous avez tenus à Lehardy au sujet de M. Sforzi, n'étaient pas vrais ?

— Certes, non ! c'était un tissu de mensonges !

— Ah ! mon Dieu, est-il possible ! murmura Diane en levant vers le ciel des yeux baignés de larmes de bonheur, et brillants de reconnaissance.

La damoiselle d'Erlanges, étourdie sous le coup d'une joie immense, surhumaine, resta un moment sans pouvoir prononcer une parole.

Une incroyable métamorphose s'était opérée en elle ; son visage, naguère abattu par les souffrances, resplendissait d'un éclat céleste ; son regard, éteint dans les larmes, avait repris toute sa vivacité ; sa beauté était si touchante, si idéale, que de Maurevert lui-même se sentit ébloui et attendri.

— Par les vertus de Notre-Dame de Paris ! murmura-t-il, mademoiselle Diane me dirait maintenant qu'elle va prendre son vol vers la voûte azurée, que je la croirais ! Quel malheur que Son Altesse soit si riche ! j'aurais été si heureux du bonheur de mademoiselle d'Erlanges !

Bientôt le visage de Diane perdit l'expression de chaste ivresse qui l'animait : un nuage passa sur son front, et sa tête, ainsi que la fleur effleurée par l'aile de l'orage, s'inclina doucement sur ses blanches épaules. Le premier moment de sa joie passé, Diane avait réfléchi.

— Capitaine, dit-elle, ce serait peu loyal de votre part d'abuser de l'estime que j'ai portée jusqu'à ce jour à M. Raoul, pour vouloir l'innocenter à mes yeux, tandis qu'il est coupable. Quel intérêt aviez-vous à répondre à Lehardy ainsi que vous l'avez fait ?

— Je vous le répète, mademoiselle, je tenais à détacher de vous mon compagnon Raoul.

— Dans quel but, capitaine ? je ne m'explique pas en quoi notre affection pouvait vous être préjudiciable ?

De Maurevert resta un moment silencieux.

— Mademoiselle, dit-il enfin, si je ne me décide pas à aborder franchement la vérité, nous discourrons toute la journée sans arriver à rien de bon. A votre âge, avec l'éducation que vous avez reçue, avec la vie solitaire et recueillie que vous avez menée, on ne connaît que le côté enfantin de l'amour. On s'aime pour s'épouser, on s'épouse parce que l'on s'aime ; cela est d'une simplicité extrême. Malheureusement, mademoiselle, il n'en est pas toujours ainsi. La plupart des gentilshommes de notre époque n'allument nullement le flambeau de l'hyménée parce qu'ils sont épris des charmes de leur fiancée ! Ce qu'ils recherchent avant tout, c'est la fortune ! Le crédit de la famille à laquelle on s'allie est également compté pour beaucoup dans la dot. Or, mademoiselle, le chevalier Sforzi, jeune, beau, brave, galant, est à même d'espérer un magnifique parti...

— Et moi je suis ruinée, et ma famille ne possède aucune influence à la cour, n'est-ce pas, capitaine ?

— Oui, mademoiselle, c'est parfaitement cela.

— Ainsi, selon vous, capitaine, l'affection toute fraternelle que me porte M. Sforzi nuit à son avenir ?

— Il est incontestable que si Raoul avait le bon sens de ressembler à tous les jeunes gens de son âge, son amour pour vous l'arrêterait considérablement dans sa carrière ; mais le chevalier, lui, est un garçon d'un esprit tout particulier. Du jour où il lui faudra renoncer à l'espoir de vous épouser, il perdra toutes ses qualités et tombera dans un découragement complet... Il est donc de son intérêt de vous épouser... Ne m'interrompez pas, mademoiselle, je vous prie ; laissez-moi achever : il me reste à traiter un point fort délicat. Je compte sur la rectitude de votre jugement, sur l'affection que vous portez à Raoul, pour apprécier mon raisonnement à sa valeur. Je crois savoir qu'il y a de par le monde une très-grande et très-puissante dame, — qu'il m'est impossible de nommer, — fort éprise des qualités de Raoul. Cette dame, en puissance de mari, et que, par conséquent, vous ne devez pas craindre, est d'une générosité royale. Ne pensez-vous point, mademoiselle, qu'il serait plaisant de faire payer votre dot à votre rivale ?

Cette grande dame est capricieuse et changeante à l'excès ; je gagerais ma tête qu'avant un mois d'ici elle ne se souviendra même plus du nom de Raoul. Moi, je vous déclare que je considère cette affaire comme une occasion magnifique que l'on doit saisir avec enthousiasme, car, à coup sûr, elle ne se représentera jamais.

Si le capitaine, moins préoccupé de son idée qu'il ne l'était, eût songé à regarder Diane, il se serait certes évité la peine d'achever son discours.

La pauvre enfant faisait peine à voir : elle était pâle comme une morte, des sanglots qu'elle s'efforçait de retenir gonflaient sa poitrine et lui brisaient le cœur.

Lorsque l'aventurier eut cessé de parler, elle se leva de dessus sa chaise, et, puisant une force factice dans son orgueil froissé et sa vertu offensée :

— Capitaine, dit-elle avec autant de dignité que de calme, j'ignore et je ne veux point savoir si vous vous êtes exprimé en votre nom ou comme ambassadeur de M. Sforzi !... Cela importe peu ! Le titre d'ami que vous accorde le chevalier est un grief assez grand à mes yeux pour justifier, mieux encore, pour motiver une éternelle rupture entre M. Sforzi et mademoiselle d'Erlanges ! Capitaine, je vous en conjure, n'ajoutez pas un mot ! je n'ai contre vous ni haine ni colère ! Votre naissance vous a fait noble, mais la nature vous a refusé les instincts et les qualités de votre condition. On doit vous plaindre, monsieur, et non vous blâmer ! Capitaine, adieu à tout jamais !...

La parole de Diane respirait une telle fermeté, que de Maurevert perdit, — ce qui lui arrivait bien rarement, — toute sa présence d'esprit : il obéit passivement et s'éloigna en silence.

— Lehardy, dit-il rapidement en passant devant le serviteur, je ne serais pas étonné d'avoir commis une énorme gaucherie... Cours vite auprès de ta maîtresse.

Au moment même où Lehardy pénétra dans l'appartement de Diane, la pauvre enfant, à bout de forces et de courage, tombait, pâle, inanimée et sans connaissance, sur le plancher.

Une fois hors de l'hôtel de madame la douairière de Lamirande, de Maurevert hâta le pas et prit une allure qui ressemblait presque à une fuite.

— Par les cornes du diable! se disait-il, je donnerais cent écus pour que Raoul ne se fût pas trouvé sur le chemin de Son Altesse. Cette petite Diane est réellement une adorable créature! Qui sait! avec une telle femme on serait peut-être heureux sans fortune? Que Lucifer m'étrangle si je sais que faire, que résoudre... Ma sensibilité et mon bon sens bataillent entre eux d'une si terrible façon, que ma tête est pleine de bruit et vide d'idées. Oui, c'est cela! Je vais d'abord tout conter à Raoul, puis ensuite je quitterai l'hôtellerie de la *Corne-de-Cerf* et j'irai prendre gîte ailleurs. Les affaires s'arrangeront comme elles pourront; moi, je me tiendrai à l'écart.

LXII

REPENTIR

Tandis que de Maurevert s'acquittait auprès de Marie, d'une manière si brillante et surtout si productive, de la commission dont Raoul l'avait chargé, celui-ci, remonté dans sa chambre, qu'il parcourait d'un pas inégal et fiévreux, essayait de mettre un peu d'ordre dans ses idées.

— Est-il possible, se disait-il, que j'aie pu me laisser prendre aux séductions de Marie! Cette femme est belle, admirablement belle, oui, c'est vrai; mais comment ne me suis-je pas aperçu plus tôt que cette séduisante enveloppe cachait une âme viciée, un cœur pervers? Triste et monstrueuse bizarrerie de l'esprit humain! N'est-ce pas justement cette audacieuse perversité qui m'a captivé, ravi? N'ai-je pas confondu l'enivrement de mon amour-propre avec l'ardeur de ma passion? La pensée de voir cette femme si supérieure, si altière, s'incliner devant ma volonté, a exalté mon orgueil jusqu'au délire! Ah! si jamais Diane savait jusqu'à quel point j'ai outragé son souvenir, manqué à mes serments, comme elle me mépriserait. Par quelle expiation volontaire rachèterais-je jamais à mes yeux la grandeur de ma faute? Mes remords, en me montrant dans toute son étendue la bassesse de ma conduite, me rendent Diane encore plus chère. Comme elle est supérieure à Marie! Chez Diane, le courage prend sa source dans le sentiment du devoir; Marie, au contraire, ne puise son audace que dans l'excitation du caprice. La première représente l'esprit du bien; la seconde celui du mal! L'une est un ange, l'autre un démon. Misérable que je suis, c'est les yeux fixés sur le ciel que je me suis laissé tomber dans l'abîme!

Quoique le jeune homme comprît et s'avouât toute l'étendue de sa faute; quoique son amour pour Diane fût aussi profond et sincère que jamais, chaque fois que son imagination lui apportait l'image de Marie, une vive rougeur empourprait ses joues, et les battements de son cœur devenaient plus précipités.

— Ah! s'écria-t-il, vaincu enfin par l'évidence, je m'efforce trop de me prouver que je hais Marie, pour qu'elle me soit indifférente... Mon Dieu! ayez pitié de moi. Persévérer dans une voie que l'on reconnaît soi-même criminelle et honteuse, n'est-ce pas le dernier degré de l'abjection et de la faiblesse?

Raoul, dans un état de perplexité impossible à décrire, parcourait, ainsi qu'un lion enfermé dans sa cage de fer, l'étroit espace de sa chambre, quand un coup frappé à la porte le rappela à la vie réelle.

C'était l'aubergiste qui lui apportait une lettre. Aussitôt après le départ de son hôte, le chevalier décacheta par un mouvement nerveux cette missive dont il pressentait le contenu; il ne s'était pas trompé, la lettre était de Marie. La mystérieuse jeune femme le priait de se rendre, sans plus tarder, auprès d'elle: elle avait une grave communication à lui faire, un important service à lui demander. Raoul hésita: obéir à cette invitation, c'était, il le sentait, retomber plus que jamais dans l'abîme dont il voulait à tout prix sortir; c'était courir désarmé au combat.

— Eh bien! oui, s'écria-t-il tout à coup, j'irai, car mes craintes sont plus injurieuses encore pour Diane que ne l'a été mon infidélité passagère. Le respect que je dois à mademoiselle d'Erlanges me défend de lui conserver mon cœur par une fuite honteuse; c'est victorieux et triomphant qu'il me faut le mettre à ses pieds.

Sforzi, avant de sortir, et malgré ses intentions hostiles, apporta un soin minutieux à sa toilette.

Une demi-heure plus tard il frappait à la porte de la maison solitaire du Marché-aux-Chevaux: il y avait vingt minutes à peine que le marquis de la Tremblais en était sorti.

Quoiqu'il fît grand jour, — cinq heures allaient sonner, — ce fut dans un salon tendu de noir et doucement éclairé par une lampe voilée de gaze, — ce même salon où Sforzi avait été introduit la première fois, — que Marie reçut le jeune homme.

Le chevalier salua cérémonieusement l'inconnue, et l'air froid, sévère, il attendit qu'elle lui adressât la parole.

Soit que Marie eût remarqué l'attitude, sinon complètement agressive, du moins défensive et résolue, du chevalier, soit qu'excitée par sa conversation avec le marquis de la Tremblais, elle voulût frapper un coup décisif, ce fut en accompagnant ses paroles d'un regard enchanteur qu'elle entama la conversation.

— Monsieur Sforzi, dit-elle, si, emportée par une fougue et une vivacité plus forte que ma raison, je me laisse aisément entraîner à des mouvements irréfléchis, je m'aperçois bientôt de ma faute et je me hâte alors de la réparer. J'ai eu tort, — puisque cela a froissé votre ombrageuse délicatesse, — de vous envoyer tantôt un souvenir d'amitié. — J'aurais dû, — avant de suivre un usage universellement reçu à la cour de France, — deviner et ménager votre susceptibilité exagérée. L'ambassadeur que vous m'avez dépêché, M. de Maurevert, m'a rapporté l'expression de votre mécontentement. J'aime à penser, chevalier, que votre justice et votre savoir-vivre vous feront paraître suffisantes les explications que je vous donne en ce moment.

A l'air moitié sérieux et confus, moitié plaisant et embarrassé, dont Marie prononça ces paroles, qui contrastaient d'une façon si remarquable avec ses allures habituelles, on devinait combien cette démarche coûtait à sa fierté. Sforzi, quelque prévenu qu'il fût contre les séductions de la jeune femme, ne put se défendre d'un mouvement d'orgueil. Il se disait que ce que Marie venait de faire pour lui, elle ne l'avait et ne l'eût jamais fait pour personne.

— Madame, répondit-il d'une voix légèrement émue, je vous remercie humblement de vos explications, et je reconnais que ma susceptibilité a été de très-mauvais goût. Mais hélas! comme vous le remarquiez si judicieusement naguère, je suis un pauvre gentilhomme de province, fort gauche, fort déplacé sur le terrain de la cour, et bon seulement à goûter les paisibles joies d'un obscur mariage. C'est donc au contraire moi qui vous supplie de vouloir bien agréer mes très-humbles excuses...

— Monsieur Sforzi, dit Marie après un léger silence, dois-je attribuer à l'ironie ou bien au découragement l'allusion que vous faites à certaines phrases dites par moi dans notre premier entretien? Si j'ai d'abord froissé votre amour[-propre] [illegible], en offrant à votre ambition une perspective [illegible], pour mieux c'était, — le reste de mon discours l'a [illegible] votre orgueil! Ne exciter ensuite votre émulation et [illegible]uptés du simple gen- vous ai-je pas décrit les enivr[illegible], d'une reine, parvient, tilhomme qui aimé d'une[illegible] sa passion, à s'élever au-dessus soutenu par la seule [illegible] une page dans l'histoire? de la foule, et à [illegible] attachez à ma réponse un sens que je n'ai

— Madame [illegible] donner. Elle ne dit ni l'ironie ni le découragement [illegible] pas song[illegible] elle exprime simplement mes goûts et mes espérances [illegible] Je vous le répète, madame, je ne me sens porté ni aux splendeurs, ni aux luttes de la cour. Mon rêve pour l'avenir est concentré dans cette douce médiocrité que vous m'avez conseillée vous-même. L'amour d'une princesse effaroucherait mon esprit d'indépendance, mes instincts de liberté ; car une princesse, madame, ne peut aimer qu'un esclave !

— Et si je vous disais que je vous aime, moi, Raoul ! s'écria Marie avec une telle impétuosité, que l'étrangeté de cet aveu disparut devant sa fière audace.

Le cœur du jeune homme battit à se rompre, un nuage éblouissant passa devant ses yeux, son sang bouillonna dans ses veines ; toutefois, il trouva assez de force pour maîtriser son émotion et pour répondre d'une voix assurée :

— Madame, à quoi bon vous moquer de ma crédulité, vous jouer de ma faiblesse !... J'aime de toute mon âme une noble et céleste enfant... une chaste et adorable créature !... N'y a-t-il pas cruauté à vous de venir ainsi, pour occuper une heure de votre oisiveté, jeter le trouble dans mon cœur?... C'est là une distraction de grande dame dont mon obscurité me rend indigne...

— Sforzi, interrompit l'inconnue avec véhémence, moi, je suis trop haut placée, et vous, vous avez l'âme trop fière pour que nous descendions tous deux jusqu'au mensonge. Traitons-nous de puissance à puissance ; causons à visage découvert.

La ruse ne convient qu'aux faibles ! Soyons donc francs puisque nous sommes forts... Chevalier Sforzi, votre amour pour Diane d'Erlanges est-il sérieux, réel? ou bien, est-ce une de ces passions éphémères, une de ces erreurs de jeunesse dont la raison ne tarde pas à nous guérir ?

Au nom de Diane, l'émotion du jeune homme se calma comme par enchantement : ce fut la goutte d'eau glacée tombant sur la lave bouillante et la changeant en une froide pierre.

— Madame ! s'écria-t-il, j'ignore par quel moyen vous vous êtes rendue maîtresse de mon secret ! Au reste, il vaut mieux qu'il en soit ainsi ; cette position nette et tranchée me rend la franchise plus facile. Oui, madame, j'aime mademoiselle d'Erlanges de toutes mes forces ; cet amour ne finira pas même avec ma vie, car mon âme l'emportera avec elle au ciel !... Rien, madame, entendez-vous bien, rien, ni la perspective du plus éclatant avenir, ni la certitude d'une affreuse catastrophe, rien ne serait capable de me faire renoncer à mademoiselle d'Erlanges ! J'ai déjà, quoique jeune encore, beaucoup souffert, c'est-à-dire beaucoup vécu. Je ne suis ni le sot provincial, ni l'inexpérimenté gentilhomme que vous vous figurez. A présent que la passion ne m'aveugle plus, que je suis rentré dans la possession de moi-même, je vais vous dire quel rôle vous avez joué vis-à-vis de moi ; quels étaient vos projets à mon égard... Vous avez voulu, — et un moment, je le confesse, vous y avez réussi, — m'exalter jusqu'au délire. Pourquoi cela, madame ? parce que vous aviez besoin, pour des projets que j'ignore, — peut-être bien pour vous venger de l'infidélité d'un amant, cela se voit chaque jour à la cour, — vous aviez besoin, dis-je, d'un dévouement aveugle, absolu !... Il vous fallait une épée vaillante, prête, à un signe de vous, à frapper la victime que vous lui désigneriez. A l'indignation avec laquelle j'ai accueilli votre aumône de ce matin, vous vous êtes sans doute aperçue que je n'étais pas précisément le sacripant ou le niais que vous cherchiez ! Alors vous avez changé de tactique ; vous vous êtes décidée à porter un grand coup !... vous avez feint de m'aimer ! qui sait encore, madame? Peut-être bien la connaissance de ma passion pour mademoiselle d'Erlanges vous a-t-elle inspiré l'idée d'entrer en rivalité avec elle ! Non pas, certes, que votre cœur ressente le moindre penchant pour moi, mais il s'agissait d'une lutte de beauté, et les grandes dames comme vous, — car tout me confirme dans l'opinion que vous comptez parmi les premières du royaume, — sont toujours friandes de ces sortes de triomphes. Jouer plus longtemps votre rôle, ce serait donc vous exposer, madame, à l'humiliation d'un échec.

Pendant que Raoul s'exprimait avec cette liberté et cette violence, Marie restait calme et impassible ; rien en elle, si ce n'est l'éclair de son regard, ne décelait le dépit ou la colère.

— Monsieur le chevalier Sforzi, répondit-elle froidement, je m'étais en effet grossièrement trompée à votre égard. Je vous avais jugé tout autre que vous n'êtes. Monsieur Sforzi, je ne vous retiens plus !

Alors, sans daigner entrer dans aucune autre explication, l'inconnue salua le jeune homme d'une inclinaison de tête, et s'éloigna d'un pas majestueux.

— D'où diable venez-vous ainsi, si bellement accoutré, chevalier ? demandait, une demi-heure plus tard, de Maurevert à Sforzi, de retour à l'hôtellerie de la *Corne-de-Cerf*.

— De la maison du Marché-aux-Chevaux.

— Tiens, tiens ! je gagerais que nous avons vu aujourd'hui, vous et moi, les deux plus jolies femmes de Paris.

— De qui donc parlez-vous, capitaine ?

— Parbleu ! de Marie et de mademoiselle d'Erlanges !... Voilà que vous rougissez, que vous pâlissez... Imprudent que je suis de n'avoir pas usé de ménagements... Oui, cher compagnon, mademoiselle d'Erlanges se trouve en ce moment à Paris.

FIN DE MAUREVERT L'AVENTURIER

Immédiatement nous allons publier :

LES DEUX RIVALES

DEUXIÈME PARTIE DES CRIMES DU BON VIEUX TEMPS.

Paris. — Typ. Collombon et Brulé, rue de l'Abbaye, 22.

BIBLIOTHÈQUE DES BONS ROMANS ILLUSTRÉS

Format grand in-4° par livraisons séparées à 60 centimes la série.

N. P. — Les mêmes ouvrages peuvent être demandés RÉUNIS EN UNE SEULE BROCHURE.

fr. c.

MADAME V. ANCELOT.

Laure, 2 séries... 1 20
La Fille d'une joueuse, 2 séries... 1 20

ANONYME.

Mémoires secrets du duc de Roquelaure, 8 séries.
1re et 2e série brochées ensemble.
3e et 4e — — — ...
5e et 6e — — — ... } 4 80
7e et 8e — — — ...

BERNARDIN DE SAINT-PIERRE.

Paul et Virginie, 1 série... » 60
La Chaumière Indienne, 1 série... » 60

ERNEST BILLAUDEL.

Un Mariage légendaire, 1 série... » 60
Une Femme fatale, 1 série... » 60
Les Vengeurs de Lorraine, 2 séries... 1 20

JULES BOULABERT.

La Femme du Bandit, 6 séries... 3 60
Le Fils du Supplicié, 3 séries... 1 80
La Fille du Pilote, 5 séries... 3 »
Les Catacombes sous la Terreur, 3 sér. 1 80
Les Amants de la Baronne, 3 séries... 1 80
Luxure et Chasteté, 2 séries... 1 20

BOULABERT ET PHILIPP ROLLA.

La Franc-Maçonnerie des voleurs... 1 80

ÉLIE BERTHET.

L'Oiseau du désert... 1 20
Paul Duvert, 1 série... » 60
L'Incendiaire, 1 série... » 60
Le Val-d'Andorre, 1 série... » 60

ERNEST CAPENDU.

Mademoiselle la Ruine, 3 séries... 1 80
Le Pré Catelan, 2 séries... 1 20
Capitaine Lachesnaye, 3 séries... 1 80
Grotte d'Étretat, 3 séries... 1 80

JULES CAUVAIN.

Le Voleur de Diadème... 1 80

CHARDALL.

Trois Amours d'Anne d'Autriche, 2 s... 1 20
Capitaine Dix, 2 séries... 1 20
Le Bâtard du Roi, 2 séries... 1 20
Les Jarretières de madame de Pompadour, 2 séries... 1 20
Les Vautours de Paris, 3 séries... 1 80

CHATEAUBRIAND.

Les Natchez, 4 séries... 2 40
Atala, 1 série... » 60
René, le dernier des Abencérages, 1 série... » 60
Les Martyrs, 3 séries... 1 80

Le Paradis perdu, 2 séries... 1 20
Itinéraire de Paris à Jérusalem, 3 séries 1 80

CHARLES DESLYS.

Le Canal Saint-Martin, 3 séries... 1 80
L'Aveugle de Bagnolet, 1 série... » 60
Le Mesnil-aux-Bois... » 60
Les Compagnons de minuit, 2 séries... 1 20
La Marchande de plaisirs, 1 série... » 60
La Jarretière rose, 1 série... » 60

FABRE D'OLIVET.

Le Chien de Jean de Nivelle, 2 séries... 1 20

PAUL DUPLESSIS.

Les Boucaniers, 5 séries... 3 »
Maurevert l'Aventurier, 4 séries... 2 40
Les Etapes d'un Volontaire, 5 séries... 3 »
Le Batteur d'Estrade, 5 séries... 3 »

DULAURE.

Les Deux Invasions (1814-1815), avec préface de JULES CLARETIE, 4 doubles séries à 1 20... 4 80
Le Crime d'Avignon, 1 série... » 60
Les Tueurs du Midi... » 60
Les Jumeaux de la Réole, 2 séries... 1 20
L'Assassinat de Rodez (affaire Fualdès), 1 série... » 60

OCTAVE FÉRÉ.

La Bergère d'Ivry, 3 séries... 1 80

MARQUIS DE FOUDRAS.

La Comtesse Alvinzi, 2 séries... 1 20

A. DE GONDRECOURT.

Les Péchés Mignons, 4 séries... 2 40
Les Jaloux, 3 séries... 1 80
Mademoiselle de Cardonne, 2 séries... 1 20

LABOURIEU.

L'Ouvrier Gentilhomme, 2 séries... 1 20

GUSTAVE DE LA LANDELLE.

Les Géants de la mer, 4 séries... 2 40
Reine du Bord, 3 séries... 1 80
Une Haine à bord, 2 séries... 1 20

HENRY DE KOCK.

La Tigresse, 2 séries... 1 20
L'Amant de Lucette, 1 série... » 60
Le Médecin des Voleurs, 4 séries... 2 40
Les Baisers maudits, 1 série... » 60
Ni Fille, ni Femme, ni Veuve, 1 série... » 60
Le Démon de l'alcôve, 1 série... » 60
La Fille à son Père, 1 série... » 60
Les Mystères du village, 2 séries... 1 20

XAVIER DE MONTÉPIN.

La Perle du Palais-Royal, 3 séries... 1 20

fr. c.

Les viveurs de province, 4 séries... 2 40
Le Loup Noir, 1 série... » 60
Les Amours d'un fou, 2 séries... 1 20
Les Chevaliers du lansquenet, 7 séries... 4 20
La Sirène, 1 série... » 60

ALEXIS MEUNIER.

Le Comte de Soissons, 2 séries... 1 20

MÉRY.

Un Carnaval à Paris, 2 séries... 1 20

LE P. MAIMBOURG.

Les Croisades, 4 doubles séries à 1 20. 4 80

GABRIEL PELIN.

Le Pendu de Mazas, 1 série... » 60

MAXIMILIEN PERRIN.

Le Bambocheur, 2 séries... 1 20

LOUIS NOIR.

Jean qui tue, 4 séries... 2 40
Jean Chacal, 2 séries... 1 20
Les Goëlands de l'Iroise, 3 séries... 1 80
La Folle de Quiberon, 3 séries... 1 80
Grands Jours de l'armée d'Afrique, 3 séries... 1 80
Campagnes de Crimée, 6 séries à 1 fr. 6 »
Campagnes d'Italie, 3 séries à 1 fr... 3 »

VICTOR PERCEVAL.

La plus Laide des Sept, 2 séries... 1 20

ROLLA (UN OFFICIER D'ÉTAT-MAJOR).

Crimes et Folies de l'année terrible, 2 doubles séries à 1 fr. 20... 2 40

ROLAND BAUCHERY.

Les Bohémiens de Paris, 3 séries... 1 80

JULES DE RIEUX.

Ces Messieurs et ces Dames, 2 séries... 1 20

ROUQUETTE.

Ce que coûtent les Femmes... 1 20

ROUQUETTE ET MORET.

Le Médecin des Femmes, 3 séries... 1 80

ROUQUETTE ET FOURGEAUD.

Les Drames de l'Amour, 2 séries... 1 20

LE TASSE.

La Jérusalem délivrée, 3 séries... 1 80

DE VADALLE.

L'Homicide d'Auteuil, 3 séries... 1 80

VIDOCQ.

Les vrais Mystères de Paris, 4 séries... 2 40

SUR DEMANDE AFFRANCHIE

Le *Catalogue général* de la librairie DEGORCE-CADOT est envoyé *franco*.

Imprimé par Ch. Noblet, rue Soufflot, 18.